탄생 100주년 문학인 기념문학제
논문집

2018

분단과 충돌,
새로운 윤리와 언어

탄생 100주년 문학인 기념문학제
논문집

2018

박수연 · 유성호 외

분단과 충돌,
새로운 윤리와 언어

민음사

차례

총론   **7**

    고유 명사와 비-역사 **박수연**

제1주제

    김경린론   **25**

    해방 이전 김경린의 시와 시론 **윤대석**

    토론문 — 맹문재   **48**

    김경린 연보   **51**

제2주제

    황금찬론   **61**

    사랑의 시학과 종교적 상상력 **유성호**

    토론문 — 김수이   **78**

    황금찬 연보   **83**

제3주제

    심연수론   **87**

    심연수 문학 연구의 한계와 가능성 **이성천**

    토론문 — 고명철   **115**

    심연수 연보   **120**

제4주제

    박연희론   **135**

    고통을 향해 걸어가는 자유의 목소리-박연희론 **진영복**

    토론문 — 김은하   **152**

    박연희 연보   **156**

제5주제

　　조흔파론 　　　　　　　　　　　　　　　　　　　　**165**

　　웃음, 혹은 저항과 타협의 양가적 제스처　**김지영**

　　토론문 ── 조은숙 　　　　　　　　　　　　　**213**

　　조흔파 연보 　　　　　　　　　　　　　　　　**220**

제6주제

　　한무숙론 　　　　　　　　　　　　　　　　　　**231**

　　사랑의 실패들: 한무숙 소설의 인물에 대한 심리학적 일고찰　**정은경**

　　토론문 ── 박진 　　　　　　　　　　　　　　**264**

　　한무숙 연보 　　　　　　　　　　　　　　　　**267**

제7주제

　　박남수론 　　　　　　　　　　　　　　　　　　**275**

　　'새'의 형이하와 형이상, '밤'의 배후　**오형엽**

　　토론문 ── 김응교 　　　　　　　　　　　　　**307**

　　박남수 연보 　　　　　　　　　　　　　　　　**310**

제8주제

　　오장환론 　　　　　　　　　　　　　　　　　　**315**

　　해방 전후 시의 사적 윤리와 공적 윤리　**김춘식**

　　토론문 ── 김종훈 　　　　　　　　　　　　　**349**

　　오장환 연보 　　　　　　　　　　　　　　　　**352**

고유 명사와 비-역사

신체제 이후 세대의 문학

박수연 | 충남대 교수

1 새로운 윤리의 시대

1918년에 탄생한 세대의 문학이 이 글의 논점이다.[1] 세대론적 관점을 적용하는 것이 아니라, 중일 전쟁 이후 20대를 맞이하는 사람들의 망탈리테가 문학에 어떤 영향을 미치고 있는가를 살펴보려는 것이 목적이다. 이 경험을 유력한 역사적 실증으로 가진 이들은 이른바 다이쇼(大正) 민주주의(1911~1925)가 끝나는 시기에 소학교 교육을 받은 세대다. 다이쇼 민주주의란 1차 세계대전 이후 군주제의 파괴와 민주정의 대대적인 출발을 특

---

[1] 대상 문인들이 등단한 시기는 다음과 같다. 오장환(「조선의 아들」,《매일신보》(1932) 등단), 김경린(「차장」,《조선일보》(1939) 등단), 박남수(「초롱불」 외,《문장》(1939) 등단), 황금찬(《새사람》(1947) 첫 시 발표,「경주를 지나며」,《문예》(1953) 정식 등단), 심연수(만주에서 개인적 시작,「대지의 봄」,《만선일보》(1940) 발표), 한무숙(「등불을 드는 여인」,《신세대》(1942) 등단), 조흔파(「계절풍」,《고시계》(1951) 발표), 박연희(「쌀」,《백민》(1946) 등단).

징으로 한다. 이 시기는 치안 유지법(1925)과 만주 사변(1931)에 의해 종말을 고한 것으로 알려져 있다. 종말은 어떤 현상의 끝이지만 새로움을 예비하는 계기이기도 하기 때문에 부정성 속에서 희망을 보는 사건이다. 하지만 민주주의가 종말을 맞고 새로운 시대가 출현했다면 그 출현에는 부정적 의미가 덧입혀질 수밖에 없을 것이다. 1925년 이후, 특히 1931년 이후는 조선의 식민지 지식인에게는 희망과 절망이 함께 왔던 시기인데, 3·1 운동 이후의 사회적 저항이 조직적으로 전개되는 동시에 치안 유지법을 통해 압박이 가해진 때다. 이 시국의 내용이 비단 1918년에 태어난 사람에게만 영향을 미쳤을 리는 없지만, 이 세대의 삶에 결정적 조건이 되었음은 분명해 보인다. 그 조건이란 '조선적인 것'에 대한 부채 의식을 특별히 갖지 않아도 되는 시기가 되었다는 뜻이다. 구체적인 사례를 하나씩 꼽는다면, 조선적인 것이 시대에 걸맞는 모습으로 재구성되어야 한다고 주장했던 시인이 1914년생 김종한이고, 탈조선의 상상력을 강렬하게 외친 시인이 1915년생 서정주이며, 1918년생 오장환은 그것을 봉건주의에 대한 비판으로 이어 갔다.

　러시아 혁명과 독일 봉기 이후의 정세가 세계사적 특징이 되었던 시대에 태어나 성장한 세대들이 자신들의 삶에 대한 객관적 판단을 하기 시작한 시기는 만주국 설립 이후의 동북아 신체제에서 일본의 역할이 표 나게 두드러진 시기이다. 조선적인 것을 넘어서는 한 계기로서의 '낭만 만주'라는 개인적 판타지나 '오족협화'라는 집단 이데올로기가 어떤 역할을 수행하고 있는가에 대해서는 이미 많은 연구들이 있다. 이 시기를 건너면서 오장환은 당시의 언어 상황과 관련한 의미심장한 진술을 하나 남겨 놓았다. 이 진술은 오장환에게만 해당되지 않고 당시의 전반적 언어 상황과 관련 있으며 조선어 사용이 제한되던 시절에 문학을 배웠을 문인들 전반에 관련된 진술이기 때문에 인용해 둘 필요가 있다. 우선 「백석론」(1937)의 한 구절이다. 백석의 시를 비판하면서 그는 이렇게 썼다.

내 의견을 반대하는 사람은 신문학이니 새로운 유파이니 하며 그의 작품을 신지방주의나 향토색을 강조하는 문학이라고 명칭하여 옹호할 게다. 하나 그러면 그럴수록 이러한 사람들은 자기의 무지를 폭로하는 것이라고밖에 나는 볼 수가 없다. 지방색이니 무어니 하는 미명하에 현대 난잡한 기계 문명에 마비된 청년들은 그 변태적인 성격으로 이상한 사투리와 뻣뻣한 어휘에도 쾌감과 흥미를 느끼게 된다. 하나 이것은 결국 그들의 지성의 결함을 증명함이다. 크게 주의(主義)가 될 수 없는 것을 주의라는 보호색에 붙이어 가지고 일부러 그것을 무리하게 강조하려고 하는 데에 더욱 모순이 있다.

백석의 『사슴』을 비판하며 "스타일만 찾는 모더니스트"라고 지적하는 오장환의 논점은, 백석의 '지역 방언'이 내용상의 '소년기 회상'과 함께 결합되어 "외면적으로는 형식의 난잡으로 나타나고 내면적으로는 인식의 천박이 표시가 된다."라는 것이다. 현대 문명의 빛에 침몰하는 모더니즘 세대의 신기한 형식에 집중하는 문학적 태도를 비판하는 것은 그 형식의 핵심일 언어의 근본 기능에 대한 문제의식으로 연결되는 것이다. 이 글이 발표되던 때가 1937년이고, 그때는 조선어의 위기가 예감되던 시기다. 식민지 대만에서는 이미 한자 사용이 금지되어 있었고, 그 분위기를 읽어 내면서, 조선어학회는 대만과 같은 일이 일어나는 것을 방지하고자 표준어 제정을 시급히 추진했으며, 임화는 이런 정세 속에서 '통일된 표현을 가능하게 할 조선어'의 필요성을 강조했다.[2]

보편적인 것으로서의 언어를 강조하는 태도는 곧 표준어 인식으로 이어진다. 이 문제의식과 조선어 인식은 1938년 조선 교육령의 실시를 둘러싼 정황들을 배경으로 하고, 1938년의 조선 교육령은 1937년 중일 전쟁과 그 전 단계인 만주 사변으로 연결된다. 요컨대 동북아시아라는 국제적 역

---

[2] 임화, 「문학어로서의 조선어」, 《한글》(1939. 3): 『임화 예술 전집 평론 2권』, 5, 98쪽. 대만에서 한자 사용이 금지된 것은 1937년이지만, 일본어 보급이 준비되기 시작한 것은 1934년에 「臺灣社會教化要綱」이 발표되면서부터이다.

학관계의 흐름이 위와 같은 진술의 배경으로 작용하고 있는데, 이 시기를 건너는 문인들에게는 당대 조선 문학의 대대적인 단절과 전환이 압도적인 경험이었다. '조선 문학의 위기'라는 말로 단순화되기에는 턱없이 부족할 수도 있는 '군주-아버지'의 대리 표상으로서의 조선 문학의 몰락은 따라가야 할 삶의 내적 기준이 사라져 버렸음을 뜻하는 동시에 그 부재 때문에 내부가 아니라 외부에서 삶의 기준을 찾아야 한다는 사실을 뜻했다. 이 탐색이 가진 의미는 다른 탐색 사례에서 분명해진다. 근대 문학 1세대라고 할 수 있는 주요한이 민요시를 창작하게 된 것은 조선 근대 문학을 건설하기 위한 탐색의 결과였다. 그 탐색 과정에서 주요한은 서양 국민 국가의 근대 문학 건설 사례를 참고하여, 서양이 자신들의 민요에서 근대시를 만들어 낸 것처럼 조선 내부의 민요에서 근대시를 찾아냈다. 비록 서양을 흉내 낸 것이라고 해도 그 세대는 조선의 문예 전통에 발을 담그고 있는 것이다. 그러나 조선 근대 문학 1세대와는 달리 1930년대 후반의 신세대들은 몰락한 아버지의 영역에서 벗어나 조선적인 것을 무시하거나 변형하는 데 관심이 있었다고 여겨진다. 이들이 유소년기를 지나 스무 살이 되던 해가 1938년이고, 한국의 친일 문학이 본격적으로 시작된 것도 1938년 하반기이다. 그것은 친일 문학이라는 말로 정리되듯이 조선 문학의 몰락을 뜻하기도 했지만 사라진 군주의 자리를 차지하려는 새로운 문학의 탐색을 의미하는 것이기도 했다. 조선어는 점점 위축되기 시작했고, 젊은 청년들은 조선 문학의 단절을 건너서 일본 문학의 새로운 지평을 만나기 시작했다. 조선어의 몰락을 앞에 두고 임화가 조선 프로 문학은 모험이었다고 선언한 것(「본격 소설론」(1938))도 이즈음이고 중일 전쟁이 일본의 승리로 기울어지던 것도 이때다.[3]

---

3) 「조선어와 위기하의 조선 문학」, 《조선중앙일보》(1936. 3. 8~24)에서 임화는 "조선 시민 계급의 손으로 완성되어야 할 민족어"를 주장하는데, 이 글은 프로 문학의 한계를 주장하기 이전에 발표된 것이다. 이 글은 "계급적인 것으로서의 언어"에 대한 강조가 이어지고, "조선어의 현재 상태는 조선인의 생활 상태와 정치상의 지위 표현이어서 곧 조선 문

이런 의미에서 이 시기의 청년들은 한국 근대 문학 1세대가 가졌던 단절 의식과는 다른 의미의 단절 속에서 의식화되었다고 할 수 있다. 우선 이들은 전통과의 갈등을 거칠 필요가 없는 세대라고 할 만하다. 김종한이 신민요론[4]에서 그랬듯이 이들의 문학은 전통의 단절을 묘한 방식으로 경험함으로써 한국 문학의 한 결절점을 드러낸다. 이들이 활동하던 시기는 중일 전쟁의 승리로 일본이 한국 근대사에서 새로운 의미와 위치를 점하게 되었으며, 과거 조선의 전통조차 일본에 포괄되는 동아의 전통으로 편입시키려 압력을 받게 된 시기다. 조선의 전통이 애초에 일본에서 온 것이라고 해야 한다면, 그 전통은 복원하고 말고 할 필요가 없었을 것이다. 그것은 그냥 여러 삶의 방식 중 전통이라는 말로 이해되는 한 가지 방식이고, 조선이라는 지방-향토의 특색 있는 삶이었을 뿐이다. 중일 전쟁 이후 문단에 들어선 조선의 문인들이 전통과의 단절을 통해 새로운 시각의 필요성을 주장했다는 점도 이와 연결될 것이다. 단절은 중심이 파괴되었음을 뜻하면서 단절된 영역들 사이에 다른 관계가 맺어지고 있음을 의미한다. 근대 문학이 시작되었을 때, 이광수나 주요한 등의 선배들이 조선의 시가 전통을 복원하는 데서 과제를 해결하려 했고, 임화와 같은 2세대들이 근대 문학에 연결된 조선적인 것의 본모습을 구축하려 했었다면, 조선어와 민요를 근대적 "리터러처"의 한 형식으로 전환시킨 것도 그 단절과 관계 재설정의 한 예가 된다. 이 관계 재설정이 "바닷물에 지친 날개의 나비"가 되어 돌아오는 조선 청년의 형상이 아니라 "애비 에미를 잊고 아라비아와 알래스카와 아메리카로 떠날 것"을 요구하는 탈조선 청년의 세계관이라는 점은 1918년에 출생한 문인들의 문학 지향이 드리운 그늘을 예감케 하는 것이다. 어쩌면 이들에게는 거추장스러웠을지도 모르는 가두리가 거두어졌을 때, 이들을 다시 크게 휘감은 것이 전혀 예상치 못했을 1945년이라는 결절점이었

학의 지표"라는 주장으로 나아간다. 민족과 계급의 아슬아슬한 균형이 민족 문학에 대한 주장으로 전환되는 것은 1938년의 조선 교육령 이후이다.

4)   을파소, 「신민요의 정신과 형태」 1~4, 《조선일보》(1937. 2. 6, 7, 9, 13).

고, 한국 전쟁 또한 그 국면들의 연이은 파괴였다. 1938년의 조선 교육령과 함께 일본어 교육의 전면화 속에서 맞은 1918년생의 스무 살 이후, 청년 문학을 시작한 세대가 보여 준 문학적 스펙트럼은 무엇인가.

2 식민지 신체제와 새로운 문학

한국 근대 문학의 형성에서 일차적으로 주목할 것은 피식민지의 역사를 가진 나라들이 공통적으로 경험하게 되는 경로다. 한국은 36년 동안 한국을 식민 지배 했던 일본을 통해 근대 문학을 도입하고 정착시켰다. 한국 근대시의 형성에 결정적 영향을 끼친 주요한은 그의 비평 「노래를 지으시려는 이에게」(1924)에서 뼈아픈 고백을 한 바 있다. 한국 근대 문학의 1세대가 새로운 근대시를 창조하기 위해 고투했을 때, 그 노력을 위해 고려할 만한 전통적 시 형식이 한국에 존재하지 않았다고 그는 썼다. 그러므로 그가 참조할 수 있는 것은 서구의 낭만적 서정시의 영향을 받은 1910년대 일본의 자유시였다. 그의 「불놀이」(《창조》(1919. 2)) 및 습작품들이 이런 고민을 거쳐 탄생되었다. 이 자유시 「불놀이」가 서구적 낭만주의 시학의 산물이라면, 그로부터 벗어나려는 시도는 한국 민중의 전통적 노래 형식인 민요를 발견하면서부터이다. 1920년대부터 1세대 근대 시인들이 다수 창작한 민요시는 바로 피식민의 삶을 문화적으로 극복해 보려 했던 심미적 투쟁의 결과였다. 그런데 주요한에 따르면 이 민요시 또한 서구 여러 나라의 근대시가 그들의 민요로부터 비롯되고 있음에 착안하여 그것을 한국 시단에 적용한 결과였다. 서구적 낭만주의 시의 영향력으로부터 벗어나려는 노력조차 서구 여러 나라들의 근대시 출발 방법과 직결된다는 사실이야말로 한국 시의 이중적 위치를 드러내 주는 것이었다.

우리가 적극적으로 주목해야 하는 것은 이 세대의 문학이 전체적으로 어떤 내용을 전개하고 있는가 하는 점보다도 이들의 문학을 관통하는 핵심이 무엇인가 하는 점일 것이다. 전체적인 내용이 현실과 관련한 문학적 스펙트럼의 다채로움이라면 핵심은 그 다채로움을 보이지 않는 곳에서 규정하는 요점이다. 아마 이 세대에게 그것은 조선이라는 이름의 역사가 마주한 전혀 새로운 세계사의 장면들이었을 것이다. 만주국과 중일 전쟁, 그리고 새로운 문학 언어의 출현이 그것이다.

그런데 오장환은 새로운 문학 윤리를 찾아가는 이들 1918년생 사이에서 특별한 위치를 갖고 있다. 이곳에서 논의할 문인들이 대부분 중일 전쟁이 발발하여 급변하는 시국을 거친 다음인 1939년 이후에 등단했음에 비해 오장환은 이미 1932년에 등단하여 1930년대 중반부터 활발한 동인 활동을 전개하고 있는 것이다. 그만큼 그는 돌올한 시인이지만, 동시에 1930년대 후반의 국면에서 깊은 절망을 경험한 시인이기도 하다. 그래서 그는 이 침울한 현실의 한복판을 시의 언어 그 자체로서만 걸어가려 했던 듯한데, 이 시기에 쓰인 시(1939년 7월~1945년 8월)를 모은 시집 『나 사는 곳』(헌문사, 1947)의 후기에서 이렇게 쓰고 있다.

> 사랑하는 내 땅이여, 조선이여! 행동력이 없는 나는 그저 울기만 하면 후일을 위하여, 아니 만약에 후일이 있다면 그날의 청춘들을 위하여 우리의 말과 우리의 글자와 무력한 호소겠으나 정신까지는 썩지 않으려고 얼마나 발버둥 쳤는가를 알리려 하였다. 그러나 이제 내 노래를 우리 앞에 어엿이 내놓게 될 때, 어이없다. 『나 사는 곳』이 이러할 줄이야.

언어와 정신의 혹독한 시련이 있었음을 알려 주는 진술이다. 시단의 삼재 중 한 명으로 일컬어지던 그가 썩지 않으려 발버둥 쳐야 했을 정도로 삶과 역사의 중심을 상실했던 시대가 이때였음을 알 수 있는데, 이런 문학적 자의식은 오장환의 이른 문학 활동이라는 특별한 조건에 의해 더 강제되었을 터이다. 눈이 가는 곳은 "만약에 후일이 있다면 그날의 청춘들을 위하여 우리의 말과 우리의 글자와 (중략) 썩지 않으려고" 발버둥 쳤다는 구절이다. 1937년 중일 전쟁 이후의 급변하는 정세 속에서 조선어의 지위가 위태로워지고 있음은 이미 설명했지만, 그 하나의 사례로서 시인이 겪었던 언어적 위기의식이 이 구절에는 고스란히 드러나 있다. 그러나 이 위기의식은 나약함의 징표라기보다는 역사적 강인함의 표현이라고 이해할 만하다. 오장환은 이 시기의 또 다른 시집 『병든 서울(1946)』에서 자신은 나약한 인물이라고 고백하며 자학하는데 이 역시 자기 성찰적 겸손에 기대어 있는 것이지 허무주의적 현실 도피로 연결되지 않는다. 이는 그의 삶 어디에도 현실적 타협이나 굴종의 그림자가 비치지 않는다는 사실에서 간접적으로 확인할 수 있다. 그 결과 그는 아방가르드적 모더니즘의 경향과 그 전위 지향을 해방 공간의 민주주의적 지향으로 바꿔 놓은 시인이 되었다. 여러 자료에 따르면 그는 해방 공간의 진보적 청년 문사들을 이리저리 연결하고 묶어 주는 활동가였으며, 병든 몸을 의탁하려는 목적이 동반된 월북에 의해 분단의 고통과 비극을 온몸으로 견딜 수밖에 없었던 시인이었다. 그는 현재 유가족 한 명 없이 오직 그의 문학작품으로만 남아 단절의 역사를 증명하는 시인이다. 이것이 추종자를 불허하면서 그 자신마저도 부정함으로서 실현되는 아방가르드의 문학적 형식이라면, 오장환은 그의 삶 자체를 아방가르드의 전위적 실천으로 비유하게 된 시인이라 할 만하다. 그의 시는 현실과 대면하는 뜨거운 시정신의 청년으로 살아 있다.

만주의 시인 심연수는 오장환과는 다른 의미에서 뜨거운 시정신을 보여 준다. 심연수는 중국의 문화 혁명 시기를 기적적으로 지나온 그의 한글 원고가 알려짐으로서 또 다른 만주의 조선 시인으로 의미화되었다. 현실에 직접 육박하는 언어로 민족정신과 이상향을 추구하는 그의 시정신은 한국과 일본의 학자들 사이에서 그 평가가 많이 달라지고 있는데, 이는 그의 시가 아직도 시국적인 것과 민족적인 것의 의미화 사이에서 본격적으로 탐구될 필요가 있기 때문이다.

1938년을 지나는 조선의 언어 정책이 조선 문단에 초래한 결과와 비교해 본다면, 만주에 거주하는 조선인들에게는 조선어 금지 정책의 압박 정도가 덜했다. 만주의 조선인들에게는 조선 교육령과 같은 정책적 압박이 직접적인 것은 아니었다. 만주국 자체가 다언어 국가였기 때문이다. 심연수의 한글 창작시가 다수 존재한다는 것은 그런 의미에서 중국의 문혁 시기를 무사히 지나왔다는 점이 더 다행인 일일 수 있는데, 이 또한 문학사적 의미화의 방향에 대한 진지한 고민이 필요한 부분이다.

니혼 대학교 전문부에서 유학하기 위해 1941년 2월 일본에 도착한 심연수가 기차로 이동하면서 쓴 「이상(理想)의 나라」가 친일 작품인가 아닌가 하는 문제를 우선 거론해 보자. 이 시는 일본을 이상 국가로 표현한 것인가? 이와 관련하여, 이미 현해탄을 건너는 유학생의 심정을 '이상'과 '희망'이라는 언어로 표현(「현해탄을 건너며」)했던 시인이 왜 연변과 한국에서는 민족적 저항 시인으로 평가되는가의 문제는 20세기 전반의 한국 문학을 지역적으로 재구성하면서 꼼꼼히 분석될 필요가 있다. 가령 심연수는 1940년 4월 3일에 쓴 「대지의 젊은이들」에서 동양 평화, 왕도낙토, 오족협화의 만주국 이념을 노래하고, 시조 형식으로 쓴 친일 시가(기행시조 「신경」 (1940. 5))를 통해 제국에 포섭된 에스닉의 전형을 보여 주기도 한다. 조선인들의 민족적 비애를 노래한 시도 다수 있는데, 이처럼 그의 문학적 주제의식이 분열을 일으킨 듯 상반되는 주제를 동시에 펼치게 만들었던 삶의 조건이 무엇인지를 꼼꼼히 따져 볼 필요가 있다. 그를 위해 심연수의 시기별 문학적 주제 의식이 전개되는 과정을 분석하는 방법을 시도해 볼 수도 있을 것이다. 시대와 역사 이념에 대한 그의 문학적 자의식의 변모를 볼 수 있는 대목이기 때문이다. 유학 이전, 유학 중, 귀향 이후의 그의 문학적 변모가 분석된다면 그가 저항의 시인인가 친일 시인인가의 문제는 상당 부분 해명될 수 있을 것이다.

동시에 그 평가에서 고려될 사항은 만주국에서 자라고 공부한 청년의 의식을 정향했을 삶의 조건과 그에 따른 문학이 어떻게 연관되는지 고찰되어야 한다는 점이다. 1918년생 조선 청년들이 어떤 단절과 새로운 윤리의식의 설정 앞에 놓여 있었다면, 그것은 당시의 동북아시아 체제 속에서는 만주국의 청년도 마찬가지였을 것이다. 물론, 윤동주와 심연수를 비교해 볼 경우, 삶의 조건과 문학이 기계적으로 병렬될 수는 없다. 다만 당시의 시국적 조건에 둘러싸인 일반적 경우를 생각해 볼 수는 있는데, 만주국에서 발현되는 특정한 양상을 심연수에게서 찾아볼 수는 있을 것이다. 가령, 만주국 이념인 오족협화가 심연수에게 한편으로는 동양 평화를 외치고 또 한편으로는 조선의 현실을 노래하게 했을 가능성 같은 것 말이다. 그의 문학이 저항 문학이라면 그 저항은 그의 유학 이전에 어떻게 구성되는가라는 문제가 있고, 그의 문학이 친일 문학이라면 그 친일은 그의 유학 이후에 어떻게 전개되는가라는 문제가 있는 것이다. 이 문제야말로 1918년생의 문인들을 새로운 윤리의 조건 속에서 탐색할 때 되물어져야 할 요점일 수도 있다.

심연수가 만주국과 중일 전쟁 이후라는 시국적 조건에 직접적 영향을 받으면서 작품을 썼다면, 이 경험을 기억의 재구성 과정을 통해 간접적으로 보여 주는 문인이 조흔파이다. 1937년과 1938년이라는 시기를 지나며 자의식을 형성했을 청년들에게 만주국이 어떤 기억으로 각인되어 있는지 그 영향의 결과를 그는 소설로서 보여 주었다. 『만주국』이 그것이다.

조흔파는 한국의 연만한 독자층에게는 명랑 소설이라는 명칭의 작가로 더 잘 알려져 있다. 소설 『얄개전』은 주인공 나두수를 동년배의 아이들보다 늦된 인물로 묘사하지만, 다른 한편으로 그 늦됨은 속전속결의 천민 자본주의 한국에 대한 상상적 반항으로 읽어 볼 수 있는 대목이 있다. 그것을 조흔파는 『얄개전』을 서문에서 일종의 참회록 삼아 썼다고 밝혔다. 청소년 문학을 참회록으로 쓰는 심리는 그 청소년기의 어떤 사건들에 대한 미적이면서 역사적인 거리 두기의 결과이기도 할 것이다. 『얄개전』의 무대가 당시의 한국 교육열에 연결된 병영적 교육 문화와는 다른 미션계 학교이고, 그래서 문제를 일으켜도 처벌받지 않을 수 있는 조건을 구비한 장소였다는 점도 심상히 보아 넘길 사항이 아니다. 그곳은 요컨대 한국 내부에 있는 외부로서의 장소였다. 이렇다는 것은 조흔파의 문학 세계를 정신 분석적으로 볼 수 있게끔 하는 중요한 소설적 장치이다. 그런데 내부에 존재하는 외부에 대한 경험은 조흔파의 생애 속에서 찾아보자면 '만주국'이 아니었을까? 그 반대도 가능할 것이다. 내부에 있는 외부가 내부의 논리를 암암리에 실현할 수밖에 없는 곳이라면, 그것은 곧 외부의 내부이기도 하다. 만주국이 그렇다. 조흔파의 청소년기가 곧 만주국의 시대인데, 만주국이 내부와 외부의 동질성과 배리를 보여 주는 관계라는 사실을 고려할 때 그의 실록 소설 『만주국』은 동아시아론의 가능성을 어떤 방식으로든 제기한 작품이라고 평가될 수 있다.

물론 만주국을 거론한다고 해서 모든 것이 유의미해지는 것은 아니다. 그 소재주의적 방법을 견제하면서 『만주국』을 읽을 때, 우리는 그 소설이 발표될 때 박정희 권력의 서슬에서 자유롭지 못했음을 지적할 수밖에 없다. 소설이 역사적 격변기를 다루면서도 통속 소설이라는 한계 안에 스스로를 가두고 있는 것이다. 게다가 1960년대의 만주 열풍도 이 소설을 창작한 배경[5]이 된다면, 그 지향하는 바가 궁극적으로 어디에 있었을지 충분히 짐작된다. 그럼에도 불구하고 작가가 굳이 '만주'를 택한 것에는 분명 그 소재가 가진 심리적 계기가 작동하고 있으며, 이 소설이 '동아시아론'의 가능성을 보여 준다고 할 수 있다. 왜냐하면 동아시아의 현대사 자체가 억압된 것들의 끈덕진 귀환으로 이루어진 현실이었기 때문이다. 소재 자체가 찰나적인 방식으로 현실에 파열구를 낼 위험성을 가졌다는 것은 지배자나 피지배자에게 모두 적용되는 것이었고, 동아시아의 금기의 역사는 그렇게 만들어지는 것이었다. 명랑 소설이 현실과 그 현실적 존재들의 이면을 환기하여 웃음을 불러오는 것이므로, 그 소설에 능통한 작가가 『만주국』에서 현실의 이면을 바라볼 가능성을 배제하고 있다고 할 수는 없다.

박연희는 그의 탈식민주의적 역사의식이 가진 무게에 비해 많은 주목을 받지 못한 작가이다. 한국 전쟁과 반공 이데올로기를 축으로 억압된 인간의 문제를 다루어 온 그의 소설이 주목받아야 하는 이유는 일제 강

---

5) 조성면, 「만주·대중 소설 동아시아론」, 《만주연구》 14 (2012).

점기 말의 모진 현실이 단지 한국의 문제로 한정되어 있지 않고 중일 전쟁과 베트남 전쟁으로 확장되는 문제적 시각을 확보하고 있기 때문이다. 이런 점에서 박연희는 1918년생 작가들 중 새롭게 주목되어야 할 문제 작가로 평가되기에 충분하다. 자본주의 세계 체제 속에서 동아시아의 역사적 지평을 형상화하는 소설적 주제 의식이 출중하기 때문이다. 그가 쓴 소설의 주제 의식이 만만치 않다는 사실을 알기 위해서는 다음과 같은 소설을 읽어 보는 것으로 충분하다. 중일 전쟁, 중국과 대만의 관계에 대해서는 「탈출기」, 「방황」을, 알제리 독립 전쟁에 대해서는 「변모」를, 베트남 전쟁에 대해서는 「황진」, 「갈증」을 읽어 볼 수 있다.

그는 이런 역사적 소재들을 처리하는 데 있어서도 범상치 않은데, 가령 「방황」에서 양심적인 일본인과 함께 주인공 용일이 연대하여 민족주의적 배타심을 넘어서는 장면은 오늘날 생각해도 특별한 장면이 아닐 수 없다. 이는 당대의 실존주의적 작품이나 민족주의적 작품이 지닌 추상성의 한계를 뛰어넘는 것이며, 이념적으로도 지향하는 바의 선진성을 충분히 보여 주는 것이다.[6] 이런 현실 인식이 드물게 나타난다는 사실을 고려하면서 작품을 읽을 때, 박연희의 소설적 상상력이 최종적으로 가닿는 '연안'이라는 지역은 만주-일본으로부터의 탈출을 의미화하는 것인 동시에 당시의 분단 체제 아래에서는 반공 이데올로기를 탈출하는 것으로 읽힐 수도 있다. 남북 분단의 이념적 장벽을 중경과 연안이라는 망명지로 나누어 볼 수 있는데, 중국 공산당의 집결지인 연안으로 주인공들이 나아가는 결론은 심상하게 볼 문제가 아닌 것이다.

그렇지만 박연희가 반공 이데올로기에서 벗어나는 것으로 그의 소설적 주제를 마무리하는 것도 아니다. 그는 오히려 남과 북의 중간에 있다. 그래서 우리가 주목할 것은 「증인」과 「환멸」을 통해 설정될 수 있는 분단 체제의 형성 문제이다. 오늘 우리가 살펴보는 작가들이 1918년에 태어나고,

---

6) 박연희 소설에 대한 이런 인식을 대표적으로 보여 주는 연구는 장성규, 「리얼리즘 문학의 연속성과 전후 문학의 재인식」, 《우리문학연구》 27(2009).

일제 강점기 말에 20대를 보내고 본격적인 작품 활동을 해방 이후에 시작했다는 사실을 고려할 때, 이들에게는 특히 분단 체제가 특별한 의미를 갖는 것이다. 그 분단 체제가 단지 한국 전쟁 이후에 시작된 것이 아니라, 일제 강점기 말부터 시작된 것이라는 사실을 상정하는 순간, 박연희 소설이 환기하는 역사적 시기 단속의 재설정 필요성이 도드라진다. 이것은 이들의 문학적 내면이 만들어진 시기를 일제 강점기 말로 보고 그것의 전개를 전후의 시기로 이어 가는 관점을 승인하는 것이다. 이 시각이 중요한 이유는 지금 우리가 살고 있는 시대의 난제를 풀 수 있는 열쇠 또한 식민지 시대에서 찾을 수 있을 것이기 때문이다. 따라서 여기에는 한국, 중국, 일본이 오랫동안 쌓아 온 역사의 역학 구조가 필연적으로 개입될 것이다. 현대를 만들어 낸 한중일 3국의 역사적 역학 관계의 출발점이 바로 중일 전쟁인 셈이다.

3 역사의 흔적과 언어

이상이 현실과 직접 대면한 1918년생 문인들의 기록이다. 이런 유형의 문인들은 역사라는 필연적 조건이 삶을 둘러쌀 때, 그 조건의 핍진성을 언어의 육체로 구체화한다. 보편적 역사에 대한 보편적 언어 표현이 중요하다고 생각하는 이런 유형의 문인들은 현실에 대한 문학적 대응을 통해 "고유한 이름들로 지칭되는 주체들에게 일어나는 일련의 사건들"[7]을 형상화하는 일을 중요하게 생각한다. 역사의 이름들에 대한 명확한 시대 설정이 이때 잘 드러난다.

그러나 역사가 항상 역사학의 사실과 보편이라는 관점으로 이해될 수 있는 것은 아니다. 랑시에르는 역사학과 역사 과학을 구분하면서 현대 지식의 시학으로 역사 과학을 제시했다. 여기에서 우리가 참조해야 할 것은

---

7) 자크 랑시에르, 안준범 옮김, 『역사의 이름들: 지식의 시학에 관한 에세이』(울력, 2011), 9쪽.

이른바 망탈리테사와 같은 역사적 방법론이다. 이와 같은 관점으로 보았을 때, 문학은 특별하고 고유한 이름으로 제출되는 사건들에 관심을 갖지 않는다. 문학은 기존의 역사가 보여 준 사건들에 대한 관심을 "반복 속에서 관찰되는 사실들로, 속성에 따라 분류되며 동일 유형 또는 다른 유형의 사실들과 연관되는 그런 사실들"[8]로 대체하는 일에 집중한다. 이 집중은 개별적 다양성들을 구체화하는 작업이다. 문학이 구체화하는 다양성이란 무명의 군중과 같은 존재들을 언어화한 것이며 그래서 무수히 많은 방식의 언어화이기 때문이다. 이 경우에는 모순을 포괄하는 역사 서술의 태도, 즉 '비역사적인 것으로서의 역사'[9]를 바라보는 태도가 필요한데, 이를 위해 우선 주어진 것 자체를 있는 그대로 서술하는 태도가 중요하다. 이하에서 살펴볼 문인들은 그런 방식으로 주목되어야 한다.

김경린과 박남수는 현실과 일정한 거리를 유지하면서 문학 언어의 새로운 지평에 남다른 관심을 기울인 시인으로 기록될 것이다. 이 새로움이란 국가적 윤리를 넘어서는 문학적 완성이 이들에게 중요했음을 의미한다. 이 시기의 신세대라고 할 수 있는 서정주나 김종한이 이들과 정신적 연대를 이루고 있었다는 사실을 참고한다면, 이들에게서 신세대 의식의 출발이라고 할 만한 내용을 찾을 수 있음에 주목할 수 있을 것이다. 시적 소재가 여하한 것이라고 해도 문학적 완성도만 성취하면 된다는 신세대 의식이 김종한과 서정주에게서 공통적으로 나타났다는 사실을 김경린과 박남수를 대입해 가며 읽어 볼 수 있다는 말이다.

그러나 박남수에게는 특별히 눈여겨볼 대목이 있다. 그가 자신의 시를 지키기 위해 현실과 타협하면서 이데올로기에 순응하는 태도를 보여 준 것이 아니라 오히려 그 이데올로기로부터 벗어나려는 몸짓을 보여 주었다는 사실이다. 그가 유례 없을 정도로 강력한 이데올로기 국가였던 한국 사회에서 끝까지 살아가지 못했다는 사실은 그 점을 증명하는 하나의 사

---

8)   위의 책, 13쪽.
9)   랑시에르는 이를 "비-역사이면서 역사인 것"이라고 표현한다. 위의 책, 18쪽.

례일 것이다. 이런 점에서 이른바 그의 '순수'는 한국의 순수 문학가들이 빠지곤 했던 반공적 태도가 아니라 현실에 대한 적극적 거리 두기로서의 순수라고 해야 한다. 이는 그의 시가 이미지즘에서 벗어나 서정시의 경향을 보이면서 사회성을 드러내기 시작했다는 점을 통해서도 반증되는 것이다. 이 사회성에 대한 반면적 인식을 위해 살펴볼 수 있는 글은 박남수가 현수(玄秀)라는 필명으로 발표한 『적치 6년의 북한 문단』이다. 이 글과 그의 작품의 상관성이 보다 치밀하게 다루어진다면[10] 박남수 시 작품 전체가 다시 조명될 수 있을 것이다. 특히 『관서시인집』과 관련된 필화 사건과 결부되어 박남수의 시 세계는 문학과 정치의 혼재 속에서 어떻게 순수 문학이 탄생하는지 살펴볼 수 있는 소중한 사례이기 때문이다.

김경린의 시 세계가 해방 후 한국의 새로운 모더니즘과 작품 면으로나 활동 면으로나 긴밀하게 연결되어 있음은 잘 알려져 있다. 최근에는 그의 시를 포스트모더니즘의 관점으로 분석하려는 시도까지 제시되어 있다. 이런 시도에서 주목할 점은 그의 일제 강점기 말 문학을 구성한 문학적 논리가 무엇인가 하는 점일 것이다. 이에 대해서는 윤대석의 논의처럼 국가적인 것을 외면하는 심리로서의 시적 기술을 논의하는 관점이 주목할 만한데, 여기에 중일 전쟁 이후 조선의 몰락 속에서 새로운 윤리를 필요로 하는 세대의 시대 의식이 있었는지 또한 물을 수 있을 것이다. 새로운 역사의 시대에 역사적 윤리 의식을 공백으로 둔 문인들의 시적 기술과 그 의식이 문제가 아니라, 시적 기술에 집중하는 문인들이 새로운 역사의식으로 총력전을 벌이는 시기를 받아들이는 의식이 문제될 수 있을 것이기 때문이다. 모더니즘이 당대를 리얼리즘보다 "가벼웁게" 초월하는 심미적 관점이라고 말하기 위해서는 더 많은 계단이 필요하지만, 리얼리즘보다 훨씬 더 초월적이라고 범박하게 말할 수 있을 것이다. 그 초월의 공백이 순수한 공백인가 아니면 아니면 그 자체가 시대 의식인가를 따져 물을 필요

---

10) 이에 대한 연구로 주목할 만한 것은 장만호, 「박남수론: 한 월남 문인의 이력과 '순수'의 이면」, 《한국시학연구》 32 (2011. 12)가 있다.

가 있다는 뜻이다. 요컨대 김경린이 일제 강점기 말에 썼던 친일 작품들의 성격은 그의 세대가 가진 윤리적 공백의 결과인가 아니면 미학적 태도인가 하는 점이 그것이다. 이는 윤대석이 지적한 것처럼 김경린이 시적 전환을 감행한 이후에 작품 쓰기를 중단한 사실과도 관련이 있을 것이다. 시를 쓰지 않는 것은 시대와 타협하는 행위인가 시대를 거부하는 행위인가? 그것은 중일 전쟁 이후 소멸된 조선이라는 세계상 아래의 새로운 윤리와 어떤 관련이 있는가? 그의 언어가 비역사적인 것으로서의 역사를 구성하는 언어 자체라면, 그것은 김경린이 가진 시대의 망탈리테인가 아니면 김경린 특유의 고유한 행위인가? 이 점을 해명하는 것은 김경린론의 임무지만, 그와 유사한 시적 경로를 밟은 젊은 모더니스트들의 친일과 시대 의식 문제를 살펴보는 일이기도 하다.

올해의 대상 문인 중 황금찬과 한무숙은 지금까지 논의해 온 논리적 틀에서 한 걸음 벗어나 있는 시인과 소설가이다. 물론 이들에게 현실 의식이나 내면세계가 없을 리 만무하다. 그럼에도 불구하고 이들의 문학에 일제 강점기 말에서 비롯된 삶과 역사 이념을 손쉽게 대입할 수 없는 이유는, 이들의 문학이 그 자체로 한국 문학의 다채로운 스펙트럼을 이루기 때문이다.

황금찬은 100세를 앞두고 유명을 달리한 한국 현대시사의 산증인이다. 그의 시는 비극으로 점철된 한국 현대사의 현실에서부터 정신적 지고의 지평인 신앙시에 이르기까지 다채로운 양상을 펼쳐 보이고 있다.

한무숙은 전후 여성의 모습을 형상화하는 일련의 흐름 속에서 '양갓집 규수 작가'라고 규정당했지만 한편으로는 남성 중심적 억압 구조의 여성 주체를 형상화는 작가라고 분석되기도 한다. 한국 문학 연구자들은 한무숙의 소설이 당대의 현실을 '신분, 관습, 교육'의 측면에서 직접적 혹은 간접적으로 묘사하고 있으며 이것이 무의식적으로 당시 한국 사회의 억압적이고 성차별적인 현실을 드러내고 있다는 사실을 주목한다.

이들의 문학적 위치는 여러 비판에 노출되기도 하고 문학적 자유라는 관습적 평가의 대상에 그치기도 했다. 그런데 역설적으로 이들의 위치야 말로 한국 문학의 밑자리를 이룸으로써 당대 한국 문학의 무의식을 보여 주는 척도이기도 하다. 이 무의식이 형성된 이유는 앞에서 말한 1918년생들의 문학적, 역사적, 사회적 이념이 제대로 실현될 수 없다는 사실에 닿아 있다. 요컨대 이루어질 수 없기 때문에 꿈이 만들어지는 것이다. 황금찬과 한무숙은 그 이루어질 수 없는 것을 함께 다룬다. 그래서 이들은 현실로 나아갔다가 각각 개인의 종교나 내면으로 들어가는데, 그것을 우리는 앞의 문인들이 탐구하고자 했던 '역사적 실재로부터 떨어져 나온 실재'에 대한 반응의 형태로 읽을 수도 있다. 프레드릭 제임슨이 『정치적 무의식』에서 행한 메타코멘터리와 같은 것이다. 이들이야말로 이후 한국 문학의 정치적 무의식을 강박적으로 귀환시키는 하나의 자동 장치인 셈이다. 모든 순수 문학이 필연적으로 정치적일 수밖에 없는 이유가 여기에 있다.

4 한국 문학의 성좌를 위해

1918년은 식민지화 이후 오래 억압되었던 조선의 열망이 터져 나오기 직전의 해이다. 그 열망은 식민지를 거쳐 여러 목소리들의 충돌로 이어졌고, 여러 역사적 단절과 충격을 거쳐 새로운 언어 탐구로 연결되었다. 그 결과 해방과 한국 전쟁 이후 다양한 실존의 층위가 형성되고 이름을 얻었다. 그것들은 오래된 시간들의 기억을 복원하고 그 실증적 지위가 다시 확인됨으로써 한국 문학의 이름을 영롱하게 만들어 줄 성좌가 되었다. 오장환, 심연수, 조흔파, 박연희, 김경린, 박남수, 한무숙, 황금찬으로 대표되는 시기의 문학적 성과 중에서 주목되지 못했던 의미들도 이제는 저 한국 문학의 지층에서 다시 퍼올려져야 한다. 그것이 역사의 성좌를 위해 한국 문학사가 새로 설정해야 할 윤리 감각이다. 이름을 붙인다는 것은 고유한 정체성을 부여한다는 것이다. 그러나 명명 행위가 항상 옳은 것은 아니다. 우리가 지금 그들에게 이름을 붙이는 행위는 그 이름으로서 계속

재규정되어야 하는 한국 문학의 성좌를 만들기 위해서이다. 고유한 이름과 무명의 보편들이 벌여 온 각축전에서 지금 우리가 바라보아야 할 것이 있다. 그들이 모두가 한국 문학의 한 별자리를 이루고 있는 존재들이라는 사실이다.

성좌란 무엇인가? 그것은 서로 다른 지점에 있는 별들이 현재라는 단면 위에 펼쳐진 자리이다. 지금 이 자리에 펼쳐지기 위해 그것들은 토르소처럼 팔과 다리가 잘린 채 날아와 미래를 예감하게 한다. 작가들에 관해 말하자면, 밤하늘의 별들이 상이한 공간 지표를 넘어서서 평면으로 펼쳐지듯이, 작가들의 당대의 기억 역시 이 자리에 모두 펼쳐지는 것이 아니라, 지금 이곳의 현실이라는 칼날에 의해 잘린 면들이 평면으로 펼쳐진다. 그것이 작가들의 성좌이다. 지금 한국 문학의 자리에는 그 작가들의 성좌가 펼쳐질 예정이다. 그들은 한때 인기 있는 작가들이었으며 우리가 사랑하는 사람들이었다. 그리고 지금 그 사랑, 그들이 우리에게 주었고 또 우리가 그들에게 주었던 사랑은 식어 버린 것일까? 그들의 모티프는 진부하고 깊이가 없는 것처럼 보이기도 한다. 벤야민은 그것을 「부조(浮彫)」[11]라는 제목의 단상에서 이렇게 말해 두었다.

그리고 깨닫는다. 이야기를 나눌 때 사랑으로 그 위에 몸을 숙여 주었던 그 작가[12]만이 그것을 우리 앞에 그늘지게 하고 보호했다는 것을. 그리하여 마치 부조처럼 모든 주름들과 구석들 속에 그 생각이 살아 있었다는 것을. 지금처럼 우리가 혼자 있으면 그때 이야기했던 내용은 평범한 모습으로, 아무 위안도 그늘도 없이 우리의 인식의 빛 속에 놓여 있는 것이다.

지금 우리는 혼자가 아니라 여럿이 함께 모여 그 모든 주름들을 별자리들처럼 펼쳐 보려고 한다.

---

11) 발터 벤야민, 조형준 옮김, 『일방통행로』(새물결, 2007).
12) 벤야민이 선택한 단어는 '여자'다. 여기에서는 그 단어를 '작가'로 바꾸어 놓았다.

해방 이전 김경린의 시와 시론[1]

윤대석 | 서울대 교수

1 전후 문학의 기원, 일본어

도시적 소재와 새로운 언어에 대한 방법적 탐색, 현실에 대한 미적 응전을 통해 근대 이후 피상적 수준으로 수용되었던 서구 모더니즘을 자기화하려 했다는 점에서 고평되기도 하고[2] 피상적 모더니즘으로 폄하되기도 하는[3] 김경린의 경우, 그의 시와 시론은 대체로 신시론 2집인 『새로운 도시와 시민들의 합창』(1949. 4)의 발간에서 시작하여 한국 전쟁과 그 이후에 집중되어 연구되었다. 그러다 엄동섭에 의해 신시론 동인지 1집인 《신시론》(1948. 4)이 발굴됨으로써[4] 전후 모더니즘이 사실상 해방기의 문

---

1) 이 글은 졸고 「기술이냐 윤리냐」(《한국현대문학연구》 50집(한국현대문학회, 2016. 2)를 토대로 작성한 것이다.
2) 김현자, 「전쟁기와 전후의 시」, 오세영 외, 『한국현대시사』(민음사, 2007), 318쪽.
3) 오세영, 『20세기 한국시 연구』(새문사, 1989), 276쪽.

학 운동으로 시작되었다는 사실이 알려져 김경린에 대한 연구가 확대되었다.[5] 그러나 김경린을 비롯한 전후 모더니즘, 나아가 전후 문학의 기원이라 할 수 있는 해방 이전의 일본어 문학에 관한 논의는 거의 이루어지지 않았다. 물론 김수영을 비롯한 전후 세대의 문학 행위가 일본어를 통한 미적 체험과 그 번역에 의해 가능했고, 또 민족어를 가로지르는 그러한 창작의 매커니즘이 어떠했는가에 대한 논의는 있어 왔지만,[6] 그들의 이중어 문학은 억압된 것의 귀환 혹은 흔적으로서만 연구되었다. 하지만 해방 이전과 이후에 모두 창작을 시도한 전후 세대의 소설가가 거의 존재하지 않는 것과는 달리 해방 이후에 한글로 창작했던 시인들, 특히 모더니즘을 표방한 시인들의 경우 상당수가 해방 이전에 일본어 창작을 남기고 있다.

이 글의 대상이 되는 김경린(1918~2006)은 말할 것도 없고, 조향(1917~1984)도 《日本詩壇》 동인으로서 전집에 실린 일본어 시만 해도 14편이나 되고, 김경희(생몰 연대 미상, 월북)는 일본의 LUNA 동인과 어울리며 조선 잡지에 「旅」(《國民詩歌》(1942. 8), 「雨の日に」(《國民詩歌》(1942. 11), 「みほとけ」(《內鮮一體》(1942. 11) 등의 일본어 시를 썼으며, 임호권(생몰 연대 미상, 월북)은 동경학생 예술좌에 소속되어 있다가 조선에 돌아와 「旅人」(《國民詩歌》, 1942. 11) 등의 시를 썼고, 김병욱(생몰 연대 미상, 월북)은 신영토 및 사계 동인, 이봉래(1922~1998)는 일본 미래파 동인, 양병식(1914~?)은 동경 시인구락부 회원이었다. 1925년을 전후하여 태어나 등단의 기회를 가지지

---

4) 엄동섭, 『신시론 동인 연구』(태양출판사, 2007). "지금 신시론을 찾는 시사연구가들과 젊은 세대들이 많지만 나에게도 6·25 사변의 틈새에 없어져 버린 것은 안타까운 일이다." (김경린, 「기억 속에 남기고 싶은 그 사람 그 이야기 12」, 《시문학》(1994. 1), 24쪽)라고 김경린이 말했던 것을 생각하면 《신시론》의 발굴이 가진 중요성을 짐작할 수 있을 것이다.

5) 맹문재, 「《신시론》의 작품들에 나타난 모더니즘 성격 연구」, 《우리문학연구》(2012. 2); 박민규, 「신시론과 후반기 동인의 모더니즘 시 이념 형성과 그 성격」, 《어문학》(2014. 6); 전병준, 「신시론 동인의 시와 시론 연구」, *Journal of Korea Culture*(2015. 11).

6) 한수영, 「전후 세대의 '미적 체험'과 '자기 번역' 과정으로서의 시 쓰기」, 『정치적 인간과 성적 인간』(소명출판, 2017); 한수영, 『전후 문학을 다시 읽는다』(소명출판, 2015).

못했던 사람(1921년생이지만 연극 활동을 했던 김수영, 1926년생인 박인환)을 제외하면 이처럼 전후 모더니즘 시인 상당수가 일본 문단과 관련을 갖거나 일본어 시를 창작했다.

이 문제를 어떻게 볼 것인가. 하나의 시각은 임종국의 『친일 문학론』(1966)에서처럼 '친일 문학'으로 보는 것이다. 그는 이들을 '국민 문학 제2기생'이라고 부르며 다음과 같이 말하고 있다.

> 대체로 25세 전후, 그러니까 3·1 운동을 전후하면서 출생한 이 세대들은 거개가 지나 사변 밑에서 전문 교육을 받았고 국민 문학의 성장 속에서 문학을 공부했으며, 또한 제1기생들에 의해서 국민 문학의 정지 작업이 끝난 후 데뷔한 사람들이었다.[7]

그러나 '친일'이라는 시각에서 보더라도 전후 모더니즘 시인의 일제 강점기 말 시는 일본어로 창작되었다는 사실을 제외하면 거의 시국색을 띠지 않은 것이었다. 그뿐 아니라 어떤 측면에서는 당대의 '국민시'와 대립되는 위치에 있었다는 점을 생각하면 '친일 문학'이라는 규정은 이들의 문학에는 적절하지 않은 듯 보인다.

또 다른 시각은 전후 세대 문학의 전사이자 기원으로 이 시대의 문학을 보는 것이다. 전후 세대, 특히 전후 모더니즘 시를 낳는 어떤 원천으로 일제 강점기 말의 일본어 문학을 보는 관점은 다시 두 가지로 나눌 수 있다. 하나는 전후 세대 문학에 일본어가 어떻게 작용하는가에 초점을 맞추는 것이고 또 다른 하나는 전후 세대 문학의 경향에 일제 강점기 말의 문학 활동이 어떠한 영향을 미쳤는가에 초점을 맞추는 것이다. 김수영이 일본어를 '망령'[8]이라고 말한 것에서도 알 수 있듯이 그들이 문청 시대에 습득한 일본어는 은폐되고 억압된 것이었고, 또 망령처럼 회귀하여 흔적을 남

---

7) 임종국, 『친일 문학론』(평화출판사, 1966), 430쪽.
8) 김수영, 『김수영 전집 2』(민음사, 1981), 302쪽.

기는 것이기도 했다. 그러나 그 흔적을 포착하고 무의식에 억압된 것이 드러나는 장면을 포착할 수는 있지만,[9] 한글 텍스트로 번역된 일본어에 의한 미적 체험이 어떤 것이었는가를 해명할 수는 없다. 그것이 망령이고 흔적이기 때문이다. 그것은 일본어로 된 원텍스트가 있고, 번역으로서 한글 텍스트가 존재한다고 해도 마찬가지이다.

더군다나 전후 모더니즘, 특히 김경린에게 일본어는 '망령'조차 되지 못했다. 김경린에게 일본어는 이상처럼 언제나 조선어와 호환 가능한 하나의 기호에 지나지 않았다. 그의 제자인 박일중 선생의 증언에 따르면 김경린은 항상 이상이 자신의 선배라고 했다고 한다. 김경린은 경성전기학교 토목과 및 와세다 공업고등학교 토목과를 졸업했고, 이상은 경성고등공업학교 건축과를 졸업하여 서로 다른 학교 출신임에도 그렇게 말했다는 것은, 기술 학교 출신이라는 동질감 이외에도 문학적 지향성에서도 일치점이 있음을 김경린 스스로 의식한 결과라 할 수 있다. 이상과 마찬가지로 김경린에게 개별 민족어에 대한 자의식은 없었다. 일제 강점기에 쓴 시를 그대로 번역해서 전후에 발표하기도 하고, 해방 이후에도 거의 동시에 두 언어로 시를 쓰기도 했다.[10] 또한 조선어 동인지인 《맥》과 일본어 동인지인 《VOU》 활동을 병행할 수 있었던 것도, 해방 이후 아주 짧은 휴식 기간을 가진 뒤에 곧장 일본어에서 조선어로 전환할 수 있었던 것도 이 때문이다. 또한 전후 모더니즘이 유일하게 해방을 전후하여 연속성을 지니는 것도 기본적으로는 그들의 문학 언어가 기본적으로 인공어이기 때문일 것이다.

김경린을 비롯한 전후 모더니즘 시인에게 일제 강점기 말의 문학 활동

9)　이에 대한 정치한 논의는 한수영, 「전후 세대의 '미적 체험'과 '자기 번역' 과정으로서의 시 쓰기에 대한 일고찰」, 《현대문학의 연구》 60호(한국문학연구회, 2016) 참조.

10)　최근에 김경린이 한국 전쟁이 한창이던 1952년 5월에 일본의 시 잡지 《시학》에 쓴 「오후와 예절」이 발굴되었다. 이 시는 이후 「오후와 예절」이라는 제목으로 『태양이 떨어지는 서울』(청담문학사, 1985)에 번역되어 실렸다. 발표 순서와는 상관없이 어느 것을 먼저 썼는지는 알 수 없다.

은 무엇이었던가를 해명하는 길 가운데 남은 것은 하나뿐이다. 기술이냐 윤리냐 혹은 문학이냐 역사냐의 갈림길에서 아슬아슬하게 줄타기를 하던 모더니즘이 한국 전쟁 후 왜 전자로 기울어졌는가에 대한 해명이 그것이다. 그것은 한국 전쟁으로 인한 문학의 탈이념화에 있다기보다, 그것과 상승 작용을 일으키는 경험으로 일제 강점기 말 문학 체험이 존재하기 때문이라는 것이 이 글이 드러내고자 하는 바이다. 그들에게 '전후(戰後)'의 감각은 비단 한국 전쟁으로 인해 생겨난 것은 아니었던 것이다.

2 문학 청년 시대(1918~1939년)

김경린은 1918년 4월 24일 함경북도 종성에서 태어났다. 그는 가계나 고향과 같은 어린 시절에 대한 기억을 그다지 서술하지 않았다. 다만 다섯 살에서 일곱 살까지 서당에 다니면서 한학을 수학한 경험이 자신의 시작에 중요한 계기가 되었다고 말했는데, 그것은 모더니즘의 기법과 유사한 것이었다고 한다.

훈장님은 또한 시문학에도 식견이 높았던 것으로 기억한다. 더욱이 나에게 훗날 모더니즘에 열중하게 된 문을 열어 주신 분이기도 하다. 그는 그때 벌써 한시에 들어와 있던 상징주의적인 시를 나에게 가르쳐 주는 데 열중했었기 때문이다. (중략) 한시의(인용자가 삽입) 기법은 한때 모더니즘의 시에 있어서 즐겨 시도되었던 프리미티브한 시각에서의 즉물적인 비유와 흡사하다는 것은 흥미 있는 일이라 하겠다.[11]

김경린은 "즉물적인 비유"라는 한시의 시적 측면에 주목했지만, 이는 에즈라 파운드의 이데오그램, 즉 한자적 방법(ideogrammic method)

---

11) 김경린, 「기억 속에 남기고 싶은 그 사람 그 이야기 1」, 《시문학》(1993. 2), 28~30쪽.

이나 그것을 더 발전시킨 기타조노 가쓰에(北園克衛)의 이데오플라스티 (ideoplasty)라는 시작 방법과 연관된다. 이는 오히려 자신의 기억을 훗날에 배운 시작법에서 거꾸로 한문 공부에 의미를 부여한 것이라고도 할 수 있는데, 어쨌든 시각에 의한 시와 이미지의 병치같이 그가 평생 중요시한 시작법은 한문과 연관이 되어 있다는 점이다. 에즈라 파운드는 한자나 일본어 같은 표의 문자(ideogram)가 대상을 이미지로 형상화하는 회화적 언어로서, 영어와 같은 표음 문자와 달리 사물과 굳게 결합되어 있고, 두 이미지를 병치시킴으로써 새로운 관념이 생겨난다며 이를 한자적 방법이라 불렀다.[12] 예를 들면 나무[木]와 해[日]라는 두 이미지가 표의 문자로 결합됨으로써 동쪽[東]이라는 새로운 관념이 생겨난다는 것이다. 생경한 두 이미지의 병치를 통해 새로운 관념을 생성하여 세계를 포착하는 더 정확한 언어를 만들어 가는 것이 시의 임무이며 그것이 기술이라는 김경린의 시론은 가장 낡은 문자인 한문을 배운 경험을 새로운 시, 즉 모더니즘 시에 대한 공부의 원체험으로 바꾸었던 것이다.

한시 창작 체험을 넘어선 본격적인 습작은 근대적 교육을 받음으로써 가능했는데, 학령기에 접어든 김경린은 서당 공부를 접고 8살(1925)에 보통학교에 입학하여 4학년까지 세 개 학교를 전전하다 5학년 때 종성보통학교로 전입했다. 다른 학생들보다 늦은 나이였다고 하는 걸 보면 입학 자체가 늦었거나 여러 학교를 전전하면서 진급이 늦었을 수도 있다. 어쨌든 글 잘 쓰는 아이로 알려져 연애편지를 대신 써 주는 등 다른 학생들보다는 성숙했던 것으로 보인다. 그렇다면 당시 김경린이 쓴 글은 어떤 언어로 되어 있을까? 담임인 장진규[13]의 권유로 학급 급우지라 할 수 있는《클라스메이트》를 편집했다고 하는데, 이 잡지가 "일본말과 한글이 혼용되었

---

12) 존 솔트, 『기타조노의 시와 시학』(東京: 思潮社, 2010), 192~193쪽.

13) 장진규는 1930년에 종성보통학교 훈도로 부임하여 1934년까지 있었던 것이 조선 총독부 직원록에서 확인된다. 그는 김경린에게 자신을 문학으로 이끈 매우 인상적인 교사였던 것으로 보인다.

음은 물론"[14]이었다. 제2차 조선 교육령(1922)에 의해 '일본어를 상용하는 자'와 '일본어를 상용하지 않는 자'로 교육이 이분되어 있었고, 교육의 언어를 비롯한 공용어(公用語)가 일본어인 가운데 조선인 학교의 경우에는 조선어가 필수 과목이었다. 이처럼 학교생활 자체가 이중 언어의 실험장이었다고 할 수 있는데, 앞에서 말한 '글 잘 쓰는 아이'란 이중어에 능숙한 학생을 가리키는 것으로 보인다. 일본어와 한글이 혼용된 급우지를 주관할 정도였으니, 글 잘 쓰는 아이인 김경린이 썼다는 졸업식 송사와 답사는 분명 일본어일 것이다. 그러면 연애편지는? 당대에 썼던 시는? 그 당시 지었다고 기억하는, 아마 《클라스메이트》에 실었을 「밤이면 우는 부엉이」는 일본어였을까, 한글이었을까? 1993년, 76세의 노인 김경린은 60여 년 전에 지은 어린 시절의 시를 일본어로 기억하고 있었을까, 한국어로 기억하고 있었을까.

근대적 문학의 습작이 시작되던 보통학교 시절을 뒤로하고 김경린이 경성전기학교에 진학한 것은 1937년이었다. 예과 1년, 본과 2년의 수업 연한을 가진 경성전기학교는 경성전기회사에서 전기 기술자를 만들기 위해 1924년에 설립한 중등 교육 기관이었다. 입학 당시 정원은 전기부 예과 300명, 본과 1년 60명, 토목부 예과 120명, 본과 2년 약간 명이었다. 낙제하지 않는 한 예과에서 본과로 진학하는 것을 원칙으로 하기 때문에 본과 모집은 다소 예외 상황이며, 탈락자가 적은 토목부가 더 인기가 있었던 것으로 보인다. 김경린은 본과 진학 자격을 얻기 위해 보통학교 졸업 후 3년 동안 닥치는 대로 노동일을 하며 검정고시를 준비하여 보통학교 고등과 검정고시에 합격했다. 그러나 입학은 본과가 아닌 예과인 것으로 보이는데, 그가 수학 기간이 3년이었다고 기억하고 있기 때문이다. 경성전기학교는 기술을 가르치는 학교로 교수어는 모두 일본어이며 설립 초기의 학생 대부분은 일본인이었다.[15] 그러나 김경린이 졸업할 무렵에는 조선인 숫자

---

14) 김경린, 앞의 글, 26쪽.
15) 경성전기학교에 대해서는 김근배,『한국 근대 과학 기술 인력의 출현』(문학과지성사,

가 훨씬 많아져 그가 졸업한 1940년 8회 토목과 졸업생 가운데 조선인은 85명, 일본인은 10명이었다.[16] 김경린이 이 학교에 진학한 이유는《맥》 동인이며 먼 친척이던 김북원의 "우리 문학사에 남을 만한 일을 하려면 독자의 구미에 연연해서는 절대 안 되며 그러기 위해서는 기술자와 같은 확고한 직업을 가져야 한다."라는 권유에 의해서였다고 하며, 김북원의 조언은 그대로 평생 기술직을 고수했던 김경린의 신조가 된다.

김북원(본명 김정식)은 김경린의 시 입문에 결정적인 역할을 한 것으로 생각되는데 기술직을 가지라는 것, 모더니즘 시를 쓰라는 것, 일본의 시지《시와 시론》을 읽으라고 한 것 등이 그것이었다. 김경린은 김북원이 소속된《맥》 동인의 모임에 나가 신동철, 김조규, 황민, 이찬 등을 만났는데 "나를 놀라게 한 것은 그들의 놀라울 정도로의 시에 대한 집념과 모더니즘에 대한 강열한 추구 태도였"다고 회상한다. 당시 「동인 잡지의 현재와 장래」(《시학》(1939. 3))라는 설문에 따르면 동인지에 시론을 게재하지 않아 명확한 지향성을 알 수 없는《맥》의 시적 경향이 드러나 있는데 그것은 다음과 같은 것이었다.

오늘날의 시인도 퇴폐적 본능, 무의식적인 단순한 인상, 주정 전달 혹은 영감, 감상적 고백의 형태화 시에 반역해야 할 것이다. "시는 늘 시대에 선행해야 한다." 우리들은 시에 있어 새로운 감성적 영역을 개척, 확장키 위해 의식적으로 주지적 활동에 의하여 비판 정신을 파악해야 한다.[17]

더불어 그는 "질서, 방향 잃은 헝클어진 예원에 새로운 태양이 — 태양과 같이 광폭 넓고 위대한 존재의 출현이 그립다. 이 가난한 정열적 시족

2005), 296~307쪽 참조.
16) 경성전기학교를 이어받은 수도전기공업고등학교에는 학적부가 남아 있지 않았지만, 졸업 대장을 통해 졸업생 명단과 숫자를 확인할 수 있었다.
17) 홍성호, 「동인 잡지의 현재와 장래」,《시학》(1939. 3), 36쪽.

들을 위하여" 동인지 간행에 희사해 줄 것을 요구하고 있는데, 김경린의 시 가운데 두 번째로 인쇄된 시 「양등」(《시림》(1939. 6))은 정신적으로 이에 공감하고 화답한 것이라 할 만하다.

> 나는 불나비의 동족.
> 초조한 심사에 오직 너만이
> 내 마음속 시집을 밝혀 주었다.

　경성전기학교에 재학하면서 김경린이 시도한 한글 창작은 《조선일보》(1939. 4. 17) 학생작품란에 "우음삼제"라는 큰 제목 아래 「차창」, 「꿈초」, 「주면(晝眠)」을 발표하면서 시작된다. 이 시가 계기가 되어 조연현이 주도한 《시림》 동인이 되면서 앞에서 말한 「양등」과 「터널」을 발표했다. 그러나 이 시들은 여전히 학생 동인지이거나 학생작품란에 실린 것이어서 본격적인 문학 활동으로 인정되기는 조금 어려운 것이었다. 그렇기 때문에 본격적인 창작 활동을 위해 《문장》의 신인 추천에 응모했으나 중복 게재가 문제되어 실리지 못한다. 추천을 담당한 정지용은 「시선후」에서 "경성전기학교 김 군. 「차창」이 어디에 발표되었던 것이나 아닙니까. 의아스러워 그러하니 그렇지 않다는 것을 알리어 주시고 다시 수 편을 보내 보시오."[18]라 했던 것이다. 그 후 《문장》에 다시 시를 보냈는지는 명확하지 않으나, 이것으로 김경린의 한글 창작 활동은 막을 내린다. 그것은 그가 일본 문단에 참여하기 때문이기도 했지만, 한글 문단으로의 진출이 막혀 버린 탓이기도 했다. 1940년 초 그는 토목 기술을 배우기 위해 일본으로 건너갔다.

---

18) 정지용, 「시선후」, 《문장》(1939. 9), 128쪽.

3 VOU 동인 시대(1940~1942)

김경린이 입학한 학교는 와세다 대학교 부설 와세다 고등공학교였다. 와세다 대학교에는 대학으로서 이공학부가 있었고, 중등 교육 기관으로서 공수학교가 있었지만, 과학 기술의 진보에 따라 중등 교육 정도의 학력으로는 이해하기 곤란한 이론을 갖춘 기술자를 양성하기 위해 1928년에 이 학교가 설립되었다.(『와세다 대학교 100년사』 별권 2) 10주년을 맞은 1938년 졸업자 160명 대비 채용 신청이 2758명이나 되었을 정도로 졸업생들의 취직 전망이 밝은 학교였다. 시를 쓰기 위해서는 확고한 직업을 가져야 한다는 신념을 가진 김경린으로서는 절호의 학교였을 것이다. 그러나 중학교 졸업 정도의 학력을 갖추어야 한다는 입학 요건을 김경린이 어떻게 채웠는지는 알 수 없다. 경성전기학교는 예과를 포함해 봐야 3년제로서 5년 연한인 중학교 학력에는 미달했기 때문이다. 고등과 2년 검정 시험을 포함하면 5년을 공부한 셈이 되지만, 그것도 불명확하다.

일본에서 김경린이 만난 것은 첨단의 모더니즘 문학 운동이었다. 기타조노 가쓰에(1902~1978)가 이끌던 동인 VOU와 동명의 동인지가 그것이었다. "기어코 동경 왔소. 와 보니 실망이오.", "표피적인 서구적 악취의 말하자면 그나마도 그저 분자식이 겨우 여기 수입이 되어서 혼모노 행세를 하는 꼴이란 구역질이" 난다고 했던 선배 이상과는 달리 "1940년을 전후한 시기에 세계적인 모더니즘의 거성들인 에즈라 파운드, T. S. 엘리엇, 앙드레 브르통 등과 직접 교류를 하고 있던 동경의 VOU 동인으로 있었기 때문에" 김경린에게 동경은 "모더니즘의 세계적인 세례를 받았다는 자부심"을 느끼게 해 줄 만한 곳이었다. 말 그대로 '혼모노'였던 것이다. 기타조노와 VOU의 문학 운동이 얼마나 세계적인 수준이었고, 또 그들이 어떻게 서구 모더니즘과 연대했는지에 관해서는 존 솔트의 연구서에 잘 밝혀져 있는데, 그는 "영어권의 실험시의 중심적인 네트워크 속"에 VOU가 놓여 있었다고 서술한다.[19] 김경린이 매료된 것은 이러한 일본 모더니즘 운동의 국제성이었다. 해방 이후 그의 시론이 새로움의 방향으로 "시의 국제적인 발전의 코스"[20]에 얼마나 집착했는지는 잘 알려져 있는데, 그러한 집착의 원천에 VOU 동인 체험이 놓여 있다고 할 수 있다.

김경린이 VOU 동인이 되기 위해 리더 기타조노를 찾아간 것은 1940년 8월, 그가 관장으로 있던 일본 치과 대학 도서관이었다. 동인 모집 마지막 공고는 "작품 3점과 출신교, 연령과 함께 신청하시오."(《VOU》(1939. 4))였지만 그는 "작품 10편과 평론 20매와 약력" 혹은 "시론 한 편과 시 다섯 편"으로 기억하고 있다. 그만큼 의욕이 컸던 것으로 보이는데, 동인으로 인정받을 만한 수준의 시 여러 편을 도일 이후 창작했던 것으로는 보이지 않고, 경성전기학교 시절에 일본어 습작이 병행되었음을 짐작할 수 있다. 이러한 두 언어에 의한 시작 활동은 VOU와 《맥》 양쪽에서 동인으로 활동한 것으로도 드러난다. 그가 《맥》 동인으로서 얼마나 활동을 했는지는, 그의 시가 실리지 않는 4호까지만 동인지가 남아 있기 때문에 정확하게 알 수는 없다. 더군다나 그의 회고록에도 《맥》에 시를 썼다는 기록은 남기지 않았다. 그러나 조선에서는 내기 어려운 한글 잡지를 동경에서 내려고 했던 기억은 꽤 구체적이어서 동인 활동의 진위를 어느 정도 판별할 수 있게 한다. 그것은 1942년 전반기까지로서 그의 일본 체류 기간 전체에 거의 해당한다. 한글 시 창작 여부는 명확하지 않지만, 정신적인 측면에서 한글 문학과 일본어 문학은 동시에 전개되었던 것이다. 그에게 한국어와 일본어는 서로 호환 가능한 기호였다는 가설이 설정될 수 있다.

이 점은 VOU의 문학 활동 자체가 일본어 시작 활동이 아니었다는 것과 연결된다. 그들은 동인들에게 끊임없이 서구에도 통용될 시를 요구했고, 직접 번역하거나 번역을 염두에 둔 시를 창작했다. 서구 시인들의 시가 번역되기도 하고, 또 그들의 시를 번역하여 영국, 미국, 이탈리아의 시 잡지와 교류했다. 그들의 잡지와 시에서 알파벳을 발견하는 일도 어렵지 않다. VOU라는 명칭 자체가 '다다'처럼 아무런 의미도 없는 것,

---

19) 이에 관해서는 졸고에서 충분히 살펴보았기 때문에 그 논문을 참고하기 바란다.
20) 김경린, 「매혹의 시대」, 『새로운 도시와 시민들의 합창』(수도문화사, 1949. 4), 13쪽.

"세계의 어느 국어에도 속하지 않는"(《VOU》(1938. 7)) 것이기도 했다.

美少年の	소년
美容室から	의 미용실
望遠鏡をもつた小鳥が	에서 망원경을 쓴 비둘기가
風のやうに飛びさる朝	바람처럼
地球は	날아나는 아침
青い着物を着始めたのです	지구는
	푸른 유니폼을 입고 있었습니다

白紙の	백지
やうな伝統に	와 같은 전통 위에
白紙の如くぶらさがり	백지처럼 매어 달려
マダムの飛行術は	매담 브란슈의 비행술은
繁殖もしたし	번식도 하였고
社交もしてゐたのです	사교도 하였습니다

しかし	그러나
ハイブラウの空気銃から	하이브라우의 기총
薔薇が	에서 장미
花のように散つたら	가 꽃처럼 흩어지면
街は青年の	거리는 청년들의
競技と旗行列とで	경기와 시위로
肩を振り始めるのでした	어깨를 흔들고 있었습니다[21]

---

21) 번역은 김경린·이상 외, 『모더니즘 시선집』(청담문학사, 1986), 223쪽. 원시와 번역이 작은 차이가 있지만 대체로 비슷하다고 할 수 있다.

위의 시는 그가 일본어로 최초로 발표한 「장미의 경기(薔薇の競技)」(《신기술》(1941. 3))인데, 여기에서 언어는 일상이나 전통과 같은 생활 세계에 뿌리내리지 않고 있다. 있는 것은 오로지 이미지들의 연속과 병치이고 이를 통해 새로운 관념을 만들어 낸다는 것이 이데오플라스티의 시작법이었다. "소년/의 미용실", "망원경을 쓴 비둘기", "바람처럼/ 날아나는 아침", "푸른 유니폼을 입"은 지구라는 어울리지 않는 이미지들이 병치됨으로써 무슨 관념이 생겨날까? 모호하지만 '경쾌하고 젊은 지구적 조망'이라는 느낌이 든다. "매담 브란슈"나 "하이브라우"는 상호 텍스트적 읽기가 필요한데, 전자는 VOU 이전에 기타조노가 주재한 시 잡지 명칭이고, 하이브라우는 1941년에 발간된 기타조노의 시론집 『하이브라우의 분수』에서 따온 것으로 보인다. 그렇다면 전통을 파괴하려 했지만 거꾸로 그렇기 때문에 전통에 의존하지 않을 수 없었던 초기 모더니즘에 대한 비판으로 2연을 읽을 수 있고, 3연은 시론집 『하이브라우의 분수』 이후 청년의 흥성거림으로 읽을 수 있다. 이는 VOU의 시작을 김경린 나름대로 형상화하고 의미 부여한 것일 터인데, 이러한 동인에 대한 이해 때문에 VOU는 그를 동인으로 받아들였던 것으로 보인다. 그것을 모르더라도 전통 파괴, 국제성, 젊음과 새로움 등을 생경한 이미지를 병치함으로써 시각적으로 형상화하는 모더니즘의 특징을 이 시에서 발견할 수 있을 것이다. 김경린은 이후의 시에서도 "젊은 튤립", "하얀 음표", "노란 노래", "의자의 이동"처럼 서로 어울리지 않는 두 이미지의 병치 혹은 형용 모순적 표현을 시 제목으로 채택하고 있는데, 이는 VOU 동인의 특징이기도 했다. 1938년 1월호 VOU에는 「검은 숨결」, 「백지의 지도」, 「꽃의 기타」, 「장미의 다이얼」, 「납의 청춘」, 「상아의 잡초」와 같은 제목들이 숱하게 발견된다.

그러나 김경린이 참여하던 무렵의 VOU는 이미 전향을 시작하고 있었다. 이 무렵 치안 당국은 국회의 명령을 받아 사상 범죄의 정의를 확대하여 서양의 영향 아래 있는 사람들을 모두 대상으로 했고 모더니즘 운동은 유럽의 외래어를 사용했다는 것만으로도 사악한 사상의 은닉 행위로 여겨졌다.[22] 1940년 3월에는 모더니즘 시인들이 치안 유지법 위반으로 대거 검거된 고베 시인 사건이 일어났고 1940년 9월에는 기타조노가 사상범을 다루는 특고의 조사를 받았다. 이러한 모더니즘 배격의 기운 아래에서 VOU는 《신기술》이 되었다. 김경린이 처음으로 참여했던 동인 모임이 이루어진 때 발간된 VOU 종간호(1940. 10)에서 그동안 "시각 영상으로서의 사유 세계를 대상으로", "예술 이론의 근간을 이루는 사고의 조형적 파악"을 시도해 왔으며 이것이 "현대 일본 예술가의 이론적 탐구력과 독창력의 왕성을 강렬하게 인식시켰"으나 "동아 신질서의 건설을 맞아 신체제 확립을 단행하는 때", "종래의 예술 운동을 본호로 종료하고", "민족정신의 진흥에 기여할 청신하기 비할 데 없는 민족 예술 이론의 수립과 그 적정한 실천을 위해" 새롭게 태어날 것을 선언했다. 국가와 민족에 기여하는 언어 기술의 혁신으로서 모더니즘 운동을 규정하고 그것을 '신기술'이라 불렀던 것이다. 이러한 변화는 국제성을 뺀 기법으로서의 회화성으로 낙착되었으나 리더 기타조노는 다른 동인들보다 더 깊이 전향했다.

> 오늘날 시의 현저한 특징은 우리나라 문화의 국제적 코스로부터 국가적 코스로의 복귀에 따라 소재의 선택과 사고의 방법도 또한 민족 본래의 코스로 돌아간 점에 있다. 이것은 시 작품의 전체적 효과에 향토적인 요소를 다분히 포함시켰다.[23]

민족적인 것의 현현으로서 향토를 그리는 것, 그것은 그동안 전통이라고 해서 모더니즘 문학이 파괴하려고 했던 것이었다. 이는 모더니즘으로부터의 완전한 퇴각이었고 그 끝에는 노래로서의 시가 놓여 있었다. 당대의 국민시 운동이 일종의 '목소리의 회귀'였으며 시각 편중의 경향 자체가

---

22) 솔트, 앞의 책, 210쪽.
23) 기타조노, 「권두언」, 《신시론》(1942. 2), 1쪽.

당대 문단에서 비판의 대상이 되었음[24]을 생각할 때 노래로서의 시는 국민시로의 투항이라 하지 않을 수 없다.

"국가적 코스로부터 국제적 코스로"는 해방 이후 김경린 시론의 슬로건이기도 했다. 또 국제적 코스는 김경린이 모더니즘 문학에서 느낀 매력을 집약적으로 표현한 말이기도 했다. 그러나 시대는 국제적 시 운동에서 국가적 시 운동으로, 나아가 회화적 시에서 음성적 시로 옮아가도록 강요했다. 그것이 국민시 운동이었고 모더니즘 시인은 그러한 시대정신 혹은 시대적 압박과의 타협으로서 언어 기술로서의 시라는 절름발이를 만들어 냈다. 그러나 그 절름발이조차 허용되지 않는 시대가 되었고, 식민지 조선은 그러한 압박이 더욱 거센 곳이었다. 전쟁 때문에 6개월 단축된 학업을 마치고 김경린이 조선으로 돌아간 것은 1942년 겨울이었다.

4 조선에 돌아온 김경린(1943~1945)

조선에 돌아온 김경린은 어떠한 대접을 받았는가. 서울의 여학교 수학 선생을 제안받았지만, 그는 경기도 광공부 토목과 기수로 취직했다. 평생 직장이 된 기술직 공무원의 길이 시작되었던 것이다. 참고로 그가 해방을 맞은 것도 경기도 연천 양어장 공사 현장에서였고, 1955년 기타조노의 소개로 에즈라 파운드를 찾아가 인터뷰했던 것도 내무부 건설국 도시과 수도계장으로 미국의 수도 시설을 견학하러 갔을 때였다. 그것은 "자기 존재가 커다란 원인 양 생각하기 일쑤이지만 일단 사회에 나오면 하나의 작은 점으로 축소"되는 경험이었다고 한다. 기술자로서의 삶과 시인으로서의 삶은 병행되는 것이었지만 그 존재 방식은 크게 달랐다. 기술자가 점이라면 시인은 원이었다.

"일본 문단에서 시도 쓴답시고 베레모를 쓰고 귀국한" 시인 김경린은

---

24) 쓰보이 히데토, 『목소리의 축제』(나고야: 나고야대학출판회, 1997), 162쪽.

어쩌했던가. 그에게 "국내의 모더니스트들은 시골 부사 정도로밖에 보이지 않았"다. 서양의 시인들과 교류하고 일본의 일류 시인과 함께 동인 활동을 한 그로서는 당연한 일이었다. 조선 문단에서도 처음에는 "일본 문단에서 활동했다는 이유로 대우가 무척 좋았다." 그러나 그는 당대의 국민시와는 어울리지 않는 모더니즘 시인이었다. 시인으로서도 다시 하나의 작은 점으로 축소되지 않을 수 없었다. 당시의 일에 대해 그는 다음과 같이 증언하고 있다.

　　이때 쓴 시가 모더니즘 시라고 해서, 당시 사상 문제를 취급하던 조선총독부의 국민총연맹에서 시가 영미식이라고 통지가 오고 징용장이 나오고 말았어요. '사상 불온'이라는 이유였지요. (중략) 그리고 일본에 협력하는 글을 쓰라는 강요가 굉장히 심했어요. VOU 동인은 순수 예술 지향적이었기 때문에 이런 고민은 안 해도 됐었는데, 한국에 나와 생각하니 전쟁 시기에는 도저히 시를 써서는 안 되겠다는 생각이 들더라고요.[25]

국민총력조선연맹에서 시가 영미식이라고 비판했다는 것은 1942년 11월 국민총력조선연맹의 문화부 과장이 된 데라모토 기이치(寺本喜一)의 모더니즘 비판에서 충분히 있을 수 있는 일이었다. 데라모토는 조선문인보국회 시부 부장이었을 뿐 아니라 《국민문학》에서 시 이론을 담당하는 사토 기요시 그룹의 선두 주자였다. 그는 조선 문단에서 국민시를 주도하고 그에 이론을 부여하는 역할을 맡았다고 볼 수 있다. 그런 그는 새로운 국민시를 다음과 같이 정의한다.

　　나는 국민시의 내용은 덕성을 가져야 한다, 건강해야 하고 도의적이어야 하며, 마스라오부리[益荒男振]여야 한다고 생각한다. 형식적으로는 그것은

---

25) 김경린, 「현대성의 경험과 모더니즘」, 강진호 외, 『증언으로서의 문학사』(깊은샘, 2003), 26~27쪽.

산문적이어서는 안 된다. 그것은 운율적이고 낭송에 적당한 것이어야 한다. 그것은 문득 소리 높여 읽을 만한 것이어야 한다. 그것은 표현적으로는 심리나 감각처럼 복잡기괴한 쇄말적인 허장을 버리고 단적으로 소박 강인한 표현을 취해야 한다.[26]

"운율적이고 낭송에 적당한 것"이라는 목소리로서의 시를 지향하고 "복잡기괴한 쇄말적인 허장"을 배격하는 것이 국민시라는 것인데, 이러한 시론은 일본 본토에서도 국민시의 주류를 차지했다. 그러한 국민시의 주류와 모더니즘 신인들 사이에서, 김경린이 귀국하여 조선에서 활동하던 1942년 겨울과 1943년 봄에 걸쳐 큰 충돌이 일어난다. 데라모토는 일찍이 "국민시 가운데 비난해야 하는 것은 시대의 급속한 템포에 촉발되었음인지 일본어가 조잡하게 되고 한어적 표현이 현저하게 증가한 사실"을 꼽으며 그것이 "반도에서도 젊은 시인 특히 반도계 시인에게 많은 것은 일고를 요한다."[27]라고 했던 것에서 나아가 국민시의 전개를 살펴본 「시단의 1년」(《국민문학》(1942. 11))에서 본격적인 모더니즘 비판을 전개했다. 그는 "근대적 감각과 심리의 가장 빠른 과거인 미인 모더니즘을 청산해야" 한다고 주장하며 그 대표적인 시인으로 조우식과 성산창수(城山昌樹)를 꼽았다. 데라모토와 같은 국민시의 입장에서 보면 일본어의 음성적인 아름다움을 파괴하는 생경한 언어, 시각적인 언어는 금기의 대상이 될 것이고 그 대표가 모더니즘 시였다. 쓰보이가 말했듯이 이 시기 국민시의 중심은 소리, 즉 노래에 있었기 때문에 구어성과 운율성을 파괴하고 시각적 조형성을 드러내는 모더니즘 시야말로 국민시의 대척점에 있는 것이었기 때문이다.

이에 대해 모더니즘 계열 신인들의 집단적 반발이 이어지는데 이 가운데 조우식은 다음과 같이 반박한다.

---

26) 데라모토 기이치, 「새로운 일본의 시」, 《국민문학》(1942. 7), 11쪽.
27) 위의 글, 12쪽.

앞서 《국민문학》 11월호에 데라모토 기이치 씨의 시단의 1년을 말한 글 속에서 이러한 의미의 말이 있었다. "앞으로 청산되어야 할 모더니즘의 신진 조우식이 나왔다." 이것을 내 개인을 떠난 신세대의 문제로 이야기해 보고자 한다. 모더니즘에 대한 견해의 착오는 무엇을 의미하는 것일까. 한 시대의 움직임은, 그것이 어떤 형태로 나타나고 표현된 것 자체가 시대정신으로 간주될 수 없다고 하더라도 이것은 섭리되고 소화되어야 할 것이지 청산되어야 될 것은 아니다. 모더니즘이 오늘날 찬양되어야 할 것은 아니지만, 또한 반드시 박멸될 필요는 없다. 이것은 내포된 민족정신으로의 구투적 복귀를 의미하는 것에 다름 아니다.[28]

신지방주의를 둘러싼 대립에 이어 국민 문학 시기 가장 큰 대립 가운데 하나였던 국민시를 둘러싼 서정시와 모더니즘의 대립을 여기에서 볼 수 있는데, 조우식의 경우는 다소 수세적이다. 그러나 막 일본에서 돌아와 조선 사정에 어두운 김경린은 더욱 과격하고 근본적인 논점을 펼친다. "일찍이 낡은 세대의 사람들은 오랫동안 익숙한 문화의 국제적인 코스로부터 국가적 코스로 앵글을 회전시키는 유일한 방법으로 기술마저 바다 저쪽으로 던져 버렸다."라고 비판하며 다음과 같이 주장했다.

우리들 젊은 세대 사람들은 이러한 선배 제씨보다 더 나아가 새로운 시대 감각을 살림과 동시에 새로운 문화의 건설을 위해 혹은 그 열쇠로서 새로운 기술을 살리고 발견하는 데 노력할 것이다. 그리하여 이 기술의 삽을 가지고 동방의 토지에 감춰져 있는 인간성을 발굴하고 새로운 세계관의 수립에 전력을 다해 나아가고자 한다. 더욱 나아가 우리는 항상 새롭고자 함과 동시에 항상 신선성을 가지고자 한다.[29]

---

28) 조우식, 「역사의 자각과 더불어」, 《동양지광》(1943. 1), 57~58쪽.
29) 김경린, 「새로움과 시대성」, 《동양지광》(1943. 1), 62쪽.

국제적인 코스에서 국가적 코스로 전향한 것은 인정한다. 그러나 그것
이 시의 이데올로기적 측면, 시어의 개념적 측면을 강조하는 윤리로의 퇴
각이 아니라, 새로운 시대 감각을 포착하고 생성해 내는 언어의 조형성은
버리지 않을 뿐만 아니라, 이를 통해 젊은 세대들이 보편적이고 새로운 질
서를 창조해 내야 할 것이라고 주장하며, 모든 국민들이 이러한 "젊은 세
대의 입장에 서야 비로소" 역사적 진전성이라는 "위대한 임무가 달성될
것"이라고 한다. 그러나 이러한 새로움의 범주는 유행적인 임의의 혁신과
역사적으로 필연적인 혁신을 구별할 가능성을 제시하지는 못한다.[30] 김경
린의 모더니즘론이 가진 근본적인 한계가 여기에서도 드러나는데 그것은
기술을 윤리와 분리함으로써 생겨나는 것이었다. 윤리와 분리된 기술은
기법에 지나지 않는다. 그렇기 때문에 모더니즘 기법으로 쓰인 체제 협력
의 시가 나올 수 있었다. 다음의 시는 그것의 절묘한 결합을 보여 준다.

體練抒情	체련서정
軽い鞭のやうに	가벼운 채찍처럼
朝が来ると	아침이 오면
人らは	사람들은
みんないつせいに胸を張り	모두 일제히 가슴을 펴고
そうして	그리고
みんないつせいに	모두 일제히
青空へ向つて出て行くのである	푸른 하늘을 향해 나가는 것이다
またあした	또 내일 아침
またあした	또 내일 아침

---

30) 페터 뷔르거, 최성만 옮김, 『아방가르드의 이론』(지만지, 2013), 159쪽.

いつもまたあした	언제나 또 내일 아침
軽い鞭のやうに	가벼운 채찍처럼
老も若きも	늙은이도 젊은이도
首を振り地平線を越え	목을 흔들고 지평선을 넘어
そうして	그리고
力いつぱいに天を衝く	힘껏 하늘을 찌른다
そうして	그리고
みどりの流れる	푸르름이 흐르는
五月の太陽を浴びながら	오월의 태양을 받으며
動脈のやうに	동맥처럼
柔い呼吸を肩にのせて	부드러운 호흡을 어깨에 얹고
そうして	그리고
みんないつせいに	모두 일제히
決意の如く帰つて来るのである	결의처럼 돌아오는 것이다
やがて来るべき日のために	마침내 올 그날을 위해

'연성하는 반도 청년'을 특집으로 한 《문화조선》(1943. 6)의 "연성시초"에 실린 시이다. 체련, 곧 아침 체조를 그린 것인데, "목을 흔들고 지평선을 넘어/ 그리고/ 힘껏 하늘을 찌른다"와 같은 표현은 체조 장면을 묘사한 것이다. 이 시의 의미 구성은 그리 어렵지 않고 또 "모두 일제히/ 결의처럼 돌아오는 것이다/ 마침내 올 그날을 위해"라는 대목도 당대의 시국과 그리고 연성이라는 행위가 가진 의미를 통해서 쉽게 해석될 수 있다. 그러나 "가벼운 채찍처럼/ 아침이 오면"이라든가, "동맥처럼/ 부드러운 호흡을 어깨에 얹고"라는 낯선 이미지의 결합들은 다른 국민시와는 구별되는 것도 사실이다. 그 외에도 「젊음 속에서」(《동양지광》(1943. 6)), 「탁상을 둘러싸고」(『국민시가집』(1943. 11)) 등도 일본에 의해 전개되는 세계사를 젊

은이의 새로움의 창조로 그린 시이다.

　그러나 김경린에게 가장 뼈아픈 시는 아마 젊음과 새로움은 물론 시어의 조형성마저 포기하고 향토와 전통과 노래의 세계로 회귀한 다음과 같은 시일 것이다.

やわらかい	부드러운
月日を背負ふて	달과 해를 등지고
ふるさとの	고향의
土橋をわたり越えれば	흙다리를 건너면
やさしい	정다운
にくじんたちの	육친들의
ささやきがそこにあつた	소근거림이 거기에 있었다
水車小屋の	물레방앗간
屋根に	지붕에
もはや	이미
若い日日のかげはなく	젊은 날의 흔적은 없고
あたたかい	따뜻한
春のひざしのみが	봄볕만이
うつくしく照つてゐた	아름답게 비추고 있었다
はるか	아주
遠い丘の向ふで	먼 언덕 저편에서
ささやく三月の声は	재잘대는 삼월의 소리가
笛のやうあかるく	피리처럼 밝은
ぼくの	나의
ふるさとは	고향은

| 一つのちいさい | 하나의 작은 |
| 雲にすぎなかつた | 구름에 지나지 않았다 |

　제목마저도 「고향」(《국민시가》(1943. 11))인 이 시는 "젊은 날의 흔적은 없"는 고향이 그 대상이며 주된 이미지는 청각이다. 이는 소리와 노래로의 회귀, 전통적인 서정시로의 회귀라 볼 수 있다. 그것은 모더니즘의 기법마저 버렸을 때 일어난 일이었다. 이 시를 마지막으로 김경린은 시를 쓸 수 없었다. 너무 멀리 온 탓일까.

5 해방 이후

　연천에서 해방을 맞은 김경린은 해방 이후 2년 동안 시를 쓰지 않았다. 1944년부터 쓰지 않았으니까 정확하게는 3년 동안이다. 자신은 "일본 문단에서 글을 썼다는 사실 때문에 자성하는 의미에서" 혹은 "일본어로 시를 썼다는 자책감 같은 것" 때문이라고 하지만, 그 뒤에도 일본 문단을 대상으로 일본어 시를 썼던 것을 보면 그것보다는 모더니즘으로부터 이탈이 더 큰 죄책감으로 남지 않았을까. 그렇기 때문에 다음과 같은 구절은 기타조노를 비롯한 VOU 동인에 대한 비판이면서 동시에 자기비판이기도 했다.

　저속한 '리얼리즘'에 대항하기 위하여 출발한 현대시는 또한 우연하게도 놀라운 속도를 갖고 온 지구에 전파되었다. 그것은 하나의 병리학적인 생리를 내포했음에도 불구하고 마치 신세대의 빛깔처럼 현대인의 지성에 자극을 주는 바가 되어 어두운 나의 세계에도 삼투하여 왔던 것이다. 여기에 매혹은 느낀 것은 비단 소년인 나뿐만이 아니었다. 우리의 많은 선배들도 자기 스스로가 모더니스트임을 자처했고 또한 아방가르드임을 자랑했으나 그들은 너무나 강한 현실의 저항선을 넘어 신영토를 개척하지 못했기에 시의 국

제적인 발전의 코스와는 정반대의 방향에 기울어져 가고 말았던 것이다.[31]

　"국제적인 코스에서 국가주의적 코스로"는 "너무나 강한 현실의 저항선을 넘"지 못한 선배 기타조노가 주장했고, 모더니즘에 "매혹은 느낀 소년"인 김경린이 머뭇거리며 따라갔던 과정이었다. "파장처럼/ 울려오는 너의 목소리를/ 잊어버렸는지/ 전쟁은/ 시름없는 여파를/ 나의 뜰 앞에 남기고 지나갔"[32]던 것이다. 김경린에게 회한으로 남아 완고할 정도로 국제성을 주장하며 시에서 정치성을 제거하고 언어적 조형성을 강조하게 했던 것은 바로 다른 모더니즘 선배들과 마찬가지로 2차 세계대전의 경험이었던 것이다. 이것이 김경린의 전후(戰後)였다.

---

31) 김경린, 「파장처럼」, 『새로운 도시와 시민들의 합창』(도시문화사, 1949), 13쪽.
32) 위의 책, 14쪽.

제1주제에 관한 토론문

맹문재 | 안양대 교수

1

윤대석의 「해방 이전 김경린의 시와 시론」은 해방 이전까지 김경린이 추구한 시와 시론의 핵심을 고찰한 논문입니다. 또한 해방 이전에 김경린이 추구한 일본어 문학에 관한 고찰은 이 영역에 대한 연구가 거의 이루어지지 않았기 때문에 의미가 크다고 볼 수 있습니다. 이 논문에 따르면 김경린 외에도 조향, 김경희, 임호권, 김병욱, 이봉래, 양병식 등 전후 모더니즘 시인들도 일본 문단과 관련이 있거나 일본어 시를 창작했다고 밝히고 있는데, 좀 더 깊은 연구가 필요하다고 봅니다.

이 문제에 대해 임종국은 김경린을 '국민문학 제2기생'이라고 부르며 친일 문학으로 파악했습니다. 윤대석은 일제 강점기 말 모더니즘 시인들의 작품이 일본어로 창작되었다는 점을 제외하면 시국색을 띠지 않았고, 어떤 측면에서는 '국민시'와 대립적인 위치에 있었기 때문에 친일 문학으로 볼 수 없다는 반론을 제시하고 있습니다.

김경린 등이 일본어로 창작한 문제에 대해서는 전후 모더니즘 시를 낳는 원천 혹은 기원으로 보는 시각도 있습니다. 전후 세대 문학에서 일본어가 어떻게 작용하는가와 전후 세대 문학 경향에 일제 강점기 말 문학 활동이 어떠한 영향을 미치는가의 관점으로 세분할 수 있습니다. 김수영이 「시작 노트 6」에서 자신이 일본어를 사용한 것은 이상 시인의 경우와 다른 것이라고, 다시 말해 "일본어를 사용하고 있는 것이 아니라 망령을 사용하고 있는 것"이라고 했습니다. 윤대석은 김경린이 일본어를 사용한 것은 김수영의 '망령'조차 되지 못하는 것이라고 보았습니다. 이상 시인과 마찬가지로 민족어에 대한 자의식이 없다고 진단한 것입니다. 김경린에게 일본어는 이상 시인처럼 조선어와 호환 가능한 기호에 지나지 않는 것, 즉 인공어에 불과하다는 것입니다.

이상 시인, 김수영 시인, 김경린 시인은 자신들이 사용하는 일본어에 대해 어떤 자의식을 가졌는지 좀 더 설명해 주시길 부탁합니다. 김경린의 전후 모더니즘 시에서 일제 강점기 말 문학 활동이 어떤 의미를 갖는지 설명이 되는 면이기도 합니다.

2

김경린은 모더니즘 시를 추구하면서 언어의 시각적 이미지와 언어와 언어의 새로운 결합에서 발생하는 이미지의 효과를 중시했습니다. 두 이미지의 병치를 통해 세계를 포착하는 보다 정확한 언어를 만들어 가는 것을 시의 의무라는 시론을 견지한 것입니다.

이와 같은 것은 한시의 즉물적 비유, 에즈라 파운드의 이데오그램과 그것을 더욱 발전시킨 기타조노 가쓰에의 이데오플라스티 등의 시적 방법과 연관됩니다. 파운드는 한자나 일본어 등의 표의 문자가 영어 등의 표음 문자와 달리 대상을 이미지로 형상화하는 회화적 언어라고 보았습니다. 그리하여 두 이미지를 병치시킴으로써 새로운 관념이 생겨난다고 파악하고 한자적 방법이라고 불렀습니다.

김경린은 어렸을 때 서당에서 한자 공부를 했는데, 이것이 모더니즘 기법과 유사한 면이 있다고 밝혔습니다. 자신의 모더니즘 시 추구의 원체험으로 한문을 배운 경험을 들고 있는 것입니다. 이와 같은 면에 대해 좀 더 설명을 부탁합니다.

3

김경린은 시를 쓰기 위해서는 확고한 직업을 가져야 한다는 신념으로 와세다 대학교 부설 와세다 고등공학교에 유학했습니다. 그곳에서 김경린이 발견한 것은 수준 높은 일본의 모더니즘 운동이었습니다. 기타조노 가쓰에가 이끌고 있는 VOU 동인이 그러했습니다. 김경린은 VOU 동인이 에즈라 파운드, T. S. 엘리엇, 앙드레 브르통 등과 직접 교류하는 모습을 보고 일본 모더니즘 운동의 세계적 수준에 매료되었습니다.

1940년 8월 김경린은 VOU의 동인이 되기 위해 작품과 약력을 써서 일본치과대학 도서관 관장으로 있던 기타조노 가쓰에를 찾아갔습니다. 그만큼 의욕이 컸던 것입니다. 김경린이 VOU의 정식 동인으로 활동한 것은 《VOU》가 폐간되고 같은 동인에 의해 창간된 《신기술》(1941. 3) 이후로 보입니다.

김경린의 모더니즘 운동에 큰 영향을 끼친 VOU의 역사를 비롯해 인적 구성, 특성, 일본 시단에서의 위치 등에 대한 소개를 좀 더 부탁합니다.

1918년	4월 24일, 함경북도 종성에서 출생.
1924년(7세)	1924년까지 마을 서당에서 한학 수업. 이후 어린 시절의 한시 공부가 즉물적인 비유라는 측면에서 모더니즘 시와 유사하다고 생각함.
1925년(8세)	보통학교 입학. 이후 세 개 학교를 전전하다, 마지막 학년인 5학년에 종성보통학교로 전학 감. 여기에서 담임 장진규의 권유로 급우지《클라스메이트》발간.
1936년(19세)	보통학교 졸업 후 3년 동안 닥치는 대로 노동일을 하며 검정고시를 준비하여 보통학교 고등과 검정고시에 합격함.
1937년(20세)	전기기술자를 양성하는 경성전기학교 토목과 예과에 입학함. 입학 당시 토목과 정원은 예과 120명, 본과 2년 약간 명이었음.
1939년(22세)	《맥》동인들과 친하게 지내며 그 모임에서 친척인 김북원, 신동철, 김조규, 이찬 등과 사귐.《조선일보》(4. 17) 학생작품란에 "우음삼제"라는 큰 제목 아래「차창」,「꽁초」,「주면」을 발표. 이 시를 본 조연현의 권고로《시림》동인이 되어 6월호에「양등」,「터널」을 발표. 이에 고무되어《문장》9월호에「차창」을 투고했지만, 정지용이 중복 게재를 이유로 반려함.
1940년(23세)	경성전기학교 졸업. 와세다 대학교 부설 와세다 고등공학교 토목과 입학. 도쿄에서 유학하며 VOU 가입을 위해 시 수편과 시론 한 편을 들고 리더 기타조노 가쓰에를 찾아감. VOU

동인이 됨으로써 기타조노 및 일본 모더니즘 시인과의 교류가 시작됨.

1941년(24세) 《VOU》의 후속 잡지인 《신기술》(3월)에 일본어 시 「장미의 경기」를 발표함으로써 일본 문단에 등단. 이후 동지에 「젊은 튤립」, 「하얀 음표」(8월), 「비누알처럼」(8월), 「매미의 앨범」(11월), 「노란 노래」(11월)을 게재함.

1942년(25세) 와세다 고등공학교를 9월에 졸업. 9월 졸업은 전쟁으로 인해 수학 연한이 반년 당겨진 탓임. 졸업 후에도 조선으로 돌아가지 않고 VOU 동인으로 계속 활동하며 동시에 한글 동인지 《맥》 출간을 위해 도쿄에서 분주히 활동함. 《신기술》에도 「소화의 아침」(2월), 「밝은 마을」(6월), 「의자의 이동」(9월) 등의 시와, 「시의 새로운 측점」(2월), 「이동실은 맑았다」(6월), 「하나의 각서로서」(9월) 등의 산문을 게재했고, 동인의 소개로 《문예범론》, 《납인형》 등의 시 잡지에 일본어 시를 다수 게재함. 겨울에 조선으로 돌아와 경기도 광공부 토목과 기수로 취직함.

조선 문단에서 일본어 모더니즘 시인 「젊은 속에서」, 「체련서정」(6월), 「탁상을 둘러싸고」, 「고향」(11월) 등의 시와 「새로움과 시대성」(1월) 등의 산문을 씀. 국민시의 주류와 대립함으로써 시작을 포기하고 생업에 열중함.

1945년(28세) 경기도청 토목 기수로서 연천 양어장 공사 현장에 파견되어 있을 때 해방을 맞음. 일본어 시를 쓴 죄책감으로 문단에 나타나지 않음.

1946년(29세) 경기도청 토목부 도시국 수도과 기사가 됨.

1947년(30세) "김 형은 나를 잘 모르실 테지만, 나는 김 형이 일본에서 모더니즘 운동 단체인 VOU 그룹에 참가하였던 사실과 그 당시의 김 형의 작품을 읽고 있어서 김 형을 익히 잘 알고 있소."

라며 사무실에 찾아온 박인환의 권유로 김수영, 박인환, 양병식, 김경희, 임호권 등과 함께 신시론 동인을 결성하고 모더니즘 시 운동을 재개함.

1948년(31세)   4월, 신시론 동인지 1집인 《신시론》을 간행함. 김경린은 동인의 시론을 대표하여 「현대시의 구체성」이라는 시론과 시 「바람 속으로」를 발표함.

1949년(32세)   4월, 신시론 동인지 2집이자 앤솔러지인 『새로운 도시와 시민들의 합창』을 간행함. 동인은 김경린, 임호권, 박인환, 김수영, 양병식이었으며, 김경린은 「파장처럼」을 비롯한 다섯 편의 시를 발표함.

1950년(33세)   '후반기' 동인을 결성하고 각종 일간지에 모더니즘 이론 전개를 위한 시론을 발표하며 모더니즘 시 운동에 앞장섬. 내무부 건설국 도시과 수도계장이 됨.

1952년(35세)   도쿄에서 발행되는 시 잡지 《시학》(5월)에 일본어로 「오후와 예절」을 발표함.

1955년(38세)   미국 주요 도시 상하수도 시설을 시찰하던 중 워싱턴 근교 성엘리자베스 병원 정신병동에 있던 파운드를 방문함. 돌아오는 길에 도쿄에 들러 《시학》에 「파운드를 방문하고」를 발표함. 문총에서 이탈된 한국자유문학자협회 중앙위원이 됨.

1957년(40세)   'DIAL' 동인을 결성하고 앤솔러지 『현대의 온도』를 간행함. 한국 시인협회 초대 사업 간사로 활약.

1960년(43세)   새로운 방향 모색을 위해 작품 활동 중단.

1967년(50세)   한양대학교 토목공학과 졸업.

1970년(53세)   서울대 행정대학원 도시 및 지역계획학과 석사 졸업. 졸업 논문은 「한국의 공업 도시에 관한 연구: 울산 공업 도시 계획을 사례로」임.

1980년(63세)   작품 활동 재개.

1983년(66세)	미국 Modern Poetry Association 회원으로 활동.
1985년(68세)	시집 『태양이 직각으로 떨어지는 서울』 발간.
1986년(69세)	한국 신시학회 회장, 제5회 한국평론가협회 문학상 수상.
1987년(70세)	시집 『서울은 야생마처럼』 발간.
1988년(71세)	시집 『그 내일에도 당신은 서울의 불새』 발간. 제3회 상화시인상 수상.
1994년(77세)	시집 『화요일이면 뜨거워지는 그 사람』 발간. 평론집 『알기 쉬운 포스트모더니즘과 그 주변 이야기』 발간. 한국예술평론가협회 최우수예술가상 수상.
2006년(89세)	3월 31일 별세.

김경린 작품 연보

발표일	분류	제목	발표지
1939. 4. 17	시	차창/꽁초/주면	조선일보
1939. 6	시	양등/터널	시림
1941. 3	시	薔薇の競技	신기술(일본)
1941. 8	시	若いチュウリップ/白い音符	신기술(일본)
1941. 8	산문	シャボン玉のやうに	신기술(일본)
1941. 11	시	黄いろいうた	신기술(일본)
1941. 11	산문	蝉のアルバム	신기술(일본)
1941. 12	시	風俗寫眞	문예범론(일본)
1942. 2	시	消化の朝	신기술(일본)
1942. 2	시론	詩の新しき測点	신기술(일본)
1942. 3	시	少年の決意	국민시가
1942. 5	시	少年の決意	蝋人形(일본)
1942. 6	시	明るい村	신기술(일본)
1942. 6	산문	移動室は晴れてゐた	신기술(일본)
1942. 9	시	椅子の移動	신기술(일본)
1942. 9	산문	一つの覚書として	신기술(일본)
1943. 1	산문	新しさと時代性	동양지광
1943. 3	산문	戦ふ詩人長安周一へ	조광
1943. 6	시	若さの中で	동양지광

발표일	분류	제목	발표지
1943. 6	시	體練抒情	문화조선
1943. 11	시	卓上をめぐつて/故園	국민시가집
1948. 4	시집	신시론	산호장
1948. 12	시	빛나는 광선이 올 것을	민성
1949. 3	시	지평을 그으며	개벽
1949. 4	시집	새로운 도시와 시민들의 합창	도시문화사
1949. 4. 22~23	시론	현대시와 언어	경향신문
1949. 12	시	너의 목소리는 목관악기	문예
1952. 5	시	午後と礼節	시학(일본)
1952. 11	시	나는 불행한 녹음기인가	자유예술
1954. 2	시	분실된 주말을 위하여	신천지
1954. 7	시	뇌세포 속의 사실들	신천지
1955. 12	산문	パウンドを訪ねて	시학(일본)
1956. 8	시	흐르는 감성을 위하여	시와비평
1956. 11	시	New York의 하늘	문학예술
1957. 2	시집	현대의 온도	도시문화사
1957. 3	시론	현대시의 제 문제	문학예술
1957. 6	시론	현대의 이메지와 메타포	자유문학
1957. 8	시	풍화되어 가는 길	문학예술
1957. 8	시	의식 속의 나비들	신태양
1957. 8	시	자성의 계곡에서	사상계
1957. 9	시	표류하기에	자유문학
1957. 10	시론	현대시와 이메이지	현대시
1960. 6	시론	에즈라 파운드의 위치	자유문학
1965. 6	시	슬기로운 인내와 더불어	문학춘추

발표일	분류	제목	발표지
1966. 4	시	흐르는 별과도 같이	신동아
1982. 4	시	그 누구에게 말했던가	현대문학
1982. 5	시론	자기 심화의 세계	현대시학
1982. 7	시	나의 거주지 S동은	한국 문학
1982. 7	시	당신은 천사처럼 나비처럼	춤
1982. 9	시	사랑의 훈장과 나비	신동아
1982. 9	시	당신은 역학 없는 해바라기	현대문학
1982. 12	시	목신의 비둘기	현대시학
1983. 5	시	아무도 눈 내리는 밤이라 해서	문학사상
1983. 6	시	의식의 강가에 내리는 가랑비	현대문학
1983. 9	시	7월은 음향도 없이	현대문학
1983. 12	시	태양은 모래알처럼	월간조선
1984. 8	시	그것은 오늘의 이야기	현대문학
1984. 9	시	참새처럼 빗줄기 속을	한국 문학
1985. 2	시	과거는 메모랜덤처럼	문학사상
1985. 5	시	봄이 오는 소리를 그 누가	신동아
1985. 5	시	그것은 예고도 없이	현대문학
1985. 6	시	10월 장미	현대시학
1985. 7	시	어느 날 어느 때에	한국 문학
1985. 9	시집	태양이 직각으로 떨어지는 서울	청담문학사
1985. 12	시	그날 그때 그 거리에	월간문학
1986. 1	시	개미처럼 훈장도 없이	소설문학
1986. 3	시	감성이 분비물처럼 밝은	현대시학
1986. 3	시	올림푸스의 새들	시문학
1986. 5	시	그 많은 창과 문은	문학사상

발표일	분류	제목	발표지
1986. 8	시	5월은 초록색 교향악처럼	동서문학
1986. 9	시	서울의 여백은 여백이 아니다	소설문학
1986. 10	시론	이상 문학의 표층과 심층	문학사상
1986. 10	시론	현대시의 새로운 좌표를 말한다	시문학
1986. 11	시	명동의 천사와 관능의 거리	한국 문학
1986. 12	시	그렇게 말은 했지만 왜	월간문학
1987. 1	시	애정의 갈채	문학정신
1987. 2	시	단 하나의 광채일 뿐	동서문학
1987. 2	시	종로 네거리의 목마와 숙녀	월간조선
1987. 3	시	마음속에 거주하는 별은	신동아
1987. 5	시	서울은 야생마처럼 거인처럼	현대문학
1987. 8	시	아침에 나래 펴는	월간경향
1987. 9	시집	서울은 야생마처럼	문학사상사
1987. 10	시	욕실에 구슬 짓는 미학	소설문학
1987. 10	시	또다시 아침 기류 속에	동서문학
1988. 1	시	오늘은 과객처럼 왜	문학정신
1988. 2	시	아메리카를 가는 불새	시문학
1988. 3	시	현수막과 새들	월간문학
1988. 7	시	황사 현상은 아직도 거리에	동양문학
1988. 7	시론	김기림의 현대성과 사회성	월간문학
1988. 9	시	사랑의 언어는 암석처럼	한국 문학
1988. 10	시	잠실 모래 벌의 함성들	동양문학
1988. 10	시집	그 내일에도 당신은 서울의 불새	경운출판사
1988. 11	시	그 거리는 신촌 일 번지	문학정신
1988. 12	시	경사된 가로에도 가을은	동서문학

발표일	분류	제목	발표지
1988. 12	시론	문학상의 권위와 심사제의 객관성	시문학
1989. 3	시	당신은 그렇게 말했지만 왜	시대문학
1989. 4	시	도심 지대에도 가랑비가	심상
1989. 5	시	예고도 없이 봄은 오고	월간조선
1989. 10	시	89 세계 시인회의의 비둘기	시문학
1989. 12	시	도심 지대의 언덕에도	동서문학
1994. 4	시집	화요일이면 뜨거워지는 그 사람	문학사상사
1994. 4	평론집	알기 쉬운 포스트모더니즘과 그 주변 이야기	문학사상사

작성자 윤대석 서울대 교수

사랑의 시학과 종교적 상상력

유성호 | 한양대 교수

1

황금찬(黃錦燦, 1918~2017)은 비(非)문학사적 시인이다. 시인의 생애는 100년을 흘러 근대사를 관통하는 웅대한 장강(長江)을 이루었지만, 20세기가 겪어 온 우리 역사의 중요한 분기점이나 그 풍요로운 세목을 함의하는 의미군(群)의 유력한 자료로 그의 시가 인용되는 일은 거의 없었다. 다만 그는 원형적 지속성과 보편적 인생론을 매개로 한 서정의 힘으로 시를 꾸준히 써 왔고, 그 점에서 그의 시 세계는 '사랑'이나 '신앙' 같은 초역사적인 주제 영역을 거느려 왔다고 할 수 있다. 물론 식민지, 해방, 전쟁의 근대사를 그리고 초연하게 지낸 것은 결코 아니다. 오히려 그는 시대의 길목마다 동시대의 사람들이 느꼈을 법한 상처와 비애를 많이 노래했고, 심지어는 그 한복판에서 시대의 울분과 아픔을 집중적으로 형상화했다. 특별히 시인의 고희를 맞아 출간된 『시인 황금찬: 그의 문학과 인간』(영언문화사, 1988)에는 대표작 100편과 함께 그와 경험적 친화를 나눈 이들의 회고와 그에 대한 착실한 비평이 빼곡하게 담겨 있어서 이러한 세계를 투명하고도 온전하게 조감(鳥瞰)할 수 있게 해 준다. 이 책은 황금찬 시학의 한 시기를 정리한 결실이라고 할 수 있을 것이다.

두루 알려져 있듯이, 황금찬은 1918년 8월 10일 강원도 속초에서 태어났다. 속초에서 태어났지만 일가가 함북 성진까지 올라가 살다가 후에 다시 고향으로 왔으니 어쩌면 그는 퍽 이색적인 월남 문인이기도 할 것이다. 황금찬은 성진에서 소학교를 다니던 열네 살 때 《아이생활》이란 청소년 잡지를 보면서 작가가 되기로 결심했다고 한다. 《아이생활》은 1952년에 강소천, 이원수, 윤석중, 장수철 등 그 시대의 대표적인 아동 문학가들과 박목월, 황순원, 전영택, 김동리, 안수길 등이 참여하여 《새벗》으로 제호가 바뀐다. 황금찬은 1945년 월간 《새사람》과 《새가정》에 시를 발표하기 시작했다. 해방 후에는 성진에서 내려와 1946년부터 9년간 강릉에서 교편을 잡고 살았다. 교직 생활을 하면서도 문인을 여럿 길러 냈고, 1952년에는 강릉 지역 시 동인지 《청포도》를 만들어 주재하기도 했다. 이때의 활동은 강원도 문학을 한층 발전시켰다는 평가를 받고 있다. 이 동인지에는 삼척 출신의 최인희, 강릉 출신의 함혜련 등이 참여했다. 같은 해에 박목월 추천으로 《문예》에 「경주를 지나며」를 발표했고, 《문예》 이후에는 다시 《현대문학》에 박두진의 추천을 받아 새 출발을 했다. 추천작 「여운(餘韻)」에 대한 박두진의 선후평은 다음과 같다.

황금찬 씨. 늘 평범한 주제요. 인생을 보는 눈도 일부러 기발(奇拔)함을 꾀하지 않고 한결같이 진솔(眞率)한 것이 좋았습니다. 너무 타당하고 너무 수월스런 당신의 서정이 시로써 우리에게 감동을 주는 것은 다름 아닌 이 당신의 진솔성(眞率性)과 그것을 휩싸 주는 생에 대한 하나의 허무감 같은 것이었던가 합니다.(박두진, 「시천후감」, 《현대문학》(1956. 4))

마치 식민지 시대의 《문장》에 실린 정지용의 박두진 선후평을 보는 듯한 어조와 평가 방식이 문학사의 반복에 대한 경험적 실감을 더해 준다. 어쨌든 황금찬은 '진솔성/허무감'이라는 고백적이고 인생론적인 어조와 주제를 거느리면서 시를 출발하여 생애 내내 그러한 속성을 지속해 왔다고 할 수 있다.

1954년 서울 용산구 후암동으로 이사한 후 황금찬은 돈화문로의 초동교회에서 신앙생활을 시작했고, 이때부터의 경험이 그의 시 세계에 기독교적 바탕을 깔게 되는 전기가 되었다. 첫 시집은 마흔여덟 살이 되던 해인 1965년에 낸 『현장』으로, 박목월이 발문을 써 주었다. 황금찬도 1955년 박목월 시집 『산도화』 발문을 썼던 터였다. 『현장』 이후 활발한 활동을 벌이면서 그는 『오월나무』(1969)와 『나비와 분수』(1971), 『오후의 한강』(1973) 등 시집을 잇달아 출간했다. 1948~1978년에 강릉농업고등학교, 서울 동성고등학교 교사를 역임했고, 1978~1980년에는 중앙신학대학 기독교문학과 교수로 재직했다. 1980~1994년에는 추계예술대학, 숭의여자전문대학, 한국신학대학에서 강의했다. 2017년 4월 8일 100세를 일기로 강원도 횡성 자택에서 별세하여, 경기도 안성시 초동교회 공원묘지에 안장되었다.

2

황금찬의 초기 시는 첫 시집 『현장』에 담겨 있는 당대 보편의 실감으로 줄곧 수렴된다. 그 안에는 전후(戰後)의 국토 전역에서 벌어지는 참상을 비롯하여 분단의 아픔과 경제적 빈곤 등 그 당시의 현실이 펼쳐지고 있고, 그러한 탁류를 헤쳐 가면서 인간이 본원적으로 지켜야 할 순수 서정이 깊은 울림을 동반한 채 담겨 있다. 물론 그것은 어려운 환경 속에서도 희망의 끈을 놓지 않으려는 생의 적극적 의지라기보다는, 박두진의 선후평에서도 나온 바 있는 생의 짙은 허무감이 순수 원형을 지키고자 하는 역설적 마음으로 나타난 것이라고 보아야 할 것이다.

보릿고개 밑에서
아이가 울고 있다.
아이가 흘리는 눈물 속에
할머니가 울고 있는 것이 보인다.
할아버지가 울고 있다.
아버지의 눈물, 외할머니의 흐느낌,
어머니가 울고 있다.
내가 울고 있다.
소년은 죽은 동생의 마지막
눈물을 생각한다.

에베레스트는 아시아의 산이다.
몽블랑은 유럽,
와스카란은 아메리카의 것,
아프리카엔 킬리만자로가 있다.

이 산들은 거리가 멀다.
우리는 누구도 배를 묻지 않았다.
그런데 코리아의 보릿고개는 높다.
한없이 높아서 많은 사람이 울며 갔다.
── 굶으며 넘었다.
얼마나한 사람은 죽어서 못 넘었다.
코리아의 보릿고개,
안 넘을 수 없는 운명의 해발 구천 미터
소년은 풀밭에 누웠다.
하늘은 한 알의 보리알,
지금 내 앞에 아무것도 보이는 것이 없다.

　이 작품은 그 당시의 경제적 빈곤에도 불구하고 생을 꿋꿋하게 이어 간 사람들의 이야기를 담고 있다. 가을에 수확한 곡식이 하나둘 떨어지고 여름 보리가 나오기까지 당하는 물리적 고통이 잘 형상화되어 있다. 보릿고개 밑에서 울고 있는 '아이'는 그 후대의 기억 전승을 통해 '할머니, 할아버지, 아버지, 외할머니, 어머니'의 울음으로 번져 간 당대 보편의 이야기로 각인된다. 그렇게 화자의 어린 시절은 "죽은 동생의 마지막/ 눈물"을 생각하는 '소년'의 형상으로 다가온다. 마침내 우리의 '보릿고개'는 '에베레스트, 몽블랑, 와스카란, 킬리만자로'보다 더 높아서 많은 사람의 울음을 품고 있었다고 시인은 기억한다. 그렇게 굶으면서 넘었던, 많은 이들은 결국 넘지 못했던 그 '보릿고개'는 엄연한 현실로 다가온다. 어린 '소년'이 풀밭에 누워 "하늘은 한 알의 보리알"이라고 노래하는 마지막 장면이 그럼에도 불구하고 역사를 이어 간 이들의 삶을 느끼게끔 해 주고 있다. 말할 것도 없이 가난은 인간에게 가장 불행한 삶의 조건 가운데 하나이다. 하지만 이 시는 한때의 혹독했던 가난을 결정적 태반이자 숙주로 삼으면서 지켜 온 '눈물'의 역사를 기록함으로써, 인간 본연의 순수 원형을 역설하는 서정시의 범례로 남았다. 이 지점이 바로 황금찬 시의 원초적 태반이요 궁극적 지향이다.

　　　욕구 불만으로 우는 놈을
　　　매를 쳐 보내고 나면
　　　나뭇가지에 노래하는 새소리도
　　　모두 그놈의 울음소리 같다.

　　　연필 한 자루 값은 4원
　　　공책은 3원

7원이 없는 아버지는
종이에 그린 호랑이가 된다.

옛날에 내가
월사금 사십 전을 못 냈다고,
보통학교에서 쫓겨 오면
말없이 우시던
어머님의 눈물이 생각난다.

그런 날
거리에서 친구를 만나도
반갑지 않다.
수신 강화 같은 대화를 귓등으로 흘리고 돌아오면,
울고 갔던 그놈이 잠들어 있다.
잠든 놈의 손을 만져 본다.
손톱 밑에 때가 까맣다.

가난한 아버지는
종이에 그린 호랑이

보릿고개에서
울음 우는
아버지는 종이호랑이

밀림으로 가라
아프리카로 가라
산중에서 군주가 되라

아, 종이호랑이여!

──「심상(心想)」(『오후의 한강』)

야단쳐서 보낸 아이의 울음소리를 "나뭇가지에 노래하는 새소리"에서 듣는 가장의 속 깊은 마음을 노래한 이 시편은, 가난한 가장의 심상(心想)을 "모두 그놈의 울음소리"로 듣는 아버지의 마음과 생각을 깊이 담고 있다. 그것은 아이의 연필과 공책값이 없어서 "종이호랑이"가 된 실제적 경험에 기초한다. 또한 그 기억은 그 옛날 "내가/ 월사금 사십 전을 못 냈다고" 보통학교에서 쫓겨 오던 기억의 한끝인 "어머님의 눈물"로 이어져 간다. "울고 갔던 그놈이 잠들어" 있는 것을 보면서 손톱 밑에 때가 까만 아이의 손을 잡아 보는 아버지의 마음에서 우리는 앞 시편의 "보릿고개"에 버금가는 한 시대의 초상을 엿보게 된다. 그렇게 "가난한 아버지"는 "종이에 그린 호랑이"가 되어 "보릿고개에서/ 울음 우는/ 아버지"로 한없이 번져 간다. 마침내 "종이호랑이"더러 세상 산속으로 들어가 군주가 되라는 역설의 외침이 마지막 연에 나오는데, 이는 시인 황금찬이 그 당시의 기억에 부여할 수 있었던 최대치의 위안이요 희망이었을 것이다.

이처럼 황금찬의 초기 시는 전후 20여 년의 우리 생활에서 실감으로 포착할 수 있었던 경제적 빈곤과 그로 인한 아픔, 그리고 그러한 조건을 헤쳐 가면서 인간 본연의 순수성을 지켜 간 시간을 노래한다. 그것은 연약한 존재자들에 대한 '사랑'의 심상으로 축약할 수 있다. 또한 앞에서도 강조했듯이 삶의 희망이라는 지향보다는 깨끗한 허무에 가까운 순수 서정의 목소리였다고도 할 수 있을 것이다. 바로 이런 지점이 당대의 가난을 노래했던 박재삼, 박용래, 김종삼, 구자운, 천상병과 겹치면서도 갈라지는 부분일 것이다.

3

그런가 하면 황금찬의 시는 일상적 친화력을 통해 생의 잔잔한 감동을 선사해 준다. 이 또한 그의 경험적 실감과 순수 원형에 대한 미적 집착이 보편적 감염으로 나타난 결과일 것이다. 다음 시편들은 1970년대의 소작인데, 무구하고 아름다운 사랑의 마음이 까다로운 유추를 필요로 하지 않으면서 잘 전해지고 있다. 황금찬 시에 주로 나타나는 이미지 가운데 '나비'와 '새'는 매우 자주 나타나는데, 다음 작품들은 그 대표적 사례들이다.

아이들이 가고 난
빈 교실
그 빈 교실을
돌아본다.

파도로 밀려가고
밀려오던
정열과 지혜
한 마리 나비가 되어
공간을 날고

벽에 걸린 달력
마지막 장이
불을 켜고 있다.

아이들이 남긴 체온
한없는 곡선이
직선으로 풀리듯

풀리어 간다.

책상을 만져 본다.
싸늘하게 식어 있다.
교실 문을 닫고 돌아서도
나비는 공간을 날고 있다.

          ―「빈 교실」(『오후의 한강』)

 시인의 교사 경험을 담은 이 시편은 "빈 교실"의 적막과 고독 뒤로 밀려오는 사랑의 마음을 선연하게 노래한다. "아이들이 가고 난/ 빈 교실"은 그야말로 "파도로 밀려가고/ 밀려오던/ 정열과 지혜"가 "한 마리 나비가 되어" 날아가는 곳이다. 이 정열과 지혜의 주인공이야 1차적으로는 교실에서 공부하던 아이들이겠지만, "벽에 걸린 달력/ 마지막 장"에서 보듯 이제는 교실로 돌아오지 않고 긴 겨울 방학을 맞이할 "아이들이 남긴 체온"을 느끼는 스승의 마음이기도 하다. "한없는 곡선이/ 직선으로 풀리듯" 그려져 가는 나비의 비상(飛翔)이 싸늘하게 식은 책상을 만져 보는 스승의 마음을 환기하는 것이다. 교실 문을 닫고 돌아서도 공간을 날고 있는 '나비'야말로 스승이 바라보는 자신의 분신이기도 하다. 그래서 '빈 교실'은, 지혜와 정열을 지나 곡선의 체온으로 날고 있는 아이들에 대한 지극한 사랑을 담은 공간으로 화한다.

창을 열어 놓았더니
산새 두 마리 날아와
반나절을 마루에 앉아
이상한 이야기를 나누다가
날아갔다.

어느 산에서 날아왔을까.
구름빛 색깔
백운대에서 날아온
새였으리라.

새가 남기고 간 목소리는
성자의 말처럼
며칠이 지난 오늘까지
곧 귀에 남아 있다.

새가 앉았던 실내에선
산 냄새, 봄풀, 구름 향기
맑은 물소리까지 들리고 있다.

산새같이 마음 맑은 사람은
이 세상에 정녕 없을까.
그가 남긴 음성은
성자의 말이 되어
이 땅에 길이 남을…….

오늘도 나는
창을 열어 놓고 있다.
산새를 기다리는 마음에서

— 「산새」(『산새』(1975))

　시인은 열린 창으로 들어와 반나절 동안 마루에 앉았던 "산새 두 마리"를 관찰한 결과를 이렇게 소중하게 남겼다. "구름빛 색깔/ 백운대에서 날아온/ 새"였을 그네들은 "성자의 말처럼/ 며칠이 지난 오늘까지" 시인에게 깊은 울림을 남기고 떠났다. "산 냄새, 봄풀, 구름 향기/ 맑은 물소리까지" 들리는 환각 속에서 시인은 "산새같이 마음 맑은 사람"을 한껏 소망해 본다. 물론 이는 "성자의 말이 되어/ 이 땅에 길이 남을" 그런 아름다움이 인간 세계에 존재하지 않는다는 불가능성을 역설의 허무로 노래한 것일 터이다. 그 결과가 창을 열어 놓고 "산새를 기다리는 마음"으로 나타난 것이다. 말할 것도 없이 그것은 "산새같이 마음 맑은 사람"을 기다리는 마음이지만, 바로 그 맑은 마음 자체이기도 할 것이다. 그것은 자유로움과 사랑의 마음이 겹쳐 있는 황금찬 시의 호환할 수 없는 저류(底流)인 셈이다. 시인은 이런 말을 했다.

닭이 새벽이면 울듯이 시인은 자유에 의하여 시인이 하고 싶은 말을 한다. 그러나 그 말은 언제나 같은 의미를 갖는 것은 아니다. 어떤 시는 꽃이 피듯이 피는 것이고, 또 어떤 시는 가을에 낙엽이 지듯이 그렇게 이루어지는 것도 있지만, 어떤 시는 사회나 국가에 충고의 말이 되기도 하고, 어떤 시는 마비되어 가는 인류의 양심을 일깨우고 있기도 하다. 그리고 어떤 시는 약자의 대변자이 역할을 하고도 있다.(황금찬, 「생활 속에서 찾는 시편들」, 《시와 의식》(1979. 겨울))

결국 '자유, 양심, 약자의 대변자'로서의 황금찬 시편은 '나비, 산새'의 자유로운 비상 속에서, 그들이 남긴 성스러운 몸짓과 목소리 속에서, 가파른 한 시대를 통과하고 있었던 것이다. 순수 서정에 얹힌 그의 시편이 문학적 결정(結晶)이기는 해도, 문학사적 자료로 원용되지 않았던 것은 이러한 인생론적 보편성 때문이었을 것이다.

4

　최근까지 펼쳐졌다가 마감된 황금찬의 후기 시는 정신적, 영적 불모의 상황에 대한 치유의 언어로 구성되었다. 그것은 신앙에 바탕을 둔 구도자의 시선으로 짜여 있기도 했다. 그것은 궁극적이고 근원적인 일종의 기원을 추구하는 언어였는데, 그 점에서 감각적 실재를 넘어서면서 영혼을 충일하게 하려 한 후기 시는 그의 시가 다다른 궁극이 아닐 수 없을 것이다. 그의 후기 시는 존재의 기원을 형성하고 유지해 주던 '성스러운 말(말씀, Words)'의 권위가 부정되고 있는 시대에 대하여 일종의 형이상학적 열망을 통한 대안적 언어를 보여 준 세계로 나타나곤 했다. 그래서 우리는 황금찬이 들려준 형이상학을 통해 신(神)의 음성과 인간적 열망이 만나는 풍경을 경험할 수 있었던 것이다. 예컨대 그는 '음악'과 '말(씀)'에 대한 섬세한 자의식을 드러냄으로써, 시편마다 신성(神聖)이 가득한 '로고스(logos)'를 기저에 깔고 있었다. 그가 들은 '음악'은 천상의 하모니였고 '말(씀)'은 신성이 내재한 계시적 언어였던 것이다. 아래에서 예로 든 후기 시는 그의 이러한 음역을 충실하게 담은 시집 『음악이 열리는 나무』(모아드림, 2006)에서 취했다.

> 어느 하늘 밑에
> 음악이 열리는 나무가 있다는 말을
> 들은 지 65년 전
> 32개의 하늘을 돌며
> 그 나무를 찾았으나
> 내 앞에 서 주지 않았다.
> 지중해, 발트해협,
> 태평양 인도의 바다까지
> 돌았으나
> 그 나무는 못 찾고 있었다.

어느 날 내 고향 바다

물결 속에서

구름 같은 지휘봉을 들고

내 앞에 서는 것이다.(그 나무가)

「카덴차」

나무 밑에 서서

원하는 곡명을 부르면

바람이 무지개를 몰고 오면서

원하는 음악이 들려오기 시작한다.

나는 제일 먼저

베토벤의 교향곡 6번 F장조

전원을 말했다.

꿈속같이 들려왔다.

이번에는 파가니니의 바이올린 협주곡

제1번 D장조를 듣고 있었다.

이제 귀가 열린다.

눈이 별을 볼 수 있게 됐다.

　　　　　　　　　　　　—「음악이 열리는 나무」(『음악이 열리는 나무』)

　시인은 어느 하늘 밑에 있다고 들은 바 있는 "음악이 열리는 나무"의 존
재를 찾아 오랜 시간 여러 곳을 헤맸다고 고백한다. 하지만 그 나무는 오
래도록 시인에게 그 육체를 드러내지 않는다. 말하자면 "지중해, 발트해
협,/ 태평양 인도의 바다까지" 돌아보았을 때도 그 나무는 나타나지 않았
던 것이다. 그런데 어느 날 시인의 "고향 바다/ 물결 속에서/ 구름 같은 지
휘봉을 들고" 그 나무가 나타나는 것이 아닌가. 그렇게 구름 같은 지휘봉
을 들고 나타난 나무의 「카덴차」를 시인은 감동 속에서 경험한다. '카덴차
(cadenza)'는 악장이 끝날 무렵 등장하는 악기의 독주 부분을 뜻하는데,

연주자들은 이때 즉흥적 착상과 상상력을 과시하게 된다고 한다. 시인은 그 나무가 들려주는 상상적이고 신화적인 음악을 고향 바다 물결 속에서 듣게 된 것이다. 그런데 그 나무는 원하는 곡명을 부르기만 하면 그것을 들려주고 그 순간 시인은 눈이 열리고 귀가 열리는 경험을 하게 된다. 말하자면 '음악'을 통해 사물의 심층을 보고 들을 수 있는 눈과 귀가 열리게 된 것이다. 이처럼 시인은 미지의 공간을 헤매면서 찾으려고 했던 궁극의 '음악'을 고향 바다에서 발견한다. 그 후 그는 그야말로 도처에서 '음악'을 듣고 발견하고 경험해 간다. 그래서 그 나무가 솟구치던 바다 물결 속이란, 결국 시인이 꿈꾸는 상상적이고 영적인 낙원과 등가를 이루게 된 것이다.

아주 아득했다.

꽃과 천사가
한마을에 살았다.

사랑이 구름 같은 꽃은
"사랑"이란 말을 하게 되었고

눈물이 많은 천사는
파도처럼 울다가
눈물이란 말을 못 찾고 말았다.

그때부터
말하는 꽃은 천사가 되고
말을 못하는 천사는
꽃이 되었다.

　　　　　　　　　　　　──「꽃과 천사」(『음악이 열리는 나무』)

이는 꽃과 천사가 나눈 상상적 사랑에 관한 우화다. 눈물이 많은 천사가 파도처럼 울면서도 정작 '눈물'이란 '말(씀)'을 못 찾아 그때부터 꽃이 천사가 되고 말(씀)을 못하는 천사는 꽃이 되었다는 아이러니컬한 이야기다. 이 시는 '말(씀)'의 생성적 직능을 일러 주는 동시에 '말(씀)'이 존재 그 자체임을 실감케 한다. 이러한 시인의 상상력에 따르면, 말(씀)에 의하여 세상의 질서가 형성되고 사물이 비로소 존재하기 시작했다는 창세기의 익숙한 전언(傳言)이 우리에게 시적으로 다가오게 된다. 이러한 '말(씀)'에 대한 자의식은 타자에 대한 사랑의 권면으로 자연스럽게 이어지는데, 그는 우리가 사물을 어떻게 바라보는가, 혹은 명명하는가에 따라 사물의 본질이 달라질 수 있음을 설파하기도 하고, 말(씀) 속에 모든 존재의 본질적 영속성이 있다는 것을 암시하기도 한다.

말도 생명체다.

탄생하고
성장한다.

유년기와 소년기
청년기와 장년기

그리고 늙는다
병든다
시효가 끝난다.

어떤 무기도 된다
생활의 도구로 살아난다.

지혜의 도구로 사용되면
하늘나무엔 과실이 열리고
바다엔 평화의 꽃이 피고
천사들이 새가 되어 날고 있는
나라가 된다.

악한 마음을 담으면
악마의 무기가 된다
악독의 화살이 난무한다.

높고 아름다운 말은
천사가 쓰고
독이 담긴 말은
악마가 쓴다.

"에바다" 하면
인류가 병에서 풀려나고

"달리다 굼" 하면
죽은 자가 살아난다.

말은 위대한 생명체다.

　　　　　　　　　　　— 「말의 일생」(『음악이 열리는 나무』)

　시인은 이처럼 '말(씀)'이 생명을 불러오고 생명을 가능케 하는 그 자체
로 생명체라는 결론에 도달한다. 그래서 '말(씀)'은 생성하고 성장하고 소
멸한다. 그 과정에서 '말(씀)'은 "어떤 무기"가 될 수도 있고 "생활의 도구"

가 되기도 한다. 물론 "지혜의 도구로 사용되면/ 하늘나무엔 과실이 열리고/ 바다엔 평화의 꽃이 피고/ 천사들이 새가 되어 날고 있는/ 나라가" 된다. 하지만 그 안에 "악한 마음을 담으면/ 악마의 무기가 된다." 말(씀)이 먼저이고 사물이나 질서는 나중에 생성된다. 곧 말씀(Words, using words)이 세상을 창조한 것이다. 그러니 자연스럽게 "높고 아름다운 말은/ 천사가 쓰고/ 독이 담긴 말은/ 악마가 쓴다."라고 말할 수 있는 것이 아닌가. "에바다(열려라)"라는 말(씀)이 먼저 있으면 뒤따라 그 말(씀)대로 인류가 병에서 풀려나고, "달리다 굼(일어나라)"이라는 말(씀)이 먼저 있으면 그 말(씀)대로 죽은 자가 살아난다. 그러니 사실 모든 말(씀)은 "위대한 생명체" 그 자체인 것이다. 이처럼 황금찬은 '음악'과 '말(씀)'에 대한 남다른 자의식을 가지고 귀를 열고 눈을 열어 영적 진실을 보고 들으면서 그것을 우리에게 전해 주었다. 노경(老境)에 이르러서도 특유의 활력과 지속성으로 필치를 보여 주었던 그는, 궁극의 성스러움이 저 높은 하늘에서가 아니라 세속의 경험을 통해서만 가능한 것임을 알려 주었다. 이 점에서 황금찬은 '말(씀)'을 통해 세상을 치유하고 회복하려는 열망을 가진 시인이자, 동시에 그 '말(씀)'의 깊이를 사유하고 표현한 시인이었다고 규정할 수 있을 것이다.

지금까지 천천히 개괄해 온 것처럼, 황금찬은 자신만의 짧지 않은 시력(詩歷)을 지속적인 속성으로 완성했다. 물론 그 세목은 다양하고 굴절이 많았지만, 우리는 그의 시 세계를 사랑의 시학과 종교적 상상력을 통해 나타난 자유와 신성의 의지 같은 것으로 수렴할 수 있을 것이다. 일생 동안 다른 것에 눈돌리지 않고 시의 외길을 걸어서 순수 서정의 지속, 약자에 대한 옹호, 사랑의 마음 씀, 종교적 자의식을 통한 신성의 경험을 결속하여 이룬 그의 시편들이 탄생 100주년을 맞아 다시 장강처럼 흘러가고 있는 것이다.

제2주제에 관한 토론문

김수이 | 경희대 교수

1 '비문학사적 시인'에 대한 문학(사)적 평가의 딜레마

유성호 선생님이 '비문학사적 시인'이라고 이름 붙인 황금찬의 시에 대한 평가는 해석의 큰 편차 없이 두 갈래의 맥락을 형성하고 있는 듯하다. 먼저, 긍정적인 평가는 주로 황금찬 시인과 그의 시가 보여 준 인생에 대한 순결한 태도와 정서, 민족과 역사에 대한 순정한 태도와 의지, 이를 감싸고 있는 염결한 신앙의 자세 등에 주목한다. "사랑과 순결의 투명성으로 인생을 노래하는 시인"(한수종), "삶 자체가 바로 시요, '시' 자체가 그대로 삶이라 할 만치 삶과 시와 신앙이 소박하고도 견고하게 어우러져 있"는 기독교 시인(허소라), "참담한 삶에 대한 비극적인 체험을 민족적인 체험으로 확대하여 의식 공간을 비극적인 공간으로 인해 축소하지 않고 더욱 확대하여 우주론적 인식으로 극복"하는 시인(유한근)[1]이라는 평가 등이 여기에 속한다. 황금찬은 시인과 시, 삶과 시가 분리되지 않는 '윤리적인 시(인)'의 전범으로 평가받아 왔으며, 그가 국가 차원의 상과 훈장을 많

---

[1]   유한근, 「자유와 정직의 시인」, 『어느 해후』(미래사, 2001), 96쪽.

이 받은 것도 파행적인 근대의 역사 속에서 한국 사회가 시(인)에게 기대해 온 도덕적이며 윤리적인 상과 관련이 있었다.

그런데 황금찬의 시의 한계에 대한 부정적인 평가는 긍정적인 평가의 항목을 대부분 공유하고 있어 아이러니컬하다. 앞서 예로 든 유한근의 호평은 다음과 같은 비판을 전제로 하는데, 이 비판적 전제는 유한근의 독자적인 견해라기보다는 문학계의 중론이라고 할 수 있다.

> 황금찬 시인의 시에서는 절망적인 삶, 파행적인 시대의 상황도 시인의 온화한 직관력에 의해서 밝은 삶, 자연에 수순하는 시대 상황으로 환치된다. 시인적 삶의 체험에 충실한 생활시, 종교적인 믿음과 명상으로 여과된 명상시로 급박한 시대에 대응할 뿐이다."[2]

황금찬 시에 대한 비판은 최근 박태일이 황금찬이 주도해 창간한 강원도 최초의 시 동인지 《청포도》의 시 세계를 고찰하는 글에서도 발견된다. 박태일은 황금찬과 그 제자들이 결성한 청포도 동인의 시적 한계가 곧 황금찬의 시적 한계에서 연원하는 것이라고 본다. 박태일은 "《청포도》 동인에게 시어는 일상어가 아니라 곱고 부드러운 아어(雅語)여야 했"[3]으며, "엄격한 시어 선택에서부터 단정, 간결한 형태와 단순 형식을 특징으로 지니"는 "이들 시는 광복기 뒤부터 우리나라 학교 시 문학 학습에서 정전이라고 추어졌던 우파 문학 사회의 교과서 시에 따른 영향 관계를 고스란히 내비친 것"[4]이라고 지적하며, 청포도 동인의 시적 주체는 "탈을 쓰지는 않았지만 한결같이 순수하고 순결한 모습을 연출"하고 "현실 표현을 최소화하면서 소박한 자연이나 애상적 내면으로 들앉는 1인칭의 독백적 주체"

---

2) 위의 글.
3) 박태일, 「전쟁기 강원 지역 시 동인지 《청포도》」, 《현대문학이론연구》(현대문학이론학회, 2007. 3), 61쪽.
4) 위의 글, 65쪽.

이자 "내 바깥에 만들어진, 상상되어진 허구적 주체"[5]라고 일갈한다. 이러한 비판은 그대로 황금찬 시에 대한 비판으로 소급되는데, 황금찬이 김영랑, 서정주, 김광균, 조지훈, 박목월, 박두진 등에게 받은 직·간접의 영향(등단 추천 등)과 이들의 시를 정전으로 삼아 충실히 계승한 점이 황금찬 시의 한계가 되었다는 것이 박태일의 논지이다.

박태일도 분명히 언급하고 있듯이 청포도 동인에 대한 비판은 그들이 동인지를 낸 1952년 무렵으로 한정된다. 여기에서 질문은 청포도의 시적 한계를 가져온 황금찬의 시적 한계가 그 이후로 어떻게 변화, 극복되었는가 하는 점과 그 양상이 갖는 의미이다. 황금찬의 시가 개인의 비극적인 삶의 체험을 민족과 역사의 보편적인 체험으로 확대한 것은 기왕의 논자들이 언급한 바와 같다. 유성호 선생님 역시 이러한 맥락에서 황금찬 시의 공과를 짚고 계시다. "황금찬 초기 시는 전후 20여 년의 우리 생활에서 실감으로 포착할 수 있었던 경제적 빈곤과 그로 인한 아픔, 그리고 그러한 조건을 헤쳐 가면서 인간 본연의 순수성을 지켜 간 시간을 노래한다.", "그런가 하면 황금찬의 시는 일상적 친화력을 통해 생의 잔잔한 감동을 선사해 준다. 이 또한 그의 경험적 실감과 순수 원형에 대한 미적 집착이 보편적 감염으로 나타난 결과일 것이다."

주제와 내용 등 황금찬 시의 외연이 확장된 것은 분명하다. 그런데 황금찬의 시 세계 전체에 걸쳐 세계관과 시적 태도, 시의 형식 등에서는 큰 변화가 발견되지 않는 듯하다. 유성호 선생님의 예리한 분석처럼, 황금찬 시에서 "경험적 실감과 순수 원형에 대한 미적 집착"은 "보편적 감염으로 나타"났고, "순수 서정에 얹힌 그의 시편이 문학적 결정(結晶)이기는 해도, 문학사적 자료로 원용되지 않았던 것은 이러한 인생론적 보편성 때문"이었다고 할 수 있다. 이에 동의하면서, 황금찬 시의 한계를 논하는 문제를 넘어, 황금찬 시가 엄연히 반세기가 넘는 시력을 통해 "인생론적 보편성"

---

5) 위의 글, 69쪽.

을 구현함으로써 독자들의 사랑을 받아 온 사실을 해명할 수 있는 좀 더 섬세한 독법은 무엇일지에 대한 궁금증을 갖게 된다. 달리 말하면, 유성호 선생님이 황금찬 시의 특징으로 설명하신 "까다로운 유추를 필요로 하지 않으면서 잘 전해지"는 시에 대한 문학(사)적 평가는 어떻게 이루어져야 하는가? 문학사적 평가와 비평적 독해에서 이 시들이 (할당)받아 온 해석과 평가가 달라질 가능성은 없는가? 이 문제와 관련해 조병화, 천상병, 허영자 등의 유사한 예가 떠오르는데, 이는 황금찬의 시를 우리 문학사의 한 현상이자 증상으로 읽어 보는 일이라고 할 수 있다.

2 황금찬 시가 '가난'을 노래하는 독특한 방법

첫 번째 질문과 조금 겹치는 질문이다. 유성호 선생님은 황금찬의 시에서 "삶의 희망이라는 지향보다는 깨끗한 허무에 가까운 순수 서정의 목소리"가 두드러지며, 이는 "당대의 가난을 노래했던 박재삼, 박용래, 김종삼, 구자운, 천상병과 겹치면서도 갈라지는 부분일 것"이라고 하셨는데, 흥미롭고도 중요한 논점이라는 생각이 든다. 이에 대해 좀 더 구체적으로 설명해 주셨으면 한다.

3 음악과 말(씀), 시와 신앙의 관계

유성호 선생님은 황금찬의 「말의 일생」을 해석하시면서 고평을 아끼지 않으신다. "'음악'과 '말(씀)'에 대한 남다른 자의식을 보여 줌으로써, 귀를 열고 눈을 열어 영적 진실을 보고 들으면서 그것을 우리에게 전해 주었다. 노경(老境)에 이르러서도 특유의 활력과 지속성으로 필치를 보여 주었던 그는, 궁극의 성스러움이 저 높은 하늘에서가 아니라 세속의 경험을 통해서만 가능한 것임을 알려 주었다." 전적으로 동의하기는 어려운 해석이라고 생각한다. 황금찬의 시는 '영적 진실'과 그 표상으로서 '음악과 말(씀)'

을 미학적인 변주를 통해 형상화하기보다는, 메시지를 설명하고 진술하는 방식으로 '전달'하는 데 치중하는 것으로 보인다. 이는 첫 번째 질문에서 제기한 '윤리적인 시(인)'의 문제와도 관련되는 것으로, 황금찬의 시가 '윤리적'이고 '모범적'인 속성을 갖는 대신 잃어버리기 쉬운 것들을 생각하게 한다. 이에 대한 선생님의 고견을 청한다.

황금찬 생애 연보

1918년	8월 10일, 강원 속초 출생.
1932년(14세)	《아이생활》을 보면서 작가의 꿈을 키움.
1939년(21세)	일본 유학을 떠남.
1943년(25세)	일본 다이도오 학원 중퇴.
1945년(27세)	월간 《새사람》과 《새가정》에 시를 발표하기 시작함.
1946년(28세)	강릉사범학교 등에서 교사 생활 시작.
1952년(34세)	강릉에서 '청포도' 동인 결성. 《문예》에 박목월에 의해 「경주를 지나며」가 추천됨.
1954년(36세)	서울 용산구 후암동으로 이사하여 돈화문로의 초동교회에서 신앙생활을 시작함.
1956년(38세)	《현대문학》에 박두진에 의해 「여운」이 추천됨.
1965년(47세)	첫 시집 『현장』 출간.
1973년(55세)	시집 『오후의 한강』으로 월탄문학상 수상.
1974년(56세)	한국문인협회 이사 피선.
1976년(58세)	한국크리스천문학가협회 회장 취임.
1978년(60세)	중앙신학대학 기독교문학과 교수로 부임.
1980년(62세)	대한민국문학상 수상.
1984년(66세)	한국시인협회 심의위원장 피선.
1988년(70세)	숭의여대 강사 부임.
1993년(75세)	시 전문 계간지 《시마을》 주간.
2017년(99세)	4월 8일, 강원도 횡성 자택에서 별세.

황금찬 작품 연보

발표일	분류	제목	발표지
1965	시집	현장(現場)	청강출판사
1969	시집	오월(五月)의 나무	한림출판사
1971	시집	분수(噴水)와 나비	문원사
1973	시집	오후(午後)의 한강(漢江)	자가본
1975	시집	산새	종로서적
1977	시집	구름과 바위	선경도서
1979	시집	한강(漢江)	종로서적
1981	시집	한복을 입을 때	종로서적
1981	시집	기도의 마음자리	성서교리간행회
1981	시집	보릿고개	탐구당
1982	시집	그리운 날에	신영출판사
1983	시집	별이 있는 밤	양림사
1983	시집	나비제(祭)	백록출판사
1983	시집	영혼은 잠들지 않고	영산출판사
1984	시집	기다림도 아픔도 이제는	맥밀란
1984	시집	언덕 위의 작은 집	서문당
1984	시집	조국의 흙 한 줌과 아름다운 죽음	맥밀란
1986	시집	마음에 불을 밝혀	융성출판사
1986	시집	고독과 허무와 사랑과	혜진서관

발표일	분류	제목	발표지
1986	수필집	들국화	자유문학사
1986	수필집	사랑과 죽음을 바라보며	자유문학사
1987	시집	산다는 것은	자유문학사
1987	시집	지구에 비극적 종말은 오지 않는다	미래문화사
1987	수필집	목련꽃 한 잎을 너에게	문학세계사
1987	시집	이름 모를 들꽃의 향기로	기린원
1989	시집	사랑교실	오상
1989	수필집	그 밤엔 바람이 불고 있었다	신원문화사
2001	시집	밤 10시 30분	푸른사상
2001	시집	우주는 내 마음에 있다	모아드림
2004	시집	조가비 속에서 자라는 나무들	모아드림
2006	시집	음악이 열리는 나무	모아드림
2007	자서전	황금찬 시인 나의 인생 나의 음악	창조문예사
2007	시집	공상 일기	문학사계
2008	시선집	고향의 소나무	시학
2011	시집	느티나무와 추억	코드미디어
2013	시집	어머님의 아리랑	시인생각

작성자 유성호 한양대 교수

심연수 문학 연구의 한계와 가능성[1]

이성천 | 경희대 교수

1 들어가는 글

심연수(沈連洙, 1918~1945)는 2000년 7월 중국연변사회과학원과 연변인
민출판사가 공동으로 기획한 『20세기 중국 조선족 문학 사료 전집』을 간행
하기 전까지만 해도 한국 문학사에서 흔적을 거의 찾을 수 없었던 시인[2]이
다. 그러다가 전집 발간[3] 이후 그는 양국 학계에서 공통으로 1940년대 재

---

1) 이 글은 이제까지 심연수 문학에 대해 비판적 입장을 견지해 온, 필자의 주요 논문들을
   종합적으로 정리한 것이다.

2) 한국 문학사에서 심연수 시인은 오양호와 조규익에 의해 1990년대에 들어 비로소 호명
   되고 있다. 그러나 이들의 연구에서도 심연수는 1940년대 《만선일보》에 시를 투고했던
   "비전업 문인", "문학 지망생", "기타 무명 시인"으로 매우 간략하게 소개된다. 오양호,
   『일제 강점기 만주 조선인 문학 연구』(문예출판사, 1996): 조규익, 『해방 전 만주 지역의
   우리 시인들과 시 문학』(국학자료원, 1996).

3) 2000년 7월 1일자로 간행된 『20세기 중국 조선족 문학 사료 전집』은 한민족 이주 100년
   을 맞이해 중국 조선족의 민족 문화유산을 정리하기 위해 기획되었다. 『심연수 문학 편』

만 조선인 문학을 대표하는 시인으로 높은 평가를 받아 왔다. "일제 암흑기의 대표적인 저항 시인" 혹은 "윤동주와 쌍벽을 이룰지도 모르는 시인"과 같은 최대치의 찬사를 동반하며 불과 10여 년 사이에 발표된 200여 편의 글들,(학술·학위 논문, 평론, 산문, 단행본) 중국 용정과 강원도 강릉에 각각 건립된 '민족 시인' 심연수 시비(詩碑), '심연수 문학상' 제정(2007)과 2001년 이후 최근까지 전개되는 '심연수 문학 심포지엄' 등은 현재 심연수 시인의 문학사적 위상을 단적으로 보여 주는 중요한 지표로 파악된다.

심연수 문학에 관한 기왕의 연구는 새로운 시인을 발굴하여 학계에 소개했다는 점, 이를 통해 1940년대 재만 조선인 문학의 외연을 확장하는 데 일조했다는 점에서 일단 긍정적으로 평가된다. 아울러 지역 문화의 활성화를 적극적으로 유도했으며, 중국 조선족 학계와의 지속적인 국제적 문화 교류의 발판을 마련하고 있다는 측면에서 나름의 의의를 지닌다.

하지만 본고가 판단하기에 이 과정에서 노출된 문제의 심각성도 적지 않다. 아직까지 학계의 합의가 끝나지 않은 상태에서 그를 "저항기 문학의 새로운 지평" 또는 "문단에 솟아난 또 하나의 혜성" 등으로 명명하고 선양했다는 것이다. 이런 까닭에 학위 논문을 비롯한 대다수의 후속 연구가 심연수를 민족 시인 혹은 항일 시인으로 기정사실화하여 논의를 전개했다는 점 등이 문제가 될 수 있다. 시인의 고향을 중심으로 매년 8·15 광복절을 맞이하여 펼쳐지는 문학 행사와 다수 미디어 매체의 반복적인 홍보 작업이 이러한 사정과 밀접하게 관련되어 있음은 물론이다.

그런데 만약 심연수 시인에 대한 이제까지의 논의가 실증적 자료와 부합하지 않는다거나 역사적 사실에 명백히 위배된다면, 더욱이 전집에 수록된 일부 작품[4]을 통해 그 문학적 진실을 파악할 수 있었음에도 불구하

은 이 전집의 제1집으로 실려 있으며 이후 2004년 3월 중국조선민족문화예술출판사에서 『20세기 중국 조선족 문학 사료 전집 제1집 심연수 문학 편』으로 재차 간행했다. 이 글에서는 이하 『전집』으로 표기함.

4) 『전집』에는 시 작품 이외에도 소설, 일기문, 서간문, 기행문 등 다양한 장르의 글들이 수

고 주요 연구 당사자들의 부주의한 태도와 시인을 향한 맹목적 동경심으로 인해 사실 관계가 왜곡되었다면 그 결과는 어떠할 것인가. 이는 문학사의 왜곡이라는 심각한 문제로 이어지지 않을 것인가.

본 연구자는 그동안 심연수 문학 연구에 나타난 모순적 사안들에 대해 학계에 적극적으로 이의를 제기[5]해 왔다. 이 논문들에서 연구자는 선행 연구의 모순성(역사적 사실의 왜곡, 기억과 증언의 한계, 시 해석 과정에서 의미의 과잉)을 실증적 자료의 발굴 작업과 함께 다각적으로 제시한 바 있다. 그러나 현재까지도 심연수 문학 연구는 객관적이고 합리적인 연구 방법을 도외시한 채 기존의 입장을 반복적으로 되풀이하며 고정된 연구의 틀 속에서 앞선 논의를 무의미하게 재생산하고 있는 실정이다.

이 발표문은 이러한 문제의식의 연장선상에서 기획되었다. 중복 논의의 위험이 있음에도 불구하고 필자가 금번 발표를 감행하는 이유는, 선행 연구의 심각한 한계를 적시하는 일이야말로, 심연수 문학의 온전한 이해에 도달하기 위한 최선의 방법이라고 여기기 때문이다. 이에 따라 본 발표문은 불가피하게 기존 논자들의 확고한 견해들과 또다시 정면으로 충돌할 수밖에 없을 것이다. 하지만 거듭 강조하는바, 본고의 이런 작업의 목표는 심연수 시인의 정당한 평가를 바라는 선행 연구자들의 목표와 최종적으로 일치한다.

2 전기적 사실과 시적 진실

심연수 문학을 연구하는 논자들은 최근까지 그의 전기적 사실 및 문학

록되어 있다.

5) 졸고, 「재만 시인 심연수 문학 연구에 나타난 몇 가지 문제」, 《어문연구》(2011. 12); 「만주국 국책 이념의 문학적 투영 양상에 관한 논의 고찰」, 《한국시학연구》 41호(2014. 8); 「재만 시인 심연수 문학의 실증주의적 고찰」, 《국제어문》 60집(2014. 3); 「재만 시인 심연수 일기문의 비판적 검토」, 《한국시학연구》 48호(2016. 11).

적 행보와 관련해서 다음의 몇 가지 항목을 지속적으로 주목해 왔다. 예를 들면 만주에서 자라고 일본에서 유학한 후 해방 직전 요절한 시인의 생애가 윤동주의 문학적 삶과 유사성을 지닌다는 것, 간도 용정의 동흥중학교 재학 시절 소설가 강경애에게 직접적으로 문학 수업을 받았다는 것, 습작 시절부터 시조 형식의 작품을 의도적으로 많이 생산했다는 것, 일제의 학병 징집을 피해 7월로 예정된 '니혼 대학'의 졸업식에 참석하지 않고 1943년 7월 만주 용정으로 되돌아왔다는 내용이 그것이다. 시인의 전기와 문학적 생애에 관한 내용은 주로 동생 심호수의 회고와 시인을 기억하는 소수 지인들의 증언을 바탕으로 재구되었다. 특히 심연수 문학의 '우수성'과 민족의식 및 반일 사상을 강조한 대다수의 논문들은 면밀한 작품 분석을 통해 이 사실을 유추하기보다는 '기억과 증언'을 환기함으로써 논의를 이어 간 혐의가 없지 않다. 그 결과 적어도 이들의 논의에서 심연수는 습작기부터 간도 용정에서 소설가 강경애에게 본격적인 문학 수업을 받았으며, 전통 장르인 시조 형식을 적극적으로 차용한 민족 시인이었고, 일제의 학병을 적극적으로 거부하는 등 투철한 반일 의식과 저항 의식을 보유한 '제2의 윤동주'로 기록되고 있다.

본고는 소문과 추정, 구술과 기억의 파편들이 재구한 이 같은 사실을 무조건 부정하는 것은 아니다. 하지만 이러한 주장이 설득력을 지니기 위해서는 이 시기 시인의 내면을 드러내 주는 작품 분석이 동반되어야 한다. 문학 연구가 개인의 전기적 사실에 의해 주조되는 것이 아니라면, 그 어떤 연구 방법론도 작품에 대한 이해에서 출발해야 하는 까닭이다.

동으로는 태평양의 조향(潮香)호
서으로는 흥안령(興安嶺) 넘는 억센 서람(瑞嵐)
대지에 뛰노는 건아야말로
우리들 이 땅의 새 일꾼일세.

몸 바치자 우리들은 동양 평화에
동아의 첫동이 이제야 트는구나
매일 임무는 많다고 하나
단련된 몸 마음은 강철 같도다.

배우자 힘쓰자 대지에서
王道樂土(왕도낙토)의 젊은이여
五族協和(오족협화)가 빛나는 곳에
솜씨야 빛나거라 역사에 남기자.

— 「대지의 젊은이들」(1940. 4. 3)

심연수가 지면을 통해 공식적으로 발표한 시 작품은 《만선일보》에 투고한 다섯 편이 유일하다. 1940년 4월 《만선일보》 학생 투고란에 시를 게재하기 이전과 이후의 작품들은 모두 개인(심호수)이 보관하고 있던 유고 작품[6]이다. 원본 시집을 참조하면 인용한 「대지의 젊은이들」은 창작 일자가 1940년 4월 3일로 기록되어 있다. 심연수 시인이 《만선일보》에 처음 시를 게재한 것이 같은 해 4월 16일이고 투고한 작품의 창작일은 4월 1일이니 이 무렵에 쓴 작품임을 알 수 있다.

본고가 이 시에서 우선적으로 주목하는 구절은 "몸 바치자 우리들은 동양 평화에/ 동아의 첫동이 이제야 트는구나", "배우자 힘쓰자 대지에서/ 왕도낙토의 젊은이여/ 오족협화가 빛나는 곳에/ 솜씨야 빛나거라 역사에 남기자."라는 부분이다. 이 장면에는 1940년대 만주국의 건국 이념과 일제의 통치 사상을 무비판적으로 수용한 화자의 모습이 비춰지고 있다. 물론 동흥중학교 시절에 쓴 이 한 편의 시를 두고 이 시기 심연수의 시 세계의 주제적 특성을 섣불리 단정 지을 수는 없다. 그러나 분명한 사실은 기존의

---

6) 심연수의 육필 원고는 동생인 심호수가 지난 55년간 땅속에 묻어 간직하고 있다가 2000년 세상에 공개한 것으로 알려져 있다. 『전집』의 발간사 참조.

평가와는 달리, 최소한 「대지의 젊은이들」을 발표할 무렵의 심연수 시인은 왕도낙토, 오족협화 등과 같은 일제의 왜곡된 통치 이념에 담긴 역사적 진실을 인지하지 못했거나, 현실 인식의 치열성을 확보하지 못한 것으로 판단된다. 그간의 심연수 시를 연구하는 논자들이 이 작품을 의식적, 무의식적 측면에서 인용하지 않는 것도 이러한 사정과 무관하지 않을 것이다.

동흥중학교 시절 발표된 심연수의 시 세계에 대한 선행 연구의 문제점은 그의 기행시조에 대한 평가를 통해서도 지속적으로 확인할 수 있다. 연보에 따르면, 1940년 동흥중학교를 졸업할 무렵 심연수는 17일간(1940. 5. 5~22)의 수학여행을 떠난다. 그리고 이 기간 동안 그는 70여 편에 이르는 기행시조를 창작한다. 심연수를 민족 시인으로 부각시켜 온 연구자들은 이 시기 시인의 기행시조에 대해서 "심연수 작품에서 기행시조들은 심연수의 민족성을 연구하는 데 큰 몫을 감당하고 있고, 민족성을 고취하는 데 큰 몫을 하고 있는 이러한 작품들이 어떠한 이유나 계기로 시조형식을 취하는지는 심연수 기행시를 연구하는 데 있어 키포인트가 된다."라고 설명한다. 그런데 이러한 선행 연구자들의 주장은 시인의 실제 작품에 나타난 대략적인 내용만 파악해 보더라도 명백한 모순임을 알 수 있다. 이 지점에 이르면 기존 논의의 진술들은 무책임하기까지 한 것으로 여겨진다.

> 國都(국도)의 얼굴에는 웃음이 넘쳤어라
> 街頭(가두)에 가고 오는 五族(오족)의 웃음소리
> 이 아니 王道樂土(왕도낙토)가 다른 데 없으이다
>
> 大同街(대동가) 아스팔트 남으로 뻗쳤으니
> 南方(남방) 瑞祥(서상) 들어옵시다 이 나라 서울
> 大滿洲(대만주) 도읍터에 吉祥(길상)이 내리소서.
>
> ──「신경」(1940. 5. 19)

인용한 작품은 심연수가 수학여행 기간 중에 창작한 기행시조인데, 1940년대 만주국의 수도 '신경'을 형상화하고 있다. 그런데 이 시에서 그려지는 '대만주'의 도읍터 '신경'의 모습은 "국도의 얼굴에는 웃음이 넘쳤어라/ 가두에 가고 오는 웃음소리"가 상징하듯이 그야말로 "왕도낙토가 다른 데 없"는 풍경이다. 또한 2연에서, "이 나라 서울"에는 "남방 서상 들어"온다거나 "대만주 도읍터에 길상이 내리소서."라는 축원에서 알 수 있듯이 이 시의 서정적 주체는 앞서 인용한 「대지의 젊은이들」처럼 만주국의 지배 사상에 동화되어 있다.

　왕도낙토를 표방하는 만주국의 건국 이념 중에서도 민족 협화, 즉 오족협화는 일본군의 만주국 건설 당시의 핵심 사상이다. 잘 알려져 있듯이 그것은 만주에 거주하는 다섯 민족이 아시아 협동권을 이루어 왕도에 따라 통치되는 안락한 땅을 만들자는 일제의 왜곡된 지배 이데올로기이다. 이 점은 일본이 대륙 침략을 위한 전초 기지로서의 만주국을 건설한 이후, 1940년을 전후하여 만주국의 건국 이념을 왕도낙토에서 대동아 공영으로 옮겨 가고 있다는 사실에서도 어렵지 않게 확인된다. 아시아 태평양 전쟁이 진행됨에 따라 만주국은 그때까지 일본에 '협력하는 존재에서 봉사하는 존재'로 변화해 가는 것이다. 따라서 만주국이 내세우는 왕도낙토, 오족협화의 지배 이념을 수긍하는 것은 곧 민족 문학의 논리와는 전혀 다른 입장에 서는 것이다.

　「신경」이 「대지의 젊은이들」과 마찬가지로 심연수의 초기 작품이고, 따라서 앞서 언급한 대로 이 시기 시인의 역사의식과 현실 인식의 치열성이 확보되지 않았다는 점을 감안하면, 인용 시편을 새삼스럽게 문제 삼을 것도 없다. 그러나 위의 시편을 포함한 심연수의 기행시조를 두고 '민족 시인', 또는 '저항 시인'이라고 섣불리 평가하는 선행 연구자들의 주장은 결코 가볍게 지나칠 사안이 아니다. 왜냐하면 이어지는 작품에 오면 시인의 현실 인식은 더욱 심각한 문제를 노출하기 때문이다.

가을은 좋은 때/ 끝없이 푸른 하늘에/ 가벼이 뜬 조각구름/ 더욱이나 좋을세라// 담청(淡靑)의 하늘 아래/ 익어 가는 가을 山野(산야)/ 굶고서 보아도 배부른/ 가을의 마음.// 단풍으로 성장할/ 그의 몸이길래/ 헤쳤던 가슴을 여미고/ 님을 찾아 산과 들로// 맑아져 내리는 시내에/ 보드랍게 잡혀진 물무늬에도/ 어딘가 싸늘한 맛이/ 흐르고 있다// 석양에 빛어진/ 눌게 구름 아래/ 잠자리 찾는 갈가마귀떼도/ 떠도는 가을의 소리// 어둠에 싸여지는/ 밭두렁 지름길에/ 새 뿔 나는 소를 끌고/ 애쓰는 가을의 아들// 묽게 어둔 가을밤/ 벅석이는 수수대에/ 소리 듣고 짖는 개도/ 가을의 수호병/ 지새는 가을 밤/ 서늘한 새벽하늘/ 서릿발 진 이슬에/ 여명은 깨어난다.// 하늘 곧게 오르는/ 아침 연기 그 기대에다/ 달아올려라 힘차게/ 이 땅의 일군 총동원 신호를.

———「대지의 가을」(1940. 9. 17. 이본, 밑줄은 필자)

심연수 작품 세계의 주목할 만한 특징은 작품 창작 일자가 비교적 뚜렷하게 제시된다는 것이다. 이 점은 그의 일기문 및 편지글은 물론 많은 양의 시 작품과 몇몇 소설, 희곡 등 장르 전반에 걸쳐 공통적으로 나타나는 현상이다. 그런데 이 사실은 심연수 시 세계의 시기별 주제적 유형을 고찰하는 데 매우 유효한 시사점을 준다. 한 시인의 가치 체계, 특히 민족의식이나 항일 의식과 같은 시인 의식의 문제는 단기간 내에 폭넓은 변화를 보이기 어려운 까닭이다. 또한 심연수 작품들의 창작 일자의 선명성은 기존의 선행 연구가 반복해 온 주제 의식의 고정화, 작품 해석 과정에서 보이는 의미의 과잉, 의도적 오류와 같은 제반 문제를 해결해 줄 수 있을 것으로 기대된다.

인용 시는 시인의 고향인 강릉에서 개최된「제7회 심연수 전국 시 낭송 대회」에서 낭송[7]된 작품으로, 1940년 9월 17일에 창작된 것으로 알려져 있다. 여기에서 위의 작품을 소개한 이유는 심연수의 시편들에는 '이본'이

---

7) 제7회 심연수 전국 시 낭송 대회는 황규수가 편찬한『비명에 찾는 이름』(아송, 2010)에 수록된 70편의 작품을 낭송의 대상 작품으로 제시했다. 황규수의 이 책에는 두 번째 인용한「대지의 가을」이본이 실려 있다.

제법 많이 존재한다는 단순한 사실을 지적하려는 것이 아니다. 그보다도 1940년대를 관통하는 심연수 시 세계의 주제적 특성과 시인의 현실 인식, 나아가 당대 만주국의 국책 이념이 그의 시에 어떤 방식으로 투영되어 있는가를 밝히는 데 목적이 있다.

논의의 단초는 '총동원'이라는 단어에 놓여 있다. 일제는 1937년 중일 전쟁을 일으키면서 국가 체제를 본격적인 전시 체제로 전환한다. 이 시기 일제는 전시국가총동원령(1938)을 발동하고 근로보국대, 국민징용령, 조선민사령개정을 통한 창씨개명, 조선사상범예방구금령, 전쟁 수행을 위한 조선미곡증산 5개년계획을 발표한다. 이에 따라 국민개로운동 등 일련의 식민 정책은 내선일체, 황국 신민화, 대동아 공영권의 실현을 위해 강제되었다. 그 결과 1940년대에 이르면 정치, 경제, 사회, 문화 등 모든 부문이 전쟁 수행을 위해 총동원 체제로 돌입한다. 이 과정에서 산업력의 확충과 그것을 지탱할 철과 석탄 등의 안정적 공급은 전쟁의 승리를 위한 최대의 요건이 되었다. 그뿐 아니라 장기전, 대소모전으로 점차 전쟁의 형태가 전환됨에 따라 교전국에 의존하지 않고 자원과 식량을 상시적으로 확보해 두는 것이 필수조건이 된다. 그것은 바로 자급자족권의 형성이라는 과제와 직결되었다. 그러한 관점에서 볼 때 일본에게 그것은 만주 이외에는 달리 구할 곳이 없었다. "지나 자원을 등한시하는 자는 실로 신의 나라 일본의 파멸을 의도하는 자"라는 이 무렵 일본군 장교의 발언은 이러한 총동원 체제의 상황을 함축적으로 전언한다.[8]

일제 총동원 체제의 국책 사업은 농촌 지역에서도 예외가 아니었다. 1940년《인문평론》창간 1주년 현상 모집이 '생산 소설'과 관련된 것이었으며, "농촌이나 광산이나 어장이나를 물론하고 씩씩한 생산 장면을 될 수 있는 대로 보고적으로 그리되 그 생산 장면에 나타나 있는 국책이 있으면 그것도 고려할 것"이라는 '생산 문학' 권장 광고가 이를 입증한다. 이

---

8) 야마무로 신이치, 윤대석 옮김, 『키메라, 만주국의 초상』(소명, 2009) 참조.

처럼 일제 강점기 말의 총동원 체제, 이로 인한 농민 수탈과 식량 생산 장려의 모순은 국가와 민족과 지역을 초월하여 동아시아 전체에서 실현되고 있었던 것이다.

이렇게 볼 때, 일본의 총력제 체제가 일차적으로 감행되고 있었던 만주지역에서 "이 땅의 일군 총동원 신호를", "힘차게" 달아 올리려는 「대지의 가을」의 시인 의식은 많은 것을 환기한다. 그것은 심연수의 이 시가 1940년 4월과 5월에 각각 창작된 작품들, 즉 「대지의 젊은이들」과 「신경」의 연장선상에 놓여 있으며, 궁극적으로 이 사실은 1940년의 심연수 작품들이 만주국의 국책 이념과 지배 정책에 무의식적으로 동화되어 있음을 암시하는 것이다.

3 '기억과 증언'의 한계와 사실적 삶의 이해

심연수의 생애사를 검토한 다수의 연구 논문들이 시인의 동생 및 주변 지인들의 증언에 크게 의존했다는 사실은 아무리 강조해도 지나침이 없다. 왜냐하면 이 점이야말로 심연수 시인의 현재 위상을 형성하는 데 직접적인 영향을 끼친 것으로 판단되기 때문이다. 그러나 그 무수한 "기억과 증언"들이 실제의 사실과 다르다면, 현재 알려진 시인의 전기적 사실이 잘못된 기억과 착각이 만들어 낸 무책임한 결과라면 심연수 문학의 위상은 어떻게 변모할까.

본고는 이 장에서 실증적 자료의 제시를 통해 선행 연구의 한계성과 오류, 더 나아가 연구자의 불성실한 연구 태도를 문제 삼기로 한다.

중학교 때 문예 반장이었던 그는 키도 크고 미남인 데다 운동도 좋아하였다고 한다. 소설가 강경애가 직접 그의 문학 공부를 지도하였다.(강경애의 남편인 장하일이 동흥중학교 교무 주임으로 있었다.)

혈기 있는 문학 소년이었던 심연수는 창작과 동시에 동흥중학교 교무 주임이었던 장하일의 부인인 강경애와 교유하는 인연도 맺었다.

위의 내용은 심연수가 동흥중학교 재학 당시 소설가 강경애와 교유했으며, 그로부터 문학 수업을 사사했음을 기록한 선행 연구의 한 부분이다. 심연수의 동흥중학교 시절을 다룬 논문들, 평문과 신문 기사는 물론 가장 최근(2016)에 발표된 박사 논문에 이르기까지 대부분의 글들은 강경애와의 인연을 직접적으로 언급하고 있다. 그런데 필자는 심연수의 전집을 재차 검토하면서 다음과 같은 새로운 자료, 시인의 편지를 발견했다.

존경하는 강 선생님 존전

배계(拜啓)

의람히 올리는 글이오나 용서하옵고, 받아 주심을 바라나이다. 저는 선생님을 뵈온 적이 없나이다. 벗을 통하여 알앗나이다. 얼마나 수고하십니까? 물론 불비(不備)한 촌학교일 것이오매, 여러 선생님들이 하는 일 더 어렵겠지요. 추위와 어둠에 떨고 있는 어린이들 머릿속에 따뜻하고 명랑한 생활의 진리를 넣어 주십시오. 다만 그것이 저희들의 가장 큰 바람입니다.

(중략)

저는 비록 일개의 서생을 벗어나지 못한 몸이오나 쓰라린 세파(世波)를 겪었고 또 현재도 그렇고 앞으로도 그러하기 신의를 갖고 있는 벗을 찾앗나이다. 참으로 그 바람에 충만한 환희를 현해탄을 사이 둔 저쪽에서 만나게 되엿나이다.

(중략)

우리는 성별을 초월한 입장(立場)에서 힘 있는 벗을 찾아야만 만사(萬事)를 무난히 넘길 줄로 아나이다.

여가 계시오면 하교 던져 주시면 고맙겟나이다. 오늘 실례 많이 하엿나이다.

시월 스무나흗날 초당에서

심수련 상서(上書)

존경하는 강선생님 도동(渡東)하기 전 사이 있으면 한번 찾아뵈올질 모르겠나이다.

　　　　　　　　―「존경하는 강 선생님 존전」 부분, 418~419쪽(밑줄은 필자)

　　심연수는 258편에 이르는 시 이외에도 「농향」을 비롯한 네 편의 소설과 일기문, 서간문, 만필, 평론, 수필, 감상문, 기행문 등 다수의 작품을 남겼다. 특히 1940년 1월부터 12월까지의 일상을 빼곡하게 기록한 일기문과 40여 편에 가까운 편지글은 심연수의 문학 청년 시절과 일본 유학 시기의 생활상을 이해하는 데 적지 않은 도움을 준다.

　　위의 인용문은 심연수 시인이 '니혼 대학'에 진학한 후 방학을 맞아 용정의 집에 머물면서 쓴 서간문으로 여겨진다. "신의를 갖고 있는 벗을" "현해탄을 사이에 둔 저쪽에서 만나게 되었"다는 것, 일본으로 건너가기 전, 즉 "도동"하기 전에 "한번 찾아"뵙겠다는 내용 등이 이를 증명한다. 그렇다면 여기에서 "강 선생님"이란 누구일 것인가. 편지의 내용으로 보아 '강 선생님'은 "성별을 초월"해야 하는 존재이므로 필시 여성일 것이다. 또한 그는 "불비한 촌학교"에서 여러 선생님들과 함께 지내는 교사이며, 극존칭의 '배계(절하고 아뢴다)'와 '상서(웃어른에게 올리는 글)'를 사용해야만 하는 연장자이고 주위의 존경을 받는 인물이다. 이 모든 상황을 종합해 볼 때, 편지에 등장하는 '강 선생님'이 당시 만주 용정의 동흥중학교에 있었으며, 당대의 명망 있는 소설가로 활동하던 강경애일 것으로 추론해 볼 수 있다. 그런데 중요한 사실은 편지의 발신인인 심연수(심수련)는 수신자인 "존경하는 강 선생님"을 이전에 단 한 번도 만난 적이 없다는 사실이다. "저는 선생님을 뵈온 적이 없나이다. 벗을 통하여 알았나이다."라는 구절은 이를 명확하게 보여 준다. 이렇게 보면 결국 심연수는 일본 유학 시절 당시까지도 강경애와 일면식도 없었음을 알 수 있다. 그렇다면 동흥중학교 시절의 심연수가 강경애를 통해 문학 수업을 받았다는 이제까지의 주장은 당연히 재고되어야 한다. 역사적 실증 자료는 분명, 기억과 증언의

'기록'에 앞설 수밖에 없는 까닭이다.[9)]

한편 심연수의 시에 나타나는 항일, 반일 정신을 꾸준하게 포착하려는 일부의 연구는 그 한 증거로 시인이 "일제의 학병 강제 징집을 피해 다니다가 1943년 7월 13일 졸업을 하고 그해 겨울 나진항을 거쳐 만주 용정으로 귀환"한다는 사실에 주목한다. 이후 학병을 거부한 시인이 "녕안현 신안진" 등지에서 소학교 교사로 근무하면서 학생들의 민족혼과 반일 사상, 독립의식을 깨우치고, 결국 그것이 원인이 되어 두 차례 유치장에 구속된다는 것이다. 가령 다음의 인용문은 대표적인 사례에 해당한다.

열혈의 청년 심연수는 마침내 1943년 7월 13일 2차 세계대전으로 인해 6개월 앞당겨 대학 졸업을 마치게 된다. 그는 일본 지바현 등지에서 일제의 학병 강제 징집을 피해 숨어 지내다가 그해 겨울 라진항을 거쳐 귀향하고, 다시 귀가 며칠 후 일제의 강제 징집을 피하기 위해 공무원증을 위조하여 유년 시절에 몸담았던 녕안현 신안진으로 피신하게 된다.[10)]

심연수는 1943년 7월 니혼 대학을 졸업하고, 용정으로 돌아온 심연수는 학도병 징발을 피해 신안진으로 간다.[11)]

본고는 시인의 친지 및 주변 인물들의 구체적 증언을 통해 전해지는 이 같은 삶의 궤적에 관한 진술에 대해 별다른 이의를 제기할 생각이 없다. 다만 이 지점에서 역사적 사실 또는 실증적 접근의 차원에서 간략하게 두 가지 문제를 점검하고자 한다.

---

9) 2014년 시인의 고향인 강릉 지역에서 발표된 박사 논문은 이 「편지」를 근거로 동흥중학교 시절의 심연수와 강경애의 '관계'를 증명한다. 이는 현 단계 심연수 문학 연구의 모순적 성격을 보여 주는 단적인 사례에 해당한다.
10) 엄창섭, 최종인, 『심연수 문학 연구』(푸른사상, 2006), 84쪽.
11) 「심연수 시문학 연구」, 관동대 박사 학위 논문(2006), 68쪽.

첫째는 니혼 대학 문예부의 졸업일자 문제이다. 심연수 시인의 1943년 니혼 대학 문예부 졸업 일자를 언급한 연구 논문의 대부분은 시인의 졸업일을 7월 13일로 못 박고 있다. 그러나 필자가 확인한 바에 따르면, 1943년 7월 13일에는 그 어떤 졸업식도 니혼 대학에서 진행된 바가 없다. 뿐만 아니라 당시 일본의 다른 대학들도 7월에는 졸업식을 거행하지 않았다. 1943년 당시 일본의 주요 대학들의 졸업식은 단과별로 날짜는 다르지만 모두 9월에 거행된 것이다. 가령 9월 25일에 졸업식이 있었던 대학교는 동경 대학, 메이지 대학[12] 등이었으며, 9월 26일에는 와세다 대학의 졸업식이 진행된 것으로 파악되었다. 물론 심연수가 다녔던 니혼 대학의 졸업일도 다른 대학들과 마찬가지로 9월이었다. 법문과와 상경과는 26일, 의학과와 치과는 21일, 공학과의 학부는 27일, 전문부는 20일, 심연수가 다닌 예술과의 문예부는 13일, 오전 10시였다.[13] 이러한 사실을 놓고 보면 기존의 심연수 문학 연구자들은 연구 태도의 문제에서도 분명한 한계를 보이고 있는 것으로 여겨진다. 왜냐하면 졸업일자를 둘러싼 논의는 심연수가 동생 호수에게 보낸 편지글만 살펴보더라도 어렵지 않게 확인할 수 있는 까닭이다.

호수 앞

(전략)

오늘이 개학(開學)이다 개학도 마지막 개학인 것 같다. 그렇지만 또 학교는 있다. 학교가 없는 바는 아니다. 그동안 편지가 없어서 답답하였겠고나.

---

12) 가령 1943년 9월 25일 메이지 대학을 졸업하고 학병으로 끌려간 작가 이병주의 경우가 그 예에 해당한다. 이병주의 메이지 대학 졸업일자는 김윤식의 『이병주와 지리산』(국학자료원, 2010), 393쪽을 참조할 것. 김윤식이 제시한 1943년 메이지 대학의 졸업장에는 졸업일자가 9월 25일로 분명하게 기록되어 있다.

13) 니혼 대학 졸업 일자는 일문학자 권선영 박사의 도움을 얻어 대학 교무처에서 확인했다. 이 과정에서 필자는 1943년 니혼 대학의 졸업일자를 공지한 소화 18년 9월 10일자 대학 신문과 소화 18년 졸업생 명부록을 비롯한 중요 자료를 새롭게 입수할 수 있었다.

전보(電報)도 받았다. 편지 없는 것은 편안(便安)할 때이다.

졸업식은 9월 13일(九月 十三日)쯤 된다. 하나, 곳 갈는지는 의문(疑問)이다. 누가 붙들어서가 아니라 떠나기 어려울 것이다. 금전 실정(金錢 實定)도 있고 해서 몇 달 더 있을지는, 될 수 있는대로 속(速)히 나가 집일을 돕고 싶으나 할 수 없다. 만일 집에서 그만한 준비(準備)가 있어서 보내 준다면 문제(問題)가 없으나 그렇게까지 할 필요(必要)는 없고, 있는 김에 몇 달 더 있으면 어떠하니. 집에서는 기달릴 것이다. 할 수 없는 일이다.

이번은 이만 끝인다.

—8월 21일 형 씀[14]

위의 편지글은 심연수 시인이 2000년대 심연수 문학의 '발원지'로 알려진 동생 심호수에게 보낸 것이다. 여기에서 주목할 것은 편지를 쓸 무렵의 심연수 시인은 '마지막 개학'을 맞이하고 있다는 것, 졸업식은 기존에 논의되어 온 것처럼 7월 13일이 아닌, 9월 13일로 예정되어 있다는 것, 또한 다수의 선행 연구자들이 주장한 "학병 강제 징집을 피해" 7월 말경 만주로 숨어 들어갔다는 사실과는 무관하게 그는 8월 21일까지 동경에 머무르며, 용정의 집에 생활비를 부탁했다는 내용 등이다. 그간에 심연수 문학의 '전공자'들이 이 편지글을 발견하지 못한 이유는 여전히 의문으로 남는다. 다만 이제껏 상당수 연구자가 일기와 서간문 등의 자료를 체계적으로 분석하지 않았다는 점은 명백하다.

이 장에서 본고가 역사적 사실과 실증적 접근의 차원에서 두 번째로 문제 삼는 부분은 심연수 시인의 '학병 거부' 문제다. 본고가 심연수 시인의 니혼 대학 졸업 일자를 중요시했던 이유도 궁극적으로 이것과 관련이 있다. 기존의 연구에 따르면 심연수 시인은 1943년 7월 13일 니혼 대학을 졸업하고 일제의 강제 징집을 피해 만주 용정으로 돌아온 것으로 알려져 있

---

14) 『전집』, 412쪽.

다. 그런데 선행 연구에서 한 가지 의문이 드는 것은 일제의 학병 제도 시행 시기이다.

잘 알려져 있듯이, 일제가 조선 학생의 징병 유예를 폐지하고 재학징집연기임시특례법을 공포한 것은 1943년 10월 2일이며, 이후 학병제를 강제 실시한 날짜는 1943년 10월 20일이다. 그리고 징집 영장은 같은 해 11월 8일에 발부되었다. 여기에서 우리는 한 가지 이상한 점을 발견할 수 있다. 일제가 징병제를 실시한 날짜가 1943년 10월 20일이라면 1943년 7월에 니혼 대학을 졸업한 심연수 시인이 '학병 징발을 피해' 다녔다는 선행 연구는 논리적으로 모순이다. 시기적으로 보아 심연수가 졸업할 무렵인 7월에는 학병제가 실시되지 않았으며, 1943년 7월에 졸업한 심연수 시인에게 적어도 동년 11월 8일까지는 강제 징집 영장이 통보되지 않았을 것이다. 따라서 이 문제와 관련해서도 선행 연구자들은 보다 논리적이고 실증적으로 접근했어야 했다.

4 11월 16일 일기에 나타난 '동아 협동체'의 흔적과 근로 봉사의 실체

심연수는 1940년 1월부터 동년 12월까지, 1년치의 일기를 남겼다. 22살의 심연수가 동흥중학교 4학년에 재학할 당시 쓴 이 일기문은 문청 시절 시인의 내면 풍경은 물론 당시의 가족 관계와 입시, 교육 제도, 독서 체험과 일상생활의 동선 등을 파악할 수 있다는 측면에서 매우 유효한 의미를 지닌다. 실제로 그의 일기는 하루 일과의 사소한 부분까지도 별도의 수사적 여과 장치 없이, 그야말로 "본 대로 들은 대로 느낀 대로" 소상하게 적고 있다. 시인은 특정한 사건과 만남이 없었던 날에도, 무료한 일상의 나날이 지속될 때에도 그날그날의 기록을 남기는 일을 소홀히 하지 않았다. "별것 하는 것 없엇다. 그러나 하로는 그저 잘 잇엇다"(「12월 21일 일기」 전문)라든가 "집에서 하로를 그저 보냇다./ 담담한 하로를 참으며"(「12월 22일 일기」 전문)와 같은 일부 일기의 전문은 이런 사실을 단적으로 보여 준다.

심연수의 일기가 전반적으로 진솔하고 정직한 "기록의 원천성, 개별성, 유일성의 가치"를 지니면서도, 한편으로 건조하고 장황하며 투박한 느낌을 주는 것도 궁극적으로 이러한 사정과 무관하지 않다.

그런데 이런 사실이야말로 본고가 심연수의 일기문을 주목하고자 하는 1차적 이유가 된다. 다소 장황하고 투박한 개인의 기록일지언정, 특수한 사정(수학여행, 고향 방문)을 제외하면 단 하루도 빼놓지 않고 기록한 그의 일기문은 역설적으로 만주국의 교육 환경과 입시 제도, 교우 관계와 취미 활동, 독서 체험 등 기록 주체를 둘러싼 생활 세계의 모든 것을 실시간으로 제공해 주었다. 무엇보다도 심연수의 일기문은 문청 시절의 글쓰기 반경과 장르 의식, 나아가 1940년대 일제 강점기를 살아가는 시인의 현실 인식 문제를 실제적 측면에서 파악해 볼 수 있다는 점에서 자료사적 의의를 지닌다. 이는 최근까지 논란이 되어 온 심연수 문학 관련 핵심 문제들을 역사적, 실증적 차원에서 점검할 수 있는 새로운 계기로 작용한다.

> 11월 16일 토 맑음(十一月 十六日 土 晴)
> 아침부터 용정 극장(龍井劇場)에 가서 국민(國民)이 보아야 할 민족(民族)의 제전(祭典)을 감상(感賞)하엿다. 민족(民族)과 나라와 나라가 아름다운 운동 정신(運動精神)에서 싸호는 것은 얼마나 고마운 일인냐. 이야말로 올림픽이 전 세계(全世界)에 한 개의 꽃다발을 하자고 묵거 놓은 아름다운 일이냐. 통일(通一)된 정신(精神)과 단련(鍛鍊)된 육체(肉体)의 큰 경쟁(競爭)이엿다. 아마 그곳에 와서는 운동(運動) 그것박게 다른 나쁜 생각을 하는 사람이 없을 줄을 안다. 그러고 자기 편이 잘하엿으면 이겼으면 하는 마음을 다 가젓으리라. 우리들도 많은 백인 가운데 우리와 같은 황인(黃人)들이 그들과 대하여 싸호는 장면(場面)에서는 주먹이 쥐어젓다. 더욱이 삼단도(三段跳)와 마라손에서는 더욱 그러하였다.
> ──「11월 16일 일기」

위의 일기문은 졸업(12월 6일)을 앞두고 학교에서 단체로 관람한 "민족의 제전을 감상"한 일에 대해 기록한 것이다. 이날 "용정 극장"에서 상영된 '민족의 제전'이란 다름 아닌 '올림픽'을 가리킨다. 일기에서 심연수는 "국민이 보아야 할 국민의 제전"을 "민족과 나라와 나라가 아름다운 운동정신에서 싸호는 것", "전 세계에 한 개의 꽃다발을 하자고 묵거 놓은 아름다운 일", "통일된 정신과 단련된 육체의 큰 경쟁" 등으로 올림픽 관람의 소감을 밝히고 있다. 또한 "자기 편이 잘하엿으면 이겼으면 하는 마음을 다 가젓으리라." 하는 대목에서는 자국의 선수를 응원하는 시인의 마음이 감지된다. 일기의 내용이 여기까지라면, 위의 글은 올림픽을 보고 난 후 스물두 살 청년의 보편적 느낌과 단상을 적은 평범한 생활 일기로 볼 수 있을 것이다. 하지만 후반부에 놓인 다음의 문장에 주목하면 심연수의 11월 16일 일기는 전혀 다른 양상으로 전개된다. "많은 백인 가운데 우리와 같은 황인들이 그들과 대하여 싸호는 장면에서는 주먹이 쥐어젓다. 더욱이 삼단도와 마라손에서는 더욱 그러하였다."라는 부분이 바로 여기에 해당한다. 단 두 문장으로 구성된 이 대목에 이르면 일제 강점기 말의 강제된 식민 정책과 1940년대 만주국의 불합리한 교육 제도, 무엇보다도 당시 심연수의 왜곡된 현실 인식의 문제가 응축되어 나타나는 것이다.

먼저, 심연수가 일기를 쓴 1940년에는 하계와 동계 올림픽 모두 개최되지 않았다. 원래 1940년 제12회 하계 올림픽은 일본 도쿄에서 열리기로 했으나 중일 전쟁으로 인해 핀란드 헬싱키로 개최권이 넘어갔고, 이마저도 2차 세계대전으로 인해 무산되었다. 마찬가지 이유로 이해에는 동계 올림픽도 열리지 못했다. 일본 삿포로, 스위스, 독일 순으로 개최권이 이양되었으나 결국에는 무산되었다.[15] 사정이 이러하다면, 심연수가 11월 16일에 관람했던 올림픽은 1936년 제11회 베를린 하계 올림픽일 것이다. 일기에 언급된 경기가 하계 올림픽 종목인 "삼단도(삼단뛰기)"와 "마라손(마라톤)"

---

15) 참고로 1948년 제13회 올림픽은 영국의 런던과 이탈리아의 코르티나담페초에서 각각 개최될 예정이었다. 그러나 동일한 사정(2차 세계대전)으로 인해 역시 무산되었다.

이라는 점, 전통적으로 '삼단도' 종목은 강세[16]지만 마라톤은 취약했던 '제국' 일본이 식민지 조선인 손기정의 마라톤 우승으로 두 종목의 금메달을 동시에 차지한 건 이 대회가 유일하기 때문이다. 따라서 11월 16일 일기에서 언급된 '민족의 제전'이 제11회 베를린 올림픽을 지시한다는 사실에는 재론의 여지가 없다. 그렇다면 이제 남은 문제는 베를린 올림픽을 포함한 이 시기 일제의 식민 정책과 '민족의 제전'과 대면한 심연수의 현실 인식에 대한 검토이다. 또한 "자기 편이 잘하엿으면 이겼으면 하는 마음"과 "많은 백인 가운데 우리와 같은 황인들이 그들과 대하여 싸호는 장면", 특히 "삼단도와 마라손에서는 더욱" "주먹이 쥐어젓다"의 대목이 보여 주는 주체의 심리적 상태에 관한 점검이다. 서둘러 말하자면, 동흥중학교 재학 시절부터 심연수의 문학 세계는 이미 뚜렷한 '민족' 의식과 '반일' 의식을 강하게 내포되어 있었다는 선행 연구의 반복된 주장에 대해 필자가 적잖이 혼란스러워지는 것도 이 부근이다. 왜냐하면 백인과 황인의 이분법적 대립 구도에서 "자기 편"의 선수를 응원하는 일기문 저자의 이러한 상황 인식은 일제 강점기 말 국책의 핵심 과제인 '민족동화정책' 또는 내선일체 사상에 심각하게 노출된 것으로 판단되는 것이다.

일제는 1910년대부터 이른바 '민족동화정책'을 실시했다. 민족동화정책은 1930년대 들어 보다 강력하게 실행되었으며, 내선융화, 동조동근론(同祖同根論), 창씨개명, 내선결혼과 같은 구체적 과제와 함께 내선일체 사상[17]으

---

16) 실제로 1920년대에서 1930년대까지 국제 대회 및 올림픽에서 일본의 가장 유력한 금메달 종목은 "三段跳(삼단뛰기)"였다. 일본 최초의 올림픽 금메달과 아시아 최초 개인 금메달은 1928년 암스테르담 올림픽에서 오다 미키오(織田幹雄, 1905. 3. 30~1998. 12. 2)에 의해 획득되었다. 이후에도 일본은 1932년 미국 로스앤젤레스 올림픽의 난부 추헤이, 1936년 베를린 올림픽의 다지마 나오토에 이르기까지 세 번 연속으로 올림픽 삼단뛰기 종목에서 우승자를 배출했다.

17) 일제는 『고사기(古事記)』와 『일본서기(日本書紀)』를 근거로 일본의 시조 아마테라스 오오미카미의 동생 수사노오노 미코토가 조선에 강림하여 조선의 시조가 되었기 때문에 '내지(일본)'와 조선은 민족적으로 같은 조상이며 뿌리라고 주장하면서 내선일체를 강요했다. 조진기, 「내선일체의 실천과 내선 결혼 소설」, 《한민족어문학》 50집, 한민족어문학

로 점차 변질되어 갔다. '동아 협동체', '세계 신질서', '대동아 공영권' 등 1940년대까지 이어진 일제의 왜곡된 국책 이념이 자기 합리화의 필요성에 의해 이 과정에서 생성된 것은 주지의 사실이다. 가령, 아시아 태평양 전쟁을 전후해서 급진전된 세계 신질서로서의 동아 협동체는 구미 선진 제국주의의 이른바 '세계 구질서'에 대항하기 위한 것이며, 이는 아시아를 중심으로 한 세계 질서의 새로운 개편을 의미한다. 그러나 이때 아시아 중심이라는 주장의 본질적 의미는 곧 제국 일본을 거점으로 한 황국 신민화 실천의 기만적 술책에 다름 아니다. 따라서 동아 협동체론을 이루는 동아 신질서와 대동아 공영이란 결과적으로 일본이 중국과 아시아에서 감행한 제국주의 전쟁의 불순한 침전물에 지나지 않는다.

그럼에도 일본은 이 제국주의적 패권 확립의 욕망을 추진하기 위해서 아전인수 격일지라도 자기 변론의 입장과 논리를 마련할 수밖에 없었다. 그 대표적인 것이 거대한 근대적 타자로서의 '서양' 대 유교적 전통 질서를 기반으로 한 '동아(동양)'[18]의 이분법적 대결 의식, 이에 따른 '백인 대 황인'이라는 인종 차별 정책, 역사적, 민족적 특성과 단절된 '인간' 존재의 근본 속성을 탐구하는 '세계 동포애' 혹은 '세계 보편주의 철학' 등이다. 이것들의 공통점은 조선, 중국을 비롯한 아시아의 식민지 국가들과 제국 일본 사이의 민족적 경계를 무화시키고, '동아 신질서, 대동아 공영'이라는 일제의 조작된 이데올로기를 적극적으로 구현하는 데 있다. 만주국의 경우, 건국 이념인 한족, 만주족, 조선·일본·몽골족 간의 민족적 협화를 추진한 오족협화, 왕도주의(王道主義)의 정치적 변형으로서 '일만일체론(日滿一體論)',[19] 1940년 7월 천황제 이데올로기를 우위에 내세운 '간나가라노

회, 2007, 435쪽.

18) 1930~1940년대에 제국 일본이 기존의 중화 문명을 '동아' 문명으로 의식적으로 대체하고 있다는 사실은 의미하는 바가 크다. 이는 '강한 정치적 의미를 띤 지정학적 개념'으로 수용되기 때문이다. 이와 관련해서는 고야스 노부쿠나, 이승연 옮김, 『동아·대동아·동아시아: 근대 일본의 오리엔탈리즘』(역사비평사, 2005)의 3~5장을 참조할 것.

19) 1932년 3월 1일에 건국된 만주국은 3월 9일 집정 선언에서 왕도주의의 이념을 표방한 왕

미치(惟神の道)',[20] "일본의 건국 정신인 팔굉위우(八紘位右)의 현소(顯昭)로서 대동아 공영권의 장자"[21] 의식 부여, 아시아 태평양 전쟁의 정당성에 대한 선전 공작과 제반 통제 정책 등으로 구체화된다.

교육 분야에서도 사정은 마찬가지였다. 만주국은 초기에는 유교 교육을 중시하는 방침을 취하였지만 1937년 5월의 신학제 공포에 의해 일만일덕일심(日滿一德一心)을 강조하고, 이후 일본의 전시 체제 확립에 공헌하는 인물을 육성하는 방향으로 나아간다. 특히 중일 전쟁을 전후한 무렵에는 내선일체에 의한 황민화 정책이 본격화됨에 따라 각급 학교에서는 제국 신민으로서의 '협화'와 일체감을 강조하는 영상 자료의 홍보 및 국책 영화 상영이 빈번해졌다.

이러한 사실을 종합해 볼 때, "국민이 보아야 할 민족의 제전을 감상하엿다."라는 일기 속 진술과 기록 주체의 "자기 편"에 대한 상황 인식은 많은 의미를 환기한다. 또한 "많은 백인 가운데 우리와 같은 황인들이 그들과 대하여 싸호는 장면", 특히 "삼단도와 마라손에서는 더욱", "주먹이 쥐어젓다."라는 대목에 보이는 주체의 내면 의식은 많은 의구심을 자아낸다. 단적으로 말해서, 일제 강점기의 조선 '민족'과 '국가'는 1936년 베를린 올림픽에 자기 편의 선수단을 공식 차원[22]에서 파견한 바 없다. 따라서 일기문의 당사자가 일제 강점기의 조선과 일본을 모두 자기 편으로 이

도낙토 건설을 호소한다. 그러나 만주국 왕도주의의 본질은 점점 퇴색하다가 1935년 『회란훈민서(回鑾訓民書)』에서 '일만일체(日滿一體)'의 이념을 가미하게 된다.

20) '간나가라노미치'는 오직 신의 뜻 그대로라는 의미이다. 즉 일본 고유의 도(道)를 뜻하며 신도(神道)라고 할 수 있다. 일본 역사교육자협의회 편, 송완범 외 옮김, 『동아시아 역사와 일본』(동아시아, 2005), 403쪽.

21) 나카미 다사오 외, 박선영 옮김, 『만주란 무엇이었는가』(소명, 2013), 91쪽.

22) 손기정이 베를린 올림픽 마라톤에서 우승하고 시상대에 오른 1936년 8월 9일 《동아일보》의 일장기 말소 사건은 잘 알려져 있다. 당시 《동아일보》 편집국장은 카프 맹원이었던 설정식의 친형 소오 설의식이었다. 이 사건으로 정치부장이었던 빙허 현진건이 1년 남짓 복역했고, 《동아일보》도 무기 정간 처분을 받았다. 이와 관련된 내용은 이성천, 『설의식 수필 선집』(지식을 만드는 지식, 2017)을 참조할 것.

해하고 있다는 것, 아울러 일제에 의해 강제로 탄생한 만주국 국민의 입장에서 백인과 "우리와 같은 황인들"의 인종적 대결 구도로 베를린 올림픽을 관전하였다는 사실은 선뜻 이해하기 어려운 측면이 있다. 이러한 현실 인식하에서라면 1936년 베를린 올림픽 마라톤 금메달 수상자가 조선인 손기정이 아니라 일본 제국의 키테이 손(Kitei Son)이라는 사실도, 이때의 마라톤 시상식장에 게양된 국기와 울려퍼진 국가(國歌)가 일장기와 일본 천황의 통치 시대가 영원하기를 기원하는 기미가요(君が代, 일본 국가)라는 사실도 일기의 당사자에겐 그다지 큰 의미가 없다. 또한 삼단뛰기 금메달 수상자가 내지인이었던 '다지마 나오토(田島直人, 1912~1990)'라고 할지라도 이는 자기 편에 해당하는 것이다.

이처럼 11월 16일 일기에 나타난 심연수의 자기 편에 대한 인식은 매우 심각한 문제점을 내포한다. 이 시기 시인은 세계 신질서를 위시한 내선일체 및 동아 협력체, 인종 차별 정책과 같은 일제의 조작된 이데올로기에 무방비 상태로 노출되어 있는 것이다. 여기에서 무방비 상태라 함은, 어떤 측면에서 심연수 시인이 일제의 왜곡된 교육 정책과 홍보 작업에 맹목적으로 동화되어 있다는 사실을 의미한다. "용정 극장"에서의 민족의 제전 관람을 하루 앞둔 11월 15일 일기에는 당시 일제의 교육 지침과 홍보 방침을 무비판적으로 수용한 시인의 모습이 뚜렷하게 나타나기 때문이다. "내일 영화를 구경할 일을 생각하고 또 어떤 것이 우리들에게 보여야 할 것인가 참으로 교육적 가치가 있다니 얼마나 좋을가 생각햇다."(11월 15일 일기」 부분)의 내용이 그것인데, 이 대목에는 식민지 통제 정책이 한층 강화된 1940년대 일제 문부성에 의해 기획, 제작되고 배포된 국책 영상 자료에 "교육적 가치"를 운운하며 기대감을 보이는 시인의 모습이 분명하게 드러나 있는 것이다. 이렇게 볼 때, 동흥중학교 재학 당시부터 심연수 시인은 민족 시인, 저항 시인, 항일 시인으로서의 면모를 강하게 드러내었다는 대다수 선행 연구들의 일관된 주장은 다시, 신중하게 재검토되어야 한다. 최소한의 의미에서 현시성이라는 장르적 특성을 고스란히 내장한 그의 일기문은 이 무렵의 시인 의식이 민족적, 저항적, 반일적 사상과는 무관하다는 사실을 우회적으로 입증하기 때문이다.

물론 11월 16일의 일기만을 근거로 이 무렵 심연수 시인이 민족이 처해 있는 역사적 모순을 제대로 인지하지 못했다고 지적하는 것은 다소 성급한 판단일 수 있다. 또한 몇몇 단편적 사실을 예로 들어 동흥중학교 재학 당시의 시인이 만주국의 왜곡된 지배 이데올로기에 동화되었다는 평가 역시 부당해 보일 법도 하다. 하지만 11월 16일 일기의 내용과 유사한 현실 인식 양상이 심연수의 전체 일기문에서 지속적으로 발견된다면, 사정은 전혀 달라진다.

> 3월 3일 일 맑음(三月 三日 日 晴)
> 현대(現代)는 그렇게까지 불공평(不公平)한 것 같이는 않다. 자기(自己)를 잘 살리는 것은 자기(自己)의 노력 여하(努力 如何)다.
> ──「3월 3일 일기」 부분

> 9월 19일 목 맑음(九月 十九日 木 晴)
> 오늘은 제일(祭日)이기에 휴업(休業)을 하엿다. 이만한 시간을 다 모아서 무엇에 쓴다면 그 능력(能力)은 참 클 것이다. 그러므로 근로봉사(勤勞奉仕)가 생긴 것이다.
> ──「9월 19일 일기」 부분

인용문은 각각 3월과 9월에 새 학기를 맞이한 심연수 시인의 자기반성 및 다짐을 밝히고 있다. 심연수의 전체 일기문에서 "참된 삶을 하려고 헤매이는 인생이 되자."(「1월 31일 일기」)와 같은 삶의 각오, "생활 방책도 고치고 희망을 확립시키자. 그런 곳에 새 생활이 전개될 것이며 참다운 희망이 나를 강하게 할 수 있을 것이다."(「11월 3일 일기」)와 같이 자기 분발을 촉구하는 모습은 도처에 산재해 있다. 표층적으로 보면 위의 인용문도 이러한 내용에서 크게 벗어나지 않는다. "자기를 잘 살리는 것은 자기의 노력 여하"임을 강조한 3월 3일 일기가 그러하고, '시간을 다 모아서', '능력'을 발휘하고자 하는 9월 19일 일기의 자기 다짐이 그러하다. 이처럼 심연수의 일기문에는 '참된 삶'과 '새 생활'을 향한 시인의 의지가 강하게 나타난다. 다만 그 참된 삶과 새 생활이 지시하는 의미는 매우 막연하고 추상적이다. 더욱이 그것의 실천적 행동을 미루어 둔 채 유사한 자기 다짐과 반성의 태도가 반복적으로 나타난다는 점에서는 일정한 한계도 느껴진다. 그럼에도 이러한 시인의 모습은 졸업을 목전에 둔 예비 사회인의 불안한 심리 상태를 나름대로 반영한다는 측면에서 보면, 전혀 이해 못할 바도 아니다.

문제는 이 과정에서 드러난 심연수의 세계 인식 수준이다. 아울러 일제의 국책 사업에 동조하는 그의 불합리한 태도와 관련된다. "현대는 그렇게까지 불공평한 것 같이는 않다."라는 3월 일기의 부분과 "이만한 시간을 다 모아서 무엇에 쓴다면 그 능력은 참 클 것이다. 그러므로 근로봉사가 생긴 것이다."라는 9월 일기의 진술에는 만주국의 기만적 정치 이념에 철저하게 종속되었거나 일제의 국책 사업에 무자각적으로 순응하는 시인의 모습이 적나라하게 담겨 있다.

관동군이 주도한 만주국이 성립 당시부터 복합 민족 국가의 이상을 내걸었다는 것은 주지의 사실이다. 단적으로, 건국 이념의 하나가 '오족협화'였음은 이를 증명한다. 하지만 '현주 제민족의 협화'를 주장하는 만주국의 통치 이념은 일제가 식민 지배의 본질을 은폐시키기 위한 위장 전술에 불과했다. 현실적으로 만주국은 정치, 경제, 교육, 문화 등 모든 분야에 걸쳐 민족적 차별을 두었으며 각각의 민족마다 공식적, 비공식적인 '국민 등급'이 매겨져 있었다. 예를 들면 만주국 내 일본인은 '1등 국민'으로서 각 분야별 최고 관리직과 주요 행정 업무를 장악했다. 그리고 나머지 만주국의 구성원들은 2등 국민, 3등 국민으로 분류되어 정치 참여의 기회 및 역할이 극도로 제한되었으며 민족 간의 이해관계에 대한 최소한의 발언권마저도 제지당했다. "만주국이 만들어지자 1등은 일본인, 2등은 조선인, 3등은 한·만인으로 구별하고, 배급 식량도 일본인에게는 백미, 조선인에게는 백미 반 고량 반, 중국인에게는 고량으로 나누었고 급료에도 차이를 두었다."[23]라는 한 일본 학자의 증언은 이런 사실을 여실히 확인시켜 준다.

그렇다고 해서, 만주국 내의 조선인들이 '2등 국민'으로서의 신분적 지위를 실질적으로 보장받은 것은 아니다. 그들은 국권 피탈 이후 일본 국적을 강제로 부여받은 탓에 명목상 일본 제국의 신민으로 영사 재판권, 영사 경찰권, 토지 상조권, 산업 행정권 등 기타 법적 권리들을 향수할 수 있었지만, 실제에 있어서는 그저 제국의 식민에 불과했다. 이 사실은 만주국 건립 이후 내선일체 사상과 오족협화의 입장이 조선인 국적 문제를 두고 자주 조우하는 궁극적 이유이기도 한데, 결과적으로 만주국이 내세운 오족협화란 "이질적인 것의 공존에 대한 지향"[24]이 아니라, 일본 자민족 중심주의의 동질성에 대한 복종에 다름 아니었던 것이다. 그로 인해 재만 조선인들은 제국 일본의 횡포와 다수 중국인들의 견제라는 이중적 고통을 견뎌야 했다. 이런 그들의 삶에 '공평'과 '자기 노력의 여하'와 같은 희망적 단어들은 결코 끼어들 틈이 없다. 그것들은 일제 강점기 2등 국민이자 식민으로서의 '자기'를 망각하고, 스스로를 "선량한 일본 신민"으로 자부할 때만이 사용 가능한 '말'들이기 때문이다.

한편 1937년 중일 전쟁을 일으킨 일제는 이후의 모든 국가 체제를 전쟁 수행을 위한 전시 체제로 전환한다. 그 결과 조선을 비롯한 식민지 국가들은 전시 보급품을 조달하는 생산기지의 역할을 담당하게 되며, 이는 아시아 태평양 전쟁이 끝날 때까지 지속된다. 육해군특별지원령(1938), 전시국가총동원령(1938), 국민징용령(1939), 조선미곡증산 5개년계획(1939), 재학징집연기특례법(1943) 등 이 시기 일제의 국책이 군수물자 및 군비 조달,

---

23) 안도 히코타로, 「연변기행」, 《동양문화》 36호(동양문화연구원, 1964)(야마무로 신이치, 윤대석 옮김, 『키메라, 만주국의 초상』(소명, 2009), 109쪽에서 재인용).

24) 위의 책, 271쪽 참조.

병력 증강을 위한 전시 정책과 긴밀히 맞물려 있는 것도 이런 사정에서 기인한다. 이러한 일제의 국책은 물적, 인적, 정신적, 육체적 차원에서 동시적으로 전개되었다. 가령 1938년 5월에 선포된 조선중요광물증산령이 그러하고, 1939년에 발표된 군수동원령이 그러하며, 또한 국민정신총동원운동(1937)이 그러하다.

심연수의 일기에 등장하는 근로봉사도 전시를 위한 국력 증진 정책의 하나였다. 일제는 1938년 6월 종래 부역 제도의 강제성을 소위 '근로봉사', '근로보국'으로 대체하여 집단성과 공공성을 크게 강조한 형태의 근로 보국대를 결성한다. 근로 보국대의 주요 실시 요강으로는 국가 관념의 함양, 내선일체의 심화, 근로애호, 희생봉공의 정신 함양, 공동 일치적 행동의 훈련, 비상시국 인식의 철저 등을 들 수 있으며, 참가 범위는 만 12세부터 40세까지의 남녀를 대상으로 했다.[25] 결국 근로봉사든 근로보국이든 그것의 주된 목적은 전시의 국책 사업에 필요한 노동력을 동원하는 데 있었던 것이다. 그렇다면, 일제 강점기 말 조선 및 만주국에서 강제된 '근로봉사'의 성격이 이러하다면, 그것의 정당성과 당위성을 언급한 심연수의 9월 일기는 어떻게 받아들여야 하는가. 선행 연구자들의 주장처럼 여전히 그를 민족시인 혹은 항일 시인으로 이해해야 할 것인가.

현 단계 심연수 문학 연구에 대한 종합적 검토의 필요성은 다음의 경우를 통해서도 확인된다.

　7월 8일 월 구름 끼고 비(七月 八日 月 雲 雨)
　오후 1시(午后 一時)에 영화(映畵) 구경을 하엿다. 「흙과 병대(土と兵隊)」라는 것인데 일본 군인이 싸홈하는 것인데 우리들로서는 처음 보는 군대 생활(軍隊 生活)이여 그들이 용감(勇敢)한 애국심(愛國心)은 본밧을 것이엿다. 나라를 위하여 최전선(最前線)에서 총칼을 들고 적진(敵陣)을 뚜러질 듯이 보

────────────
25) 조진기, 『일제 말기 국책과 체제 순응의 문학』(소명, 2010) 참조.

는 그 눈은 참다운 무사도정신(武士道精神)이 아니고 무엇이냐.

— 「7월 8일 일기」 부분

인용한 일기는 「흙과 병대」라는 영화를 관람하고 일본 군인의 '무사도 정신'을 칭찬한 글이다. 그간 선행 연구자들은 일기 속의 "나라를 위하여 최전선에서 총칼을 들고 적진을 뚜러질 듯이 보는 그 눈은 참다운 무사도 정신이 아니고 무엇이냐."라는 대목을 두고도, "아직 어린 나이라 적이라 는 것을 가려 의식하지 않고 순수한 인간의 애국심 자체만으로 깊은 감명 을 받기도 했다."[26]라는 매우 우호적인 논의를 전개한 바 있다. 심연수 일 기 속에 나타난 영화에 대한 분석은 지면 관계상, 여기에서는 일단 보류[27] 하기로 한다. 그러나 위의 7월 8일 일기에서 본고가 강조하고 싶은 것은 이 영화의 원작을 쓴 작가가 일본의 저명한 '히노이 이시헤이'라는 것, 그는 전쟁이 끝난 후 B급 전범으로 분류되어 동경에서 전범 재판을 받았다는 것이다. 그리고 그 주된 이유 중의 하나가 일기에서 언급된 「흙과 병대」를 비롯한 이른바 '병대 3부작'의 창작 배경과 무관하지 않았다는 사실이다.

5 결론

본 연구의 궁극적 목적은 '심연수가 민족·저항·항일 시인 이다/아니다' 의 문제, 그 자체에 있지 않다. 다만 특정한 시인에게 민족 시인 혹은 저항 시인이라는 문학사적 의미를 부여하기 위해서는 역사적 사실과 실증적 자 료를 바탕으로 한 과학적이고 객관적인 연구 방법이 동원되어야 한다는 것, 그럼에도 이제까지 진행된 심연수 연구는 이러한 기준에 다소 미치지

---

26) 이상규, 「재탄생하는 심연수 선생의 문학」, 『전집』, 24쪽.
27) 심연수의 일기문에는 1940년대 일제의 국책 영화를 감상한 기록이 여러 차례 발견된다. 이에 대한 비판적 논의는 추후 「심연수 일기 속 네 편 영화의 의미」(가제)를 통해 별도로 개진할 예정이다.

못한다는 것, 이런 문제점을 극복하기 위해서는 시인의 가족과 주변 지인들의 '기억과 구술'에 많은 부분 의존한 심정적 차원의 '선언적' 주장과 선양 사업을 수행하기 이전에 구체적 작품 분석을 매개하여 미학적 특성 및 주제 의식을 합리적으로 검토해야 한다는 것, 이 과정에서 일기문을 비롯한 서간문, 수필, 소설 등 『전집』에 수록된 모든 자료에 대한 종합적 분석 작업은 만주국의 이데올로기 및 일제의 국책 이념에 대한 깊이 있는 이해를 전제로 실행되어야 한다는 소박한 의견을 제시하고자 하는 것이다.

이러한 문제 의식의 연장선상에서, 그간 심연수 문학 연구자들이 부각시켜 온 심연수 시 세계의 귀농 의식, 보편적 세계주의와 철학적 보편주의, '새로운 인간성 창조' 등의 항목은 1940년대 만주국 국책 이념과의 관계성 속에서 신중하게 다루어져야 한다. 왜냐하면 이 주제들은 당시 일제가 표방한 조작된 이데올로기와 밀접한 연관성을 지니기 때문이다. 특히 민족 모순이나 계급 모순과 같은 역사적 현실 요소들과 절연된 '인간', '철학', '공간(도시나 농촌)', '이상(理想)'은 인문학의 영역에서 온전하게 논의될 수 없다는 사실을 연구자들은 각별히 유의해야 할 것이다.

제3주제에 관한 토론문

고명철 | 광운대 교수

1

대산문화재단이 한국작가회의와 함께 2001년부터 「탄생 100주년 문학인 기념문학제」를 한 해도 거르지 않고 주최하면서 문학 심포지엄을 통해 한국 근대 문학을 차분히 점검하고 성찰하는 값진 노력을 다하고 있습니다. 그리하여 탄신 100주년을 맞이하는 특정 문학인의 문학적 성취를 주목하되 그것의 안팎을 이루는 문학적 쟁점을 다루면서 문학사적 과대 평가의 맹목을 경계할 뿐만 아니라 과소 평가된 측면도 바로잡아야 한다는 정당한 문제 제기도 이뤄져 왔습니다.

제가 새삼스레 이러한 점을 떠올리게 된 것은 오늘 발제자의 발표 제목에서 뚜렷이 드러나듯이, 주최 측에서 탄신 100주년 문학인으로 선정한 분들 중 심연수에 대한 기존 연구의 한계에 대해 발제자가 비판적 문제의식을 보이는바, 발제자의 래디컬한 비판적 문제 제기를 통해 심연수 개인은 물론, 심연수의 문학에 대한 정당하고 합당한 조명 아래 그의 문학적 위상이 올바르게 문학사에서 자리 매김되기를 저 역시 기대하기 때문입니다.

2

우선 발제가가 겸양스레 언급했듯이, 발제자는 그동안 기회가 있을 때마다 심연수 문학에 대한 기존 연구의 문제들을 학문적 엄정성을 기반으로 매우 날카롭게 논의해 온 것을 잘 알고 있습니다. 저 역시 심연수의 문학에 대한 발제자의 전반적 논의에 큰 이견(異見)이 없습니다. 이번 발제에서도 힘주어 강조하고 있듯, 심연수 문학 안팎을 이루는 것에 대한 크고 작은 실증을 엄밀히 하지 않고, 무엇보다 문학 연구에서 가장 기초적이면서 중요한 문학 텍스트에 대한 '꼼꼼한 읽기(close reading)'와 '거리 두고 읽기(distant reading)'를 소홀히 수행한 채 연구자가 보고 싶은 것만을 침소봉대하든지 견강부회의 입장으로 접근하여 의미를 발견하고, 그것을 문학사에 등재하기 위해 온갖 유형, 무형의 제도를 동원하는 것은 응당 경계해야 마땅한 일입니다.

그래서 발제자는 심연수 문학에 대한 기존 연구에서 "노출된 문제의 심각성도 적지 않다."라고 쓴소리를 하고 있습니다. 이러한 발제자의 기존 문제 제기를 다시 상기하지 않더라도, 이번 발제를 통해서도 발제자의 비판적 문제의 핵심은 조금도 비껴가지 않아, 저는 발제자의 이러한 비판이 탄신 100주년 문학인 기념 문학심포지엄을 보다 튼실하게 자리 잡게 하는 데 밑거름이 될 것으로 기대합니다. 그래서 아무래도 심연수 문학에 대한 집중적 연구를 해 오셨기 때문에 오늘 발제와 연관하여 몇 가지 보충 설명을 듣고 싶은 게 있습니다.

첫째, 발제자는 심연수 문학의 민족 의식 및 반일 사상을 강조한 기존 연구가 갖는 맹목을 심연수의 시 및 시조와 일기에서 보이는 일제의 만주국 식민지 경영에 대한 심연수의 협력을 통해 비판하고 있습니다. 저도 발제자가 발제문에서 인용하고 논의한 심연수의 각종 텍스트(시, 시조, 일기)를 접하면서 발제자와 거의 흡사한 의견을 갖고 있습니다. 여기에서 논의되고 있는 텍스트 외에도 다른 텍스트들, 가령 「땀」, 「육화(肉華)」, 「새벽」 등과 같은 시편들은 일제 말 국책 문학으로서 생산 문학이라든지(「땀」),

일제의 아시아 침략에 대한 옹호라든지(「육화」), 일제의 식민지 지배 아래 파시즘으로 전도된 생의 충일감(「새벽」) 등으로 해석할 여지가 있다고 생각합니다. 오늘 소개한 텍스트 외에 발제자가 검토한 것 중 특히 일제 말에 쓴 것 중 제국에 협력한 또 다른 것들의 구체적 양상을 알고 싶습니다.

그런데 또 간과할 수 없는 것은 그렇다고 심연수 문학에서 민족 의식 및 반일 사상이 없는가 하면, 이 점을 전적으로 부정할 수 없다는 것을 발제자도 알고 있으리라 생각합니다. 이 점에 대해서는 아무리 기존 연구가 비판받을 여지가 있으나 심연수의 민족 의식을 밝힌 것 역시 부정할 수 없다고 저는 봅니다. 아마도 이 점은 발제자도 저와 비슷한 생각을 갖고 있을 거라 생각하는데, 중요한 것은 재만 조선인 문학사 또는 한국 문학사에 다른 건강한 민족 의식을 지닌 문학인들처럼(자주 언급되는 윤동주처럼) 심연수의 문학을 등재시켜야 한다는 경직된 민족주의가 작동되면서 심연수 문학의 공과에 대한 엄정하고 객관적인 학문적 접근이 결여되었다는 것을 래디컬하게 제기될 필요가 있습니다.

둘째, 이후 심연수 문학에 대한 균형 잡힌 연구가 진행될 것을 기대하면서, 심연수 문학에서 반드시 검토해 봐야 할 일본(제국) 및 세계에 대한 그의 입장도 중요하다고 생각합니다. 이것은 앞서 직시했듯이, 심연수 문학이 보이는 일제에 대한 협력도 간과할 수 없되, 딱히 항일 민족 의식으로 수렴되지 않으면서 그렇다고 반제국주의를 표방한 또 다른 정치적 이념으로도 해명되지 않는 일제와 거리 두기를 한 측면도 무시할 수 없기 때문입니다. 이와 관련하여 일본의 오무라 마스오 교수의 의견을 경청할 필요가 있습니다. 그는 심연수가 《매일신보》 1942년 7월 1, 2, 8일자에 모두 세 번에 걸쳐 평론 「문학의 사명: 문학보국회 발회식」을 발표한바, "심연수는 그것(「문학보국회 발회식」 — 인용자)을 비평하지 않고 충실하게 열거하고 있다. 그리고 열거함으로써 임무를 다하고 있다. '문학보국회'에 참가했다고 해서, 그 취지에 찬성했다고 본 것은 아닌 것이다."[1]라고 하여, 일제 강점기 말 제국의 파시즘 문학 정책에 전면 투항하지 않는 심연수의 고뇌에 주목하고 있습니다.

혹시 발제자가 심연수의 텍스트를 살펴보면서 이처럼 겉으로는 일제에 협력하는 것처럼 보이지만, 기실 일제에 대한 적극적 협력에 경계하는 심연수 나름대로의 고뇌가 있다면 어떤 것인지 듣고 싶습니다.

셋째, 저는 심연수의 시편 들 중 「지구의 노래」, 「우주의 노래」, 「인류의 노래」, 「인간의 노래」, 「세기의 노래」 등이 각별히 눈에 띄었습니다. 이 시편들에는 젊은 심연수가 우주와 지구, 문명과 인간을 매우 거시적 시각으로 통찰하고자 하는 청춘의 낭만적 열망이 똬리를 틀고 있는 것으로 보입니다. 심연수 문학에 아직 본격적으로 접근하지 않은 제게 이들 시편은 일제에 굴복하고 협력하는 식민지 지식인 또는 항일 민족 의식에 투철한 식민지 지식인으로 이해되는 게 아니라 이 모든 유무형의 정치적 이념과 권력으로부터 초월한 "우주의 새 진리" 및 "새로운 창조"(「우주의 노래」)를 희구하는 청춘의 낭만성이 분출되고 있는, 일제 말 일본 유학 시절 동안 접한 세계지(世界知) 속에서 아직 자신의 것으로 정립되지 못한, 달리 말해 현실에 착근하지 못하고 부유하는, 일종의 유목적 상상력으로 읽혔습니다. 심연수가 소장한 도서 목록[2]을 일별해 봤을 때 심연수 문학에 대해 드는 간단치 않은 생각 때문입니다. 혹시 이런 점에 대해 발제자는 어떤 생각을 갖고 계신지요.

3

결국 심연수 문학에 대한 기존 연구가 균형이 잡힌 연구의 결여로 인해 이에 대한 한국 문학 연구자의 래디컬한 반성적 성찰을 해야 한다는 것은 아무리 강조해도 지나치지 않습니다. 다시 한번 발제자의 이러한 문제 제

---

1) 오무라 마스오, 『오무라 마스오 저작집 3: 식민주의와 문학』(소명출판, 2017), 193쪽.
2) 오무라 마스오는 심연수가 소장한 도서 목록을 한글 도서, 영문 도서, 일본어 도서 및 각종 교과서, 참고서, 노트 등으로 분류하여 소개했다. 오무라 마스오, 위의 책, 198~206쪽.

기들이 보다 엄정하고 객관적 연구 과정 속에서 심연수의 문학에 대한 섬세한 접근이 이뤄지는 데 중요하다는 것을 환기하고 싶습니다. 이번 발제와 제 미진한 토론을 계기로, 심연수 문학에 대한 좀 더 심층적 연구가 이뤄짐으로써 일제 말 재만 조선인 문학 및 한국 문학이 문학사의 지평에서 온전히 그 실체와 평가가 자리매김할 것을 기대해 봅니다.

1918년	5월 20일, 강원 강릉군 경포면 난곡리 399번지(현재 강릉시 난곡동 399번지)에서 삼척 심씨 심운택(沈雲澤)과 최정배(崔貞倍)의 7남매(5남 2녀) 중 장남으로 태어남. 호적명은 沈鍊洙. 누이는 면수와 진수. 동생은 학수, 호수, 근수, 해수.
1924년(6세)	3월, 조부모, 부모, 삼촌, 고모 등과 함께 구소련의 블라디보스토크로 이주.
1931년(13세)	소련의 극동 지역 고려인 강제 이주 정책에 따라 다시 중국으로 이주. 1928년 소련 당국은 블라디보스토크 고려인들을 하바롭스크로 이주시키려 계획하고, 이듬해부터 실행함. 이 과정에서 고려인들의 일부는 만주와 조선으로 돌아갔는데, 심연수 일가는 중국 흑룡강성 밀산을 거쳐 신안진으로 이주함.
1935년(17세)	길림성 용정시 길흥촌(吉興村)에 정착.
1937년(19세)	용정사립동소학교(龍井私立洞小學校, 현재 용정시 용정실험소학교) 졸업 및 동흥중학교(東興中學校)에 입학.
1940년(22세)	4년간 다녔던 동흥중학교 졸업. 제18회 졸업식장은 구대성교사(舊大成校舍, 12월 6일 오전 11시)였으며, 이해 졸업생은 모두 390명이었음. 《만선일보》에 「대지의 봄」, 「대지의 모색(暮色)」, 「여창(旅窓)의 밤」을 투고하여 게재함. 수필 「농가」 창작.
1941년(23세)	2월, 도일하여 4월에 니혼 대학 예술학원 창작과 입학. 《만선일보》에 시 「길 2」, 「인류의 노래」와 여행 에세이 「구우(權域)을 차저서」 발표.

1942년(24세)	대정 익찬회가 주도한 '문학보국회' 발회식에 참가하고, 참관기를 「문학의 사명」이라는 제목으로 《매일신보》에 세 번(7월 1, 2, 8)에 걸쳐 연재.
1943년(25세)	영화평론 「영화와 연기」를 《매일신보》에 6월 2~5일까지 4회 연재, 9월 13일, 니혼 대학 예술과 졸업.
1944년(26세)	흑룡강성 신안진과 영한 등지에서 소학교 교사로 근무.
1945년(27세)	5월, 용정의 예배당에서 백보배와 결혼. 8월 8일, 왕청현 춘향진 부근에서 사망.
2000년	동생 심호수가 지난 55년간 보관해 온 육필 유고 공개, 7월 중국연변사회과학원과 연변인민출판사 공동으로 『20세기 중국조선족 문학사료 전집』 제1집 심연수 문학편 출간.
2001년	8월, 용정시 용정실험학교에 심연수 시비 건립 및 대산문화재단 등이 후원으로 한중 국제 심포지엄 개최.
2001년	11월 8일, 심연수 선양 사업 위원회 조직.
2003년	5월 20일, 강릉 경포변에 심연수 시비 건립.
2004년	3월, 수정과 보완 작업을 거쳐 중국조선민족문화예술출판사에서 『20세기 중국조선족문학사료전집 제1집 심연수 문학편』 재간행.
2007년	'심연수 문학상' 제정. 제1회 수상자는 한양대 이승훈 교수.
2009년	8월, 중국 연길에서 제9차 심연수 학술 세미나 개최.
2010년	'연변 심련수문학상' 제정. 제1회 수상자는 윤청남 시인.
2012년	10월, 제12차 심연수 한중 학술 세미나 및 심연수 전국 시 낭송 대회 개최, 심연수 문학 캠프 운영.
2013년	강릉에서 민족 시인 심연수 문학제 개최.
2017년	심연수 기념 사업회 주도 중고등학교 교과서 작품 수록 추진.
2018년	한국작가회의와 대산문화재단의 주최로 서울 교보 빌딩에서 「2018 탄생 100주년 문학인 기념문학제 개최」. 심연수 기념

사업회와 강원도민일보, 강릉문화원 주관으로 강릉, 춘천, 인제 등에서 「민족시인 심연수 탄생 100주년 기념대회」 및 특별전 개최.

심연수 작품 연보*

발표일	분류	제목	발표지
1940. 4. 16	시	大地의 봄	만선일보
1940. 4. 29	시	旅窓의 밤	만선일보
1940. 5. 5	시	대지의 暮色	만선일보
1941. 3. 3	시	길 2	만선일보
1941. 12. 3	시	인류의 노래	만선일보
미발표	시	검은 校服	개인소장(유고)
			이하 동일
미발표	시	봄소식	
미발표	시	책집	
미발표	시	憧憬의 金剛	
미발표	시	할일	
미발표	시	靑春	
미발표	시	참〔眞〕	
미발표	시	님의 뜻	
미발표	시	제목 없음	
미발표	시	黎明	
미발표	시	所願	

* 작품 연보는 육필 원고 복사본과 『전집』 및 『심연수 원본 대조 시 전집』을 참조하였음.

발표일	분류	제목	발표지
미발표	시	어디로 갈까	
미발표	시	肉華	
미발표	시	대지의 젊은이들	
미발표	시	龍高(「대지의 젊은이들」의 일역)	
미발표	시	길 1	
미발표	시	貴한 그들	
미발표	시	異域의 晩鐘	
미발표	시	生과死	
미발표	시	쏟아진 잉크	
미발표	시	방	
미발표	시	무제 1	
미발표	시	떠나는 길 1	
미발표	시	國境의 하룻밤	
미발표	시	東海	
미발표	시	元山埠頭에서	
미발표	시	東海北部線車 안에서	
미발표	시	外金剛驛	
미발표	시	溫井里	
미발표	시	舊萬物相	
미발표	시	溫井里의 하룻밤	
미발표	시	神溪寺	
미발표	시	金剛門	
미발표	시	飛鳳瀑	
미발표	시	玉流洞	
미발표	시	九龍淵	

발표일	분류	제목	발표지
미발표	시	毘沙門	
미발표	시	麻衣太子陵	
미발표	시	毘盧峰	
미발표	시	銀梯와 金梯	
미발표	시	妙吉祥	
미발표	시	摩訶衍	
미발표	시	萬瀑洞	
미발표	시	長安寺	
미발표	시	長安寺村에서	
미발표	시	三佛岩	
미발표	시	西山大師와 四冥堂碑	
미발표	시	望軍台	
미발표	시	面鏡台	
미발표	시	金剛山을 떠나면서	
미발표	시	金剛山 電鐵을 타고서	
미발표	시	漢江	
미발표	시	南大門	
미발표	시	北岳山	
미발표	시	서울의 밤	
미발표	시	景福宮	
미발표	시	慶會樓	
미발표	시	德壽宮	
미발표	시	松都	
미발표	시	滿月台	
미발표	시	善竹橋	

발표일	분류	제목	발표지
미발표	시	松都를 떠나며	
미발표	시	牧丹峯	
미발표	시	牧丹台	
미발표	시	乙密台	
미발표	시	浮碧樓	
미발표	시	大同江	
미발표	시	箕子陵	
미발표	시	淸川江	
미발표	시	鴨綠江	
미발표	시	大連港市	
미발표	시	旅順	
미발표	시	遼東半島의 하로	
미발표	시	黃海	
미발표	시	連京線 밤 車	
미발표	시	奉天	
미발표	시	北陵	
미발표	시	奉天城 우에서	
미발표	시	新京	
미발표	시	哈爾浜駅頭에서	
미발표	시	露人共同墓地	
미발표	시	松花江	
미발표	시	끼다야쓰카의 밤	
미발표	시	濱綏線車中에서	
미발표	시	牧丹江	
미발표	시	여행은 오날이 끝이다	

발표일	분류	제목	발표지
미발표	시	낮익은 품속의 사랑	
미발표	시	龍井驛頭에서	
미발표	시	修學旅行을 맞이고	
미발표	시	그러지 마세요	
미발표	시	여름	
미발표	시	빨래	
미발표	시	正午	
미발표	시	사내	
미발표	시	떠나는 길	
미발표	시	땀	
미발표	시	밭머리에 선 남자	
미발표	시	옛터를 지내면서	
미발표	시	솔밭길을 걸으며	
미발표	시	바다ㅅ가에서	
미발표	시	鏡浦臺	
미발표	시	鏡湖亭	
미발표	시	兄弟岩	
미발표	시	海邊一日	
미발표	시	새 바위	
미발표	시	竹島	
미발표	시	寢頌	
미발표	시	밤길	
미발표	시	가을	
미발표	시	가을아침	
미발표	시	大地의 여름	

발표일	분류	제목	발표지
미발표	시	暴風	
미발표	시	少女	
미발표	시	大地의 가을	
미발표	시	들길	
미발표	시	개인 하날	
미발표	시	日曜日	
미발표	시	郊外	
미발표	시	모교	
미발표	시	불탄자리(1)	
미발표	시	불탄자리(2)	
미발표	시	불탄자리(3)	
미발표	시	앞길	
미발표	시	觸感	
미발표	시	등불	
미발표	시	牧者	
미발표	시	밤이 새도록	
미발표	시	隕星	
미발표	시	夜頌	
미발표	시	흩어지는 무리	
미발표	시	사연	
미발표	시	흩어질 무리	
미발표	시	安堵의 품	
미발표	시	밤은 깊엇으련만	
미발표	시	海蘭江	
미발표	시	卒業	

발표일	분류	제목	발표지
미발표	시	三等車	
미발표	시	校門을 나선 다음	
미발표	시	꿈	
미발표	시	一九四0을 보내면서	
미발표	시	大地의 겨울	
미발표	시	舊友를 차저서	
미발표	시	元旦	
미발표	시	회파람	
미발표	시	生	
미발표	시	死	
미발표	시	떠나는 젊은 뜻	
미발표	시	玄海灘을 건너며	
미발표	시	理想의 나라	
미발표	시	나그네	
미발표	시	異鄕의 夜雨	
미발표	시	電車	
미발표	시	지지않는 밤	
미발표	시	追憶의 海蘭江	
미발표	시	돌아가신 하라버지	
미발표	시	人生의 沙漠	
미발표	시	좁은 門	
미발표	시	한줌의 모래	
미발표	시	아츰	
미발표	시	그	
미발표	시	기다림	

발표일	분류	제목	발표지
미발표	시	心紋	
미발표	시	가난한 거리	
미발표	시	沈默	
미발표	시	死의 美	
미발표	시	새벽	
미발표	시	歸路	
미발표	시	孤獨	
미발표	시	安息處	
미발표	시	맨발	
미발표	시	世紀의 노래	
미발표	시	어제와 오늘	
미발표	시	떠나는 설음	
미발표	시	들꽃	
미발표	시	내ㅅ가	
미발표	시	샘물	
미발표	시	壽命	
미발표	시	오신 것을	
미발표	시	故鄕	
미발표	시	松花江 저쪽	
미발표	시	夜業	
미발표	시	검은 사람	
미발표	시	저녁의 埠頭	
미발표	시	東京三題	
미발표	시	들불	
미발표	시	턴넬	

발표일	분류	제목	발표지
미발표	시	벙어리	
미발표	시	星座	
미발표	시	初望富嶽	
미발표	시	固執	
미발표	시	음울	
미발표	시	寒夜記	
미발표	시	길손	
미발표	시	人間의 노래	
미발표	시	死의 美(2)	
미발표	시	무제(2)	
미발표	시	候鳥	
미발표	시	찬물	
미발표	시	埠頭의 밤	
미발표	시	過誤	
미발표	시	새벽(2)	
미발표	시	거울없는 化粧室	
미발표	시	비	
미발표	시	새	
미발표	시	宇宙의 노래	
미발표	시	무제(3)	
미발표	시	燒紙	
미발표	시	나와 그	
미발표	시	破響	
미발표	시	외로운 새	
미발표	시	放浪	

발표일	분류	제목	발표지
미발표	시	맨발(2)	
미발표	시	七夕	
미발표	시	녹슨 風景	
미발표	시	추락한 冥想	
미발표	시	敗物	
미발표	시	고독(2)	
미발표	시	滿洲	
미발표	시	水平線	
미발표	시	나그네(2)	
미발표	시	碧空	
미발표	시	잊지 못할 그 눈	
미발표	시	幸福	
미발표	시	거리에서	
미발표	시	友情	
미발표	시	暴想	
미발표	시	奇蹟	
미발표	시	숲속에 나는 음악 소리	
미발표	시	눈보라	
미발표	시	벽	
미발표	시	너와 나는 같더라	
미발표	시	슬픈 웃음	
미발표	시	밤	
미발표	시	明暗	
미발표	시	少年아 봄은 오려니	
미발표	시	네가 할 일	

발표일	분류	제목	발표지
미발표	시	碑銘에 찾는 일흠	
미발표	시	幻魔	
미발표	시	波形	
미발표	시	님의 넋	
미발표	시	地球의 노래	
미발표	시	追憶의 海辺	
미발표	시	잃어버리는 글	
미발표	시	懷恨	
미발표	시	追懷	
미발표	시	天氷	
미발표	시	地雪	
미발표	시	그믐밤 혼자깨여	
미발표	시	心星	
1941. 2. 18. 26, 3. 5	기행문	槿域을 차저서	만선일보
1941. 11. 12, 19	단편소설	濃香	만선일보
1942. 7. 1, 2, 8	보고문	文學의 使命 ─文學報國會 發會式을 보고서 상, 하, 속	매일신보
1943. 6. 2~5	영화 평론	영화와 연기 1~4	매일신보
미발표	에세이	농가	개인 소장(유고) 이하 동일
미발표	단편 소설	석마(石馬)	
미발표	단편 소설	서류	
미발표	에세이	농인기초(農人記抄)	

발표일	분류	제목	발표지
미발표	에세이	職業生活萬態	
미발표	단편 소설	비누	
미발표	에세이	본 대로 들은 대로 느낀 대로	
미발표	에세이	일만리 려정을 답파하고서	
미발표	에세이	卒業 前날 밤	
미발표	에세이	송별연에서 받은 감상	
미발표	에세이	元旦	
미발표	에세이	돈	
미발표	에세이	라의 미(裸的 美)	

작성자 이성천 경희대 교수

고통을 향해 걸어가는 자유의 목소리

진영복 | 연세대 교수

1 들어가는 말

박연희(朴淵禧, 1918~2008)는 1918년 함흥에서 출생하여 1946년 4월 월남했고, 1948년《백민》에 「고목」을 발표하며 문단에 데뷔했다. 1956년 「증인」으로 문단에서 독자적인 입지를 마련하고, 1960년대에는 「방황」, 「개미가 쌓은 성」, 「변모」 등의 문제작을 발표하여 1950~1960년대의 주요 작가로 위치를 확고히 한다. 1970~1980년대엔 다수의 역사 소설을 신문에 연재하는 한편, 『하촌일가』, 『주인 없는 도시』 등의 장편 소설을 발표했다. 1988년 『백강은 흐르고』 신문 연재를 마지막으로 40여 년간의 문필 활동을 마감한다.

역사 소설을 제외한 박연희 소설의 배경은 일제 강점기, 해방기, 한국전쟁기, 이승만 반공 독재 체제와 4·19 혁명, 박정희 시대를 가로지른다. 소설의 인물들은 냉전 체제와 남북한 체제의 억압성을 고발하고 자유롭고 정의로운 사회를 소망하며 자유 의지와 인간의 존엄성을 지키고자 한다. 박연희 소설은 억압과 폭력이 개인을 처참하게 파멸시키는 과정을 그림으로써 강한 사회의식을 드러내며 개인의 자유 의지를 억압하는 모든 거대 권력에 저항한다. 그 거대 권력은 일제의 식민 통치, 소련의 적색 제국주의, 북한의 전체주의, 이승만 반공 독재였으며, 베트남에 참전한 한국 국군이기도 했다. 그의 소설은 냉전 체제에서 발생한 새로운 억압 체제가 어떻게 개인의 독립성을 훼손하는지를 드러내며, "부정(不正)을 거부"하고, "기계적인 조직 속에서 인간이 자동적으로 인형화되어 가려는 현실에서 인간적 자유의 욕구를 추구"[1]한다. 어두운 역사와 잔혹한 시대에서 "인간의 가슴속에 영원히 멎어 있는", "양심"을 지향하고 이에 필연적으로 따르는 "음울한 고통"[2]을 숙명처럼 받아들인다.

박연희는 "소설이 전개할 수밖에 없는 이야기에 앞서 작가가 인식하고 있는 문제를 어느 만큼 작품 속에다 미화시키느냐를 중요시 했"[3]다고 밝힌다. 엄혹한 검열과 필화를 피하기 위해 박연희 소설은 과감한 의미 맥락 생략과 몽타주적인 편집 수법으로 의도적으로 소설의 내용을 파악하기 어렵게 한다. 또한 그의 소설이 제기한 문제에 아무런 해결을 짓지 못한 채 문제를 암시하는 데 그치고 있는 것도 작가 의식의 한계 탓도 있지만 억압적 환경의 폐쇄성에도 일단의 원인이 있을 것이다. 그런 만큼 박연희 소설은 생략된 의미를 채워 넣는 섬세한 독법이 요구된다. 이 글에서는 40여 년간의 박연희의 문필 활동을 검토하되 시기 순으로 그 특징을 검토하지 않고, 박연희 소설이 통시적으로 관통하고 있는 문제적 특징을 중심으로 살펴보기로 한다.

---

1) 박연희, 「후기」, 『방황』(정음사, 1964), 388쪽.
2) 박연희, 「후기」, 『하촌일가』 하(대운당, 1978), 406쪽.
3) 박연희, 「후기」, 『주인 없는 도시』(정음사, 1988), 402쪽.

2 자유 의지와 행동의 문학

박연희 소설은 한국 사회에 퍼져 있는 반공 독재의 억압과 폐쇄성을 고발한다. 반공 독재는 반공을 명분 삼아 일상을 억압하는 지배 구조를 구축하여, 개인이 스스로 선택하고 결정한 것을 실현하는 자유로운 삶을 파괴하고 자율적인 사회 발전을 방해했다. "신부의 면사포처럼 민주주의라는, 화려한 이름 아래에서", "반공(反共)이라는 이름을 내세워 무엇이든 억누르고, 또 그 이름 아래에 몰려들면, 일제(日帝)의 앞잡이도 관대히 과거가 용납되고, 정적(政敵)이고 보면, 친공(親共)을 뒤집어씌워 타도"[4]하는 가짜 민주주의가 반공 독재인 것이다.

이러한 전후 혼란기에 박연희는 실존주의를 수용하여 자유 의지와 행동의 문학을 추구한다. 박연희는 카뮈와 말로 소설이 지향하는 자유와 저항 정신에 공감한다.[5] '폭력', '비자유', '외적 조건의 폭위에 저항', '문학의 자유 옹호', '비인종', '증언' 등의 언표에서 알 수 있듯, 박연희 소설은 개인을 억압하는 부조리하고 비합리적인 현실에서 인간다움을 찾고자 한다. 그에게 자유는 인간됨의 기본 조건이자 가치이다. 그는 "쓴다는 행위는 유희(遊戱)가 아니라, 침울 속에 잠겨 있는 독자에게 뭣을 일깨워 주는 거라고 믿어질 때 더욱 두려워진다. 그것을 자유(自由)라고 가정해도 좋다."[6]라고 선언한다. 부조리와 부자유에 맞서 자유 의지를 수립하고 행동하는 자유인은 프랑스 실존주의에서 말하는 증인(témoin)이다. 증인은 "신 없이 스스로 인간의 조건을 증언해야 하는 인간"[7]으로, 본질을 지시

---

4) 박연희, 「개미가 쌓은 성」, 『방황』(정음사, 1964), 374쪽.
5) 박연희의 실존주의 수용 양상에 대해서는 김진규, 「한국 전후 소설에 나타난 자기 소외의 극복 모색: 행동과 주체 정립을 중심으로」(서울대 박사 학위 논문, 2017) 4장에 분석되어 있다. 한편 박연희 소설 전체에 대한 서지 조사와 작품 분석은 백성경, 「박연희 소설 연구」(원광대 박사 학위 논문, 2013)를 참고할 수 있다.
6) 박연희, 「창작 노우트」, 『현대 한국 문학 전집 1』(신구문화사, 1965), 479쪽.
7) 김진규, 「한국 전후 문학 속 '증인'의 형상화: 박연희의 「증인」을 중심으로」, 《겨레어문학》 58집(겨레어문학회, 2017. 6), 168~169쪽.

하고 결정해 주는 신이 사라진 시대에 스스로 가치를 결정하고 행동하며 스스로의 삶에 대한 판결을 내려야 하는 인간이다.

S 형(兄), 그러니까 우리들이 삶을 포기하지 않는 한 비자유(非自由)와의 저항(抵抗)이 계속될 것이요, 또 계속해야 하지 않겠습니까. 그날 밤 제(弟)는 이 비자유(非自由)를 두고 폭력(暴力)이라는 말로 대신한 것 같습니다. 이 비만(肥滿)한 폭력에 저항(抵抗)해야 된다는 사실을 현명(賢明)하신 형(兄)이 반대 의사(反對意思)를 표명했던 일을 제(弟)는 지금도 의심하고 있습니다. S 형(兄), 최근(最近) 스페인 내란(內亂)을 주제(題材)로 한 '마르로'의 「희망」을 읽어 보았습니다. 제(弟)는 읽어 가면서 몇 번이나 눈시울이 뜨거웠습니다. 폭력(暴力)에 저항(抵抗)하며, 무참히 죽어 가는 군중(群像)이 눈에 선히 보이는 것 같았습니다. 페이지마다 인간애(人間愛)가 넘쳐흐르는 대목이 엿보였습니다. 그렇다고 '마르로'의 「희망」을 폭로 기사(暴露記事)로 취급할 미치광이 평가(評價)는 없으리라 믿습니다.[8]

파시즘의 전쟁과 광기, 폭력에 맞서 죽음을 넘나들며 저항한 앙드레 말로의 행동과 문학에 박연희는 깊이 공감한다. 억압에 맞서고 자유를 추구하는 자신의 소설을 폭로 기사, 정치 소설로 치부하려는 항간의 평가에 동의하지 않는다. 실존주의 수용에서 박연희는 말로를 적극적으로 수용하지만, 사르트르에는 거리를 둔다. 그는 소설 속에서 "왜 자네들이 요즈음 신처럼 말해 오는 무신론적 실존주의자가 있지 않나. 행동이야말로 인간을 살리는 유일한 것이라고…… 나도 배웠어. 그 말만은 옳아. 그게 역사를 창조할 수 있는 유일한 길이니까……."[9]라고 말하며 사르트르와 거리를 두는데, 박연희는 소련과 북한의 적색 제국주의와 전체주의를 부정하고 기독교를 통해 윤리적 보편성을 추구하므로 사르트르가 보

---

8)　박연희, 「문학과 폭력」, 《동아일보》, 1957. 2. 6.
9)　박연희, 「닭과 신화」, 『방황』(정음사, 1964), 28~29쪽.

이는 친사회주의적 태도와 무신론적 입장에 거리를 두는 것이다. 이처럼 박연희는 실존주의적 행동을 통해 "어떤 가능한 세계"(「닭과 신화」, 30쪽)를 추구한다. 「닭과 신화」에서는 한국에서 수용되는 실존주의는 지금 여기에서의 행동과 구체성을 상실한 채 화석화된 신화에 불과하다고 비판한다.

실존주의가 지향하는 자유와 저항 정신이 잘 드러난 작품이 「증인」이다. 주인공 준은 사사오입 개헌을 반대하는 기사를 썼다는 이유로 신문사로부터 권고사직을 당한다. 생계를 위해 하숙생을 들이는데, 나중에 알고 보니 하숙생 현 군은 국제 간첩 혐의를 받고 있었다. 준은 경찰에 끌려가 현 군의 위치와 공모 관계를 고백하라며 고문을 당한다. 형사는 현 군의 위치를 대지 않을 생각이면 현 군의 죄를 대신 받으라고 압박한다. 현 군과 '이름자가 다른' 준이 '현 군의 위치에 놓이기'를 강요당하며 국가의 이름으로 자행하는 폭력에 노출한다. 준은 감방에서 무서운 추위로 열에 시달리면서 어디선가 꼭 한 사람이 되풀이하는 괴로운 기침 소리가 듣고 '저 자도 증인(證人)이 아닌가'라며 괴로움을 잊고 자기 존재에 투사된 시대와 사회의 증인이라는 운명을 받아들인다.

> 지극히 짧은 시간 사이었다. 준은 문득 삼팔선을 넘던 때부터의 지난 생활을 생각해 보았다. 투명하면서도, 끝내 자신이 이해하려는 합리성(合理性)을 추려 잡을 수는 없었다. (중략) 어디선가 성당(聖堂)의 종소리가 아득히 들려오기 때문이었다. 준은 아까운 것을 놓치지 않으려는 때처럼, 오래 눈을 감고, 종소리를 듣고 있었다.[10]

일제 시대에 사상범으로 1년을 복역하고, 8·15 광복 이후 북한 체제를 비판하다 두 달이나 고초를 겪었던 주인공이 대한민국에서 빨갱이로 몰

---

10) 박연희, 「증인」, 『방황』(정음사, 1964), 236~237쪽.

려 취조를 받고 사사오입 개헌을 비판했다는 이유로 존재가 부정당하는 상황은 정당하지 못하다. 사회를 비판하다 죽음에 이르게 된 준은 실존을 성당의 종소리를 들으며 받아들이는데, 이로써 준은 희생자로서의 증인에서 자신의 온 존재를 건 긍정과 생성의 증인으로 변모한다. 이처럼 박연희 소설은 부조리한 운명의 무게에 짓눌리지만 끝없는 변모의 의지로 인간의 무한한 가능성과 영속성을 찾아 가는 여정을 보여 준다.

인간의 무한한 가능성을 찾아 가는 박연희 소설은 자유 의지를 짓밟는 현실의 부정성을 강하게 의식한다. 「일일, 일일(日日, 日日)」은 박연희 소설이 추구하는 월남민의 위치를 잘 드러낸다.

"우리 둘만 있으니 말이지 이북에서 공산 독재가 싫어서 넘어왔거든요……. 이건 매우 단순한 게 아니거든요."

"그래서?"

"민주주의 제도가 변질이 된다고 볼 때…… 난 생에 대한 가치를 발견할 방법을 잃어요. 그런 대로 밥을 먹고 산다면 몰라도……."

"당신의 말이 틀렸다는 건 아니야…… 하지만 이론과 실제가 꼭 맞지 않는 사태는 아무도 예측을 못해. 알아들었어요?"[11]

주인공 자운은 고향을 버리고 가족과 헤어지는 실존의 고통을 감수한 채 민주주의를 찾아 월남했으므로 남한의 자유와 민주주의를 지키는 증인이 될 때 자신의 실존의 의미가 깊어진다는 사실을 자각하고 있다. 그러나 "하나의 존재를 결코 정당화시키지 않으려는 것이 그 유들유들한 공포의 생리"[12]인 권력은 제 생리를 충실히 작동시켜 민주주의와 자유의 가치를 지키려는 자운을 억압한다. 북한 체제가 주는 "그 무중력(無重力) 상

---

11) 박연희, 「일일, 일일(日日, 日日)」, 『밤에만 자라는 돌』(대운당, 1979), 212쪽.
12) 박연희, 「어떤 작가의 수기」, 《지방행정》 4권 9호(지방행정공제회, 1955. 9), 147쪽.

태와도 비슷한 무서운 침묵 속에서 살아야만 하는 고통"[13]을 피해 월남한 실향민이 마주한 남한은 독재 체제를 유지하는 권력 장치로 변질된 반공 이데올로기를 앞세워 개인의 행동과 자유를 억압하는 사회였다. 실존의 가치 실현을 제약하는 독재 체제는 공포나 무기력한 지루함을 줄 뿐이다. 이처럼 박연희 소설은 침묵을 강요하는 사회와 이에 대항하며 인간의 존엄성을 실현하려는 의지가 끊임없이 대결한다.

3 기독교적 주체 의식과 윤리적 보편성

성당의 종소리를 듣는 「증인」의 마지막 장면을 두고 문제 해결의 방향을 제시하지 못한 채 개인적이고 추상적인 휴머니즘에 머물고 말았다는 평가를 할 수 있다. 「증인」을 비롯한 박연희의 소설들은 현실 사회의 실상이나 모순, 해결 방향을 모색하는 리얼리즘이 아니라 인간됨의 조건, 자유의 가치를 증언하는 휴머니즘을 추구한다.

박연희는 소설에서 기독교를 '나'의 실존적 고통을 모든 인간의 내부에 필연적으로 존재하는 고통에 대한 인식으로 확장시킨다. 앞서 살펴본 바와 같이 「증인」에서 준의 부조리한 운명과의 절망적 대결은 기독교 수용을 통해 스스로 수락한 숙명으로 변모된다. 박연희 소설에서 기독교는 인간의 존엄성을 보증하는 장치로 기능하고, 인간의 존엄성은 굴종과 수치를 고발하는 근원으로 작동한다. 이때의 기독교는 보편적이고 윤리적인 전체를 지향하고 개인을 그 전체에서 통찰할 수 있게 해 준다.

박연희 소설에서 운명을 숙명으로 수용하는 과정은 스피노자가 신을 사유하는 과정과 닮아 있다. 스피노자에게 인간은 누구나 윤리적인 사람이면서, 동시에 윤리적인 사람이 되도록 노력해야 하는 존재이다. 인간적인 삶은 인간으로서 가능한 최고의 완전성에 도달하는 것이다. 인간으로

---

13) 박연희, 「침묵」, 『현대 한국 문학 전집』 1(신구문화사, 1965), 409쪽.

서 산다는 것은 다른 것이 아니라 신을 그 자신의 삶 안에서 표현함으로써 신의 존재를 정립하는 것이다. 즉 나의 의지가 곧 신의 명령이라는 스피노자의 주장과 같다.[14] 인간은 생성적인 우연과 선택의 자율성을 통해 스스로의 의지로 살아가지만 이것이 신의 뜻이기도 한 것이다. 스피노자는 신을 초월론적으로 전제하지 않고 개별 실체 속에서 절대적 보편성(신)이 드러나는 것으로 본다. 이는 반공 독재에 저항하는 일은 인간의 보편적 윤리를 지키며 수난자의 고통을 숙명처럼 받아들이는 과정과 닮아 있다. 박연희 소설 인물이 추구하는 '인간의 존엄성'이란 바로 이와 같은 고통에 뿌리를 내리고 있다. 존엄성은 '굴욕(humiliation)'과 대립한다. 「침묵」의 주인공 섭은 4·19 혁명 공간에서 진보적 매체 M일보 문화부를 맡아오다 5·16 쿠데타가 일어난 후 이적 행위를 했다며 투옥된다. 이러한 전력 탓에 출옥 후 취직자리를 찾지 못하고 생계를 위해 자신의 가치관에 반하는 일에 기웃거리기도 한다. 그러다 섭을 M일보로 이끈 대학 때의 은사였던 R 선생의 부인을 만난다. R 선생은 아직 감옥에 투옥되어 있었다.

> "사실은 화장품 행상(行商)을 해서 연명하는군요. 그 어느 날은 개한테 물려서……. 그래도 후회하진 않았어요……. 그저 숙명이라고 생각하면……."
> 얼굴 근육을 씨루어 억지로 웃음을 띠고, 섭을 바라보는 R 선생의 얼굴에서는 눈물이 좌르르 흘러내리고 있었다.
> 섭은 가슴속이 울먹 뒤집히는 듯함을 느끼지 않을 수가 없었다. 고통스러웠다. 가책으로 얼굴이 화끈 달아오름을 섭을 똑똑히 의식할 수 있었다.(「침묵」, 407쪽)

섭의 굴욕감은 생계를 위해 진실한 삶의 태도를 배반했다는 자의식에서 나온다. 섭은 이러한 자의식으로 고통을 느끼며 인간의 존엄성을 회복

---

14) 스피노자, 황태연 옮김, 『에티카』(도서출판 피앤비, 2011), 156쪽.

하는 태도를 가다듬는 것이다. 섭이 마당으로 나와 태양 광선이 쏟아지는 하늘을 쳐다보는 마지막 장면은 삶의 지고한 가치와 목적을 묻는 행위인 셈이다. 「침묵」에서는 「증인」과 같이 직접적으로 자유 의지와 신의 관계가 드러나지는 않지만, 태양과 하늘을 바라보는 행위를 통해 "먼 영혼"의 위치에서 인간됨이라는 전체를 통찰하고 자신이 가야 할 바를 가다듬는다.

장편 『주인 없는 도시』에서는 기독교적 주체 의식과 코뮤니스트적 주체 의식이 충돌한다. 석희의 생성적 세계관과 동생 석주의 원한적 세계관이 대립하는 것이다. 변절한 코뮤니스트가 민족 운동을 하는 아버지를 밀고하여 아버지가 일제의 고문 후유증으로 세상을 뜨자 해방 후 석주는 좌익 운동을 하며 밀고자를 찾아 나선다.

"세상에는 악투성이야. 그러나 하느님은 버려 두셔. 모든 인간을 자유의 존재로 사랑하시거든? 하느님은 생명과 영광을 누리는 존재로 만들어 나가시기를 원하시거든? 무슨 말인지 알아들어?"

석희는 턱을 끌어 보이면서 생긋이 웃었다.

"제발 농담하지 말어."

"보이지 않지……. 존재하지 않는 분처럼 침묵 속에서 인간으로 돌아오기를 기다리고 계시거든."

"잠꼬댈 치지 말아."

"아마 그 장본인은 끝내는 속죄할 거야."[15]

아버지의 원한을 심판하려는 석주와 자신이 할 일을 찾아 자유의 존재로 생명의 기쁨을 실현하자는 석희의 두 세계는 충돌한다. 석희가 기대고 있는 예정 조화론은 서로 다른 모나드들이 의욕하는 행위들 중에서 조화 가능한 행위들만 신이 허용한다는 것이다. 즉 개체들이 추구하는 자유 의

---

15) 박연희, 『주인 없는 도시』(정음사, 1988). 94~95쪽.

지는 윤리적 보편성과 신의 뜻에 부합해야 한다는 의미다. 따라서 박연희 소설에서 수용하는 신[16]은 우리의 삶과 유리된 채 저 바깥 어딘가에 있는 초월적인 것이 아니라 현재 우리의 삶을 움직이는 힘으로 내재적으로 작용하고 있으면서 또한 그 안에서 자신을 표현하고 있다고 말할 수 있다.

장편 『하촌일가』에서 지학준 선생은 기독교를 믿는 이유를 다음과 같이 설명한다. "기독교 정신의 본질이 정의(正義)와 자애(慈愛), 이것이거든? 나는 그렇게 생각해…… 옳은 것을 찾자, 남을 사랑하자, 그런 의미로 따져 가면 경제학이 끝닿는 데도 마찬가지라고 보아."[17]라며 기독교를 인간다움을 실현해 가는 윤리적 토대로서 수용한다. 또한 "인간이 모든 사악에서 벗어나 투명한 물방울 같은 양심과 합일(合一)되는 순간 비슷한 것이 기독교 정신이라고 보아져."(『하촌일가』 하, 238쪽)라며 자신 안에 있는 신의 목소리를 듣고 인간으로서 가능한 완전성에 이르도록 추동하는 원천으로 기독교적 주체 의식을 수용한다.

4 민족중심주의 극복 원리로서의 자유주의

개인의 자유 의지를 중시하는 박연희 소설은 자유주의적 정치 체제를 지향한다. 자유주의는 자민족중심주의나 국가주의에도 비판적 거리를 둔다. 민족과 국가 간에 서로의 자유를 존중하는 자유주의가 작동한다면 식민주의는 극복될 수 있다. 개인이나 사회에 자발적인 선택을 허용하고

---

16) 「증인」에서 현 군과 준의 세계관의 차이는 인간을 '개조'해야 하는 계몽의 대상으로 보는 관점과 자유주의 토양을 만들어 공론과 강제로 나아가야 한다는 자유주의의 대립이다. 현 군은 "현실적으로, 공리주의(功利主義)의 화신(化身)이 된 인간부터 개조(改造)해야 하지 않습니까?"라며 혁명을 통해 인간을 개조하는 사회주의를 내세우지만, 준은 "애정을 갖는다는 자체, 의식부터가 인간을 개조한다는 시초가 돼야 하겠지."라며 대응한다. 이에 대해 현 군은 "장 선생님은 마치 세계 연합 정부론(世界聯合政府論)과 비슷한 말씀입니다."라고 말한다. 인간을 어떠한 존재로 보는가에 따라 계몽의 방식이 달라지는 것이다.(「증인」, 『방황』(정음사, 1964), 215~216쪽)

17) 박연희, 『하촌일가』 하(대운당, 1978), 82쪽.

장려하는 풍토 속에 스스로 책임을 지는 경험을 통해서 사회가 발전할 수 있는데, 식민주의는 민족과 개인의 자유를 구속함으로써 인간다운 가치 실현을 방해한다.

『하촌일가』는 일제 시대의 함흥을 배경으로 한다. 함흥은 만주 개발을 위한 배후 기지로서 산업이 발달하여 식민지 근대화가 진행되는 장소였고, 만주와 연해주가 가까워 독립운동과 사상운동이 활발한 역동적인 장소였다. 『하촌일가』는 식민지는 무엇인가 하는 본질적인 질문을 제기한다. 중심인물 중 하나인 지학준 선생은 "우리의 처지로 볼 때 주체 의식의 해방이라고 할까. 자유의 발견이라고 해도 무방하겠지……."(『하촌일가』 하, 80쪽) 라며, 자유가 민족의 생존과 발전에 절대적 조건이라고 말한다. 지학준은 "정치의 자유가 뭣보다도 선결 조건이 돼야 시민의 자유를 확보할 수 있고, 그 밖의 민족 문화며 문화 영역 전반의 자유를 얻을 수 있"(『하촌일가』 하, 80쪽)다며 민족의 독립을 통해 자유를 되찾아야 인간다운 삶을 도모할 수 있다고 주장한다. 정치적 자유주의에 입각해서 민족 독립의 정당성을 주장하는데, 자유가 있어야 인간 삶이 향상될 수 있기 때문이다. 자유와 인간 삶의 향상을 결부한다는 점에서 지학준은 자유주의자이다. 민족의 발전을 이끄는 것은 개인인데, 개인의 지성과 덕성은 자유롭지만 실존적인 책임이 따르는 선택 행위를 통해서만 발전할 수 있으나 식민지 조선은 그렇지 못하다는 논리이다. 이러한 자유주의의 입장에 서면 제국주의와 피식민지의 안과 밖의 경계를 중층적으로 볼 수 있다. 일본인의 사주를 받아 조선인을 배반하는 조선인, 사기를 통해 자기의 이익을 편취하는 일본인, 그 일본인을 비호하는 식민지 법률 기구 등의 문제를 『하촌일가』는 중층적으로 드러낸다.

"이중 매매를 한 범인은 조선놈이야……. 새로 산 놈은 일본놈이구. 뇌물을 써서 가처분 시일을 늦추게 해 재목을 운반해 간 사까모도라는 놈이 진범(眞犯)이야. 하나 범인이 잡히지 않으니 진범을 잡을 법적 근거가 구성되

지 않아. 이게 조선 사람들의 처지야. 알아듣나?"(중략)

받았던 굴욕이 번쩍거려 치솟아 채 변호사는 이 순간에도 무서운 고통을 누르고 있었던 것이었다. 그러다가도 한 가지 생각밖에 잡히지 않았다. 단지, 그저 끌려 살아간다는, 견디기 어려운 지루함이었다.(『하촌일가』 하, 369~370쪽)

자유를 빼앗긴 굴욕과 고통, '그저 끌려 살아간다는 견디기 어려운 지루함'이 식민주의이다. 부자유와 불의는 생명력을 빼앗아 가고 무기력한 권태만을 남긴다. 토지를 이중으로 매매한 조선인은 진범의 비호를 받으며 일본으로 잠적해 버렸다. 이 조선인을 잡아야 피해 구제가 될 터이나 일제는 협력하지 않는다. 강제력을 함축하는 법률적 규제를 앞세워 조선인이 가져할 할 정당한 이익을 일본인이 불공정하게 편취하는 상황과 이 상황을 아무 데에도 하소연할 수 없는 상황이 식민지인 것이다.

자유주의 관점에서 식민 문제에 접근하는 박연희 소설은 자유주의 입장에서 소련, 북한, 남한, 베트남 문제 등을 바라본다. 소련을 적색 제국주의, 북한을 전체주의 사회로 규정하고, 남한도 자유주의적 관점에서 반공 독재를 비판한다. 다양한 의견들이 공론장에서 공평한 기회를 누리면서 오직 합리성에 따라서 공인되거나 폐기되도록 해야 진실과 계몽이 증진되어 사회가 발전할 수 있다고 믿는 것이다. 「침묵」의 주인공 섭은 사회주의에 대해 부정적인 입장이지만, 자발적인 선택을 허용하고 장려하는 사회적 풍토 속에 스스로 책임을 지는 경험을 통해서 우리 사회가 발전할 수 있다고 믿기 때문에 제3세계의 새로운 민족주의를 수용한다. 개인의 자유 의지에 근거한 정치 제제의 수립이 독재나 사회주의 위협을 방어할 수 있는 가장 효과적이고 유력한 방법이기 때문이다.

박연희 소설은 똑같은 이유로 한국군의 베트남 전쟁 참전에 대해 비판적이다. 자민족의 이익을 위해 타민족의 자유 의지를 파괴하는 것은 정치 체제로서의 자유주의에 반하는 행위이기 때문이다. 박연희 소설은 프랑스나 미국과 같이 자국의 이익을 위해 다른 나라의 자유를 침해하고 그들의 운명을 결정지으려는 시혜를 가장한 침략과 억압을 비판한다. 「갈증」의 주인공 '나'는 베트남 판랑 전선에서 임산부의 주검과 그의 배 속에 있던 태아의 주검을 본다. '나'는 "왜 죽었지요?", "말씀하시오. 우리가 도와 드릴 테니."[18]라며 누가 죽였는지 노인에게 묻는다. 그러나 사실은 내가 퍼부은 기관총 탄환 파편에 맞아 파열된 것이었다. 자기가 죽음에 이르게 하고는 도와주겠다는 상황이 베트남 전쟁에 참전한 한국인의 처지였다. 그러나 한국의 참전 목적은 "놈들은 우리가 왜 이 땅에 와서 고생하는 줄을 모르고 있단 말이야. 그거 참⋯⋯."이라는 K 소대장의 말처럼 그들을 지키고 도와주고 계몽을 베푸는 것이라고 믿고 있었다.

> "값싼 동정과, 실상은 동정이 아니지만⋯⋯ 상업주의는 이제 끝장난 것 같아요."
> 분노에 찬 눈으로 나는 의사 윤을 바라보았다.
> "일테면 이미 전사를 했거나, 나처럼 살아 있다고 보았자 이게 뭡니까. 희생자이기는 매일반이 아닙니까? 신의가 없는 세계에 뛰어들어 전쟁 행위를 가져서 사람을 죽였다고 볼 때, 꿈도⋯⋯ 나 개인의 꿈이라도 좋아요. 이미 사라지고 남은 것은 배신과 유린뿐입니다. 여기서 오는 상처, 굶주림⋯⋯ 허허허⋯⋯ 남의 일입니까?"(「갈증」, 140쪽)

그들의 자유 의지에 반하여 베트남을 계몽의 타자로 전락시킨 '값싼 동정'과 국가와 민족의 이익을 노린 '상업주의'가 베트남 전쟁에 참여한 이유였다. 도와준다는 시혜적 태도는 베트남을 야만으로 보면서 지역 주민을 개명으로 인도하는 사명을 지는 일이다. 문명화의 사명을 백인과 함께 나눠지며 '백인의 부담(the White Man's Burden)'[19]을 수행함으로써 한국은

---

18) 박연희, 「갈증」, 『밤에만 자라는 돌』(대운당, 1979), 126쪽.
19) 박동천, 「존 스튜어트 밀의 자유주의와 제국주의」, 한국국제정치학회, 《국제정치논총》

문명국의 일원이 된다. 그러나 참전 명분과 다르게 베트남 주민들에게 이러한 시혜가 죽음, 좌절, 고통, 반감, 분개의 원인이 된다. '나'는 이러한 괴리와 가치 전도를 통해 정신적인 파멸 상황에 놓여 있고, 한국 사회는 이러한 '나'를 정신 병리를 이유로 들어 사회에서 격리한다.

「밤에만 자라는 돌」도 베트남 전쟁을 다룬 소설이다. 혁은 부상을 입어 죽음에 이르게 된 적군인 둠을 구출한다. 둠은 소르본 대학 사회학과를 다니다 조국이 식민화의 위기에 빠지자 참전한 것이었다.

> 둠: "요행을 바라면서 비굴하게 살아가라는 말이지요?"
> 혁: "그게 가장 행복할 수 있는 방법이 아닐까?"
> 둠: "내가 살고 있는 의미를 찾으려는 것뿐이지요."
> 혁: "그건 착각이야."[20]

한국은 베트남인의 자유를 지켜 주기 위해 참전했다. 그러나 개인의 자유 의지에 입각해 죽음마저 불사하며 살고 있는 의미를 찾고자 하는 베트남인 둠과 이러한 태도가 착각이라고 단언하는 한국인 혁이 대비된다. 둠은 '어떤 모순된 존재에 대해 굴복하고 아첨하면서 살아가지 않을 거'라며 자유 의지를 실행하고 있지만, 혁은 '개성을 잃고', '밀려서 가 보는 길'밖에 없다며 혼란한 상태에 있다. 혁은 귀국 후 우연히 만난 군의관 R로부터 둠이 자결했다는 말을 듣는다. "고려(高麗) 때 원나라에 파병한 이래에 우리 민족이 외국에 군대를 보내기는 첫 일"이라며 민족주의적 팽창 야욕을 드러내는 R의 이야기를 들으면서도 혁은 "똑똑한 사고력을 잃은 채, 머리를 몇 번이나 끄덕이면서 R의 말을 긍정해 보"(「밤에만 자라는 돌」, 198쪽)일 뿐이다. 이처럼 둠과 혁의 대비를 통해 이 소설은 베트남 참전의 허구를 드러낸다. 그들을 도와주고 미개를 계몽하러 간 전쟁이지만, 개인의 자율

50(4)(한국국제정치학회, 2010. 9), 31쪽.

20) 박연희, 「밤에만 자라는 돌」, 『밤에만 자라는 돌』(대운당, 1979), 179~180쪽.

성과 자유 의지를 계몽의 대상인 둠은 실행하고 있다. 그러나 계몽을 하 겠다는 주체인 혁은 자율성과 자유 의지를 갖고 있지 못하다. 계몽의 대 상과 주체가 역전되어 있는 셈이다. 미개한 국민들에게 빛을 주기 위함이 었다는 베트남전 참전 명분은 허위이고, 미국에의 동조화를 통해 우월 의 식을 모방함으로써 한국 근대사의 좌절이나 원한을 풀려는 한국의 야만 을 이 소설은 폭로한다.

이처럼 박연희 소설은 개인의 자유 의지에 기반하여 민족이나 국가 공 동체를 구성해야 하고, 다른 민족과 국가의 자유 의지 실현을 구속해서는 안 된다는 입장을 피력한다. 즉 자신이 속한 국가가 정의롭지 못할 때 개 인은 어떠한 고통이 따르더라도 자유 의지를 갖고 개인의 양심과 존엄성 을 지켜야 한다고 믿는다. 민족주의를 넘어서서 인류의 보편성, 정의를 실 천해야 하는 것이다. 「방황」은 일본군국주의에 의해 중국 전선으로 끌려 간 학도병 용일(창씨명 야마모토)과 일본인 요네가와의 시선의 교차를 통해 죽음이 만연한 전쟁 속에서 민족의 경계를 넘어서는 인간의 가치를 확인 한다. 세계사적 갈등이 민족주의에 기반한 제국주의에서 비롯된 만큼 「방 황」은 민족주의보다는 개인의 자유 의지를 지닌 인간에게서 보편적 가치 를 찾는다. 민족주의는 넘어서야 할 과제에 다름 아니다.

"자네네 기모노(의복) 말이야…… 그 생활 감정을 버릴 날이 있다고 보 나?"

"버릴 수 있어……. 있고 말고."

요네가와는 힘 있게 대답했다. (중략)

"그래도 인간은 있어. 너 같은……수백만 수천만이 전쟁에 찌눌려 숨 못 쉴 뿐이지."

"그 가운에서 또, 도오죠(東條)나, 히틀러 같은 게 나오면 우린 그때 어쩔 까?"

"싸워야지……."

"언젠 싸울 생각이 없었나? …… 이렇게 끌려 나오면서……. 허허…….
신뢰감이 없다는 게 그거야. 저만 살면 된다는 공리성 말이야? 자네 말이
옳아……. 민족 단위…… 그걸 부숴 버려야지. 그렇지만 그게 영원히 살아
숨 쉬니 탈이지."

"우리가 싸워야 하는 목표가 그걸 거야."(「방황」, 192쪽)

이처럼 조선인 용일과 일본인 요네가와는 민족의 경계를 넘어 인간을
찾아가는 여로를 시작한다. 그런데 「방황」에는 개별자의 자유 의지의 중요
성을 드러내는 장치로 일본인 — 가해자 — 불의, 조선인 — 피해자 — 정
의라는 도식을 깨는 두 개의 장면을 마련한다. 조선인이지만 아내의 배 속
에 황군이 될 아이가 자라고 있다고 자랑할 정도로 철저히 군국주의화된
가네가와가 일본인 분대장과 함께 포로로 잡힌 중국인 소녀 포로를 겁탈
하면서도 아무런 죄의식을 느끼지 않는 장면과 고립된 한계 상황에서 조
선인이 황군 동료의 인육을 먹은 흔적을 남기고 죽어 가는 장면이다. 조
선인과 관련하여 대단히 불편한 이 두 장면을 삽입한 이유는 박해를 받은
민족은 선하고 피의 희생을 치른 가장 슬픈 운명을 지녔다는 신화에 균열
을 내어, 민족 단위로 생각하는 인식의 틀을 깨고 그것보다 더 보편적인
가치가 있다는 사실을 강조하고 싶다는 작가 의지의 산물일 것이다.

박연희 소설은 "동포(同胞)…… 동포 하지만 그건 헛소리"(「방황」, 170쪽)
라며 민족주의를 경계하고, 오직 인간을 찾아가는 과정이 진실한 것이라
는 메시지를 던진다. 개별이 실체이며 개별이 다른 어떤 본질보다 앞서며,
개별자 자신을 제외하고는 입법자란 있을 수 없고, 구체적 상황에서 개별
자의 자유 의지가 인간의 원칙을 만든다는 사유를 드러낸다. 외적인 상황
이 인간에 대한 신뢰를 잃게 만들어도 이 세상에 내던져진 존재로서 자신
의 존재의 주인이 되고, 그 존재에 대한 전적인 책임을 지는 자세를 포기
해서는 인간의 가치를 실현할 수 없다. 최선을 다해 인간화하는 길을 걷는
것이 윤리적 원칙임을 박연희 소설은 드러낸다.

4 맺음말

선택의 자유를 잃어버린 억압의 시대에 인간다움을 찾는 여정은 고통스럽다. 인간이 자유 의지를 잃어버리면 그 삶은 허무해진다. 그러나 자유 의지는 외부에서 주어지는 것이 아니라 스스로가 정립해야 하는 과제이다. 자신의 의지가 신의 뜻과 똑같이 보편성을 정립해야 한다. 풍요로운 삶이란 자유주의에 바탕하여 인간다움의 깊은 곳으로 행동하고 실천하는 삶이다. 엄혹한 시대를 살아가는 박연희 소설의 인물들은 모두 고독하다. 억압적이고 부자유한 일상 세계와 인간다움의 가치를 상실하고 전도된 가치를 강제하는 생활 세계의 식민화는 자유 의지를 닳아지게 한다. 이 끊임없는 대결 속에서 주인공은 억압을 당하고 자신을 풍요롭게 실현할 자유를 잃은 채 지루함에 빠진다.

그럼에도 불구하고 박연희 소설은 자유 의지를 제한하는 폭력에 대해 끊임없이 항거한다. 일제의 식민주의, 소련과 북한의 전체주의, 남한의 독재, 생활 세계의 식민화, 베트남 전쟁, 미소의 냉전 체재 등의 거대한 폭력 속에서도 미약한 개별자는 자유로운 의지를 실천해 간다. 이 자유 의지는 실존주의와 기독교적 주체 의식에 바탕을 두고 근현대의 식민성을 가로지르며 인간의 존엄성을 찾아 간다. 박연희 소설의 인물들은 현실의 거대한 폭력에 패배하지만 자유와 인간의 존엄성을 모색하고 추구한 발자국을 증언한다.

제4주제에 관한 토론문

김은하 | 경희대 교수

선생님의 논문을 통해 그간 전후 문학 연구에서도 소외되어 온 박연희 문학의 중요성을 새삼 확인할 수 있었습니다. 그간 박연희의 문학은 주로 '반공주의', '리얼리즘'과 결부되어 논의되어 왔습니다. 앞선 연구들을 참조하면서도 박연희를 "선택의 자유를 잃어버린 억압의 시대에 인간다움을 찾는"(맺음말에서 인용) '자유'의 작가로 정의하고 그 문학적 바탕에 놓인 지향과 문학적 논리로서 '실존주의'를 주목한 점, 특정한 몇몇 작품에 한정된 기존 연구와 달리 문학 세계 전체를 대상으로 했다는 점에서 이 논문의 의의를 찾을 수 있을 듯합니다. 선생님의 해석과 주장에 대체로 동의하기 때문에 몇 가지 궁금한 점을 질문드리는 것으로 토론자의 소임을 다하고자 합니다.

첫째, 박연희는 한국 전쟁 이후 북한의 전체주의에 환멸을 느껴 월남한 실향민 작가이지만, 출세작인 「증인」이나 「개미가 쌓은 성」 등 여러 작품에서 이승만 정권이 자기 체제의 보호 논리로 내세운 반공주의와 그로 인해 남한 사회에 형성된 규율 사회의 면모에 대해 극렬히 비판하고 있습니다. 이북에 고향을 둔 월남민들은 남한 사회에서 감시의 대상이 됨으로써 자신의 '사상적 순결성'을 증명해야 했다는 점에서 반공주의에 대한 작가의 비판 의식은 다소 독특하게 여겨집니다. 박연희는 종군 작가로 활동하며 북한 체제에 대한 비판에 나서고, 1956년에 「증인」을 발표한 이후에도 「환멸」, 「고향」 등에서 인륜성을 외면한 북한군 장교를 통해 공산주의를 고발하는 등 반공주의 작가로서 행보를 보여 주기도 합니다. 이런 그가 어떻게 「증인」 같은 남한 체제에 대해 비판적인 소설을 쓸 수 있었는지 궁금합니다.

박연희는 1952년에 창간된 정치 문제 중심의 종합지인 《자유세계(自由世界)》의 핵심적인 편집 주체로서 활동했는데, 이러한 언론·출판인의 이력을 통해 작품 세계의 '변화'를 해명할 수도 있는지 궁금합니다. 아니면 이러한 '변화'는 예외적 사례가 아니며 그가 이렇다 할 신념이나 철학없이 정치적 이권을 다투는 정치꾼이 아닌 '진정한 자유주의자'임을 보여 주는 일관된 사례로 해석되어야 할지요?

둘째, 선생님께서는 박연희가 프랑스 실존주의에 영향을 받았지만, 그의 문학은 실존주의라는 서양의 학문, 사상적 조류나 문화에 대한 비주체적인 모방이 아니었음을 강조하셨습니다. "실존주의는 행동과 실천을 통해 "어떤 가능한 세계"(「닭과 신화」, 30쪽)를 지향하는 적극적 자유의 추구에 본뜻이 있다."라고 전제하고, "지금 여기에서의 행동과 구체성을 상실한 채 옆 동네 남의 나라의 화석화된 신화로서 수용되는 실존주의는 한국 사회의 인간의 조건을 바꾸는 것이 아니라 부자유를 은폐하는 하나의 장식물인 셈"인데 "박연희 소설은 이를 경계한다."(2장에서 인용)라고도 쓰셨습니다. 전후 문단에서 활동한 작가로서 박연희는 1950년대 중후반의 실존주의 열풍이라는 문단의 분위기와 접속하면서 어떤 변화와 발전의 동력을 얻었으며, 실존주의 문학의 흐름 속에서도 그가 획득한 독자성은 무엇이었는가 하는 궁금증이 듭니다.

선생님도 잘 아시겠지만, 1950년대 중반에 한국 사회에서는 민주당이 발족하고, 장면이 부통령으로 당선되면서 6·25 전쟁 이후 무질서해진 사회를 정상적으로 되돌리려는 시도가 본격화되는데, 이러한 사회적 전환기에 문인들은 새로운 문학을 대변할 근거로서 실존주의에 열광했습니다. 박연희의 「증인」은 이승만 정권의 사사오입 개헌 사건을 소재로 하는 등 현실의 구체성을 획득함으로써 실존주의를 한국적으로 '문화 번역'한 사례로 볼 수 있을 듯합니다. 자유를 찾아 월남한 언론인인 '준'은 각자의 양심에 따라 행동하지 못하는 남한 사회의 현실 앞에 절망하지만, 폭력에 맞선 항거를 멈추지 않습니다. 그는 억압적 권력 앞에 무력하게 희생당하는 지식인이나 순교자가 아니라 자신의 의식을 통해 '자기 진정성의 윤리' 혹은 양심의 가치를 추구한다는 점에서 전쟁의 재난에 압도당한 채 무기력과 우울에 시달리던 전후 문학의 인물들과도 구별됩니다.

셋째, 그러나 박연희의 자유 지향은 프랑스 실존주의 사조와 접속하면서 현실적 구체성을 얻는 한편으로 추상성의 한계에 봉착하는 것으로도 보입니다. 선생님께서는 논문의 3장에서 "성당의 종소리를 듣는 「증인」의 마지막 장면을 두고 추상적인 휴머니즘으로 퇴보했다는 평가"가 이루어지고 있는데 "「증인」, 아니 박연희 소설에서 기독교가 필요한 이유는 무엇인가."라고 질문하며 "기독교는 '나'만의 실존적 고통이 아닌, 모든 인간의 내부에 필연적으로 존재하는 고통에 대한 인식으로 확장되는 계기"로써 현실을 비판하고 자기 존엄을 세우는 계기가 되고 있다고 해석하셨습니다. 박연희 소설을 종교 철학적 맥락 속에서 살펴보는 것은 매우 새로운 시도로 보이는데, 선생님의 말씀대로 신을 자기 안에 정립함으로써 인간을 왜소화하는 정치 권력에 맞설 수 있는 내면 혹은 의식의 공간을 확보했을 수도 있지만, 추상성에 함몰되는 위험도 있지 않을까 싶습니다. 선생님께서는 「증인」, 「침묵」의 마지막 장면을 각각 "자신의 존재에게 부여된 의미를 진정으로 깨닫게 되는 에피파니", "태양과 하늘을 바라보는 행위를 통해 "먼 영혼"의 위치에서 인간됨이라는 전체에 대해 통찰하고 자신이 가야 할 바를 가다듬는" 행위로 보고 계십니다. 독자에게 여운을 남겨 주는 이러한 장면은 분명 어떤 의도를 담고 있고, 실존주의의 상징들을 차용함으로써 다소 소박하지만 문학적 깊이를 주는 것도 사실입니다. 그러나 생동하는 현실의 구체성을 잃고 문학이 추상성에 함몰되거나, 작가가 지성적 태도를 취하는 데 만족하는 것은 아닌가, 즉 사회 비판 의식이 약화되는 것은 아닌가 하는 회의도 듭니다.

넷째, 선생님의 논문에 따르면 박연희는 철저히 자유주의의 입장에 섬으로써 "제국주의와 피식민지의 안과 밖의 경계를 중층적"(4장)으로 보는 한편으로 20세기 국가 종교로 자리 잡았던 '민족주의'에 대한 비판을 시도한 것으로 보입니다. 특정 지역, 종교, 문화에서 태어나고 자란 사람들을 모두 해당 문명의 특정 가치 신념을 간직한 집단적 담지자로 환원하는 것은 사실에 부합하지 않을뿐더러 옳지도 못한 일일 것입니다. 민족주의와 같은 집단 의식이 타 집단에 대한 호전적 정체성을 부추겨 불화를 유도해 왔음은 민족주의가 제국주의의 이데올로기로 활용되어 왔다는 사실을 통해 쉽게 알 수 있습니다. 따라서 인간의 자유를 옭아매는 집단적 정체성의 정치로부터 벗어나기 위해 이성적 추론과 판단의 과정이 요구될 것입니다. 박연희는 이성적 판단의 주체를 통해 개인의 자유를 구속하는 이데올로기적 속박들로부터 자유를 추구한다는 점에서 탈근대적 주체성을 선취한 작가로도 보입니다. 그러나 우리는 이웃이나 공동체 구성원 등 타인과 관계할 때 집단에 대한 연대감을 가질 수밖에 없고, 그것은 기쁨과 용기를 주는 정서적 토대입니다. 그것은 20세기 세계 체제 안에서 개인이 쉽게 의식의 조작을 통해 해결할 수 없는 정치적 삶의 토대인 것입니다. 그렇다면 박연희는 민족적 정체성 자체를 부정하는지, 홉스봄이 말한 것처럼 제국주의의 이데올로기적인 응고제 노릇을 하는 애국적 광기의 민족주의를 비판하는 것인지, 약소 국가들의 저항적 민족주의마저도 부정하는 것인지 궁금합니다. 그가 소설의 작중 인물의 입을 빌려 언급한 "새로운 민족주의"가 무엇이고, 오늘날 그것에 대해 어떤 평가가 가능할지요?

1918년	9월 24일, 함남 함흥에서 태어남.
	간도 대성중학을 중퇴함.
1944년(27세)	《야담》에 소설 「조랑말」 발표. 4살 연하의 이지남과 결혼. 장녀 재옥 출생.
1946년(29세)	억압적인 북한 체제를 피해 부인과 딸을 데리고 월남. 문예지 《백민》 편집부에 근무. 《백민》 7월호에 단편 「고목」을 발표하며 문단에 데뷔.
1948년(31세)	월간 종합지 《대조》의 편집국장을 맡음.
1949년(32세)	장남 남성 출생.
1950년(33세)	문예지 《문학》의 편집국장을 맡다 한국 전쟁이 일어나자 6월 27일 가족과 함께 부산으로 피난.
1951년(34세)	해군 종군 작가단에서 종군 활동을 함. 둘째 딸 경린 출생.
1952년(35세)	문예지 《신조》의 편집을 맡음.
1953년(36세)	월간 종합지 《자유세계》의 편집을 맡음. 셋째 딸 신정 출생.
1956년(39세)	단편 「증인」을 《현대문학》 2월호에 발표. 차남 운성 출생함.
1957년(40세)	첫 장편 역사 소설 『무사호동』을 학원사에서 간행함.
1958년(41세)	《동아일보》 문화부 차장으로 근무. 장편 『그 여자의 연인』을 《영남일보》에 연재.
1960년(43세)	단편 「고향」으로 자유문학상 수상.
1962년(45세)	단편 「개미가 쌓은 성」을 《현대문학》에, 「방황」을 《자유문학》에 발표. 한국전력공사 공보실 편집차장으로 재직.

1964년(47세)	첫 단편집 『방황』을 정음사에서 간행.
1965년(48세)	3월부터 6월까지 「변모」를 《경향신문》에 연재.
1972년(55세)	4월부터 《동아일보》에 장편 『홍길동』을 연재. 『그 여자의 연인』을 삼성출판사에서 간행.
1975년(58세)	1972년부터 1974년까지 연재했던 『홍길동』을 갑인출판사에서 간행.
1977년(60세)	9월부터 《대구매일신문》에 장편 『청학동』을 연재.
1978년(61세)	5월, 장편 『하촌일가』를 대운당에서 간행. 9월, 장편 『여명기』를 《동아일보》에서 간행.
1979년(62세)	두 번째 단편집 『밤에만 자라는 돌』을 대운당에서 간행함. 『하촌일가』가 제2회 펜 문학상으로 결정되었으나 수상을 거부함.
1981년(64세)	1월부터 《경향신문》에 장편 『송도의 봄』을 연재. 대한민국예술원 회원이 됨.
1982년(65세)	보관문화훈장 수상.
1983년(66세)	제28회 대한민국예술원상 수상. 한국소설가협회 대표위원에 피선.
1984년(67세)	월간 《현대문학》에 장편 『주인 없는 도시』 연재.
1985년(68세)	8월부터 《광주일보》에 장편 『백강은 흐르고』 연재.
1988년(71세)	9월, 장편 『주인 없는 도시』를 정음사에서 간행. 신문 연재소설인 『청학골』을 『민란 시대』로 개제하여 문학사상사에서 간행.
1992(75세)	신문 연재소설 『송도의 봄』과 『백강은 흐르고』를 합하여 대하 역사 소설 『왕도』로 제삼기획에서 간행.
1994년(77세)	장편 『황제 연산군』을 명문당에서 간행.
1995년(78세)	8월, 서울 창동 성당에서 구상 시인을 대부로 천주교 세례를 받음.
1996년(79세)	제37회 3·1문화상 예술상 수상.

1997년(80세)	한국소설가협회 고문이 됨.
2004년(87세)	은관문화훈장을 수상함.
2008년(91세)	12월 9일, 영면.

박연희 작품 연보

발표일	분류	작품명	발표지
1944. 7	소설	조랑말	야담 10권 7호
1944. 12	소설	추석날	야담 10권 12호
1946. 10	소설	쌀	백민 5
1946. 12	소설	도박	백민 6
1948. 3	소설	삼팔선	백민 13
1948. 7	소설	고목	백민 15
1949. 3	소설	불륜	해동공론 49
1949. 9	소설	을지문덕	신라 1
1950. 2	소설	여인	백민 20
1951	소설	이녕	민중공론
1951. 6	소설	바다가 보이는 곳	신조
1952	소설	청색회관	희망
1952. 5. 20~22	소설	뿌르조아지의 후예	연합신문
1952. 6	소설	빙화	문예 14
1952. 11	소설	인간 실격	자유예술
1953. 2	소설	새벽	전선문학 3
1953. 5	소설	병정노름	해군
1953. 7	소설	소년과 메리라는 개	문화세계 1권 4호
1953. 9	소설	무기와 인간	전선문학 6

발표일	분류	작품명	발표지
1954. 2	소설	감정기	신태양 18
1954. 10. 24~ 1955. 2. 26	소설	가면의 회화	평화신문
1954. 12	소설	중립 지대	전시한국 문학선
1955. 7	소설	고독자	문학예술 4
1955. 9	소설	어떤 작가의 수기	지방행정 4권 9호
1955. 12	소설	바다처럼 침묵이 흐르던 날	문학예술 9
1956. 2	소설	증인	현대문학 14
1956. 2~1957. 1	소설	현대사	신세계
1956. 3	소설	여수	신태양 43
1956. 3	소설	패배	명랑
1956. 5~1957. 10	소설	무사호동	학원
1956. 5. 23~6. 1	소설	흑하	동아일보
1956. 10	소설	닭과 신화	문학예술 19
1957	소설	무사 호동	학원사
1957. 6	소설	덕산영감	문학예술 26
1957. 8	소설	자살 미수	신태양 59
1957. 10	소설	고독	중앙정치 2권 3호
1958. 1. 1~7. 8	소설	그 여자의 연인	영남일보
1958. 7	소설	환멸	사상계 60
1958. 11	소설	역사	자유문학 20
1958. 12	소설	병든 장미	소설공원 1
1959. 7	소설	산과의 대화	사상계 72
1959. 12	소설	고향	사상계 77
1960. 7	소설	탈출기	현대문학 67

발표일	분류	작품명	발표지
		(「방황」으로 개제하여 선집 수록)	
1960. 10	소설	분쟁	자유문학 43
1962. 5	소설	개미가 쌓은 성	현대문학 89
1962. 6	소설	사양족	신사조
1962. 11~1963. 8	소설	방황	자유문학 63~70
1963. 5~1965. 2	소설	사도세자	학원
1964	소설	목련이 필 때	방황
1964	소설	방황	정음사
1964. 1	소설	요양기	세대 8
1965. 6	소설	침묵	문학춘추 3
1964. 10	소설	표착	신동아 2
1965. 3	소설	풍속	세대 20
1965. 3. 17~6. 11	소설	변모	경향신문
1966. 2	소설	피	사상계 156
1966. 2	소설	여행자	현대문학 134
1967. 11	소설	밤	신동아 39
1970. 6	소설	황진(「밤에만 자라는 돌」로 개제하여 선집 수록)	현대문학 186
1971. 6	소설	역행	신동아 82
1971. 6	소설	붉은 단추	여성동아
1971. 12	소설	형제	현대문학 204
1972	소설	그 여자의 연인(상, 하)	삼성출판사
1972. 2	소설	안녕히 가세요	여성동아
1972. 4. 22~ 1974. 12. 30	소설	홍길동	동아일보

발표일	분류	작품명	발표지
1972. 5	소설	잃어버린 미소	현대문학 209
1972. 12	소설	맹군의 이야기	나라사랑 9
1973. 2. 1~ 1974. 12. 30	소설	황제	부산일보
1973. 8	소설	탈	현대문학 224
1973. 12	소설	고별(저 구름 너머로 개제하여 선집 수록)	월간중앙 69
1974. 1	소설	고모 이야기	세대 126
1974. 1	소설	실패담	월간문학 59
1975	소설	왕건	민족문학대계 7
1975	소설	홍길동(전 5권)	갑인출판사
1975. 5	소설	일일, 일일	현대문학 245
1975. 7	소설	너무나 지루한 시간	신동아 131
1975. 7	소설	갈증	월간문학 77
1975. 7~1977. 8	소설	하촌 일가	현대문학 247~272
1975. 12. 14	소설	누나의 결혼	주간조선
1976. 1~1977. 8	소설	설녀	여원
1976. 1~1978. 9	소설	여명기	신동아 137~169
1976. 8	소설	부산 나들이	월간중앙 101
1977. 4	소설	집행유예	한국 문학 42
1977. 9. 2~ 1978. 4. 29	소설	수락사	전우신문
1977. 9. 13~ 1981. 4. 30	소설	청학골 (「민란 시대」로 개제하여 출간)	대구매일신문
1978	소설	여명기(상, 중, 하)	동아출판사

발표일	분류	작품명	발표지
1978	소설	하촌 일가(상, 하)	대운당
1978. 6	소설	산사태	문예중앙
1979	소설	밤에만 자라는 돌	대운당
1979	소설	후조	밤에만 자라는 돌
1979	소설	새 이야기	밤에만 자라는 돌
1980. 3	소설	미로	실천문학 1
1980. 8	소설	시간	소설문학 57
1981. 1. 1~ 1982. 12. 30	소설	송도의 봄 (「왕도」로 개제하여 출간)	경향신문
1983. 5	소설	전락	현대문학
1984. 1~ 1985. 12	소설	주인 없는 도시	현대문학 349~372
1985. 4	소설	산동네 일지	월간문학 194
1985. 8. 1~	소설	백강은 흐르고	광주일보
1988	소설	민란 시대(전 5권)	문학사상사
1988 1988. 3. 1	소설	주인 없는 도시 (「왕도」로 개제하여 출간)	정음사
1992	소설	왕도(전 5권)	제삼기획
1995	소설	황제 연산군(전 5권)	명문당

작성자 진영복 연세대 교수

웃음, 혹은 저항과 타협의 양가적 제스처

1950~1960년대 조흔파의 명랑 소설(성인)

김지영 | 대구가톨릭대 교수

1 명랑 소설의 일인자 조흔파

조흔파는 어마어마한 다작의 작가다. 그는 「봄은 가고 오고」(1958), 「십자매」(1963), 「여자가 있는 곳」(1964), 「이별의 강」(1966), 「신접살이」(1966), 「삼남일녀」(1966), 「목마른 사슴같이」(1968), 「서울 도령님」(1969)과 같은 라디오 방송극의 작가였으며, 「여성의 정조」(1958), 「구혼 결사대」(1959), 「양녕 대군」(1959), 「서울의 지붕밑」(1961), 「부라보 청춘」(1962), 「청색 아파트」(1963), 「십자매 선생」(1964), 「신촌 아버지와 명동 딸」(1964), 「윤심덕」(1969), 「고교 얄개」(1977)와 같은 대중 영화의 원작자였다. 뿐만 아니라 『소설 대성서(大聖書)』 1~9(학예춘추, 1982), 『그림 이야기 성경』(장학출판사, 1974) 등을 집필한 종교 서사의 저작자였고, 『협도 임꺽정전』(학원사, 1957), 『주유천하(周遊天下)』(신태양사, 1962), 『소설국사(小說國史)』 1~2(학원사, 1963), 『만주국』(육민사, 1970), 『실록소설 대한백년(大韓百年)』 1~5(삼

성출판사, 1970), 『소설 한국사(韓國史)』(삼성출판사, 1985)와 같은 장편 역사
소설의 작가였다.

소설과 라디오 방송, 영화 시나리오와 번안, 수필 등 다양한 장르를 왕
래했던 그는 동시에 여러 편의 연재소설을 집필하거나, 소설 집필과 라디
오 방송극을 병행하며 집필하는 등 왕성한 창작을 펼쳤다. 원고 청탁과 동
시에 집필에 착수하기도 했고, 방송극을 쓰면서 성우나 연출가까지 겸임
할 정도로 다재다능한 작가였다.[1] 그가 쓰는 소설이나 라디오 방송은 종
종 발표 직후 곧바로 영화로 크랭크인 되곤 했는데,[2] 신속한 영화화 현상
은 그가 발표했던 작품들의 대중적 호응도를 짐작하게 해 준다. 1970년대
이후 역사 소설과 청소년 소설에 주력했기 때문에 오늘날에는 『얄개전』과
같은 청소년 명랑 소설 작가로 알려져 있지만,[3] 그가 가장 활발하게 창작

---

1) 1961년 동명의 라디오 방송극을 소설화한 작품 『부라보 청춘』의 발문에서 작가는 긴급
했던 집필의 상황을 아래와 같이 기록하고 있다. "원래 원고 청탁 받기를 방송 날짜에 앞
서기 일주일이었기 때문에 구상이고 뭐고를 해 둘 겨를이 없었다. 그런대로 착수하였다.
한 회분을 써 가지고 방송국에 나가면 성우나 스튜디오를 다른 푸로에 빼앗겼거나 연습
실이 만원이거나 해서 공연을 지체하기 첩경이었다. 이래서 진종일을 어정거리다가 저녁
에 돌아와서는 밤을 새워 가며 다음 날 하루치를 또 써야 했다." 조흔파, 「발(跋)」, 『부라
보 청춘』(삼중당, 1961), 263쪽.

2) 1959년 대중지 《아리랑》에 연재된 소설 「구혼 결사대」를 영화화한 「구혼 결사대」(1959),
1957~1958년 대중지 《명랑》에 연재된 소설 「골목 안 사람들」을 영화화한 「서울의 지붕
밑」(1961)이나 1957~1958년 《경향신문》에 연재된 소설 『주유천하』를 저본으로 한 영
화 「양녕 대군」(1959), 1961년 발표된 라디오 방송극 「부라보 청춘」을 영화화했던 「부라
보 청춘」(1962), 그리고 1954년에 발표된 청소년 소설 『얄개전』을 영화화한 「고교 얄개」
(1977) 등이 그 예에 속한다.

3) 『얄개전』을 영화화한 「고교 얄개」의 대대적인 성공 이래, 그는 청소년 소설가로 더욱 유
명해졌다. 작가 사후 아리랑사(1982)와 법왕사(1985)에서 『푸른 구름을 안고』, 『고명 아
들』 등의 작품들을 포함한 『흔파 학생 소설 선집』과 『흔파 학생 명작 전집』이 각각 발간
된 것은 이런 유명세의 결과였다. 여기 실린 작품은 서로 중복되는 것으로 보이는데, 『먹
구름 속에 핀 장미』, 『공중 여행』, 『골목대장』, 『허클베리 핀의 모험』, 『소년 옹고집전』,
『소년 홍길동』, 『배꼽 대감』, 『임꺽정 상·하』와 같은 번안 및 역사 개작을 포함한다. 창작
소설은 『얄개전』, 『푸른 구름을 안고』, 『고명 아들』, 『에너지 선생』, 『꼬마전』(1970), 『악
도리 쌍쌍』(1976), 『애드발륜 소년』, 『세 악도리』가 있다. 그러나 명랑 소설이 아동 및 청

활동을 했던 1950~1960년대에 가장 많이 발표했던 문학 양식은 청장년들이 읽는 성인 명랑 소설이었다. 1950년대 그가 발표한 청소년 명랑 단행본이 『알개전』 한 편에 그치는 데 비해, 성인 명랑 소설은 현전하는 것만 5권에 이른다.[4] 1950년대 「희망」, 「명랑」, 「아리랑」 등 대중지에 실린 소설들을 포함하면 발표작의 수는 더욱 증가한다. 1960년 예문관에서 발간된 『탈선 사장』[5]이 『조흔파 걸작 선집』 총 10권의 제1권으로 발간된 것은 작가로서 그의 생산력이 얼마나 왕성했던가를 확인해 준다.

명랑 소설이란 웃음으로 귀결되는 서사 구조를 통해 세속적 즐거움을 전달하는 소설 양식을 일컫는다.[6] 명랑 소설이라는 용어는 '유머 소설', '풍자 소설' 등과 혼용되어 쓰였는데, 우리나라에 이 양식이 처음 등장했던 1930년대에는[7] '유머 소설'이라는 타이틀을 주로 쓰다가 1950년대 후반

소년 양식으로 인식되고, 작가 조흔파가 특히 청소년 명랑 작가로 각인되게 된 것은 성인 명랑 소설이 표 나게 쇠퇴해 버린 1970년 이후로 보인다.

4) 『(유모어 소설집) 청춘유죄』(고려출판사, 1954), 『(명랑 소설) 봄은 도처(到處)에』(인화출판사, 1954), 『(명랑 소설) 애정 삼중주(愛情三重奏)』(신태양사, 1955), 『천하태평기』(정음사, 1957), 『탈선 사장』(예문각, 1960), 『(명랑 소설) 약에 감초』(육민사, 1970), 『둘이서 하나를』(미소, 1978)이 그것이다.

5) 이 작품은 1956년 《명랑》에 연재된 소설을 단행본으로 묶은 것이다.

6) 코믹한 스토리의 웃음을 주는 소설 양식은 1920년대 일본 대중 문학의 발달 속에서 성립하기 시작했다. 1920년대 일본에서는 키쿠치 칸의 「진주 부인」 이래 대중 소설들이 본격화되었고, 이후 다양한 대중 소설의 분화가 시작되었는데, 그중에서도 유머 장르는 1936년 유머 작가 클럽이 만들어지고 이듬해 11월 전문 잡지가 창간될 정도로 상당한 인기를 끌었다고 한다. 호쇼 마사오 외, 고재석 옮김, 『일본 현대 문학사』 상(문학과지성사, 1998), 49쪽 참조. 호쇼 마아소의 『일본 현대 문학사』에서는 일본 대중 소설의 발달을 1920년대로 기록하고 있으나, 조흔파는 1910년대 발표되었던 사사키 쿠니(佐佐木邦)의 작품에 매료되어 있었다고 전한다.

7) 김현주의 「1950년대 잡지 《아리랑》과 명랑 소설의 '명랑성': 가족 서사를 중심으로」, 《인문학연구》 43집(조선대 인문학연구원, 2012), 204쪽에 따르면, 우리나라에서는 1930년 사사키 쿠니의 『明ろい人生』이라는 작품이 「현대 유모아 전집」이라는 타이틀로 《조선일보》 광고란(1930. 7. 24)에 실린 것이 명랑 소설의 첫 등장이다. 이후 1932년 7월 《별건곤》에 湖岩人의 「오후 4시(午後四時)」가 실린 이래, 《중앙》, 《월간매신》, 《조광》, 《여성》 등의 대중지나 여성지 등에 간헐적으로 발표되면서 한국 명랑 소설(유머 소설)은 그 양식

장르 타이틀이 명랑 소설로 정리된다.[8] 명랑 소설이 가장 활발하게 발표된 것은 1950년대였다.[9] 전후 대중지 발간 붐 현상에 힘입어 명랑 소설은 대중오락지가 가장 주력하는 장르의 하나로 자리 잡았으며, 양식의 주도권은 성인물에 있었다.[10] 당시 명랑 소설 전문으로 조흔파, 박흥민, 천세

의 지반을 마련해 갔다.

8) 일제 강점기에 많이 쓰였던 '유모어 소설'이라는 타이틀은 태평양 전쟁기 외국어 지양 정책에 따라 '명랑 소설'로 타이틀이 바뀌기 시작했으며, 이후 그 전성기인 1950년대에는 두 용어가 아울러 함께 쓰였다. 명랑 소설의 타이틀에 대해서는 다음 참조. 김지영, 「일제 강점기 유모어 소설의 현실 인식과 시대적 의미」,《우리문학연구》44집(우리문학회, 2014), 465~508쪽.

9) 명랑 소설의 전성기가 1950년대였음은 다음 논문들의 공통되는 의견이다. 김현주, 앞의 글; 이선미, 「명랑 소설의 장르 인식, '오락'과 '(미국) 문명'의 접점: 1950년대 중·후반《아리랑》의 명랑 소설을 중심으로」,《한국어문학연구》59집(한국어문학연구학회, 2012), 55~93쪽. 위 논문들을 통해 명랑 소설은 문학사가 망각했던 양식으로서 새롭게 재발견되었으며, 주요 수록 잡지였던《명랑》,《아리랑》의 1950년대 발간본을 중심으로 그 성격과 의미가 처음으로 조명되었다. 한편《명랑》을 중심으로 1950~1960년대 성인 명랑 소설의 흐름을 전체적으로 아울러 본 김지영의 「명랑성의 시대적 변이와 문화 정치학: 통속 오락 잡지《명랑》의 명랑 소설(1956~1973)을 중심으로」,《어문논집》78호(민족어문학회, 2016), 217~268쪽은 전반적인 양식의 변화 과정을 개괄했으나, 특정 작가의 작품세계와 작품의 구조 원리에 깊이 있게 천착하지는 않았다.

10) 오늘날 명랑 소설이라 하면 어린이, 청소년 소설을 가리키지만, 1950년대 당시 명랑 소설의 주류는 성인물이었다. 일례로 1950년대 대중지《아리랑》현전본 총 71권 중에는 명랑 소설만 250여 편이 게재되어 있다. 김현주, 앞의 글, 179쪽. 김현주는 이 글에서 1955년 9월《아리랑》에는 4편의 명랑 소설(조흔파의 「봉변업」을 비롯, 현석련, 유호, 서영순의 작품)이 실리지만,《학원》에는 최요안의 「청운의 합창」1편만이 게재됨을 밝히면서 1950년대 명랑 소설의 본령이 성인물에 있었음을 확인시켜 준다. 같은 책, 176쪽.《명랑》,《희망》등 기타 대중지들과 합하면 1950년대 발표된 명랑 소설의 수는 실로 대단했다. 이 같은 양식의 붐은 4·19 혁명 이후 어느 정도 잦아들지만, 성인 명랑 소설은 1960년대에도《명랑》,《아리랑》등의 대중지 속에서 꾸준히 지속되다가 1970년대 초반 미디어 정화의 목소리가 높아지면서 소멸한다. 이후 명랑 소설의 타이틀은 '명랑'이라는 어휘 속에 웃음보다 건전성의 의미장이 강화되면서 어린이, 청소년 소설을 가리키는 말로 이동했다. 김지영, 앞의 글, 2016 참조. 흥미롭게도 이 같은 성인 명랑 소설의 흥망성쇠는 조흔파 명랑 소설(성인)의 대중적 인기도와 그대로 맥을 같이한다. 작가 자신이 1950년대에 가장 활발하게 발표했고, 1960년대에도 그 기세를 몰아가다가 1970년대에 이르러 성인 명랑 소설 발표를 중단하고 어린이, 청소년 명랑 소설 및 역사 소설에 더욱 집중하기 때문이다.

욱, 유호, 서용운, 최요안 등 다수의 작가들이 활동했는데, 그중에서도 조흔파의 인기는 독보적이었다.

명랑 소설 발표의 중심 기관이었던 대중지의 소설 게재율을 살펴보면 조흔파 명랑 소설의 영향력을 뚜렷이 알 수 있다. 1950년대 중반 대중지의 붐을 이룬 출판 시장에서 대중오락지들은 독자들에게 인기 있는 명랑 소설을 게재하는 데 열을 올렸다. 일례로 1958년 발간된 대중지《명랑》의 현전본 6개월분 중 소설은 30편이 실려 있으며, 그중에서 명랑 소설은 11편이고, 11편 내에 조흔파의 작품이 5편 수록되어 있다.[11]《아리랑》의 경우, 1957년 발간된 현전본 9개월분 중, 소설은 107편, 명랑 소설은 33편이고, 명랑 소설 중에 조흔파의 작품이 모두 7편이다. 두 경우 모두 수록 소설의 3분의 1 정도가 명랑 소설이었으며,《명랑》의 경우는 당해 수록 명랑 소설의 40퍼센트 이상이,《아리랑》에서는 당해 소설의 약 20퍼센트가 조흔파의 작품이었다고 할 수 있다. 1950년대 중반 조흔파는《희망》,《명랑》,《아리랑》 등 인기 대중지에 거의 매호마다 명랑 소설을 싣는 작가였으며, 명실공히 명랑 소설의 일인자였다. 1946년《백민》에 「계절풍」으로 등단한 조흔파가 학원사 김익달 사장에게서 청탁을 받고 『얄개전』을 집필할 당시, 원고료를 선불로 지급받았으며 금액 또한 당시 최고 수준이었다는 사실에서 알 수 있듯이[12] 『얄개전』의 연재 이전에 이미 조흔파 명랑 소설의 인기가 상당했다고 할 수 있다.

작가의 영향력에 비견할 때 조흔파의 작품 세계에 대한 고찰은 미미한

그런 점에서 보면 조흔파 성인 명랑 소설의 성쇠는 그대로 한국 성인 명랑 소설이라는 양식 자체의 성쇠와 연동되어 있다고 할 수 있다.

11) 풍자 소설로 타이틀을 단 「골목 안 사람들」도 내용과 당시의 관습에 비추어 명랑 소설에 포함했으며, 단편과 연재소설이 함께 연재되기 때문에 통계의 균형을 위해 연재소설은 회차당 1편으로 계산했다.

12) 정미영, 「조흔파 소년 소설 연구」(인하대 석사 학위 논문, 2002), 21~22쪽. 정미영은 『얄개전』이 조흔파의 출세작이라 보고 있으나, 파격적 원고료와 선불 지급의 사실은 전쟁 직후의 시대적 상황에 비추어 볼 때 당시 출판계에서 작가의 문명이 연재 전에 이미 상당했다는 진단을 가능하게 한다.

편이다. 작가론적 연구로 정미영의 석사 학위 논문이 발표되었고,[13] 그 밖에 『얄개전』에 대한 회고나 논의,[14] 전쟁기 잡지 《희망》에 수록된 작품에 대한 연구,[15] 역사 소설 『만주국』 연구[16] 외에는 작품론도 작가론도 찾아보기 어렵다. 이 글에서는 그동안 학계에서 주목하지 않았던 조흔파의 성인 명랑 소설에 주목하기로 한다. 양적인 측면이나 당대의 사회적 인기의 측면에서 아동, 청소년물을 훨씬 상회했던 성인 명랑 소설(이하 명랑 소설)에 대한 조명이 제대로 이루어져야만 조흔파 문학 세계에 대한 올바른 이해가 마련될 수 있다고 판단되기 때문이다.

조흔파는 1950년대 명랑 소설의 대표 작가이며 '명랑'이라고 하는 양식에 값하는 독특한 작가 인식과 세계관을 보여 준 인물이었다. 한국 전쟁기 명랑 양식의 붐을 주도한 인물이자, 명랑 양식의 융성·쇠퇴와 운명을 같이한 작가라는 점, 에세이 등을 통해 명랑 양식에 대한 자의식을 드러내고 있다는 점, 본격적인 성인 명랑 장편들을 다수의 단행본으로 남기고 있다는 점 등에서 조흔파는 명랑 양식의 관점에서나 작가 의식의 측면에서 반드시 재조명이 필요한 작가라고 할 수 있다.

한국 전쟁이라는 폐허의 공간에서 명랑성을 표방한 조흔파의 유쾌한 소설들이 인기를 끈 이유는 무엇인가? 전쟁의 역사적 상처 속에서도 줄곧 웃음의 서사에 주력했던 작가 의식의 배후에는 어떤 가치 지향성과 세

---

13) 같은 글.
14) 이혜경, 「웃음의 울타리를 넘어 내 곁으로 날듯 혹은 말듯: 조흔파의 『얄개전』에서 시대를 다시 읽는다」, 《아동문학평론》 34권 4호(아동문학평론사, 2009), 39~49쪽; 송수연, 「'진정한 명랑'을 위하여: 조흔파의 『얄개전』을 중심으로」, 송수연 외, 『아동문학가 5인의 삶과 문학 세계』(국립어린이청소년도서관, 2013), 45~49쪽; 최은영, 「『얄개전』연구: 《학원》 연재소설을 중심으로」, 《건지인문학》 17집(전북대 인문학연구소, 2016), 255~278쪽.
15) 이은선, 「전쟁기 《희망》과 조흔파의 '명랑 소설' 연구」, 《어문논총》 66호(한국 문학언어학회 2015), 295~321쪽.
16) 조성면, 「만주·대중소설·동아시아론: 조흔파의 실록 소설 『만주국』」, 《만주연구》 14집(만주학회, 2012), 223~252쪽.

계관이 숨어 있는가? 열렬한 인기를 구가했던 그의 작품들을 타고 흐르는 웃음의 구조적 특징은 무엇인가? 1950년대의 대중적 인기에도 불구하고 이후 그의 명랑물이 문학사 내부에서조차 언급을 찾아보기 어려울 정도로 흔적이 지워진 과거의 작품이 된 것은 어떤 이유에서인가? 이와 같은 질문들에 답하는 일은 조흔파 명랑 소설의 문학적 가치와 의의를 새롭게 확인하고 문학사에 올바르게 자리매김하기 위한 기초 작업이 될 것이다.

이를 위해 본문은 작품 활동의 시간 순서에 따라 구성한다. 먼저 생애사를 통해 작가가 지녔던 세계관의 단초를 추적해 보고, 이어 그의 명랑 소설 세계를 전쟁기와 전후 1950년대, 1960년대라는 시간 순으로 검토해 볼 것이다. 작품은 각 시대에 발간된 단행본들을 중심으로 하되《명랑》,《아리랑》과 같은 대중지에 실린 작품들도 아울러 검토하면서 전반적인 작품 세계의 특징을 추적하고자 한다. 이 같은 작업은, 그동안 『얄개전』과 같은 청소년물에 치우쳤던 조흔파 작가론의 한계를 뛰어넘어, 이 작가가 가장 왕성하게 활동했던 작품 세계의 중심에 다가갈 뿐 아니라, 시대사와의 관계 속에서 작품 세계의 역사적 흐름을 추적한다는 점에서 작가 조흔파의 문학사적 위상에 새롭게 접근하는 일이 될 것이다.

2 웃음, 위선에 대한 저항과 타협의 양가적 제스처

조흔파는 1918년 평안남도 평양에서 출생했다. 본명은 조봉순이며, 흔파(欣坡)라는 호는 동경 유학 시절 함께 활동했던 한글 학자 한갑수가 지어 준 이름이다. 조흔파의 아버지 조창일은 미두와 상업으로 재산을 일군 평양의 신흥 거부였다. 그의 집안은 일찍이 기독교를 받아들여, 아버지는 평양 광성 감리교 장로였고, 어머니 역시 독실한 기독교 신자였다.[17]

---

17) 정미영에 따르면, 조흔파의 백부 조창호는 이완용, 이용구 처단을 시도했던 이재명 사건으로 징역 15년을 언도받았으며, 후에 대한민국 건국공로훈장을 수상한 독립운동가이기도 했다.

혼파는 그의 아버지가 오랜 기간 재단 이사로 재임했던 광성학원에서 유치원, 보통학교, 고등보통학교 기간을 거쳤다.[18] 1940년 일본 센슈 대학 신학부에 입학하였으나 중도에 법학으로 전공을 변경하고,[19] 동경 간다 YMCA 총무부장으로 활동하는 등 기독교 계통의 활동을 지속했다. 유학 후 1944년에 경성방송국 아나운서로 입사하여 방송 일을 시작했고,[20] 상명여자중학교 강사 등을 겸임하기도 했다. 광복 후에는 다수의 학교에서 교사 생활을 이어 가, 강화여자고등학교, 경기여자고등학교 교무주임을 역임했다. 한국 전쟁 중에도 휘문고등학교, 이화여대, 숙명여대, 경찰전문학교, 육군사관학교 등에 출강했던 그는, 명랑 소설 작가로 문명을 얻은 휴전 이후에는 국도신문, 세계일보, 한국경제신문 논설위원 등 언론사에 몸담았고, 1960년 공보실 공보국장, 국무원 사무처 공보국장, 중앙방송국장을 역임하는 등 언론, 방송, 문화 영역에서 다양한 요직을 거쳤다. 1980년 당뇨로 인한 심부전으로 타계한 후, 한국문인협회와 수필문학사가 공동으로 1998년 백석 모란공원 내에 그의 문학 표적비를 건립한 바 있다.[21]

조흔파의 성장 과정에서 중요한 영향을 미쳤던 것은 기독교라는 종교와 학교라는 공간이었다. 양자는 '고정된 관습에서 벗어날 수 있는 자유 의식'과 '규범으로 인한 억압감'이라는 상호 연관된 감성을 작가 의식 내에 형성한 것으로 보인다.

기독교는 서양 문물을 흡수하고 근대적인 삶을 일찍이 생활로 경험할 수 있는 여건을 조성했다. 특히 혼파의 고향인 평양은 근대 전환기 이래

---

18) 조흔파, 「나의 어린 시절」, 『조흔파 문학 선집: 에세이 편』 1(교음사, 1999), 102쪽.

19) 조성면은 1943년 센슈 대학 신학과를 졸업했다고 기록하고 있으나 이는 사실과 다른 것으로 보인다. 조성면, 앞의 글, 226쪽.

20) 조흔파의 동경 유학 기간에 대해서는 논란의 여지가 있다. 작가의 수필에서는 8년간 유학 생활을 했다고 밝히고 있으나, 기존 연구에서 센슈 대학 신학부 입학이 1942년, 경성방송국 입사가 1944년으로 기록되어 있어, 정확한 유학 내역에 대해서는 좀 더 자세한 조사가 필요해 보인다.

21) 이상 작가의 생애에 대해서는 정미영의 선행 연구에서 많은 도움을 받았다.

그 어느 곳보다 일찍이 기독교의 세례를 받았던 지방이었다. 평양은 기독교가 전파하는 평등 의식과 반전통적 문화 감각이 조선 내에서 가장 발달했던 지역의 하나였다. 그러나 기도와 예배 등 딱딱한 종교 의식은 어린 흔파에게 상당한 억압감을 주었던 듯하다. 더욱이 교회 장로였던 그의 아버지는 기생첩을 두고 그로부터 자식을 얻을 정도로 이중적인 생활을 하는 인물이었다. 따라서 기독교는 어린 흔파로 하여금 조선 재래 관습의 무게에서 벗어난 자유 의식을 얻는 한편으로, 형식적인 규범과 위선적인 믿음에 대한 반발감을 그 이면에 품게 했던 것으로 보인다.

학교생활에서의 자유분방함 역시 종교에서 얻은 감각과 연관되는 면이 없지 않다. 유치원부터 고등보통학교까지 아버지가 재단 이사로 재직한 미션 스쿨에서 수학했던 만큼, 조흔파의 학교생활은 상당히 자유로웠던 듯하다. 기독교 학교의 포용적인 정책과 아버지의 권위에도 불구하고 흔파는 여러 번 퇴교 처분의 물망에[22) 오를 만큼 성실하지 않은 학생이었다. 공부보다는 요릿집, 대학 입시 준비보다는 소리 공부에 더욱 열중했던[23) 그는 선천적으로 빼어난 언어 재능을 지닌 사람이기도 했다. 어휘의 맥락을 바꾸거나 전이함으로써 상대의 발언을 재미나게 맞받아치는 언어유희는 그의 특기이자 장기였다. 이 같은 재능은 재단 이사의 자제라는 유리한 조건과 더불어 그를 특별히 더욱 자유롭고 즐거운 학창 생활의 주인공으로 만들어 주었던 듯하다. 『얄개전』의 만년 낙제생 나두수의 성격은 그 자신의 실제 기질에 기초한 셈이다.

그러나 조흔파는 기독교식 평등 의식을 수용하면서도 그 엄격한 규범에는 반발했던 것처럼, 학교 공간이 주는 형식적 격식의 억압에는 표연히 저항하는 사람이기도 했다. 고등보통학교를 끝내 자퇴로 마무리한 것은 이와 같은 그의 성향과 관련이 있다. 그는 졸업 1년을 앞두고 일본인 교사 배척 운동에 앞장선 탓에 퇴학 처분을 받고 자퇴했는데, 배척 운동의 이

---

22) 조흔파, 「나를 선도하려던 L 씨」, 『조흔파 문학 선집: 에세이 편』 3(교음사, 1999), 16쪽.
23) 위의 글.

유는 평소 악명이 높았던 이 체육 교사가 혼파의 복장 불량을 이유로 따귀를 때린 데 있었다고 한다.[24] 형식적 규범의 억압에 대한 작가의 저항감이 어느 정도였는지를 확인할 수 있는 부분이다. 4·19 혁명 이후, 교회에 가는 대신 라디오 종교 방송을 듣는 것으로 신앙생활을 유지했던 사실도 형식적인 믿음에 대한 그의 거부감을 짐작하게 해 준다.

기독교로부터 습득한 '서구적 자유 의식', '억압적이고 관습화된 형식적 규범에 대한 반발', '재기 발랄한 상상력과 언어 능력'은 조흔파라는 개인의 성격을 특징짓는 키워드라 할 수 있다. 3자의 독특한 결합 관계가 두드러지는 영역이 섹슈얼리티에 대한 그의 감각이다.

연로한 부모님의 만득자이자 외아들이었던 조흔파는 사춘기 시절 여성에 대한 신비감에 사로잡혔으나 성에 대한 언급을 죄악시하는 사회 분위기 탓에 호기심을 채울 방법을 찾지 못했다고 한다. 그는 의학 서적들을 찾아보고, 조혼한 동급생들의 경험담을 듣거나 항간에서 많이 쓰는 욕설의 어원을 따져 스스로 성 지식을 습득했다.[25] 성에 대한 언급을 금기시하여 배꼽에서 아이가 나온다는 등 거짓말을 하는 어른들의 이야기와 일상을 떠도는 욕설의 어원 사이의 모순적인 관계, 기독교 장로이면서도 첩치가를 했던 아버지의 생활 등으로 인해 작가는 섹슈얼리티의 모순과 인간의 위선적 면모를 어려서부터 깊이 각인하게 했던 듯하다. 특징적인 것은 아버지와의 불화와 허위에 대한 거부 의식에도 불구하고 흔파 자신 역시 모순적 섹슈얼리티의 주인공이 된다는 점이다.

그는 평생 결혼을 세 번 했고, 여성 편력으로도 유명했다고 한다.[26] 그

---

24) 조흔파의 자퇴 사연에 대해서는 정미영, 앞의 글 참조.

25) 조흔파, 「내가 받은 성교육」, 『조흔파 문학 선집: 에세이 편』 1(교음사, 1999), 116~117 쪽. 작가는 "네 에미 ×" 등의 예로 이 욕설의 예를 들고 있다. 이 글에서 작가는 15세에 "'신비경'에의 현지답사에 성공"했다고 밝히기도 했다.

26) 정미영은 조흔파의 여성 편력을 다른 남자를 사랑하여 자신과 딸을 두고 집을 나간 첫 번째 아내의 배신에서 기인한 것으로 보고 있으나, 이 글에서는 그보다는 작가의 자의식에서 그 원인을 찾는다.

는 결혼의 신성함을 존중했지만, 결혼이 강제하는 배타적인 관계에 대해서는 유연한 입장을 보였다. 결혼이 인위적인 것인 데 반해, "사랑의 대상이 꼭 한 사람만으로 그치지 않게 된 것"이 사람의 본성이라고 그는 보았다.[27] 따라서 "인종의 미덕과 호양 정신"으로 부부 간 갈등을 지혜롭게 극복할 것을 강조하면서도, 그는 스스로 "남성 본위의 일방적인 편의 위주의 도덕"[28]이라 불렀던 편의적 윤리에서 완전히 벗어나지도 않았다. 그는 남편의 외도를 죄악시하지 않고, 외도하는 남편을 비난하기보다는 그들이 스스로의 양심에 의해 가정으로 복귀하도록 유도하는 아내의 지혜를 강조했다.[29] 처와 애인의 차이를 "정원수와 꺾꽂이 꽃"으로 정의하는[30] 작가의 태도 속에는 결혼이 요구하는 섹슈얼리티의 제한을 오직 여성에게만 적용했던 불합리한 한국 사회의 오랜 관습이 녹아 있다. 아버지의 위선에 대한 거부에도 불구하고 그 스스로 동일한 위선에 몸담았던 작가의 태도 속에는 형식적 규범이나 윤리적 허위에 저항하면서도, 치열한 투쟁이나 파탄적 분쟁보다는 삶의 지속을 위한 절충과 화합을 선택했던 작가 특유의 세계관이 숨어 있다.

억압적이고 관습화된 규범에 대한 저항감이 제도화된 신앙 형식을 벗어난 자기만의 신앙생활을 창출했던 것처럼, 위선적 섹슈얼리티에 대한 저항감과 솔직하고 자유로운 삶에 대한 지향성은 결혼의 신성함을 존중하면서도 규범 외부로 치닫는 욕망 또한 인정하는 논리의 모순을 허용했던 셈이다. 후에 보겠지만 이 같은 세계관은 특유의 유머 감각과 결합하여 성과 사랑을 소재로 한 독특한 유머의 세계를 창출하기도 했다.

그의 작품을 가로지르는 희극(코미디)의 감각 또한 작가의 본원적인 측

---

27) 조흔파, 「결혼 생활과 갈등」, 『조흔파 문학 선집: 에세이 편』 2(교음사, 1999), 70쪽.

28) 위의 책, 79쪽.

29) 이와 같은 작가의 의식은 다수의 에세이(「결혼 생활과 갈등」, 「결혼 무용론」, 「가정은 즐거워야 한다」, 「나의 유머 제가(齊家)」 등)에서 직접적으로 언급되며, 1960년대 명랑 소설의 지배적 윤리이기도 하다.

30) 조흔파, 「결혼 무용론」, 『조흔파 문학 선집 : 에세이 편』 3(교음사, 1999), 26쪽.

면에서 저항과 타협의 양가적 결합과 관련이 깊다. 코미디란 일탈과 위반을 전제로 하면서도 화해하고 포용하는 모순적인 장르이다. 코미디가 유발하는 웃음은 규칙의 위반에서 일어난다. 즉 코미디는 불균형하거나 일관적이지 못한 것, 부조화하거나 부정합한 것 등 정상성을 벗어난 것들을 전제로 한다. 그러나 이 위반과 일탈이 초래하는 불균형은 어디까지나 새로운 수준의 이해를 통해 균형을 회복하는 '작가-독자'의 감각 아래 있어야 한다. 코미디는 그것을 즐기는 발신자와 수용자가 즉각적으로 이해의 일치를 얻을 때 웃음을 발휘할 수 있기 때문이다. 코미디는 일상적 풍습을 일탈, 위반함으로써 웃음을 유발하지만, 이 일탈 혹은 위반은 '작가-독자'가 공유할 수 있는 일상적이고 통속적인 이해의 수준 위에서 이루어져야 한다. 아리스토텔리스가 "보통 이하의 악인의 모방"으로 코미디를 정의할 때 "보통 이하"라는 말의 의미 속에는 이 일탈의 가벼움이 함축되어 있다. 코미디의 일탈이 심각하여 정상성의 규준을 회복할 수 없는 지경까지 이르면 그것은 더 이상 웃음을 유발하는 코미디가 될 수 없다. 따라서 코미디는 일탈과 위반을 일삼지만, 한편으로는 끊임없이 상식 혹은 일상으로 복귀해야 하는 장르이다. 코미디의 일탈과 위반이 저항이나 전복의 계기를 그 안에 내포하면서도 적극적인 저항과 전복이 될 수 없는 것은 이 때문이다. 그래서 "코미디의 사회 실존적 의미는 그것이 일탈과 위반을 통한 저항과 전복 그리고 규칙과 규범을 통한 복종과 재생산의 '타협점'이라는 데"[31]서 찾아지기도 한다.

조흔파 역시 유머의 위상을 이 같은 위반과 포용의 모순 속에서 파악하고 있었다. 명랑 소설 작가로 널리 인식되어 온 만큼 작가는 유머와 명랑 소설에 대한 의견을 자주 표명했다. 이때 작가가 반복적으로 주장했던 것은 '유머는 우월감의 산물이며, 페이소스를 함께 지니고 있어야 한다.'라는 점이었다.

---

31) 박근서, 『코미디, 웃음과 행복의 텍스트』(커뮤니케이션북스, 2006), 171쪽.

웃음이란 원래 우월감의 산물이다. 어떤 모순에서 일어나는 현상이 자신과 비교해서 스스로 우월하다고 직감할 적에 소위 '유머'는 이루어지는 것이다. (중략) 우리 주변에 너무나 많은 남의 불행, 그리고 자신의 불행 때문에 우월감을 느껴 볼 겨를이 없고 따라서 웃음에서 불감증 환자가 되어 있는 형국이다.[32]

환멸감이 너무 강하게 작용할 때는 도리어 분노가 일어나지마는 환멸감에 우월감을 수반할 때 '유머'라는 감정이 생겨나 웃음을 도발하는 현상이 나타난다.[33]

눈물을 머금은 유머라야만 절실하고 복이 있는 것이라고도 할 수 있으리라 보는 편이 옳을 것이다. 유머가 반드시 유쾌한 경우에서만 생겨나지 않는다는 것은 울음과 웃음이 표리일체의 양면이라는 사실의 증명이라고도 하겠다. (중략) 유머에는 반드시 쌔드니스가 숨겨져 있고 또 그래야만 유머가 유머일 수 있는 것이다. (중략) 명랑, 그것은 필요하다. 페이소스, 이것도 필요하다. 그러나 명랑과 페이소스가 잘 조화된 것, 이것이 더욱더 필요한 것이다. 명랑 소설에 반드시 페이소스가 스며 있어야 하는 까닭이 실로 여기에 있는 것이다. 그러나 이 페이소스는 눈에 뜨이지 않는 것이라야만 한다.[34]

작가가 웃음을 가능하게 하는 본질적 요소로 강조했던 '우월감'이란 대상과의 거리 감각에서 발생한다. 희화화되는 대상과 하나가 되기보다는 그와 일정한 심리적 거리를 유지할 수 있는 여유 있는 태도야말로 웃음이 가능할 수 있는 기본 조건이라는 생각이다. 그런데 '거리 감각'은 대상에 대한 '성찰성' 또한 강화한다. 진정한 유머는 '페이소스'를 함께 동반하

---

32) 조흔파, 「유머 소설의 작금(昨今)」, 『조흔파 문학 선집: 에세이 편』 3(교음사, 1999), 198쪽.
33) 조흔파, 「유머와 한국인」, 위의 책, 79쪽.
34) 조흔파, 「명랑 뒤에 스민 페이소스」, 위의 책, 192~193쪽.

는 것이라고 번번이 강조했던 주장은 이 '성찰성'과 관련이 깊다. '거리를 둔 성찰'의 시선 위에서 작가나 독자가 희화화되는 대상의 관점을 공유하거나 대상을 희화화하는 세계의 문제적 성격에 비판 의식을 느끼게 될 때 우리는 쓸쓸한 연민, 즉 '페이소스'를 함께 느낄 수 있다. '우월감'이 대상과의 거리감에 기반을 둔다면, '페이소스'는 대상과의 교감에서 비롯되는 셈이다. 달리 말하면 조흔파는 대상의 위반을 감지하는 우월감이 작가와 독자 사이에서 공유될 때 웃음이 발생하지만, 웃음의 주체들이 다시 희생자가 되는 대상과 일정한 관점을 공유할 때 마련되는 페이소스가 동반된 웃음이야말로 진정한 유머의 본령이라 보았다고 할 수 있다.

요컨대 우월감으로 표상되는 '거리 두기'와 페이소스로 표상되는 '함께 하기'는 조흔파가 생각하는 유머, 즉 조흔파 식 명랑성의 본질이었다. 페이소스적 웃음은 웃음거리가 되는 대상과 웃는 주체의 연루 관계를 필연적으로 전제한다. 그는 허위와 위선의 부정적 대상들로부터 일정한 거리감을 가지면서도 그 자신 또한 그러한 부정적 대상으로부터 완전히 격리될 수 없는 연루된 자의 관점에서 선 인물이었다. 인간 사회의 성적 위선에 대한 저항, 형식적인 종교 의식에 대한 거부, 사랑과 포용을 강조하면서도 엄격한 규칙을 부과하는 미션 스쿨의 양면성에 대한 거리감 등 흔파 특유의 비판 의식은 이처럼 연루된 자의 저항감 속에서 웃음의 서사를 마련했다. 부정적 세계에 대한 저항의 몸짓은 그의 기발하고 재치 있는 상상력과 언어 능력을 통해 특유의 웃음 서사를 창출하였고, 그가 창출한 웃음의 서사는 부당한 것에 대한 거부와 일탈의 의지가 다시 거부했던 그것과 화해하고 결합하는 저항과 타협의 독특한 세계를 빚어낸 셈이다. 그런 점에서 조흔파의 문학 세계는 연루된 자의 즐거운 저항이자 쓸쓸한 투항의 양가적 제스처라고 할 수 있다.

3 전쟁과 유머의 이상한 접속

한국에 '성인 명랑 소설/유머 소설'(이하 명랑 소설)이 등장한 것은 식민지 중후반이지만, 이 양식이 활발하게 발표되고 유포되기 시작한 것은 전쟁기였다. 1950년대는 전쟁 기간 피난지 부산과 대구에서 발행된 대중지가 일반의 호응을 크게 얻으면서, 잡지가 신문을 압도하는 독특한 미디어 상황이 벌어진 시기였다.[35] 명랑 소설은 전선이 교착된 시기, 피난지 부산과 대구에서 발간된 대중지의 인기 있는 게재 양식이었다. 한 조사에 따르면 1951년 7월 창간된 《희망》의 경우 현전본 중 1953년 1월호부터 이듬해 4월호까지 매 호 조흔파의 명랑 소설이 실렸다고 한다.[36] 이 소설들은 1954년 1월 발간된 『청춘 유죄』(고려출판사)와 같은 해 4월에 발표된 『봄은 도처에』(인화출판사)에 여타의 명랑 소설들과 함께 묶여 곧바로 단행본으로 출간되었다. 잡지 게재와 단행본 출간의 짧은 시간차는 명랑 소설의 인기와 그에 부응한 출판사의 발 빠른 대응의 결과였다.

명랑 소설집의 발표도 주목할 만하다. 조흔파의 『청춘유죄』(1954), 『봄은 도처에』(1954), 『애정삼중주』(1955), 『천하태평기』(1957)를 비롯하여 최영수의 『코』(삼인사, 1950), 박흥민의 『청춘화첩』(대문사, 1957) 등 다수의 명랑 장편 및 단편집이 1950년대 초중반에 집중적으로 발간되었다.[37] 1955년에는 김내성, 김말봉, 유호, 조흔파, 최영수, 최요안, 현진건 등 지명도 높은 작가들의 작품들을 묶어 『명랑 소설 7인집』(창신문화사, 1955)이라는 선집이 발간되기도 했다. 현진건의 「B사감과 러브레터」를 명랑 소설의 하나로 묶어 낸 이 소설집은 명랑 소설이라는 타이틀을 명확히 양식화하고 대중의 기호에 부응하려 했던 당대 출판계의 동향을 확인해 준다.[38]

---

35) 이봉범, 「1950년대 잡지 저널리즘과 문학: 대중 잡지를 중심으로」, 《상허학보》 30집(상허학회, 2010), 400쪽.

36) 이은선, 앞의 글, 301~302쪽.

37) 여기에서 다루는 명랑 소설은 성인 명랑 소설만을 의미하며, 유머 소설이라는 타이틀로 발표된 작품들을 포함한다. 현전하는 성인 명랑 소설 단행본이 20여 편 내외에 그침을 고려할 때, 1950년대 초중반의 발간 상황은 매우 독보적이라 할 수 있다.

압도적인 단행본 숫자에서도 알 수 있듯, 조흔파는 명랑 소설 작가 중에도 단연 인기 있는 작가였다. 『얄개전』의 원고료 일화에서 보듯, 그는 전쟁기에 이미 성인 명랑 소설로 명성을 얻은 작가였으며, 전후 국가 건설기에는 대중오락지의 가장 인기 있는 문인이었다. 그렇다면 참혹한 전쟁의 현실 속에서 대중들은 왜 조흔파의 명랑 소설을 읽었던 것일까? 그 이유는 이 작가의 현실 접근법과 세계관에서 찾을 수 있다.

조흔파의 명랑 소설은 이데올로기나 사회 체제의 문제를 거의 다루지 않는다. 『청춘유죄』와 『봄은 도처에』에 실린 단편들은 전쟁 상황에서 발표된 작품들이지만, 이념, 체제, 전선의 진행과 같은 심각한 문제들은 거의 흔적을 발견하기 어렵다. 그 대신 연애, 결혼, 취직, 상사나 동료와의 경쟁과 같은 일상의 문제에 천착한다. 권태기 부부의 학창 시절 연애 일화(「유담뽀 사랑」, 「불어라 봄바람」, 「가정 기상도」, 「질투 전선」)나 결혼 적령기 남녀의 설렘(「신부 견습생」, 「박 초시와 최 주부」, 「연애 무용전」, 「동상이몽」, 「궁합 이변」), 신혼부부의 사랑 싸움(「연애 복습」, 「화신야화」, 「청춘유죄」) 등은 전쟁기 조흔파 명랑 소설의 단골 소재들이다. 사랑과 결혼, 부부 관계 등 평범한 개인의 사적이고 일상적인 삶의 영역에서 작가는 사소한 갈등과 분쟁의 해프닝을 유쾌하게 그려 낸다. 거구의 여성 체육 교사와 또 다른 거구 음악 교사의 말다툼 속에 피어나는 로맨스(「여사」), 은사의 딸을 사모하는 두 청년의 경쟁담(「연애 무용전」), 환경미화직 아버지를 교장과 사장으로 속이고 만난 남녀의 상견례와 결혼 이야기(「질투 전선」) 등, 갈등은 대체로 친밀성(intimacy)의 영역에서 발생하는 사소한 분쟁에서 일어나고, 행복한 결혼이나 연애 감정의 소통을 통해 파탄 없는 화해에 이른다.

이 세계에서는 선악의 대립이 거의 발견되지 않는다. 아버지의 직업을 속이고 만난 남녀도 서로의 거대한 체구를 비웃고 조롱하는 교사들도 미모의 여성을 쟁취하기 위해 다투는 청년들도 모두 각자의 욕망을 솔직하

---

38) 식민지 전 기간에 걸쳐 잡지에 수록된 명랑 소설이 현재까지의 조사에 따르면 47편 내외에 그치는 점과 비교할 때, 전쟁기의 발표 상황은 가히 놀랄 만하다.

게 추구하고 있을 뿐, 어느 누가 다른 인물보다 윤리적으로 우월하거나 열등하지 않다. 인물들은 각자의 욕망을 달성하기 위해 할 수 있는 최선을 다하고, 서로 다른 욕망의 부딪힘은 우스꽝스러운 해프닝으로 묘사된다.

양복을 빌려 입고 교장과 사장으로 가장한 아버지들의 상견례, 누가 더 뚱뚱한가를 겨루는 교사들의 막상막하 입담, 좋아하는 여성 앞에서 겁 많은 성격이 들통날까 봐 전전긍긍하는 청년의 고민 등 이야기의 초점은 욕망에 위배되는 현실을 가리려는 인물들의 엉뚱한 행각에 맞추어지고, 이 같은 행각들의 좌충우돌 속에서 웃음을 빚어낸다.

연애, 결혼과 같은 일상적 가정사의 일화들을 유쾌하게 다루는 이 같은 이야기가 대중의 호응을 얻은 것은 그것이 전쟁을 겪는 사람들에게 가장 핍진한 갈증의 대상이었기 때문이다. 전쟁이란 이데올로기와 체제 등 거대한 이념의 문제를 개인적 삶의 영역으로 끌어들이는 사건이다. 전쟁은 집단과 집단의 거시적 갈등을 피부에 닿는 현실로 이입하는 대신, 사랑하고 노동하고 가족을 일구는 평범한 일상을 생활로부터 빼앗아 간다. 따라서 사소하고 보잘것없다 하더라도 평범한 일상이야말로 전쟁의 참화를 겪어야 하는 사람들에게 가장 목마른 대상이라 할 수 있다. 가족과 일상이란 안전하고 평화로운 삶의 표상이다. 평범한 가정과 일상의 생활은 전쟁이라는 거대한 사건과 혼란을 넘어 개인의 내적 욕망과 주체적인 판단이 기능할 수 있는 공간이며, 고통 속에서도 자아를 회복하고 자신의 정체성을 확인할 수 있는 장소인 것이다.

일상에서 발생하는 소소한 갈등과 분쟁에 초점을 맞추고 그것을 유쾌한 웃음의 서사로 재현해 낸 조흔파 명랑 소설은 전쟁기 대중들의 갈등을 채워 주는 장으로 기능했다. 일상과 웃음은 외적으로 강제된 이념의 압박으로부터 자유로운 공간이었으며, 전쟁이라는 비상사태를 뛰어넘어 대중이 자신의 본원적 생각과 가치들을 명료하게 재인식하고 스스로의 정체성을 확인할 수 있는 자기 확인의 장이었다.

평범한 일상에서 웃음이 발생하기 위해서는 정상적 규준을 위배하는 비정상적인 것들의 틈입이 필요하다. 조흔파는 이 같은 규준 위반의 요소로 언어유희나 과잉된 캐릭터를 창조하는 데 탁월했다.

> 시말서: 간밤에 공무로 술을 과음한 것은 본인의 고의적인 과실이 아니라 하겠으나 만취가 되어 옆집을 내 집으로 잘못 알고 미망인이 혼자 사는 침실 문을 열어서 소동을 일으킨 것은 백사두석의 과오라 자인하는 바임. 향후 이 같은 추태를 반복할 경우에는 한번 죽음으로써 속죄할 각오이니 이번만은 관대한 처분만을 바라는 바임.[39]

인용문은 『청춘유죄』의 첫 번째 수록작 「공처병 환자」에서 술고래 남편이 과음의 실수를 반성하며 아내에게 제출한 시말서의 내역이다. 아내에게 무릎을 꿇고 반성문을 제출하는 남편의 모습에서 발생하는 남녀의 '위계 전도', 사적인 문제를 공적 상황의 형식으로 풀어 나가는 '상황의 전치', 아내에게 전하는 남편의 말을 공적 언술로 전달하는 '언어유희'가 복합적으로 작동하며 웃음을 자아낸다. 조흔파 특유의 유머 감각이 돋보이는 부분이다. "기호: 식사, 취미: 수면, 특기: 호령, 연구 부문: 웃음철학"[40]이라는 프로필을 지닌 뚱뚱보 여교사(「여사」), 성가대 여학생을 짝사랑하여 그리스도를 그 여학생의 이름으로 바꿔 부르는 만년 꼴찌 고등학생(「유담뽀 사랑」), 회사에서는 호걸이나 집에서는 아내에게 무릎을 꿇고 사는 술고래 전무(「공처병 환자」), 대머리라 뚱딴지, 엉뚱해서 또 뚱딴지라 불리면서 축사라면 사족을 못 쓰고 달려드는 여학교 교장(「축사가 폐업」) 등 과장된 캐릭터들은 소소한 일상의 즐거움을 상기시킴으로써 전쟁의 비참함을 이겨낼 수 있는 활력의 요소로 기능했다. 이들의 터무니없는 실수나 해프닝에서 발생하는 웃음을 통해 독자는 현실의 긴장을 해소하고 전쟁의 공포와 압박으로부터 일시적인 도피와 이탈의 시간을 즐길 수 있었다.

---

39) 조흔파, 「공처병 환자」, 『청춘유죄』(고려출판사, 1953), 18쪽.
40) 조흔파, 「여사」, 위의 책, 119쪽.

그렇다고 해서 조흔파의 명랑 소설이 전쟁의 현실을 완전히 도외시하기만 했던 것은 아니다. 『청춘유죄』와 『봄은 도처에』에 실린 단편들에는 전쟁 상황을 반영하는 모티프들이 곳곳에 숨어 있다. "폭격에 집이 깨져서 환도는 했다고 하여도 하는 수 없이 남의 집 셋방살이를 하지 않으면 아니 되게 된"[41] 기독교 목사(「설교 무용」), 공습으로 아내와 자식 남매를 잃고 아홉 살 된 막내와 살아가는 안 팔리는 작가(「냉면」), 전쟁 중 악기를 반출하지 못하고 폭격을 정통으로 맞아 거지 신세가 된 악기점 주인(「불어라 봄바람」), 피난 학교에서 체육을 가르치는 여교사(「여사」), 통화 특별 조치령으로 모아 둔 비상금을 날리게 생긴 은행원의 아내(「이실직고」), 피난 때문에 직장을 잃고 길거리에서 관상을 보고 있는 전직 교사(「궁합이변」), 피난지에서 실직하고 아내 보기가 민망하여 3개월째 가짜 출근을 나가는 새신랑(「신가정 SOS」), 고지 탈환 작전에 공을 세우고 특별 휴가의 상가를 받고 나온 남편(「화신야화」), 전시 체제하에 복무 중인 군인들(「구애 쌍주곡」, 「기연괴연」), 군대로부터 소집령을 받은 청년의 가족(「박 초시와 최 주부」) 등이 이 시기 발표된 조흔파 소설의 인물들이다. 폭격, 피난, 징집, 공습 등 인물들의 생활 곳곳에 전쟁의 흔적들이 숨어 있다.

그러나 이 같은 전쟁 모티프들은 스토리 안에서 공적 현실과의 고통스러운 대결로 전개되기보다는 사적이며 개인적인 엉뚱한 상황으로 전치되어 진행된다. 통화 조치령으로 인한 물가 폭등의 문제는 남편에게 비상금을 고백하느냐 마느냐의 갈등으로 전치되고(「이실직고」), 피난지에서의 실업은 들키지 않고 아내 속이기의 문제로 치환되며(「신가정 SOS」), 전쟁터에서 온 소집 영장은 이웃집 앙숙들을 화해시키는 스토리로 변화한다.(「박초시와 최주부」) 폭격으로 인한 셋방살이는 셋방 주인집 부부와의 대결 문제로 전이되고(「설교 무용」), 피난 학교에서의 교직 근무는 동료 교사와의 연애 상황으로 진전되며(「여사」), 전쟁으로 악기점 사업을 패망한 현실은 기

---

41) 조흔파, 「설교무용」, 『봄은 도처에』(인화출판사, 1954b), 97쪽.

악을 전공했어야 했느냐 성악을 전공했어야 했느냐의 문제로 뒤바뀌어 버린다.(「불어라 봄바람」) 심지어는 전쟁 중 군대에서의 일화를 다룬 소설들에서도 군장병들의 크리스마스 파티나 재미난 벌칙 해프닝, 혹은 위문편지를 보내거나 위문 공연을 온 여성과의 연애 문제가 중점적으로 다루어진다.(「구애쌍주곡」, 「기연괴연」)

이처럼 조흔파의 명랑 소설은 전쟁 현실로부터 국가, 민족, 사회라는 집단적 구호를 소거한 채, 개인 대 개인의 세계, 개인들이 만들어 내는 사적 공동체의 문제로 현실을 전유했다. 전쟁, 분단 등과 같이 개인이 좌우하기 어려운 당면 문제들을 그로부터 발생하는 사적이고 소소한 문제들로 전치함으로써 개인이 스스로 판단하고 선택하며 조율할 수 있는 사건으로 바꾸어 버리는 것이다. 이를 통해 명랑 소설은 일반 대중들이 전쟁이라는 거대한 사건의 격동 속에서도 자신의 현재와 생활을 판단하고 조율할 수 있는 주체의 자리에 있음을 확인할 수 있는 공간을 마련했다. 그런 점에서 공적인 현실의 사적인 전유는 단순한 현실 도피나 서사의 태만함만을 의미한다고 보기 어렵다. 그것은 전쟁 속에서도 나날을 살아가야 하는 개인들이 당면했던 삶의 문제이기도 했으며, 전쟁으로 인한 무력감과 우울을 이기기 위한 탈출 욕망을 충족하고 심리적 안정감을 얻기 위한 전략이기도 했다.

일상을 복원하고 주체의 자리를 확인하려는 욕망 속에서 작품은 때때로 농도 짙은 페이소스를 드러내기도 했다. 상황의 전치를 통한 관점의 전도가 전쟁 현실과 일정한 '거리 두기'를 통해 주체성과 평정심을 유지하려 했던 작가 의도의 결과였다면, 작품 곳곳에서 간간이 드러나는 페이소스는 그와 같은 거리 두기의 전략을 깨뜨리는 '함께하기'의 감성 작용을 작동시켰다.

공습으로 가족을 잃고 넋두리밖에 쓸 수 없게 된 인기 없는 작가가 생활을 위해 구걸해 낸 원고료를 다시 야바위에 잃어버리고 아들과 냉면을 먹다 너털웃음을 웃는 사연이나(「냉면」), 물건을 훔치기 위해 구멍 난 벽

사이로 손을 뻗힌 도둑에게 팔을 자른다고 위협하다가 현금을 쥐어 주는 가장의 재치담(「절도 폐업」) 등은 전쟁으로 얻은 상처와 고통의 문제를 직설적으로 묘사한 사례들이다. 이와 같은 소설들이 자아내는 웃음은 고통의 현실을 그대로 대면하는 문자 그대로 눈물 어린 웃음이다. 피난지에서 가옥 내에 양재 학원을 차린 아내의 사업을 돕다가 아들을 제대로 돌보지 못한 탓에 아내로부터 파면당하는 양화가의 이야기(「가정 기상도」), 실직 상황을 아내에게 알릴 수 없어, 용두산에서 도시락을 까먹고 국제시장을 산책하고 영도 다리를 헤매면서 3개월을 지낸 새신랑의 비밀 유지 작전[42](「신가정 SOS」) 등에서는 아내로부터의 파면, 비밀을 지키려는 전략과 같은 코믹한 코드 배후에 본분을 다할 수 없게 된 가장들의 황량하고 씁쓸한 심경이 역력히 배어 있다.

작가 스스로 유머는 페이소스를 반드시 동반해야 한다고 주장했던 것처럼, 전쟁기 조흔파의 명랑 소설은 유쾌한 웃음 속에서도 이처럼 잔잔한 아픔을 노출하곤 했다. 페이소스는 엄준한 현실로부터의 거리 두기를 통한 웃음의 '극복 의지'가 그와 같은 현실의 고통을 함께 나누는 사람들과 '교감'하면서 발생하는 아픔의 결과물이었다. 여기에서 작가와 독자가 교환하는 웃음은 희생자, 곧 인물의 결함을 비웃는 웃음이 아니다. 인물이 빚어내는 해프닝으로부터의 거리감은 작가와 독자 간에 코미디 특유의 연대감을 빚어내지만, 이 연대감은 다시 인물이 겪는 아픈 상황에의 공감과 접속함으로써 그 자신이 그러한 상황과 결코 분리될 수 없는 '작가-독자'의 페이소스를 빚어내는 것이다. 따라서 이 같은 서사의 웃음은 주인공의 결함을 비웃고 조롱하는 풍자적 웃음보다는 폭력과 상처의 연쇄를 잘라내는 관용과 화해의 정서를 촉발하는 웃음이다. 웃음의 포용력을 통해 현

---

42) 이 작전은 친구의 원고료를 받아서 월급을 탄 체했다가 친구가 주인공의 아내 앞에서 그 돈을 도로 빌려 가는 형식으로 진행된다. 작품 안에서 이 작전은 표면적으로 성공한 듯하다가 친구가 하필이면 장인이 조사하러 온 처제의 약혼자임이 들통나면서 실패하지만, 모든 것을 미리 알고 있었던 아내의 포용으로 해결된다.

실의 아픔을 극복하고 정상적인 삶의 원리를 회복하고자 하는 소망이야
말로 전쟁기 조흔파 식 유머의 세계관인 것이다.

요컨대 전쟁기 조흔파의 명랑 소설은 개인의 힘으로 어쩔 수 없는 전쟁
의 엄준한 사태와 맞대면하기보다는 전쟁 현실을 스스로 조율할 수 있는
사적 공간의 소소한 문제로 전치하고 웃음의 포용력을 통해 아픔을 극복
함으로써 일상의 정상성을 복원하는 상상적 치유의 장이었다. 전쟁의 상
처 속에서도 명랑 소설을 즐겨 읽었던 대중의 기호 속에는 이처럼 일상의
복원을 통해 흐트러진 감정을 조절하고 질서와 규범을 회복하며 합리적인
가치를 새롭게 구성하고자 했던 소망이 숨어 있다. 그런 점에서 전쟁기 조
흔파 명랑 소설의 웃음은 일상의 삶을 유쾌하게 복원함으로써 현실의 상
처를 상상적으로 치유하고자 했던 자기 확인의 웃음이자 삶의 회복을 위
한 소망의 웃음이었다고 할 것이다.

4 근대적 삶의 판타지와 불안을 내포한 웃음의 세계

전후 조흔파의 명랑 소설은 전성기를 맞는다. 1954년 「얄개전」의 대대적
인 성공 외에도, 1959년 대중지 《아리랑》에 연재한 명랑 소설 「구혼 결사
대」가 같은 해 곧바로 동명의 영화로 제작되고, 1957~1958년 대중오락지
《명랑》에 실렸던 「골목 안 사람들」이 1961년 「서울의 지붕밑」으로 영화화
되는 등 장편 소설들이 발표와 동시에 영화로 제작되는 호응을 얻는다.[43]
1960년에 이미 10권의 『조흔파 걸작 선집』이 기획될 정도로[44] 1950년대 그

---

43) 그 밖에 1957~1958년 경향신문에 연재한 역사 소설 『주유천하』가 다음 해 영화 「양녕
대군」(1959)으로 제작되기도 했고, 명랑 소설은 라디오 방송 대본과 서로 교환되는 등
활발한 매체 전환이 이루어졌다.

44) 1960년 예문관에서 발행한 『탈선 사장』은 총 10권으로 기획된 『조흔파 걸작 선집』의 1
권으로 출간되었는데, 이 선집의 다른 판본은 현전하지 않아 그 전모를 파악하기 어렵
다. 『탈선 사장』은 대중오락지 《명랑》에 1956년 연재된 명랑 소설을 단행본으로 묶어 발
간되었다.

의 창작 활동은 왕성했다.

이 시기 조혼파 명랑 소설은 대부분 도시를 살아가는 청춘 남녀의 짝짓기 사연을 중심으로 진행된다. 장편 『천하태평기』, 『애정 삼중주』가 그러하며, 연재소설 「탈선 사장」(《명랑》, 1956), 「구혼 결사대」(《아리랑》, 1959), 「연애 개인 교수」(《명랑》, 1959)가 그러하다. 대중오락지에 실렸던 단편들 또한 연애와 결혼, 혹은 남편의 바람기나 부부애 등을 중심으로[45] 이야기를 전개하는 데에서는 대체로 동일하다.

연애나 부부애 같은 로맨스 모티프는 당시 일부 지식인 사회의 전유물로부터 대중 사회로 광범위하게 일반화되기 시작했던 연애(연애결혼) 문화에 대한 신선한 기대감에 힘입어, 생활의 활력을 구가하는 화소로 작용했다. 주인공은 대부분 교사, 의사, 신입 사원 등의 근대 직업에 종사하는 인물들이다. 이들은 사장, 교장, 변호사 등 대체로 힘 있고 안정된 직업을 지닌 친인척과 더불어 도시의 문화 주택에서 생활한다. 식모, 안잠자기, 운전기사 등 고용인까지 두고 사는 여유 있는 인물들도 적지 않다. 주인공들이 일하는 곳은 학교(『천하태평기』), 백화점(「탈선 사장」), 음반 회사(「구혼 결사대」), 화장품 회사(『애정 삼중주』) 등 근대적 교육 기관이거나 산업 시설이고, 이야기의 무대는 다방, 극장, 댄스홀, 양식당 등 도시 문화 공간들이다.

새로운 문물이 펼쳐지는 도시 공간 위에서 남녀가 만들어 내는 갖가지 인연과 설렘의 사연들이 스토리를 일구어 가는 중심축을 형성한다. 이때 사랑과 연애 모티프는 근대 사회 건설의 기본 단위가 되는 합리적 가족 구성의 기초로서 신문물을 내면화하고 합리적 관계를 시험하는 단초가 된다. 특히 명랑 소설 특유의 쾌활함은 연애의 활력이 생활의 활력으로 직결되는 유쾌한 긍정의 상승작용을 일으킨다. 《명랑》에 연재되었던 「탈선 사장」은 연애의 긴장이 어떻게 긍정적 힘을 발휘하는지를 잘 보여 주

---

45) '연애 판타지'와 '가족 로망스'에 집중하는 것은 1950년대 《아리랑》에 실린 명랑 소설의 일반적 특징이기도 했다. 1950년대 《아리랑》의 명랑 소설에 대해서는 김현주, 이선미의 앞의 글 참조.

는 예이다.

　신흥 백화점 사장인 박영호는 "중매귀"라 불릴 정도로 만나는 사람마다 짝지어 주기에 열심인 인물이다. 전직 교사 출신으로 수많은 제자를 거느린 박 사장은 교제 기간 6개월, 연애 3개월, 약혼 3개월이라는 633원칙을 구호 삼아, 미혼 제자들을 모두 수첩에 기록하고 거의 강제적으로 중매에 나선다. 박 사장의 중매를 피하려는 제자들의 연인 찾기가 서사의 동력을 이루고, 그 과정에서 일어나는 다양한 인연의 충돌과 행복한 만남이 서사에 재미를 더한다. 그런데 강제적이기까지 한 박 사장의 엉뚱한 연애 방침은 개인적인 행복과 사업의 번창을 동시에 야기하는 뜻하지 않은 비결이 된다. 노후파를 정리하고 미모의 청춘 남녀만을 사원으로 입사시킨 박 사장의 영업 방침은 청춘들 간의 심리적 긴장 관계를 자극하여, 활력 넘치고 단결력 강한 근무 여건을 조성한다. 또한 미남 미녀 사원들의 경쾌한 매장 분위기에 고객들이 몰려들고, 이를 이용한 점원 사인 행사 등의 이벤트로 신흥 백화점은 전후의 경영난을 뚫고 매출을 혁신한다. 뿐만 아니라 사장의 강제 중매를 피하기 위해 대리 애인을 찾아 나선 제자들의 적극적인 행동은 제자들과 박 사장 자신의 인연을 만들어, 여러 쌍의 합동결혼식을 이끌어 내는 행복한 결말을 조성한다. 연애와 청춘의 힘은 전후의 우울한 사회 분위기와 경제난을 잊고 삶의 지속과 생활의 기쁨으로 관심을 이동하는 사적인 활력이 될 뿐만 아니라, 산업을 개선하고 경제를 진작하는 공적인 힘까지 발휘하는 것이다.[46]

　그러나 명랑 소설은 오해, 우연, 엉뚱한 해프닝과 좌충우돌하는 사건 등 코미디 특유의 과장과 비논리를 용인하며 전개되기 때문에, 서사의 중심에서 진행되는 연애사에는 필연성이 그리 긴밀하게 작동하지 않는다. 때문에 조혼파 소설의 재미는 중심 서사보다 그에 곁들이는 방계적 일화와 사건, 대화에서 발생하는 파편적인 즐거움에 더 많이 의존하는 편이

---

46) 『탈선 사장』에서 연애가 지닌 긍정적 힘에 대해서는 김지영, 앞의 글, 228~229쪽에서 먼저 논의된 바 있다.

다. 이 방계적 자유 화소가 발산하는 유쾌함의 큰 몫을 담당하는 것이 세속적이고 속물적인 욕망의 솔직한 노출이다. 조흔파 명랑 소설의 인물들은 반성적 자의식과 내면성을 지닌 현대 소설의 성찰적 인물형과는 사뭇 거리가 멀다. 곧 죽어도 미인 앞에서는 폼을 잡고 경쟁자들을 따돌리려는 청년들(「구혼 결사대」, 『애정 삼중주』, 「탈선 사장」), 어떻게 해서든 비상금을 마련하여 술을 마시고 바람을 피워 보려 애쓰는 남편들(「남편 만세」, 「슬픔이여 안녕」, 「청춘 예비역」), 거짓말이 뻔한 허풍과 허세로 위엄을 과장하고 남이야 뭐라든 내 원칙을 밀어 붙이는 장년들(「재봉춘」, 「탈선 사장」, 『천하태평기』, 「호걸 사장」) 등 타자에 대한 배려나 윤리적 정결성과는 거리가 먼 인물들이 조흔파 소설의 주인공들이다. 「골목 안 사람들」의 주인공 김장의처럼 남의 결혼식에 쫓아다니며 공짜 밥을 얻어먹고, 술값 안 내려고 술 마시다 도망가고, 사업이 잘 되는 친구를 만나면 배가 아파 못 견디고, 경쟁하는 의사가 당선되는 게 아니꼬워 국회 의원에 입후보하는 성격이야말로 조흔파 식 속물성을 대표하는 캐릭터라 할 수 있다.

작가는 이처럼 속물적인 인물들을 비꼬고 조롱하기보다는 그들이 자신의 욕망을 가감 없이 언표하고 쏟아 내는 공간으로 명랑 소설의 정체성을 마련한다.

결국 국회 의원에 뽑아 달라는 수작인데 아까 낮에 빠고다 공원에서 본 그 약장수 마술사나 다를 것이 없다. 영화로 사람을 모아 놓고 제 자랑을 늘어놓는 것이 아닌가. (중략)

"우리 영감들은 돈이 생기면 저희들이나 처먹을 줄이나 알았지 고기 한 칼 사 먹어 보라구 시원히 돈 한번 줘 본 일이 있느냐 말야. 그리구 본다면 최 박사는 고맙지 뭐요. 이렇게 한잔 먹으라구 돈까지 주니 말이지." 혀 꼬부라진 목소리로 보아 어지간히들 취한 모양이었다. (중략)

"좋지. 얼씨구 좋다. 오늘이 독립하던 날이라던데 우리두 독립을 하자. 자유 아니면 죽음을 달라……"

이것은 박 주사 아낙 오무라이 할망구의 발언이다.[47]

인용문은 국회 의원 선거에 출마한 후보의 삼일절 유세를 파고다 공원 약장수의 약 팔기 전략에 비견하고 비웃으면서도 후보가 쥐어 주는 돈봉투에는 매혹되는 골목 안 영감들이 그 또한 돈 봉투 덕분에 술을 마시고 얼큰하게 취한 아내들과 마주친 장면이다. 대의명분보다 손에 들어 온 공돈이 귀중하고, 삼일절의 의미를 독립의 날로 전도하며, 밑도 끝도 없이 청년들의 정치 구호를 흉내 내는 아낙네들의 모습은 이념이나 명분과는 무관한 생활인들의 민낯을 고스란히 드러낸다. 이와 같은 장면에서 웃음은 바닥이 훤히 드러나는 속물적 욕망과 아무런 자의식 없이 무지를 고스란히 드러내는 뻔뻔함에서 발생한다. 세속적 욕망의 가감 없는 노출과 뻔뻔한 발언들이 대상과의 거리감을 자아내고 웃음을 유발하는 것이다. 그러면서도 이 같은 욕망은 외적인 윤리나 도덕의 잣대에 구애되지 않는 솔직한 형상으로 구현됨으로써 조흔파 소설의 인물들에게 개성과 생기를 부여하는 원동력이 되기도 한다.[48]

세속적 욕망을 가감 없이 노출하는 성격 형성의 배후에는 기성세대의 허위와 위선에 대한 저항과 거부 의지가 숨어 있다. 조흔파 소설은 쉽게 선악의 잣대를 휘두르지 않는 편이지만, 관습화된 윤리나 규범에 대한 거부 의식은 비교적 또렷하다.

(가) "에, 오늘의 신랑 홍두식 군은 본인이 책임자로 있는 ××대학 영문학부를 우수한 성적으로 마친 수재……"

---

47) 조흔파, 「골목 안 사람들」 8회, 《명랑》(1958. 3), 193쪽.

48) 속물성이 인물의 성격에 생동감을 부여하고 희극적 재미를 더한다는 점은 1950년대 코미디 영화에서도 동일하게 드러나는 특징이며, 이는 1950년대 코미디 영화를 분석한 선행 연구에서 논구되었다. 오영숙, 「왜 코미디인가: 1950년대 코미디 영화에 대한 소묘」, 대중서사장르연구회, 『대중 서사 장르의 모든 것』 4(이론과실천, 2013), 325~359쪽.

하였을 때, 갑자기 신랑이 팔을 가로저으며,

"아닙니다. 나는 세 번씩이나 낙제를 했읍니다." 하고 소리를 버럭 질러서 그 축사 내용의 허위성을 지적하는 동시, 정정을 요구하는 매서운 눈초리를 하고 학장을 쏘아보았다.

기겁을 한 오 학장은 눈알을 굴리어 좌석을 휙 둘러보고 나서,

"……는 아닙니다. 헤헤, 에, 하여튼 홍 군과 나는 사제 간으로 퍽으나 오랫동안을 알아 온 터이므로, (중략) 에, 나는 딸을 가진 어버이로서 수많은 제자 중에 어느 학생이 사위감으로 적당할까에 ○○○○을 소홀히 하지 않아 왔읍니다. 마침내 나는 홍 군 같은 신랑을 딸에게 맞아 주었으면 하는 소원이 간절해졌던 것입니다."

얘기가 거기까지 미쳤을 때, 두식이는 또 한번 시비조로

"그것은 거짓말입니다. 귀여운 딸을 곰에게 주었다가는 밤낮 코피 마를 때가 없겠다고 당찮은 소리는 집어치우라고 해 오셨읍니다."

하고 악을 썼다. 오학장은 거의 울상이 되어 가지고,

"에……. 그 본인의 딸이라는 것이 아직도 결혼 적령기에는 미달입니다. 나이가 약간 모자랍니다. 에…… 금년에 여섯 살 먹었읍니다."[49]

(나) "여러분 중에 제 이름을 아시는 분이 한 분이라도 계십니까? (중략) 그것만 보더라도 제가 얼마나 유명짜하지 못한 음악가라는 걸 아실 겁니다. 피아노만으로는 도저히 밥을 먹을 수가 없어서 이번에 부업 삼아 본교 음악 교사로 취직했읍니다. 저는 교사라는 직업을 썩 좋아하지 않습니다. 그렇지만 하는 수 있어요? 허허허."[50]

(가)는 『천하태평기』의 주인공 두식이 자신의 결혼식을 주례하는 오 학장의 주례사 도중에 사실과 다른 대목을 정정하는 순간이고, (나)는 「여

---

49) 조흔파, 『천하태평기』(정음사, 1957), 10~11쪽.
50) 조흔파, 「여사」, 앞의 책(1954a), 122쪽.

사」의 음악 교사 상덕근 씨가 피난 학교에 부임하는 날 전교생 앞에서 자신을 소개하는 첫인사의 장면이다. 만년 낙제생인 자신을 두고 수재에 최고의 사윗감 상투적인 운운하는 오 학장의 상투적인 주례사에 두식은 예식 중의 신랑이라는 입장에도 불구하고 거침없이 반론을 제기한다. 오 학장은 두식이 간신히 학교를 졸업하고 교사로 부임해 갈 때도, 표 안 나고 심각해 보이지 않는 꾀병으로 치질을 추천하면서, 어려운 직무를 회피하고 요령 있게 사는 법을 가르쳐 준 은사이기도 하다. 오 학장의 주례사에 간단없는 반론을 제기하는 홍두식의 모습은 근엄한 겉모습 뒤에 무사안일의 세속적 욕망을 숨긴 교사들의 허위와 위선을 꼬집고 희화화했던 『얄개전』의 나두수와 그대로 닮아 있다.

새로 부임하는 학교의 학생들 앞에서 스스로를 인기 없는 음악가이며 밥을 먹기 위해 교사가 된 사람으로 소개하는 「여사」의 주인공 상덕근의 발언 또한 같은 맥락에 놓인다. 신임 교사의 부임 인사라고 하면 국가, 민족, 청년, 사명 등 생활의 실제와 거리가 먼 근엄한 어휘들을 남발하는 관습적 수사에 상덕근은 정면 도전한다. 관습과 통념을 전복하는 인물들의 발언은, 인습적인 고정 관념에 저항하고 있는 그대로의 인간을 노출하고자 했던 작가 의지의 일단이다. 상황의 규범을 위반하고 관습과 통념을 뒤집어엎는 재치 있는 전복을 통해 웃음을 마련하는 조흔파 식 코미디는, 이처럼 솔직한 생활의 실제에 천착함으로써 기성세대의 고정된 관념과 무사안일주의에 저항했다.

숨김없이 욕망을 노출하는 조흔파의 명랑 세계에서 인물들은 종종 의견 대립과 갈등 속에 놓이지만, 대립하는 이들의 대화 속에는 위계가 없다. 인물들은 남녀노소를 가리지 않고 누구나 당당하게 자신의 목소리를 드러낸다. 대립하는 의견들은 팽팽하게 맞서며, 누가 옳고 그르다는 고정된 우열 관계 없이 동등하고 당당하게 개진된다.

(다) "주무시지 않는 건 자유시겠지만, 남의 안면(安眠)을 방해하는 건 경

찰범 처벌 규칙에 제17항 위반이야요. 구류나 과료 처분에 해당하는 범죄 행위에요."(중략)

"그러나 문화나 학문 연구의 자유는 헌법이 보장한 것입니다."

두식은 기본법의 권위로 압도하려 들었다.

"고것만 아세요? 헌법 15조에 남녀동등과 가족의 건강은 국가의 특별 보호를 받게 되어 있어요." 전문가의 후예(後裔)와 법률로 따지는 것은 불리할 것을 안 두식은

"다언(多言)은 칠거지악(七去之惡)의 하나로 되어 있어요."[51]

(라) "화장의 본질이란 것은 본바탕 대로 보이지 않고 다르게 보이도록 하는 사기술이야. 사기술을 교사하고 방조하는 것은 범죄 행위란 말이야. 뻥끼칠이지."

"화장을 사기술이란 것은 일천오백만 우리 여성을 모욕하는 이론이에요."

"화장품 회사를 두둔하는 것은 범죄 행위를 지시하는 거야. 요사이 거리에서 못 보우? 그 더덕더덕 칠하구 다니는 여자들 말이요. 코끝에다가 '뻥끼 주의'라는 꼬리표를 하나씩 달고 다니면 알맞겠더군. 하하……."

"아이 분해. 남자들은 어떻구요. 병역 기피하느라고 나이를 올리고는 일부러 점잖게 보이느라구 병아리 오줌 같은 애숭이 젊은 애들이 솜털 같은 수염을 기르구 다니는 꼴 말예요. 그야말로 사기술이구 범죄 행위가 아니겠어요? 한글 간소화안보다두 사십 세 미만 축염 금지령이나 냈으면 해요. 병역 기피범의 미연 방지두 되구요. 호호……."[52]

밤늦게 불을 켜고 책을 보는 교사와 수면을 요구하는 그의 아내((다)), 여성의 화장을 사기술로 치부하는 변호사와 그에 맞서 남성들의 수염을

---

51) 조흔파, 『천하태평기』, 26~27쪽.
52) 조흔파, 『애정 삼중주』(신태양사, 1955), 13쪽.

비꼬는 전직 여교사((라)), 그 어느 누구도 상대에게 주눅 들지 않으며, 자신의 주장을 개진하는 데 양보가 없다. 인물들은 서로가 서로의 타자가 되고, 또 타자가 될 수 있는 권리를 당당하게 행사한다. 다양한 인물들의 대립과 논쟁을 개진하는 가운데서도 작가는 특정한 사고나 관점을 절대화하지 않는다. 특정 의견과 생각의 일개 국면을 편협하게 지지하지 않는 유연한 태도 속에는 작가의 개방적인 가치 지향성이 숨어 있다.

이 가치 지향성은 이제 막 시작된 민주주의 사회에 대한 기대감과 긴밀히 연관된다.[53] 1950년대 전후 사회는 초토화된 국토를 재건해야 한다는 당면한 긴장감의 이면에서, 새로운 사회에 대한 기대감 또한 충만했던 시기였다. 자주적인 독립국의 국민으로서 누려야 할 민주적인 삶에 대한 희망은 폐허가 된 현실에도 불구하고, 오랜 식민지 억압을 떨쳐 낸 대중 사회에 일종의 기대감과 활력을 부여했다.[54] '자유'와 '민주주의'는 신문, 잡지, 소설 어느 지면에서나 등장하는 이 시대의 대대적인 유행어였다. 대립적인 의견들을 위계 없이 병렬하는 조흔파 명랑 소설의 대화 구조는 이같은 민주 사회에의 기대감을 기반으로 전개된다.[55] 서북 지방의 기독교

---

53) 특히 작가의 생애사에 비추어 볼 때, 민주주의에 대한 신뢰는 조흔파 작품에서 더욱 근본적인 내적 기반이 되었던 것으로 보인다. 오영숙은 앞의 글에서 1950년대 코미디 영화가 '속물들의 수다'로 이루어지고 있으며, 이 수다가 '민주주의'에 대한 기대 위에서 펼쳐지고 있음을 자세히 논구했다. 코미디가 많은 대중의 공감 속에서만 가능한 장르인 만큼 조흔파의 명랑 소설은 동시대 코미디 영화들과 경향성을 공유했던 것으로 보인다.

54) 1950년대 대중오락지에서 신사회에 대한 기대감과 활력이 지배적이라는 점은 다음과 같은 선행 연구에서 자주 지적되는 부분이다. 김현주, 앞의 글; 이선미, 앞의 글; 최애순, 「50년대 《아리랑》 잡지의 "명랑"과 "탐정" 코드」, 《현대소설연구》 47호(한국현대소설학회, 2011), 351~390쪽; 김지영, 「1950년대 잡지 《명랑》의 "성"과 "연애" 표상: 기사, 화보, 유머란(1956~1959)을 중심으로」, 《개념과 소통》 10호(한림대 한림과학원, 2012), 173~206쪽.

55) 작가는 민주적 도시인의 대립적 의견들을 동등하게 병렬하는 반면, 전근대적 삶의 방식이나 태도에 대해서는 냉혹한 비판의 시선을 감추지 않는다. 점쟁이의 허위를 꼬집는 「판수 유감」(『봄은 도처에』 수록)이나 엉터리 궁합을 꼬집는 「궁합 이변」(『청춘유죄』 수록) 등은 이 같은 작가의 관점을 단적으로 드러내는 작품들이다. 그 밖에 작품 속 인물들

영향으로 성장기부터 서양의 개방적이고 민주적인 문화에 상대적으로 익숙해 있었던 작가의 성향은 전후 사회의 민주주의에 대한 기대감과 효과적으로 접속했다.

저마다의 이해를 바탕으로 솔직하고 당당하게 욕망을 개진하는 위계 없는 발언들의 배후에는 차이를 용인하고 포용하는 가치 지향성과 자유주의적 상상력이 작동한다. 대등한 의견들의 차이와 대립 속에서 인물들은 비록 사적이고 미시적인 차원이지만, 스스로 상황에 맞는 논리와 의미를 찾고 행위의 규준을 변용하는 자기 지배의 즐거움을 만끽한다. 인물들은 세계의 의미를 스스로 탐구하는 탐색적 자유의 즐거움을 누리며, 이를 통해 독자는 세계의 다의성을 수용하고 자발적으로 변화를 이끌어 낼 수 있는 가능성의 계기들을 얻는 것이다.

이 시기 조흔파의 작품에서 관습을 깨고 고정 관념을 넘어서는 발랄한 사유들도 가감 없이 개진될 수 있었던 것은 이 때문이다. 1950년대 조흔파의 작품에서는 남녀의 위계를 전복하고 관습적 사유를 혁파하는 발랄한 발언들도 때때로 등장한다.

"우리는 어차피 결혼을 해야 할 운명을 지니고 있는 것입니다. 우리들의 어머니나 할머니…… 그 밖의 모든 여성 선배들은 남자들의 횡포에 짓눌리어 울고 지내 왔습니다. 그러나 우리 세대에 와서는 그럴 수가 없습니다. 우리는 먼저 남자에게 지지 않을 지력을 갖추어야겠습니다. 다음에는 경제적으로 자립할 수 있는 능력을 가져야겠습니다. 그리고는 셋째로는…… 이것이 가장 중요합니다. (중략) 예 옳습니다. 실로 완력이야말로 현대 여성이 구비하여야 할 첫째의 조건입니다. (중략) 여러분은 결혼을 하기 전에 꼭 해 두어야 할 것이 완력 양성입니다. 수예 가사, 재봉, 음악 따위를 공부할 시간과 돈의 여유가 있으면, 권투, 유도, 레스링, 당수 등을 배워 두십시오. 사교

―――――――――

의 언술 속에는 '민주', '자유', '토론' 등의 어휘가 종종 등장한다.

딴스를 배울 마음이 있거든 차라리 검도나 봉술을 배우십시오. 결혼을 할 사람이면 수예, 가사 재봉, 음악 따위를 집어치우시오."[56]

남녀를 불문하고 호신술이 필요한 세상이 왔습니다. (중략) 먼저 가정에서부터 여성은 남성의 폭력을 폭력으로 대항하여 이기지 않으면 안됩니다. 또 남성은 남성대로 주부의 바가지와 도전에 대비할 자위책(自慰策)이 절실하게 요청되는 것입니다.[57]

수예, 가사, 재봉 대신 완력 양성을 여성에게 요구하는 인물들의 발언은 전통적인 성 역할 고정 관념을 전복함으로써 웃음을 자아내지만, 이 웃음은 완력파 여성들을 비판하고 조롱하는 거리화 기능으로 귀결되지 않는다. 완력을 주장했던 여성들이 자신의 스타일을 그대로 고수하며 행복한 결혼에 이르는 해피 엔딩의 결말로 나아가기 때문이다.

성 역할의 관습을 이탈하는 상상력은 이 시기 소설에서 전례 없이 적극적인 여성들의[58] 행동 양상에서도 드러난다. 전후(戰後) 1950년대 조흔파소설에서 여성들은 그 어느 때보다도 적극적이다. 좋아하는 남성 앞에는 감정을 숨기지 않고(『애정 삼중주』의 로즈와 고려장, 「봉변업」의 학주, 「애정 고고학」의 나미, 「변덕 부인 행장기」의 금희) 사랑을 쟁취하기 위해 전략을 짜고 행동을 개시하며(『탈선 사장』의 옥분) 남편의 술버릇과 바람기를 감찰하고(「호걸 사장」의 방 사장 부인, 「남편 만세」의 소 사장 부인) 애인을 배신하는 파렴치한들을 바로잡기 위해 거짓 편지를 쓰거나 위장 만남을 주선한다.(「구혼 결사대」의 미자, 「청춘 행진곡」의 수정, 「봉변업」의 학주) 특히 미혼 여성들의 지

---

56) 조흔파, 『탈선 사장』(예문관, 1960), 81~83쪽.
57) 조흔파, 「연애 개인 교수」, 《명랑》(1959. 2), 254쪽.
58) 1950년대 명랑 소설에서는 일반적으로 엄처를 통해 남녀 관계가 수직적으로 전도되거나 능동적인 여성 캐릭터가 강화되는 현상이 나타났다. 김현주, 이선미, 김지영의 앞의 글 참조.

혜로운 전략은 다수의 작품에서 서사를 이끌어 가는 핵심적인 동력으로 기능한다. 이들의 적극적인 전략과 지혜로 말미암아 행복한 인연들이 만들어지고(『탈선 사장』,「봉변업」,「연애 개인 교수」 등) 파렴치한 남성들은 잘못을 인정하고 원래의 애인 곁으로 되돌아간다.(「구혼 결사대」,「청춘 행진곡」,「봉변업」 등)

이처럼 전후(戰後) 조흔파의 명랑 세계는 고정 관념을 뛰어넘고 기존 규범으로부터 해방되는 즐거움을 만끽하며, 서로 다른 입장에 선 인물들이 솔직한 속내와 대립적 의견들을 자유롭게 개진하는 대등한 타자들의 세계를 구현한다. 선험적으로 주어진 관습적 편견에 저항하고 저마다의 자리에서 마땅한 규범을 탐색하는 자유로운 발화의 향연은 연애, 결혼과 같은 생동감 있는 소재와 결합하면서, 바람직한 가족 윤리와 문화의 방향성을 탐구하는 강력한 긍정성의 힘을 발휘한다. 연애 감정의 설렘과 긴장, 솔직한 욕망과 속내의 거침없는 발설, 대등한 타자들의 위계 없는 발화 속에서 조흔파의 명랑 세계는 유쾌하고 즐거운 사건과 대립들의 연속으로 전개된다. 이 세계에서는 고정된 선악 관계나 인과응보의 논리가 존재하지 않으며, 치유 불가능한 고통이나 상처도 없다. 연인을 배신했던 악한도 잘못을 뉘우치면 행복한 결혼에 이르고(「봉변업」,「구혼 결사대」,「청춘 행진곡」)[59] 전쟁의 상처와 고통은 약혼, 결혼의 설렘과 삶에 대한 기대 속에서 극복되며(『탈선 사장』,『천하태평기』)[60] 허황된 결혼의 꿈은 자신의 현실에 대한 겸허

---

59) 이 시기 조흔파의 소설에는 선악의 대립 구도가 별로 두드러지지 않는다. 가끔씩 등장하는 애인을 배신하고 다른 여성을 연모하는 남성들이 주인공들의 사랑을 방해하는 '악'의 역할을 담당하지만, 대부분 여주인공의 기지로 잘못을 반성하고 원래의 애인에게로 돌아가 행복한 결혼에 이른다.

60) 일례로 『천하태평기』의 주인공 홍 사장은 신혼여행을 떠나는 결말부에서 다음과 같이 회고한다. "1·4 후퇴 당시 피난을 가던 길이다. 6·25 전쟁 때 부인을 잃고, 남은 가족만을 데리고서 기차로 달리던 경부가도다. 세상 떠난 부인의 생각이 문득 난다. (나도 지금 죽는 것이 아닐까…….) 웅 ― 하는 소리와 함께 반응이 없는 어두운 허공을 날고 있는 것이 겁이 난다. (중략) 홍사장은 뒤를 돌아다 보았다. 딸과 사위, 즉 백향이와 성구가 웃으며 무엇이라고 지껄이고 있는 것이 보인다. (살아 있다는 것만이 의의가 있고 가치가 있다.)

한 수용 속에서 바람직한 가족 윤리로 전환되고(「구혼 결사대」, 「동상이몽」, 「애인 보결생」) 본분을 망각한 질투와 허영에 따른 낭패는 주변인들의 사랑과 화해로 인해 더불어 사는 사회의 기쁨으로 전환된다.(「골목 안 사람들」)

이 같은 기쁨과 긍정의 세계가 가능할 수 있었던 것은 그것이 새롭게 도래할 민주 사회에 대한 대중의 희망과 동경이 고난 속에서도 삶의 빛으로 작용했던 시대의 문학이었기 때문이다. 자유로운 의견 개진과 토론을 통한 의사 결정, 개인의 자율성에 대한 보장이라는 범박한 민주주의 이념에 대한 소박한 신뢰가 없었다면, 비현실적일 만큼 부유한 환경과 우연의 연쇄로 전개되는 사건의 좌충우돌, 저마다의 잇속을 추구하는 속물들의 발언 속에서 웃음을 추구하는 서사의 수용은 가능하기 어려웠을 것이다. 차이 나는 형편에 있더라도 대등하게 맞서는 사람들이 주고받는 균등한 발언 속에는 현실의 고달픔을 잊고, 다가오는 신사회의 밝은 전망을 기대하는 소망의 에너지가 배어 흐른다. 그것은 재래의 규범과 질서, 권력 관계에 고착되지 않고 솔직한 삶의 욕망을 발현함으로써, 개인이 자유롭게 의지를 실현하면서도 평화롭게 공존할 수 있는 사회를 꿈꾸었던 작가의 소망이자 1950년대 대중들의 욕망이었다.

따라서 서사의 중심을 이탈하는 방계적 일화들과 저마다의 목소리를 드러내는 대립적 발화들은 중심 서사의 일관성과 인과 관계를 해침에도 불구하고, 유쾌하고 즐거운 일탈의 경험으로 수용될 수 있었다.[61] 현실 규범이나 이야기의 인과성을 위반하는 일탈적 대화와 사건의 편린 사이를 파편적으로 미끄러지고 여행하는 가운데, 대중들은 재래의 질서와 규범을 이탈하는 이중성의 쾌락을 즐겼던 것이다. 불투명한 의미와 감각 사이

살아 있다는 기쁨을 맛보면서, 홍 사장은 끙 하고 기지개를 켰다. 쫙 벌린 팔로 숙희를 껴안아 주고 싶은 충동이 일어난다. 밖에는 아직도 성좌가 폭포처럼 흘러가건만, 그것을 보려 하지 않고 홍 사장은 숙희 여사의 얼굴만을 물끄러미 쳐다보는 것이었다."(조흔파, 『천하태평기』(정음사, 1957), 264~266쪽)

61) 비논리적인 서사의 수용은 당대 조흔파 작품의 잦은 영화화와 대중적 인기에서 짐작할 수 있다.

를 횡단하고 미끄러지는 이 같은 즐거움은 아직 뚜렷하게 윤곽을 드러내지도 명확하게 의미화되지도 않았던 '자유'와 '민주주의'에 대한 막연한 기대에 의해 지지되고 있었다. '자유'와 '민주'의 이상은 그것이 아직 불투명한 가능성의 형태로 존재하는 예감이자 소망의 대상이었기에, 불안과 동요를 내포하면서도 내밀한 욕망과 세속적 삶의 기대를 흡수하는 긍정의 장으로 기능했던 것이다. 감각과 인지 사이의 긴장 속에서 불분명한 가능성 위를 횡단하고 미끄러지는 이 같은 서사의 쾌락을 우리는 주이상스적[62] 쾌락이라고 할 수 있다.

박근서는 그의 코미디 이론서 『코미디, 웃음과 행복의 텍스트』에서 롤랑 바르트의 이론을 빌려 주이상스적 웃음과 플레지르적 웃음을 구분한바 있다. 바르트에 따르면 플레지르적 웃음이 기존의 문화적 규범을 준수하면서 이 규범의 규칙에 의거하여 발생하는 웃음인 데 반해, 주이상스적웃음은 상실감을 동반한 웃음, 불안함과 불편함을 동반한 웃음이다. 플레지르가 일관된 의미를 발견함으로써 인지적이며 정서적인 불균형을 극복한 뒤에 오는 즐거움이라면, 주이상스는 충격, 교란, 상실 등을 동반한 즐거움이며, 규범을 벗어나거나 규범과의 불일치 때문에 텍스트의 의미를단정 짓지 못함에서 오는 즐거움이다.[63]

---

62) 주이상스는 '고통스러운 쾌락'을 의미한다. 라캉의 정신 분석 이론에서 주이상스는 큰 타자의 결핍인 잃어버린 사물을 찾으려는 시도에 연결되어 있는 향락이며, 최초에 주체가 상징계로 진입하기 위해 포기했던 향락이자, 죽음 충동과 연결되어 있는 향락이다. 라캉은 주이상스를 플레지르와 구분했는데, 상징계적 현실의 규범 안에 있는 쾌락인 플레지르와 달리, 주이상스는 플레지르의 원칙이 가지고 있는 한계를 초월하려는 끊임없는 시도 속에 존재한다. 엘리자베트 루디네스코 외, 강응섭 외 옮김, 『루디네스코 정신 분석 대사전』(백의출판사, 2005), 1060~1065쪽; 딜런 테반스, 김종주 외 옮김, 『라캉 정신 분석 사전』(인간사랑, 1998), 430~433쪽.

63) 인식의 지평에 서 있는 플레지르와 달리 존재의 지평에 서 있는 주이상스는 저항과 전복의 힘을 지니는 요소가 된다. 박근서는 바르트의 논의를 확장하여 일탈과 위반, 전복의 계기들을 동반한다는 점, 고정된 의미가 아니라 독자에 의해 제각각 해석되는 열린 텍스트로 존재한다는 점에서 코미디가 본원적으로 주이상스적 쾌락의 속성을 지닌다고 설명하기도 했다. 박근서, 『코미디, 웃음과 행복의 텍스트』(커뮤니케이션, 2006) 참조.

의미의 사이를 파편적으로 미끄러지고 일탈하는 근대 판타지의 서사는 불균등하고 유동적인 의미 구조 그 내부로부터 모호하고 불분명한 기대의 충만함을 통해 기쁨을 생성하는 주이상스적 웃음의 서사였다고 할 수 있다. 자명한 인식에 기반을 둔 명확한 우월 관계에서 발생하는 플레지르적 웃음과 달리, 이 웃음은 민주적 미래라는 불확실한 대상에 의거하여 현실의 불안을 숨기고 있는 웃음이었기 때문이다. 1950년대 전후(戰後) 대중 사회에서 민주주의는 상징계의 질서 내부에 명확하게 진입하여 제도화된 규범이 아니었다. '자유'와 '민주'는 초토화된 전후 현실의 폐허를 뛰어넘는 쾌락을 충동하는 기표였으며, 현실적으로 존재하는 삶의 실제와 제한을 뛰어넘는 일탈적이고 위반적인 사유와 기대들을 촉발하는 충동의 동기였다. '자유'와 '민주'가 표상하는 기쁨은 현실의 고통을 뛰어넘는 소망의 대상이기도 했지만, 또한 불확실하고 유동적인 미래에의 기대 속에 가능했다는 점에서 불안과 동요를 감춘 쾌락이기도 했다. 민주주의가 약속하는 쾌락은 그에 반하는 현실의 아픔을 의식하는 쾌락이자, 그 아픔을 뚫고 존재하지 않는 미래, 불분명한 미래 속에서만 기쁨을 약속한다는 점에서 불안과 동요, 상실감을 동반하는 고통스러운 쾌락이기도 했다.

그러나 오랜 식민지 억압과 전쟁을 극복하고 살아남은 사람들이 지녔던 민주 사회에 대한 기대, 도래할 근대에 대한 믿음은 불투명한 미래의 불안과 긴장을 함축하면서도 과거의 고통을 잊고 삶을 지속할 수 있는 힘을 이끌어 내는 웃음의 원천이었다. 세속적이고 속물적인 욕망들이 가감 없이 진열되고 서로 다른 타자들의 다양한 목소리와 차이들이 대등하게 펼쳐지는 긍정적 웃음의 서사는 이처럼 불안을 숨긴 쾌락, 불투명한 미래에 대한 끓어오르는 기대 위에서 펼쳐지는 불편한 향락을 구현했다.

5 '명랑'의 가부장성과 젠더 관습에의 투항

이질적인 것들이 대등하게 공존하는 조혼파 식 명랑의 세계는 위계 없는 차이의 수사를 전개하지만, 그 내부에 권력관계가 부재했던 것은 아니다. 행복한 결말로 귀결되는 명랑성의 세계는 대립을 초월하는 화해의 스토리로 진행되지만, 그 안에는 작가가 뚜렷이 자각하지 못한 무의식적 위계와 권력의 장치가 작동했다. 이 권력의 장치란 가부장적 가족 관념과 젠더 의식이다.

선행 연구에서는 『얄개전』과 같은 청소년 명랑 소설의 공간을 "절대적인 기존의 가부장적 질서가 와해된 공간"으로 설명한다.[64] 자녀들의 장난질에 쉽게 속아 넘어가고, 쓸모없는 발명이나 엉뚱한 발상에 골몰하며, 그 자신이 소년 시절 장난꾸러기였던 두수의 아버지는 서양 문화에 친숙한 영문학자로서, 기존의 가부장들과 다른 유연성을 지닌 존재로 해석되곤 한다. 그러나 성인 명랑의 성격 형상은 이와는 다른 해석을 가능하게 한다. 두수 아버지와 유사한 가부장적 성격 형상은 작가의 성인 명랑 소설에서도 자주 등장한다. 『탈선 사장』의 박영호나 『천하태평기』의 홍 사장, 「축사가 폐업」(『청춘유죄』 수록)의 윤 교장, 「호걸 사장」의 윤 사장, 「재봉춘」의 사 교장 등 다수의 작품에서 우리는 조혼파 식 가부장의 다른 일면들을 만날 수 있다. 이 가부장들은 기본적으로 부르주아적 합리성 속에서 기업, 가업, 직업을 일군 근대적 인물들이지만, 동시에 전근대적 권위 의식이나 독선적 사고방식 또한 함께 갖춘 존재들이다.

『탈선 사장』의 박영호는 청춘의 신선한 에너지에 초점을 맞춘 혁신적 경영 마인드를 지닌 기업가이자 제자들의 연애를 격려하는 근대적 인물이다. 그러나 그는 매주 자신의 연애 철학을 직원들에게 연설하고 제자들의 연애 상황을 강제 점검하는 막무가내식 권력의 소유자이기도 하다. 『천하태평기』의 홍 사장 또한 자녀들의 생활에 무리하게 간섭하지 않는 아버지이지만, 결혼 생활과 기생과의 연애를 명확히 구분하며 겉치레와 체면을 중시한다는 점에서는 전근대적 사고방식에서 자유롭지 않다. 서양식 문화 주택

---

64) 정미영, 앞의 글, 41쪽.

에서 도시 생활을 영위하며, 부르주아적 합리성을 추구하는 이 인물들은 전근대적 권위 의식 또한 아울러 겸비한 다중적 성격의 소유자들이다.

무엇보다도 이들은 경제적인 측면에서 명실상부한 책임자의 역할을 수행한다는 점에서 근대 가부장의 면모를 확고하게 갖춘다. 『얄개전』의 나두수, 『천하태평기』의 홍두식, 『애정 삼중주』의 오승호, 『탈선 사장』의 청년 여성들 등 청춘들의 발랄한 사고나 행동, 그로부터 빚어지는 쾌활한 사건들은 경제적인 측면에서 이들의 생활을 든든히 지탱해 주는 가장들의 존재에 힘입은 바 크다. 사장, 교장, 교사, 변호사 등 화이트칼라 직업군에 종사하고, 자녀와 제자들의 교육과 취업을 보증하는[65] 아버지 세대의 존재가 자녀 세대의 재기 발랄한 자율성의 토대가 되는 것이다. 이들은 때때로 자녀 세대와 대등하게 의견을 교환하는 신문화적 생활 감각을 소유하고 있지만 가족 임금을 받고 한 가정의 생계를 책임지는 총괄자의 역할을 수행하며, 그에 값하는 권위를 갖췄다는 점에서 근대 가부장의 역할에 충실한 가장들이다. 가장의 든든한 경제력과 화려한 부르주아 가족의 물질적 여유 속에 빚어지는 근대적 연애의 판타지는 가난과 궁핍에 시달렸던 당대 대중들의 결핍을 보상하고 욕망을 충족하는 대리 만족의 기능을 수행하기도 했다.

가정 경제를 책임지는 근대 가부장의 확고한 지위와 책임은 남녀의 성 역할을 구분하는 의식과 연동된다. 공적 영역에서의 노동과 가족 임금의 획득이 남성의 몫이라면, 사적 영역의 주관자가 되어 가정 살림과 육아, 교육을 책임지는 것을 여성의 몫으로 할당하는 것이 가부장적 근대 가족의 성 역할 체계다. 가족 구성원 모두가 생산의 일부를 담당했던 전근대적 가족과 달리, 연애결혼으로 형성되는 근대 가족은 공사 영역의 분리와

---

65) 조혼과 명랑 소설의 청년 주인공들은 대부분 대학 중퇴 이상의 학력을 지니며, 취업 문제로 고민하는 경우가 매우 드물다. 대부분의 청년들은 아버지, 은사 등 부모 세대의 주선을 통해 매우 손쉽게 취업에 성공하며, 이야기는 이 같은 취업 후의 직장 생활 속에서 진행된다.

이에 상응하는 성 역할의 구분에 의해 구성된다. 그리고 1950년대 중후반은 연애결혼의 관념이 본격적으로 일반화되는 동시에, 여성의 역할을 사적 공간에 제한하는 현모양처의 이념이 점차 다시 강화되고 있던 시기였다.[66] 아프레 걸론과 같은 여성 경계의 담론이 전후 활발해진 여성의 사회 활동에 문제를 제기하고, 미국식 유흥 문화를 비판하면서, 전통 윤리의 복귀를 통해 서양 문화와의 대면에서 발생하는 불안을 조정하려 했던 것은 잘 알려진 사실이다.[67] 근대 가족 구성 속에 틈입한 전통적 젠더 의식은 청춘 남녀의 연애와 결혼을 서사의 중심으로 삼는 작품 속에서 여성의 자리를 가정 내로 묶어 두는 담론적 효과를 빚어냈다.

조혼파의 명랑 세계에서 여성의 자리는 가정으로 확고하게 못 박혀 있다. 교사, 가수, 기자 등 직업을 지닌 미혼 여성들이 존재하지만, 서사가 진행하는 연애 판타지에서 이들의 궁극적인 종착지가 가정이라는 점에서는 거의 예외가 없다. 근대 가족의 낭만적 이념과 현모양처의 이데올로기가 인물들이 추구하는 욕망의 목표로 기능할 때, 서사의 배면에는 젠더의 성 역할에 관한 뚜렷한 분별 의식이 당위적으로 작동한다. 앞 장에서 보았듯, 때때로 여성의 자립성과 완력 양성을 주장하는 인물들이 등장하기도 하지만 그들의 주장은 균등한 의견들의 하나를 구성할 뿐, 서사의 중심적 가치관으로 작용하지 않는다.

결혼과 동시에 가정의 주관자로 자리를 옮기는 처녀들,(『애정 삼중주』의 명희, 「애정 고고학」의 유미, 「깨소금 사랑」의 애나 등) 남편의 월급을 차압하고 술버릇을 규제하며 외도를 감시하는 아내들,(「호걸 사장」, 「슬픔이여 안녕」, 「남편 만세」, 「공처병 환자」 등) 아내의 감시를 벗어나 어떻게든 비상금을 확

---

66) 김현주, 「1950년대 여성 잡지 《여원》과 '제도로서의 주부'의 탄생」, 《대중서사연구》 13권 2호(대중서사학회, 2007), 387~416쪽 참조.

67) 김은하, 「전후 국가 근대화와 "아프레 걸(전후 여성)" 표상의 의미: 여성 잡지 《여성계》, 《여원》, 《주부생활》을 대상으로」, 《여성문학연구》 16호(한국여성문학학회, 2006), 177~209쪽.

보하고 외도를 실현해 보려는 남편들(「슬픔이여 안녕」, 「남편 만세」, 「청춘 예비역」 등)의 반복되는 모티프는 공사 영역의 분리와 성 역할의 분별을 자연스러운 삶의 형식으로 내면화하는 담론적 효과를 빚는다. 이 같은 젠더 의식의 내면화는 여성의 성을 가정 내에 묶어 두고 사회 활동을 제한하는 한편, 남성의 성애에는 상대적으로 관대한 불균등한 성 의식을 일반화한다. 이중적인 상상력을 발랄하게 분출했던 민주주의라는 익숙지 않은 이상의 차원에서와 달리, 가족 관념과 젠더 의식의 차원에서 작가의 의식 세계는 기존의 상징계적 질서에 철저히 의존했던 셈이다.

젠더 분별 의식은 핵가족 중심의 신 가부장 이데올로기에 적극적으로 협력했다. 사랑과 결혼을 생의 목표로 삼는 처녀들의 전략들, 아내의 감찰을 벗어나 끊임없이 집 밖에서의 일탈을 획책하는 남편들의 스토리는 잠정적이고 순간적인 유희를 제공하는 동시에, 그 배후에 존재하는 불균등한 가족 규범을 육화하고 강화하는 젠더 정치학을 구현했다. 유쾌한 연애와 가족 판타지를 즐기는 가운데 독자는 스토리의 배면에 흐르는 젠더의 분별과 위계를 자발적으로 내면화하고 스스로의 욕망을 조절하는 상호 주관적인 명랑성의 공통 감각을 형성하게 된다.

전후 작품에서부터 조금씩 나타났던 불균등한 젠더 의식은 시간이 흐를수록 더욱 강화된다. 4·19 혁명 이후 뚜렷해진 선악의 대립 구도를 통해 변화의 조짐을 드러내던 조흔파 소설은, 군부 정권의 국가 주도적 개발주의와 문화 정책의 압박이 강력했던 1960년대 중후반부터 여성의 성을 일방적으로 희롱하는 선정적 섹슈얼리티의 차원으로 본격적으로 이입해 간다.

4·19 혁명 직후 발표된 성인 명랑 『부라보 청춘』(1961)이나 청소년 명랑 『푸른 구름을 안고』(1962)에서는 1950년대 소설에서 두드러지지 않았던 선악의 대립 구도가 선명하게 부각된다. 『부라보 청춘』에서는 혼전 임신과 애인의 배신으로 고민하는 여교사의 스토리가, 『푸른 구름을 안고』에서는 거짓말, 도둑질, 폭력과 같은 탈선의 유혹에 끊임없이 시달리는 악동의

스토리가 서사의 중심축을 구성한다. 끊임없이 친구를 꾀어내는 불량한 동창생 학준과 가난하지만 정직한 노력으로 꿋꿋하게 살아가는 순호 사이에서 끊임없이 동요하는 악동 용한의 갈등을 다룬 『푸른 구름을 안고』는 1950년대 조흔파 소설에서는 찾아보기 어려운 뚜렷한 선악의 대립 구도로 진행된다. 비슷한 맥락에서, 성인 명랑 『부라보 청춘』은 임신한 애인 옥경을 배신하는 대학 재단 이사 아들 윤과 그에 맞서 옥경과 윤의 결합을 도모하는 가족들이 서사의 중심축으로 선악의 대립 구도를 형성한다.

명확해진 선악의 형상은 1950년대의 혼란하고 모호했던 민주 사회의 윤곽과 달리, 가족 윤리와 사회 규범이 어느 정도 안정된 체계를 마련해가고 있었던 사회 문화를 반영한다. 실제로 1960년대는 군사 정권의 국가주의적 통제 체계 아래, 미국식 대중문화에 반발한 재전통화의 가치관이 본격적으로 호명되고, 여성의 성을 철저히 규제하는 가부장적 가족 윤리가 강력하게 이념화되었던 시기였다. 그 사회를 살아가는 일반 대중과 호흡을 같이했던 대중 작가 조흔파의 서사 감각은 이 같은 사회 문화적 변화에 민감하게 반응했다. 4·19 혁명의 자신감과 합리적 질서에 대한 범사회적 요구, 재전통화의 기치 아래 규범화된 가족 윤리는 상대적으로 명료해진 선악의 형상을 통해 작품 속에 녹아 흐르며, 새로운 국가 질서에 대한 작가의 기대감을 드러냈다.

그러나 사회 규범과 윤리가 공고해질수록 희극적 사유를 촉발하는 일탈과 위반의 가능성은 위축되기 마련이다. 모범적인 윤리와 규범의 건전성이 서사의 중심부로 도입될 때, 코미디가 유발하는 전복과 도치의 쾌감은 유지되기 어려웠다. 1960년대 중반 이후, 조흔파의 성인 명랑 소설이 선정적인 소재에서 웃음을 찾으려 했던 것은 국가 사회가 요구하는 규범과 윤리가 경직화 일로에 들어섰던 당시의 사회 변화와 무관하지 않다. 군사 정권이 국가주의적 경제 개발에 박차를 가하고 문화적 통제를 강화하면서, 《명랑》, 《아리랑》 등의 대중오락지들은 억압적인 사회 문화에 대항하여 선정적인 쾌락과 일탈의 욕망을 충족하는 음성 문화를 통해 이윤을 추구하려 했다. 주로 대중오락지를 통해 유통되었던 성인 명랑 소설은 이 같은 출판 문화의 기류에 적극적으로 부응했던 양식이었다.[68] 조혼파의 명랑 소설 또한 이 같은 명랑 양식의 동향에 적극적으로 합류했다.

전후 작품에서부터 도입되고 있었던 남성들의 성적 호기심과 불륜 욕망 모티프는 1960년대 중반 이후의 작품에 이르면 더욱 노골적으로 대담해진다. 대중오락지에 연재되었던 「유쾌한 탄식」(《명랑》, 1965~1966), 「어른이 헌장」(《아리랑》, 1969~1970), 단행본 『약에 감초』(아리랑사, 1970) 등에서 섹슈얼리티의 선정적 전개는 오늘날의 상식으로는 용인할 수 없을 만큼 도색적이다. 한방 진맥을 가장하여 여인의 가슴을 더듬고, 목욕탕의 구멍으로 여탕을 구경하며, '일일 혼인'을 제공하는 여관에서 서비스를 기다리다가 여인으로부터 도둑을 맞는 영감들의 일화에서 웃음을 마련하는 「유쾌한 탄식」에서는 1950년대 「골목 안 사람들」에서와 같은 신랄한 풍자적 거리가 더 이상 유지되지 않는다. 1970년에 발간된 『약에 감초』에 이르면 조혼파 소설 특유의 입담들도 거의 음담패설로 바뀌어 있다. 연애 쟁투의 모티프도 아파트, 해수욕장, 온천장, 여관, 요정, 카바레 등을 무대로 한 여인들과의 육탄전으로 노골화된다. 명랑 소설의 웃음은 이제 거의 전적으로 섹슈얼리티에만 의존하는 상황에 이른 것이다. 그리고 이 같은 섹슈얼리티 의존성은 코미디가 필요로 하는 즉각적 공감의 효과를 위협하는 수준으로 치닫는다. 코미디가 지향하는 웃음을 통한 유쾌한 해소의 전략이 긴장 해소와 방전의 차원을 넘어서서, 코미디라는 존재 자체를 위협하는 존재론적 위기의 차원으로 변질되는 것이다.

이처럼 여성의 성을 희롱하는 남성 편의적이고 일방적인 욕망의 판타지는 1960년대 중후반 '음성 문화'라는 공간 전략을 통해 비윤리적 욕망의 배설을 정당화했던 황색 언론의 매출 전략에 활용되었고, 급기야는 그 허용치를 넘어설 만큼 과도해진다. 섹슈얼리티에 대한 과도한 몰입을 통한

---

68) 1960년대 명랑 소설의 변화에 대해서는 김지영의 앞의 글(2016) 참조.

희화화의 전략은 저급한 하위문화의 이름으로 억압감의 방전을 허용했던 대중오락지의 음성적 전유물로 성행하다가, 마침내 그와 같은 공간 전략의 허용 한계를 넘어서면서 일반 대중 독자가 공유할 수 있는 정상성의 감각 자체를 위협하고 왜곡하는 수준으로 치닫는다. 1970년대 조흔파의 성인 명랑 소설이 더 이상 창작되지 못한 것은 이 때문이다.

그리하여 1970년대 이후 '명랑 소설'이라는 타이틀은 어린이, 청소년의 악의 없는 장난과 무해한 웃음의 세계를 그리는 양식에 그 주도권을 빼앗긴다. 전쟁의 고통과 상처를 극복하고 사랑과 젊음의 긍정적 힘으로 새로운 가정과 생활문화에 대한 기대와 희망을 유쾌하게 그려 냈던 조흔파의 성인 명랑 소설은, 이처럼 그 양식의 존재 자체와 더불어 시대적 사명을 다하고, 과거의 유산으로서 역사 속으로 사라지게 된다.

6 명랑 소설, 혹은 상상적인 치유의 문학

조흔파 소설은 즐겁다. 어떠한 고통이나 아픔도 웃음으로 넘기며 긍정적인 화합을 꿈꾸는 유쾌함이 그의 소설을 읽게 만드는 동력이다. 전쟁의 아픔과 고통 속에서도 조흔파의 소설이 널리 읽히고 곧바로 영화화되곤 했던 비결이 여기에 있다.

그러나 웃음은 긍정인 동시에 타협이기도 하다. 조흔파는 기성세대의 위선, 고루한 관습, 형식에 치우치는 허위 등에 굴복하지 않는 저항적 인물이었다. 그러나 그의 저항은 언제나 웃음을 동반한 것이었기에 다치지 않는 대신 날카로운 비판의 힘을 끝까지 관철하는 데까지 나아가지 못했다. 웃음을 띤 저항이란 웃음이라는 알리바이가 주는 안전함 뒤에 숨는 만큼 저항력이 약하다. 정상성의 규준을 넘어서는 위반과 일탈에서 출발하면서도 이 위반과 일탈이 강력한 힘으로 대상의 규준 자체를 완전히 타파하고 새로운 것을 생성할 만큼 나아가지 못하는 것이 웃음의 속성이고, 코미디의 속성이다.

조흔파는 웃음을 통해 저항했고, 웃음을 통해 소망했던 작가였다. 세속적이고 속물적인 욕망을 적나라하게 노출하는 인물 형상은 허위와 위선에 대한 거부 의식에서 출발했고, 서로 다른 의견을 지닌 타자들의 차이를 대등하게 병렬하는 서사 방식은 도래할 민주 사회에 대한 기대와 활력을 담아냈다. 그의 명랑 소설이 가장 긍정적인 힘을 발휘했던 1950년대, 조흔파 식 웃음의 서사는 세속적 욕망과 대등한 차이들의 병렬 속에서 자유와 민주주의라는 기표로 수렴하는 불분명한 미래에의 기대에 의거하여 불안과 동요를 감춘 쾌락을 구현했다. 그의 명랑 세계는 불균등하고 유동적인 의미 구조 그 내부로부터 모호하고 불분명한 기대감의 충만함을 통해 삶의 실제와 제한을 뛰어넘어 불안을 숨긴 쾌락을 생성하는 주이상스적 웃음의 텍스트였다.

그러나 허위적 형식과 위선적 윤리를 비꼬고 조롱하면서도 그 자신이 그와 같은 속성으로부터 완전히 벗어나지 못하고 타협해 버리는 양가적 태도는 조흔파 소설의 힘이자 약점이었다고 할 수 있다. 그의 웃음 세계는 부정의 대상을 포용하는 긍정성을 발휘했지만, 스스로 대상과 같은 허위와 위선을 완전히 벗어 버리지 못하는 결과를 빚어내기도 했다. 작가가 끝끝내 벗어 버리지 못한 위계화된 젠더 의식은 그의 소설이 군사 정권의 국가 주도적 개발주의의 압박 아래서 음성적인 섹슈얼리티의 웃음으로 치우쳐 간 원인이 된다.

모호하고 불명확한 윤곽 속에서 기대했던 민주 사회가 국가 주도적 개발주의의 모습으로 구체화되고 강력한 압박을 시작했을 때, 지배 질서에 대한 작가의 저항 의식과 거리 감각은 싸워야 할 대상과 정면 대결하기보다는 섹슈얼리티에 침윤한 음성적 웃음으로 이입해 갔다. 싸워야 할 대상과 정식으로 맞대결하기보다는 슬쩍 옆으로 비껴 나가는 웃음의 전략이 섹슈얼리티라는 비타협적 영역으로 그를 몰아간 것이다. 그러나 섹슈얼리티를 통한 웃음의 서사가 그 속에 불균등한 성 의식을 무의식적으로 일반화하는 젠더 정치학을 발휘한다는 것을 그는 그다지 의식하지 못했던 것 같다.

웃음이 지니는 '위반-저항'과 '화해-타협'이라는 양가적 제스처는 작가 조흔파의 무기이자, 작가가 세계에 대한 날카로운 비판 의식을 끝까지 펼쳐 낼 수 없게 한 약점이기도 했다. 그러나 전쟁의 참혹한 현실 속에서 웃음의 포용력을 통해 아픔을 극복하고 정상적인 삶의 원리를 회복하고자 했던 조흔파 작품의 대중적 호소력은 우리 문학사가 기억해 내야 할 의미 있는 흔적이다. 폐허가 된 국토 위에서 폭력과 상처의 연쇄 고리를 잘라 내고 일상의 삶을 복원하려 했던 그의 유쾌한 문학은 상처를 극복하고 삶의 회복을 소망하는 상상적 치유의 장이었다고 할 수 있다.

참고 문헌

기본 자료

조흔파, 『(유모어 소설집) 청춘유죄』, 고려출판사, 1954a

_____, 『(明郎小說) 봄은 到處에』, 仁華出版社, 1954b

_____, 『(明朝小說) 愛情三重奏』, 신태양사, 1955

_____, 『(유모어소설) 천하태평기』, 정음사, 1957

_____, 『(명랑 소설) 탈선 사장』, 예문각, 1960

_____, 『(HLKA연속입체명랑) 부라보 청춘』, 삼중당, 1961

_____, 『(명랑 소설) 약에 감초』, 育民社, 1970

_____, 『조흔파 문학 선집: 에세이 편』 1~5, 교음사, 1999

논문

김은하, 「전후 국가 근대화와 "아프레 걸(전후 여성)" 표상의 의미: 여성 잡지
　　《여성계》, 《여원》, 《주부생활》을 대상으로」, 《여성문학연구》 16호, 한국여
　　성문학학회, 2006, 177~209쪽

김지영, 「1950년대 잡지 《명랑》의 "성"과 "연애" 표상: 기사, 화보, 유머란
　　(1956~1959)을 중심으로」, 《개념과 소통》 10호, 한림대 한림과학원, 2012,
　　173~206쪽

_____, 「일제 강점기 유모어 소설의 현실 인식과 시대적 의미」, 《우리문학연
　　구》 44집, 우리문학회, 2014, 465~508쪽

_____, 「명랑성의 시대적 변이와 문화 정치학: 통속 오락 잡지 《명랑》의 명
　　랑 소설(1956~1973)을 중심으로」, 《어문논집》 78호, 민족어문학회, 2016,

217~268쪽

김현주, 「1950년대 여성 잡지 《여원》과 '제도로서의 주부'의 탄생」, 《대중서사
　　연구》 13권 2호, 대중서사학회, 2007, 387~416쪽

_____, 「1950년대 잡지 《아리랑》과 명랑 소설의 '명랑성': 가족 서사를 중심
　　으로」, 《인문학연구》 43집, 조선대 인문학연구소, 2012, 173~206쪽

딜런 테반스 편, 김종주 외 옮김, 『라깡 정신 분석 사전』, 인간사랑, 1998

박근서, 『코미디, 웃음과 행복의 텍스트』, 커뮤니케이션북스, 2006

송수연, 「'진정한 명랑'을 위하여: 조흔파의 『얄개전』을 중심으로」, 송수연
　　외, 『아동문학가 5인의 삶과 문학세계』, 국립어린이청소년도서관, 2013,
　　45~49쪽

엘리자베트 루디네스코 외, 강응섭 외 옮김, 『루디네스코 정신 분석 대사전』,
　　백의출판사, 2005

오영숙, 「왜 코미디인가: 1950년대 코미디 영화에 대한 소묘」, 대중서사장르
　　연구회, 『대중 서사 장르의 모든 것』 4, 이론과실천, 2013, 325~359쪽

이봉범, 「1950년대 잡지 저널리즘과 문학: 대중 잡지를 중심으로」, 《상허학
　　보》 30집, 상허학회, 2010, 397~454쪽

이선미, 「명랑 소설의 장르 인식, '오락'과 '(미국)문명'의 접점: 1950년대 중/후
　　반 《아리랑》의 명랑 소설을 중심으로」, 《한국어문학연구》 59집, 한국어문
　　학연구학회, 2012, 55~93쪽

이은선, 「전쟁기 『희망』과 조흔파의 "명랑 소설" 연구」, 《어문논총》 66호, 한
　　국 문학언어학회), 2015, 295~321쪽.

이혜경, 「웃음의 울타리를 넘어 내 곁으로 날듯 혹은 말듯: 조흔파의 『얄개
　　전』에서 시대를 다시 읽는다」, 《아동문학평론》 34권 4호, 아동문학평론사,
　　2009, 39~49쪽

정명숙, 「방송 작가로서의 조흔파」, 《수필시대》 4권 9호, 문예운동사, 2008,
　　125~128쪽

조성면, 「만주·대중소설·동아시아론: 조흔파의 실록소설 『만주국』」, 《만주

연구》14집, 만주학회, 2012, 223~252쪽

최애순, 「50년대《아리랑》잡지의 "명랑"과 "탐정" 코드」, 《현대소설연구》 47
　　호, 한국현대소설학회, 2011, 351~390쪽

호쇼 마사오 외, 고재석 옮김, 『일본 현대문학사』 상, 문학과지성사, 1998

제5주제에 관한 토론문

조은숙 | 춘천교대 교수

평소에 조혼파 명랑 소설의 웃음은 설명하기도, 평가하기도 무척 까다롭다는 생각을 해 왔다. 일단 당시의 언중들이 은밀한 암호처럼 공유했을 웃음의 코드를 읽어 내는 일 자체도 벅차거니와 과거와 현재의 대화적 관계 속에서 이를 정당하게 평가하는 작업 또한 만만한 일이 아니기 때문이다. 김지영 선생님의 이번 발표는 그 어려운 과정을 모범적으로 돌파한 표본으로 삼기에 손색이 없어 보인다. 작가 개인의 이력과 경험에 대한 검토, 명랑 소설 장르의 통시적 흐름에 대한 고찰, 웃음을 발생시키는 미학적 원리에 대한 분석, 당대적 의의와 문학사적 평가를 시종 성실하게 조명했기 때문이다.

무엇보다 인상적인 것은 조혼파 명랑 소설의 웃음을 발생시키는 미학적 원리가 부조리하고 위선적인 것에 대한 '즐거운 저항'과 '씁쓸한 투항'의 양가적 제스처에 있다는 점을 설득력 있게 논파한 점이다. 이와 같은 조혼파식 웃음의 미학적 생성 원리는 1950년대에 장르적 활력을 띠었던 명랑 소설이 1960년대에 이르러 쇠락의 길을 걷게 되는 원인을 이해하는 데도 도움을 준다. 즉 1950년대와 1960년대 명랑 소설들 모두 불안하고 부조리한 일상을 전면적으로 비판하고 저항하는 데 이르지 못하고 타협한다는 점은 마찬가지이지만, 전자는 들끓는 미래에 대한 희망의 판타지가 인물들의 속물적 욕망을 대등하게 경쟁하게 하며 서사에 활력을 불어넣어 긍정적으로 감싸 안는 힘으로 작용했다면, 후자는 가정 윤리나 사회 통념에 의지하여 여성을 희화화하는 방식에 고착됨으로써 결과적으로 가부장적 지배 이데올로기를 배경으로 한 위계와 권력을 재생산하는 젠더 정치학으로 왜소화되었다는 것이다.

우리가 오랫동안 잊고 있었던 성인 대상 명랑 소설에 주목하여 그 시대적 의미를 조명한 점은 이 발표문의 가장 중요한 성과라고 할 수 있을 것이다. 오직 『얄개전』으로 대표되던 조흔파의 작가로서의 면모는 이로써 보다 풍부한 표정을 얻게 되었다. 그럼에도 불구하고 조흔파가 오늘날에는 『얄개전』과 같은 청소년 명랑 작가로 알려져 있지만, 가장 왕성하게 활동했던 1950~1960년대에 그의 창작 활동의 본령이 '청소년 명랑 소설'이 아니라 '성인 명랑 소설'에 있다는 이 발표문의 기본 전제에는 선뜻 동의하기가 어려운 점이 있다. 이러한 전제에 민감한 것은, 토론자가 조흔파라는 작가를 주로 『얄개전』, 『악도리 쌍쌍』, 『꼬마전』, 『짱구』 등을 통해 만나 온 아동 청소년 문학 연구자라는 점 때문일 것이다.

사실 아동 청소년 문학 연구에서도 조흔파와 명랑 소설의 문학사적 의의가 주목되기 시작한 것은 그리 오래된 일은 아니다. 한국 아동 문학사는 1950년대를 "아동 문학의 통속 상업 문학기"(이재철)로 부르면서 명랑 소설의 유행이 아동 독자를 "성인 통속 소설의 독자"(이원수)로 만들었다거나 "현실 도피"(이오덕)로 이끌었다고 평가해 왔다. 명랑 소설에 대한 부정적인 시선은 꽤 오랫동안 영향을 미쳤으며, 자연히 작가 작품론 연구도 제대로 진행되지 못했다. 조흔파에 대한 본격적인 작가론에 나온 것은 2000년대에 들어서면서부터였다.(정미영, 『조흔파의 소년 소설 연구』(인하대 석사 논문, 2002)) 때마침 청소년 문학에 대한 관심이 뜨거워져 비로소 『얄개전』이 대학 강의에서 진지하게 다루어지기 시작했고, 명랑 소설에 대한 아동 청소년 문학사적 의의가 재평가되었다.

그런데 이 발표문은 몇 년 간 청소년 명랑 소설에 집중되어 있던 조흔파의 작품 세계에 대한 조명을 다시 한번 이동시키고 있다. 특히 조흔파 창작의 '본령'이 '청소년 명랑 소설'이 아니라 '성인 명랑 소설'에 있다는 주장은 기존의 작가론에 대한 도전이자 이 발표의 가장 기본적인 전제이기 때문에 짚어 볼 필요가 있다고 판단된다.

1 조흔파 창작 활동의 '본령'을 양적 비중으로 따질 수 있을까?

발표자는 서두에서 "1970년대 이후 역사 소설과 청소년 소설에 주력했기 때문에 오늘날에는 『얄개전』과 같은 청소년 명랑 소설 작가로 알려져 있지만, 그가 가장 활발하게 창작 활동을 했던 1950~1960년대 그의 활동의 본령은 청장년들이 읽는 성인 명랑 소설이었다."라는 점을 공들여 설명했다. 조흔파의 성인 명랑 소설 연구의 필요성을 강조하기 위해 '본령'이라는 표현을 사용했을 것으로 짐작된다. 그런데 성인 대상 명랑 소설이 조흔파의 작품 활동의 본령이라는 실증적 논거는 주로 양적인 것들이다. 1950년대에 발간된 청소년 명랑 단행본은 『얄개전』 한 권이지만 성인 명랑 소설은 5권이나 된다든가, 《명랑》, 《아리랑》 등의 대중 잡지에서 조흔파의 명랑 소설이 차지하는 비중이 매우 컸다는 점 등이 대표적이다.

그러나 만약 창작물의 양적 규모를 고려하고자 한다면, 조흔파의 "어마어마한 창작"에서 큰 비중을 차지했던 라디오 방송극, 영화 시나리오, 종교 서사, 역사 소설, 수필 등의 장르도 함께 논의하는 것이 보다 합당할 것이다. 잘 알려졌듯 조흔파는 『얄개전』 하나로 기억되기에는 다양한 장르에서 방대한 양의 저작을 발표한 작가다. 부인 정명숙 여사도 "흔파가 쓴 역사물들은 『소설 국사』, 『대한 백년』, 『사건 백년사』, 『주유천하』, 『양녕 대군』, 『세검정』, 『이성계』, 『길삼봉』, 『소설 한국사전』 전16권, 『소설 성서』 전9권, 『만주국』 등 많은 작품을 남겼는데 독자들은 그런 사실은 기억하지 않고 『얄개전』만 기억하게 된 것이다. 어떻든 한 작가에게 히트 작품은 하나로 족해야 하나 보다."라고 아쉬움을 표한 적이 있다.(「환갑상을 받은 『얄개전』」, 《수필시대》 11(문예운동사, 2016))

발표자도 언급한 것처럼 조흔파는 다양한 장르와 매체의 속성을 정확히 알았고, 그 경계를 자유롭게 넘나들며 대중과 호흡했던 작가다. 조흔파의 다양하고 왕성한 창작 활동을 염두에 둔다면, 그의 작가로서의 정체성을 굳이 '성인 명랑 소설' 작가에 고정시킬 필요가 있을까 하는 생각이 든다. 사실 조흔파의 명랑 소설들은 라디오 대본에서 출발한 경우도 많으며, 훗날 영화로 만들어진 것도 많다. 조흔파의 대중 서사들은 신문, 잡지, 라디오, 영화 미디어를 넘나들었고, 매체와 장르에 따라 독자층도 다양했다. 이제는 조흔파가 성인 대상 명랑 소설을 주로 썼는가, 청소년 대상 명랑 소설을 많이 썼는가에 초점을 맞출 것이 아니라 폭넓은 트랜스미디어 현상으로 관심을 확산시킬 필요가 있지 않을까? 매체와 장르를 넘나드는 능란한 스토리텔러로서의 작가 역량이 재조명될 때, 그의 문학(화)사적 위상도 정당한 자리를 찾아 나갈 것이라 기대된다.

아울러 한 작가의 창작 활동의 본령을 작품의 양적 측면으로만 따지는 것이 과연 바람직한 것일까 하는 점도 생각해 보았으면 한다. 한 작가가 활동했던 이력을 실증적으로 고찰하는 작업과 그의 활동이 문학사적으로 어떤 의미가 있는가를 따지는 일은 서로 다른 관점에서 접근해야 할 문제는 아닐지. 『얄개전』은 그야말로 한 시대의 신드롬을 만들어 낸 베스트셀러로서 수많은 얄개 시리즈를 양산시켰을 뿐만 아니라 영화, 연극, 라디오 드라마, 만화 등으로 각색되어 대중적으로 친숙한 서사이다. 현재의 청소년 소설의 계보에서도 매우 중요한 작품이 아닐 수 없다. 조흔파의 대표적인 문학(화)사적 의미를 『얄개전』에서 찾는 일은 여전히 유효하다고 생각한다.

2 조흔파가 1970년대에 아동 청소년 소설로 '선회'했다고 봐야 할까?

발표자는 조흔파가 1950~1960년대에는 성인 대상 명랑 소설을 활발히 창작했으나, 1970년대에 이르러 성인 명랑 소설 발표를 '중단'하고 아동 청소년 소설 및 역사 소설 창작으로 '선회'했다고 보았다. 그러나 조흔파가 성인 명랑 소설의 길이 막혀 아동 청소년 명랑 소설로 선회했다는 판단은 재고해 볼 필요가 있을 듯하다. 조흔파가 1950~1960년대에는 아동 청소년 대상 명랑 소설을 쓰지 않다가 1970년대 이후에 갑자기 쓰기 시작한 것은 아니기 때문이다.

한국 전쟁 중에 창간되어 매월 10만 부를 찍어서 일간지에 맞먹을 만큼 많이 팔렸다는 청소년 잡지 《학원》만 살펴보더라도, 단편 명랑 소설 「할머니」(1954. 1)와 「하마터면」(1954. 6)이 실려 있었고, 장편 명랑 소설 『얄개전』(1954~1955), 『고명 아들』(1962. 8~1964. 6), 『에너지 선생』(1965. 3~1966. 12) 등이 장기간 연재되었음을 확인할 수 있다. 1970년대에 청소년 대상 명랑 소설 창작이 갑작스럽게 활기를 띤 것 같은 착시가 생긴 것은 1970년을 기점으로 『흔파 학생 소설 선집』이 한꺼번에 쏟아져 나오고 이후에도 아리랑사, 금성출판사, 법왕사, 민서출판사, 아이필드 등에서 여러 번 재출간되었기 때문이 아닐까 싶다. 그러나 1970년에 출판된 『흔파 학생 소설 선집』은 1950~1960년대에 신문, 잡지에 발표되었던 작품들을 갈무리한 결과물이다. 이 시리즈는 총 10권으로 나왔는데 『얄개전』, 『고명 아들』, 『에너지 선생』 외에 『푸른 구름을 안고』(소년한국일보), 『임꺽정전』 상, 하(학원), 『배꼽대감』(소년동아일보), 『꼬마전』(소년서울일보), 『짱구』(소년서울일보), 『골목대장』(창안사, 1956)도 모두 1950~1960년대에 신문, 잡지에 연재되었거나 단행본으로 출판되었던 것들이다. 조흔파가 잡지 《학원》에 연재했던 역사 소설 『협도 임꺽정전』(1956. 2~1959. 5)과 토머스 베일리 올드리치의 *A story of a bad boy*를 『골목대장』(1956, 창인사)이라는 제목으로 번역하여 출판한 것도 흔파 학생 소설 선집 시리즈에서는 '명랑 소설'로 분류되어 재출간되었다.

아울러 『얄개전』을 발표하기 이전에도 조흔파가 성인 대상 명랑 소설 작가로서 이미 명망이 높았다는 주장도 재고해 볼 필요가 있다. 『얄개전』 연재의 정황을 유족의 인터뷰를 통해 자세하게 서술한 정미영에 따르면, 김익달에게 조흔파를 처음 소개한 것은 김래성이었다. 김래성은 일제 강점기에 이미 탐정 소설로 유명세를 얻었던 작가였으며 조흔파와 친인척 관계였다. 잡지 《학원》에 김내성의 탐정 소설과 조흔파의 명랑 소설이 나란히 실릴 수 있었던 것에 조흔파 자신의 명망보다는 김내성의 주선이 더 유효하게 작용했던 것이 아닐까 추정해 볼 수 있다. 또한 『얄개전』의 고료를 선불로 지불한 것도 조흔파의 명망이 『얄개전』 발표 전에 이미 높았다는 증거라기보다는 학원 명랑 소설에 대한 김익달의 적극적인 육성 의지를 보여 주는 에피소드 정도로 보는 것이 사실에 부합하지 않을까.

3 아동 청소년 명랑 소설로부터 성인 명랑 소설로 초점을 옮겨야 하는 이유는 무엇인가?

발표자가 조흔파의 창작 활동이 가장 왕성했던 1950~1960년대 작품 활동의 본령이 청소년물이 아닌 성인 명랑 소설에 있다고 주장한 것은 아마도 『얄개전』이라는 베스트셀러의 그늘에 가려 조흔파 선생에 대한 평가가 일원적으로 이루어졌던 것에 대한 반발에서 비롯되었을 것으로 이해된다. 그러나 1950~1960년대에 성인 명랑 소설과 아동 청소년 명랑 소설이 동시대에 함께 활기를 띠고 창작되었다고 서술할 수는 없는 것일까? 둘의 관계를 굳이 배타적으로 서술할 필요가 있는지 잘 모르겠다. 앞서 언급한 것처럼 대중 서사의 활력은 시대에 따라, 독자와 매체에 따라 유연하게 변신하는 데서 얻어지는 것이 아닐까.

마지막으로 우리는 왜 성인 명랑 소설의 활로가 막히자 아동 청소년 소설로 선회했다는 논리를 자연스럽게 받아들이게 되는지 함께 생각해 보았으면 한다. 사실 이는 발표자 개인을 넘어서 우리 모두에게 매우 익숙한 관점이다. 성인 대상 문학의 출구가 막히자 아동 청소년 문학으로 옮겨 갔다는 판단에는 둘 중 하나를 선택해야 한다는 배타적인 관점이 깔려 있다. 그러나 조흔파를 청소년 명랑 소설 『얄개전』의 작가가 아니라, 성인 명랑 소설을 본령으로 삼는 작가로 재규정함으로써 우리가 얻을 수 있는 것은 무엇일까. 이 연구에서 주목했던 명랑 소설의 1950년대적 건강성, 예컨대 위선과 경계에 대해 거부하고 반항하는 얄개들, 민주주의와 시민 사회에 대한 이상, 사회 구성원으로서 대등한 인물 간 소통과 긴장에 기반한 웃음은 오히려 청소년물에서 더 적극적인 의미를 찾을 수 있는 것은 아닌가 하는 두서없는 질문이 일어난다.

명랑 소설이 종목명이라면, 조흔파의 '얄개'는 성공한 대표 브랜드다. 명랑 소설이 대중적인 상식과 욕망을 반영한 텍스트인 만큼 대중 소설로서의 특징을 읽어 주는 것이 무엇보다 중요할 것이다. 잡지 연재에서 단행본으로 다시 영화로 라디오로 매체를 바꾸어 가며, 중학생 대상으로부터 고교 청춘물로 다시 성인물 시리즈로까지 타겟 독자층을 바꾸어 가며 계속 덧쓰인 현상, 수많은 시리즈물과 모방작들을 거느렸으며, 세대를 넘어 독자의 사랑을 받은 『얄개전』만큼 조흔파의 대중적 창작 활동에서 중요한 텍스트가 또 있을까? 지금 다시 능란한 스토리텔러 조흔파를, 시대적 욕망의 판타지와 웃음의 정동을 다층적으로 새겨 넣은 텍스트 『얄개전』을 생각해 보아야 하는 이유다.

1918년	평안남도 평양시 염점리에서 상업과 미두로 재산을 일군 평양의 신흥 거부 조창일의 만득자로 출생. 어머니는 양창신. 본명은 조봉순(鳳淳).
1923년(6세)	아버지가 재단 이사로 재직했던 감리교 재단 광성학원 산하에 있었던 광성 유치원에 입학.
1925년(8세)	광성소학교 입학.
1930년(13세)	광성중학교 입학. 입학 시험을 공부하기 위해 도서관에 출입하면서 소설과 산부인과 계통의 두꺼운 의학서를 빌려 보고 친구들의 경험담을 듣기도 하면서 성교육을 받았다고 회고함.
1933년(16세)	아들이 은행가가 되기를 기대했던 아버지가 혼파의 소설책들을 불살라 버린 것에 반항하여 경성으로 가출 시도.
1934년(17세)	졸업을 1년 앞두고, 교복 맨 윗 단추를 잠그지 않았다는 이유로 따귀를 때린 일본인 체육 교사의 배척 운동에 앞장섰다가 자퇴 형식의 퇴학 처분을 받음. 10대에 이미 주일 학교 선생, 성경 학교 강사, 여자 야학 교사 등의 일들을 담당했고, 퇴학 후에는 나이를 속이고 산골 교회의 간이 학교에서 교사직을 거침. 광성 학원 유치원 보모였던 4살 연상의 멋쟁이 개화 여성과 만나다가 소문이 번져 급히 결혼함. 장녀 조은성 출생.
1940~1942년 (23~25세)	신학을 전공하여 목사가 된다는 조건으로 일본 유학 길에 오름. 센슈 대학 신학부에 입학.
1942년(25세)	첫 번째 부인이 남편의 선배와 정분이 나 어린 딸과 남편을 버

리고 가출. 이혼.

1942~1944년 (25~27세)	동경 간다(神田) YMCA 총무부장으로 활동. 시인 양명문, 한글학자 한갑수, 음악가 은하수 등과 교류함. 이 시기 한갑수가 흔파(欣坡)라는 호를 지어 줌. 1943년 신학부를 그만두고 센슈 대학 법학부에 편입.
1944년(27세)	일본의 징용을 피해 귀국. 경성방송국 촉탁으로 입사하여 아나운서 일을 맡음. 아나운서 월급으로 생활이 어려워 상명여자중학교 강사로도 출강. 교회의 위선적 형식에 대한 거부감으로 일본 유학 이후 교회 예배에 참석하지 않고 라디오 기독교 방송으로 예배를 들었다고 함. 재혼.
1945년(28세)	아버지와의 불화로 서울에 있던 아들 흔파를 돕기 위해 한탄강을 왕래하시던 어머니가 폐렴으로 사망. 이 일로 심한 죄책감에 시달렸으며, 이후 아버지와 다시 만나지 않았음. 장남 영수 출생.
1946년(29세)	한글학회 가입. 《백민》에 「종소래」를 발표하면서 등단.
1947년(30세)	중앙방송 아나운서직을 사임. 상명여자중학교, 강화여자중학교 등에서 강의. 강화여자중학교에서는 좌익 선생과 싸우고 8개월 만에 출강을 그만두기도 했음.
1948년(31세)	차남 영직 출생.
1950년(33세)	한국 전쟁이 발발하자 조지훈, 박목월, 서정주, 구상 등과 함께 문총구국대의 종군 작가단 활동. 문총구국대 방송 업무를 담당.
1951년(34세)	부산으로 피난. 《현대여성》 주간. 경찰전문학교, 육군사관학교 등 출강. 경기여자중학교 교감서리.
1952년(35세)	《희망》에 단편 유머 소설(명랑 소설)들을 발표하기 시작함.
1953년(36세)	부인과 결별. 첫 단편집 『청춘유죄』(고려출판사) 출간. 「화랑검군」 등 라디오 방송사극 발표.

1954년(37세)	《현대여성》 주간 역임. 김익달 사장의 요청으로 당시로는 상당한 금액의 원고료를 선불로 받고《학원》에「얄개전」연재. 6월,《희망》기자였던 정명숙과 재혼.《학원》에「협도 임꺽정」연재.
1955년(38세)	《명랑》,《아리랑》등 인기 대중지에 유머 소설(명랑 소설)을 발표하기 시작함.《희망》에 발표했던 단편「궁합 이변」을 표절한 혐의로 중도영화사 제작 영화「결혼 진단」에 대해 저작권 소송 제기.
1956년(39세)	김영수, 박홍민, 장수철 등과 함께 방송작가협회를 발기하여 상임위원으로 활동.「눈보라 속에 피는 꽃」등 라디오 어린이 연속극 방송.
1957년(40세)	국도신문, 세계일보, 한국경제신문 논설위원 역임. 이듬해 4월까지 경향신문에 역사 소설『주유천하』연재.
1958년(41세)	라디오 연속극「봄은 가고 오고」등 방송. 김말봉, 장덕조, 정비석 등과 함께 작가 모임 7인회 발족. 작품『남성 대 여성』이「여성의 정조」로 개제되어 영화화.
1959년(42세)	경향신문에 그림 소설『소년 홍길동』을 연재. 염상섭, 박계주, 서정주 등과 함께 경향신문 폐간 철회를 촉구하는 문화인 33명 서명에 참여.
1960년(43세)	공보실 공보국장. 국무원 사무처 공보국장 등 역임. 소년 소설『푸른 구름을 안고』를 소년 한국일보에 연재. 소설『주유천하』가「양녕 대군」으로 영화화.
1961년(44세)	라디오 방송극「부라보 청춘」방송.《명랑》에 연재했던 소설「골목 안 사람들」이「서울의 지붕밑」으로 영화화.
1962년(45세)	라디오 방송극「부라보 청춘」이 같은 제목으로 영화화.「청색 아파트」,「인생 극장」등 연속극 방송.
1963년(46세)	삼성출판사에서『소설 국사』발간.「십자매 선생」,「돈 바람

님 바람」 등 연속극 방송. 방송극 「청색 아파트」가 동명의 영화로 제작 상영됨. 영화 「와룡 선생 상경기」 상영.

1964년(47세)　「냉과리와 만국족」이라는 연속극이 「신촌 아버지와 명동 딸」이라는 제목으로 영화화. 연속극 「동갑네」 방송.

1965년(48세)　중앙방송국장 취임. 『얄개전』이 영화화 됨.

1966년(49세)　「신접살이」, 「삼남 일녀」 등 연속극 방송. JBS에서 발표했던 연속극이 영화 「이별의 강」으로 각색되어 상영.

1967년(50세)　딸 수연 출생. 학원사에서 『대한 백년』 발간.

1968년(51세)　「목마른 사슴같이」, 「근세 대한 백년」 등 연속극 방송.

1969년(52세)　8월부터 이듬해 11월까지 《월간중앙》에 장편소설 『만주국』 연재. 동양방송국에서 연속극 「근세 대한 백년」 방송.

1970년(53세)　DBS에서 부부생활의 애정 문제를 상담하는 「부부 생활 진단」이라는 프로그램에 이연숙과 함께 고정 게스트로 출연. 연재 소설 『만주국』을 육민사에서 단행본으로 발간. 삼성출판사에서 방송극 『대한 백년』을 전 5권 장편 소설로 발간.

1971년(54세)　장편 다큐멘터리 드라마 「한말풍운」 방송.

1972년(55세)　「배비장전」 등 방송극 방송.

1973년(56세)　김두수, 김정태 등과 함께 한국 유머 클럽 발족. 부회장 취임.

1974년(58세)　부인 정명숙과 합의 이혼. 장학출판사에서 『그림 이야기 성경』 발간.

1975년(59세)　「그리운 노래 대전」, 「추석 특집 프로」 등 방송 프로그램에 게스트로 출연.

1976년(60세)　정명숙과 2년의 이혼 기간 끝에 재결합. 가수 허림의 노래 「엄마 이야기」 작사. 신지사에서 칼럼집 『순설록(脣舌錄)』 발간. 어린이 연속극 「소년 옹고집」 방송. 『얄개전』이 「고교 얄개」로 재영화화.

1977년(62세)　「고교 얄개」의 대대적인 인기로 인해 속편 영화 「얄개 행진곡」, 「여고 얄개」 발표.

1978년(63세) 《주간경향》에 연재했던 소설 『둘이서 하나를』을 미소출판사에서 단행본으로 발간.

1979년(64세) 정음사에서 『사건 백년사』 발간.

1980년(65세) 12월 16일 서울 세브란스 병원에서 지병인 당뇨에 의한 심부전으로 사망.

1982년 아리랑사에서 『흔파 학생 소설 선집』 발간.

1983년 생전에 방송용으로 구약 성서를 번안하여 집필했던 원고 6권과 최요안의 신약 집필 2권을 모아 『소설 대성서(大聖書)』가 지하철문고에서 발간됨. 유작으로 영화 「신입사원 얄개」가 선우완 감독에 의해 발표됨.

1985년 법왕사에서 『흔파 학생 명작 전집』 전 17권 발간. 춘추문화사에서 『소설 성서』 전 9권 발간.

1987년 삼성출판사에서 『소설 한국사』 전 16권 발간.

1989년 민서출판사에서 『흔파 학생 소설 선집』 전 12권 발간.

1998년 한국 문인협회와 수필문학사에서 백석 모란 공원 내에 문학 표적비를 건립.

조흔파 작품 연보*

발표일	분류	제목	발표지
1946	단편	종소래	백민
1951	단편	계절풍	고시계
1953. 1	단편	가정 기상도	희망
1953. 3	단편	신가정 SOS	희망
1953. 4	단편	공처병 환자	희망
1953. 5	단편	궁합 이변	희망
1953. 6	단편	질투전선	희망
1953. 8	단편	청춘유죄	희망
1953. 9	단편	동상이몽	희망
1953. 10~12	단편	연애 武勇傳	희망
1954	소설집	청춘유죄	고려출판사
1954	소설집	봄은 도처에	인화출판사
1954. 1	단편	판수 수난	희망

---

*   1. 소설(번안, 번역 포함) 작품 목록만을 대상으로 하되, 단행본으로 발간된 수필집은 포함함. 수필 작품 목록은 1999년 발간된 『조흔파 문학 선집』 에세이편(1~5권)에 자세히 실려 있음. 방송 및 영화 원고는 현전본이 극소하여 발표 사실을 생애사에서만 다루기로 함.

  2. 조흔파의 작품 단행본은 다양한 출판사에서 여러 번 재판되었기 때문에 최초 발간본으로 추정되는 것들을 기록하는 것을 원칙으로 함.

  3. 잡지 연재소설의 경우는 현전하여 확인한 권호를 중심으로 기록했으며, 미확인본의 경우는 연도만 표기함.

발표일	분류	제목	발표지
1954. 1	단편	할머니	학원
1954. 2	단편	봄은 도처에	희망
1954. 3	단편	연애 복습	희망
1954. 4	단편	유담뽀 사랑	희망
1954. 5~1955. 5	연재	얄개전	학원
1955	장편	애정 삼중주	신태양사(단행본)
1955. 4	단편	청춘행진곡	아리랑
1955. 5	단편	성악가 엘레-지	아리랑
1955. 6	단편	호걸 사장	아리랑
1955. 7	단편	애인 보결생	아리랑
1955. 7	단편	아버지의 비밀	학원
1955. 8	단편	구혼 행각	아리랑
1955. 8	단편	하늘이 높은 계절	학원
1955	장편	얄개전	신태양사(단행본)
1955. 9	단편	逢變業	아리랑
1955. 10	단편	장도리	학원
1955. 10	단편	질투도표	아리랑
1956	장편	얄개전	학원사(단행본)
1956	번역 소설	골목대장	창인사
1956. 1~3	사진 소설	옹추	학원
1956. 2~1957. 5	연재	협도 임꺽정전	학원
1956. 10~11	연재	탈선 사장	명랑
1957	장편	천하태평기	정음사(단행본)
1957	장편	협도 임꺽정전	학원사(단행본)
1957. 1	단편	애정 고고학	아리랑

발표일	분류	제목	발표지
1957. 3	단편	슬픔이여 안녕	아리랑
1957. 3	단편	奇緣	명랑
1957. 5	단편	남편 만세	아리랑
1957. 6~1959. 5	연재	(속)협도 임꺽정전	학원
1957. 6	단편	재봉춘	아리랑
1957. 8	단편	깨소금 사랑	아리랑
1957. 12	단편	고양이	아리랑
1958. 3~4	단편	평지풍파	아리랑
1958. 3~7	연재	골목 안 사람들	명랑
1958. 9	기생 애화	老妓	아리랑
1958. 11	단편	알개 금동이	소년생활
1958.12.	단편	변덕 부인 행장기	아리랑
1959	장편	협도 임꺽정	신태양사(단행본)
1959. 1	단편	相公(상공) 張猪頭(장저두)	경향신문
1959. 1~4	연재	그림 소년 홍길동	경향신문
1959. 1~10	연재	구혼 결사대	아리랑
1959. 2~3	단편	연애 개인 교수	명랑
1959. 4	단편	妖姬妲己	명랑
1959. 6~1960. 7	연재	도심의 향가	명랑
1960	장편	탈선 사장	예문각(단행본)
1960	연재	푸른 구름을 안고	소년한국일보
1960	연재	짱구	서울신문
1961	장편	부라보 청춘	삼중당(단행본)

발표일	분류	제목	발표지
1961. 11~12	단편	청춘 예비역	명랑
1962	장편	푸른 구름을 안고	학원사(단행본)
1962	장편	주유천하	신태양사(단행본)
1962. 7~1964. 6	연재	고명 아들	학원
1963	장편	국사 1~2	학원사(단행본)
1963. 6~1964. 6	연재	人生正會員	아리랑
1964. 4	단편	하마트면	하마터면학원
1965(?)	장편	억만이의 미소	발행처 불명(단행본)
1965	장편	고명 아들	학원사(단행본)
1967	장편	대한 백년	학원사
1967	장편	에너지 선생	소년세계사(단행본)
1967. 7~1966. 10	연재	유쾌한 탄식	명랑
1968	장편	남녀백경	美耕出版社(단행본)
1969. 8~1970. 11	연재	만주국	월간중앙
1970	장편	만주국	육민사(단행본)
1970	장편	약에 감초	육민사(단행본)
1970	전래	배꼽 대감	학원사(단행본)
1970	장편	꼬마전	소년세계사(단행본)
1970	장편	짱구	소년세계사(단행본)
1970	장편	에너지 선생	소년세계사(단행본)
1970	장편	대한 백년 1~5	삼성출판사(단행본)
1970	장편	양녕 대군	육민사(단행본)
1970. 1	연재	어른이 헌장	아리랑
1972(?)	전기 소설	먹구름 속에 핀 장미	아리랑사

발표일	분류	제목	발표지
1972(?)	번역 소설	헉클베리의 모험	아리랑사
1972(?)	역사	소년 옹고집전	아리랑사
1973(?)	역사	소년 홍길동	아리랑사
1973(?)	장편	세 악도리	아리랑사(단행본)
1973	장편	(시대)소년 홍길동	아리랑사(단행본)
1974	장편	꼬마전	아리랑사(단행본)
1974	번역 소설	공중 여행	아리랑사
1974	번역 소설	개구쟁이 아빠	아리랑사
1974	번안 소설	그림 이야기 성경	장학출판사(단행본)
1975	장편	사건 백년사	정음사(문고본)
1976	에세이집	脣舌錄	新志社
1977	장편	여고 얄개	심영사(단행본)
1978	장편	둘이서 하나를	미소출판사(단행본)
1978	장편	악도리 쌍쌍	아리랑사(단행본)
1978	에세이집	미운 맛에 산다	장학출판사
1979	장편	짱구	아리랑사(단행본)
1979	장편	애드발륜 소년	아리랑사(단행본)
1979	장편	사건 백년사	정음사(단행본)
1982	번안 소설	소설 대성서 1~9	문예춘추(단행본)
1982	소설 전집	혼파 학생 소설 선집	아리랑사
1983	번안 소설	소설 대성서 1~6	지하철문고
1985	소설 전집	혼파 학생 명작 전집 1~17	법왕사

발표일	분류	제목	발표지
1985	장편	소설 한국사 1~15	삼성출판사(단행본)
1985	번안 소설	소설 성서 1~9	춘추문화사
1987	콩트집	본격 성인 얄개전 화끈합시다	글수레
1988	장편	꼴지 만만세	민서출판사(단행본)
1989	소설 전집	흔파 학생 소설 선집	민서출판사
1999	에세이 선집	조흔파 문학 선집 (에세이편) 1-5	교음사

작성자 김지영 대구가톨릭대 교수

사랑의 실패들: 한무숙 소설의 인물에 대한 심리학적 일고찰

정은경 ᅵ 중앙대 교수

1 서론

한무숙(韓戊淑, 1918~1993)은 1942년 《신세대(新時代)》의 소설 공모에 장편 「燈を持つ女(등불 드는 女人)」 당선, 희곡 「마음」(1943), 「서리꽃」(1944)[1]이 조선연극협회의 현상 모집에 연이어 당선되어 등단했으나 본격적인 활동은 장편 소설 『역사는 흐른다』(1948년 《국제신보》 현상 공모에 당선) 이후로 본다.

한무숙은 전통적인 대가족 부양과 육아, 결혼 생활과 창작을 병행하면서 40년 동안 장편 4편(「등불 드는 여인」 제외), 중편 3편, 단편 37편[2]을 발표했고, 자유문학상(1957)과 대한민국 문화훈장 및 대한민국 문학상 본상

---

1) 이 세 작품들은 한국 전쟁 중 소실되어 현전하지 않는다. 오소영, 「한무숙 소설의 페미니즘적 요소 연구」, 이화여대 석사 학위 논문, 1995, 1쪽.

2) 1992년 을유문화사에서 펴낸 『한무숙 전집』(총 10권)의 서지 목록 참고.

수상(1986) 등의 다수 문학상 수상, 펜클럽 이사(1962), 소설가협회 대표위원(1979), 대한민국 예술원 회원(1986) 등의 행보를 통해 해방 이후 문학사에 주요한 여성 작가로 자리매김되었다.

한무숙 문학에 대한 기존의 논의는 다음과 같이 분류할 수 있다. 첫째 개괄적 논의와 작품론,[3] 둘째 여성주의 시각에서 단편소설을 중심으로 분석한 연구,[4] 셋째 한무숙 소설의 현실 인식 연구,[5] 셋째 윤리 의식, 멜로드라마적 성격, 서술 기법, 문체 등에 관한 연구[6]이다.

이 중에서 본고의 주제와 관련하여 몇 가지만 집중 검토하면 다음과 같다. 개괄적 논의 중에서 한무숙 작품을 전체적으로 조망하고 있는 조남현

3)   이인복, 「한국 여성의 생사관과 순결 의식: 한무숙의 단편 소설을 중심으로」, 『문학과 구원의 문제』(숙명여대 출판부, 1983); 홍기삼, 「역사와 운명 사이의 여성」, 《문학사상》(문학사상사, 1993. 3); 조남현, 「한무숙 소설의 갈래와 항심」, 《한국현대문학연구》(한국현대문학회, 2002. 12); 정영자, 「한무숙론: 절대 순수의 추구와 한의 세계」, 권영민 엮음, 『한국 현대 작가 연구』(문학사상사, 1991); 김인환, 「한무숙론: 열어 놓고 지키기」, 『생인손』(문학사상사, 1987); 한무숙 재단 편, 『한무숙 문학 연구』(을유문화사, 1996)와 이호규 외, 『한무숙 문학 세계』(새미, 2000) 두 권에 실린 총론과 작품론, 단평들.

4)   정재원, 「한무숙 단편 소설 연구」, 연세대 석사 학위 논문, 1994; 오소영, 「한무숙 소설의 페미니즘적 요소 연구」, 이화여대 석사 학위 논문, 1995; 송인화, 「성적 욕망의 풀어냄과 감추어짐」, 《현대문학의 연구》 8(한국문학연구학회, 1997); 박정애, 「'규수 작가'의 타협과 배반: 한무숙과 강신재의 50~60년대 작품을 중심으로」, 《어문학》 93(한국어문학회, 2006. 9); 임은희, 「한무숙 소설에 나타난 병리적 징후와 여성 주체: 1950~60년대 단편 소설을 중심으로」, 《한국문학이론과 비평》 43(한국문학이론과 비평학회, 2003. 2).

5)   임헌영, 「한무숙 소설에서의 사회 의식」, 『대열 속에서』, 『한무숙 문학 전집』 5(을유문화사, 1992); 장영우, 「한무숙 소설의 현실 인식」, 《동악어문학》 40(동양어문학회, 2003. 2).

6)   이문구, 「민족사의 숨결로 승화된 언어」, 『한무숙 문학 연구』(을유문화사, 1996); 임선숙, 「한무숙 소설의 서술 기법 연구」, 이화여대 석사 학위 논문, 2000.
     조혜윤, 「한무숙 소설 연구: 전통과 근대에 대한 비판적 인식을 중심으로」, 이화여대 석사 학위 논문, 2005; 권혜린, 「한무숙 소설의 윤리성 연구: 감정의 윤리를 중심으로」, 《겨레어문학》 52(겨레어문학회, 2014. 6); 이호규, 「한무숙 소설의 멜로드라마적 성격 연구: 「석류나무집 이야기」의 사랑의 형태와 의미를 중심으로」, 《한국 문학논총》 44(한국문학회, 2006. 12); 김윤경, 「1950년대 근대 가족 담론의 소설적 재현 양상」, 《비평문학》 62(한국비평문학회, 2016. 12).

은 데뷔작『역사는 흐른다』가 구한말에서 해방까지의 역사를 영웅사관에 바탕을 두면서 신성사의 시각으로 엮어 낸 소설이라고 평하고, 작중 인물이 현대소설이라기보다는 서사시적 인물들에 가깝다고 보고 있다. 또한 이러한 영웅주의 시각은 단편에서 '비범한 개인 혹은 개인의 비범성 탐구'로 이어지고, 정약용과 천주교를 다룬『만남』에서 다시 반복되고 있다고 지적하고 있다.[7] 한무숙 소설의 특징을 '균형과 조화의 원리'로 보고 있는 홍기삼은 한무숙 소설이 서로 대립하는 힘들을 다루고 있으나 작품에서 그것이 대립하고 투쟁하기보다는 공존의 방향으로 정착되고 있다고 지적한다. 그 힘들이란 전통적 규범과 새로운 규범, 동양적 가치와 서양적 가치, 유산자 계급과 무산자 계급, 여성과 남성이라 할 수 있으며 이러한 조화, 균형을 이루게 하는 세계 인식의 토대를 전통(동양 정신의 근본인 삼교원융(三敎圓融))에서 구하고 있다고 보는 것이다.[8]

둘째, 여성주의적 관점에서의 연구는 한무숙 소설이 가부장제와 남성 중심주의 사회에서 억압된 여성의 성과 삶을 표출하고 있는 '문제적 지점'들을 포착하여 이러한 양상, 시대적 관련성, 긍정성과 한계성에 대해 논의하고 있다. 특히 한무숙이 해방 이후 대표적인 '여류 작가'로 꼽힌 만큼, 한무숙이 의식적·무의식적으로 드러내는 여성 억압의 현실은 많은 논자들에 의해 주목받은 바 있는데, 특히 최근의 연구들은 좀 더 심도 있게 이 논의를 이어 가고 있다. 여성주의적 관점에서의 본격적인 논의의 첫 출발이라 할 수 있는 정재원의 논문은 주요 단편들을 작가의 삶과의 관련하에 재조명하고 있는데, 이에 따르면 전통적인 양반 가문에서 태어나 서양 교육을 받은 한무숙은 두 문화 간의 긴장을 작품으로 형상화했다. '규수 작가'로서 인습에 대해 비판하고 자기 표현 형식을 갈망한 데에서 한무숙의 글쓰기가 출발하고 있다고 보고 있는 이 논문은 필연적으로 이중적 가치

---

7) 조남현, 위의 글.
8) 홍기삼, 「균형과 조화의 원리: 한무숙 문학의 문학사적 의미」, 한무숙 재단 편,『한무숙 문학 연구』(을유문화사, 1996).

(유교적 인습에 대한 비판과 어머니와 아내로서의 역할에 충실하려는 노력)를 표출하고 있으며, 이러한 대립을 잘 조화시키려고 했다고 본다. 특히 이 논문은 기존 논의에서 잘 주목하지 않았던 서술 시점과 형식 — 남성 화자[9]와 여성의 침묵, 내간체와 고백 — 등을 소외된 여성성과 관련하여 심도 있게 고찰하고 있다.

이와 유사한 맥락에서 논의를 이어 가고 있는 박정애의 논문은 '신사임당상'을 수상하기까지 한 한무숙은 규수 작가(구여성)인 동시에 신여성이었으나, '규수 작가'를 지원하는 전후 문단에서 생존하기 위한 전략으로 남성중심주의와 타협하면서 남근적 문학 권력의 권위와 나르시시즘을 강화시켰다고 본다. 그러나 체관의 시선을 통해 가부장제 안에서 타협하고 생존하는 자기를 낯설게 바라봄으로써 가부장제의 부정성을 드러내었다고 평가하고 있다.[10] 이 두 편의 글에서 짐작할 수 있듯 여성주의적 시각의 논의들은 대체로 한무숙의 페미니즘에 대해 긍정성과 한계에 대해 고심한 흔적들이 드러나는데, 이는 한무숙 소설의 여성주의의 이중성과 한계, 운명론적 인생관을 작가의 병 이력과 관련하여 보는 송인화의 글에서도 확인된다.[11] 이 지점에서 좀 더 긍정적인 의미를 부여하고 있는 임은희는 한무숙의 소설이 여성의 타자화 과정을 성과 사랑에 포착하여 억압과 불안에 대한 방어 기제를 병적 징후로 형상화하여 부조리한 현실에 대응하는 여성 주체의 문제를 담고 있다고 보았다.[12]

한편 한무숙 소설의 사회 현실에 주목하고 있는 임헌영은 '어떤 작가에게도 직접 간접적으로 당대적 사회의 쟁점으로부터는 자유로울 수 없다.'라고 전제하고 한무숙의 단편들을 분석한다. 그는 「허물어진 환상」이 보

---

9) 장영우는 남성 화자가 여성의 일방적 주장을 펼치기보다는 비판과 객관적 거리를 획득하는 서술 전략으로 보았다. 앞의 글, 279쪽.
10) 박정애, 앞의 글.
11) 송인화, 앞의 글.
12) 임은희, 앞의 글.

여 주는 "민족 해방 투쟁과 순응주의의 두 가지 삶의 양식을 대비시키면서 그 어느 쪽도 완결성을 지닌 바람직한 삶으로 정착할 수 없음"이 한무숙의 사회 인식의 초석이며 「대열 속에서」에서는 숙명론을 긍정하면서도 굴레를 벗어나고자 하는 안간힘을 동시에 수긍하고 있다고 고찰한다. 결국 한무숙에게 사회나 역사적인 문제란 개인의 숙명과 집단의 숙명이 직접 간접적으로 갈등과 충돌을 일으키는 것을 뜻하며, 이를 극복하는 올바른 방법을 인간의 내면적인 자기 구원을 통하는 길에서 찾고 있다는 것이다. 그리고 그 자기 구원이 길이 「대열 속에서」는 명서의 4·19 혁명 동참, 그리고 속죄와 연관되고 된다고 언급한다.[13] 장영우는 『역사는 흐른다』와 단편들의 민족어, 문제의식이 양반 계층의 몰락과 평민(하인) 계층의 신분 상승, 가부장제의 인습에 의해 고통당하는 여성을 현실에 가닿아 있으며, 이러한 문제들에 대해 일체의 계급적·성적 편견을 배제한 채 객관적 시각으로 재현하려 노력하였으며 하인 계층에 대한 따뜻한 시선이 감지된다고 보고 있다.[14]

한무숙 소설의 '윤리' 감각에 주목하고 있는 권혜린의 글은 한무숙의 단편 소설이 초기작에서는 타자보다 주체에게 집중하는 감정인 '수치심'으로, 중기작에서는 주체보다는 타자에게 집중하는 감정인 '동정'으로, 후기작에서는 주체와 타자에게 균등하게 집중하는 감정인 '사랑'으로 나아가고 있다고 보고, 그 각각에 해당하는 작품으로 「파편」, 「그대로의 잠」, 「대열 속에서」를 집중 분석하고 있다.

본고는 이상에서 검토한 논의의 성과를 이어받아 다음과 같은 관점에서 한무숙의 단편 소설을 살펴보고자 한다. 첫째 여성 소외의 문제를 인물 심리에 대한 고찰을 통해 좀 더 심도 있게 살펴보고자 한다. 한무숙 소설에 일관되게 드러나는 '사랑의 불가능성'은 단지 가부장제에 의한 성(性) 본능의 억압이 아니라 욕망과 주체, 타자와의 상호 관계, 사회적 제도

---

13) 임헌영, 앞의 글.
14) 장영우, 앞의 글.

와 역사적 변이들을 함축하고 있다. '성'의 억압에만 집중했던 기존의 논의를 '사랑'의 차원으로 확장한다는 것은 사적 영역과 결코 분리되지 않은 공적 영역에 대한 동시적 고찰이면서, 한무숙 문학에 일관되게 나타나는 고집스러운 '자아'(혹은 자아 이상)를 추적하는 일이기도 하다. 이를 통해 임헌영이 비판했던 도식성 ─ 현실 비판만을 강조한 작가 이외의 작가는 통째로 비현실적이라는 식의 외면 ─ 을 극복할 수 있는 방법을 시도하고, 동시에 '여류 작가'라는 명명에서 파생된 또 다른 파생품(여성주의 시각)이라는 순환적 고리를 해체해 보고자 한다.

논의는 한무숙 소설에 나타나는 '사랑의 실패의 양상들'에 대한 고찰, 그리고 이 사건을 서술하는 시점과 화자의 문제, '사랑의 실패와 사회 변혁에서의 소외' 관련성 순으로 이어 나간다.

2 그들은 왜 사랑을 잃고자 하는가 ─ 강박증과 죄의식

한무숙의 중단편들의 인물들은 대체로 사랑에 실패한다. 그들은 단지 '성'의 금기에서 실패하는 것이 아니라 사랑의 차원에서 실패한다.[15] 많은 작품에서 등장하는 과부들(아내의 죽음으로 사별한 「굴욕」까지)은 말할 것도

---

15) 홍준기는 '성과는 구분되는 다른 장르'로서의 사랑은 성적 사랑의 영역을 넘어서 있다고 본다. 그러나 "사랑의 의미는 너무나 다양하기 때문에 사랑에 관한 이론적 논의는 항상 미궁에 빠지는 경우가 많다."라면서, 다음과 같이 라캉의 사랑에 대해 설명한 바 있다. "라캉에 따르면 성은 궁극적으로 비인격적인 쾌락(더 정확히 말하면 향유(jouissance))을 추구한다.(그래서 성은 종종 도착적, 공격적으로 변한다.) 반면 사랑은 성과 중첩될 수 있지만 그것과 반드시 일치하지 않는다. 사랑은 (성을 배제하지 않는 경우에도) 성적 쾌락이 근거하는 비인격성을 넘어서 사랑하는 사람들 간이 주체성의 교류를 목표로 한다는 점에서 차이가 있다.(세르주 앙드레, 홍준기·박선영·조성란 옮김, 『여자는 무엇을 원하는가: 히스테리, 여자 동성애, 여성성』(아난케, 2009), 410쪽) 사랑은 성적 쾌락이 수립하는 관계 혹은 비관계 속에 존재하는 문제들을 인격적이고 주체적 방식으로 해결하고자 하는 인간적 욕망의 또 다른 표현이다."(홍준기, 「도시와 성, 그리고 '법의 너머'로서의 사랑」, 《비평과 이론》 17권 1호, 한국비평이론학회, 2012. 6, 163~164쪽)

없고, 그/그녀들은 불륜(「그늘」, 「유수암」, 「돌」), 남자의 외도와 축첩(「이사종의 아내」, 「수국」), 환상과 오해(「램프」, 「허물어진 환상」, 「명옥이」, 「천사」, 「그대로의 잠을」), 집안의 강제(「배역」) 때문에 실패하거나 어긋난다. 사랑에 실패한 이들은 오늘날 환멸로 인해 사랑을 거부하는 냉소적 주체와는 달리, 여전히 낭만적 사랑을 꿈꾸지만 늘 좌절한다는 점에서 사회 제도와 규범의 희생자라고 할 수 있다. 그러나 레나타 살레츨의 지적대로 '금지와 사회적 규약이 사랑의 실현을 방해한다.'라고 생각하는 것은 착각일 수 있다. 레나타 살레츨은 『남아 있는 나날』과 『순수의 시대』 두 소설의 주인공들이 그 테두리 안에서 살아가면서도 정작 그들이 추구하고자 하는 사랑을 방해하는 모습으로 나타나는 제도들의 압박을 드러내고 있다고 분석하면서 이렇게 질문한다. "우리는 사랑을 방해하는 것이 정말로 제도인가 하는 문제에 봉착하지 않을 수 없다. 오히려 역설적으로 사랑을 생산해 내는 것이 제도인 것이 아닐까?"[16]라는 물음은, 한무숙의 '사랑의 실패자들'에 대한 의혹의 눈길을 던지게 한다. 즉 그들은 사랑은 시도 이전에 실패로 예정된 것이며, 이 숱한 사랑의 불가능성의 사례는 '전통적 인습과 사회적 규범'이라는 완강한 대타자를 거듭 승인해 주기 위한 것이 아닐까.

「돌」은 전쟁으로 아내와 어린 아들을 잃은 한 남자와 조카와의 사랑을 그린 소설이다. '나'는 가족을 잃고 무의미한 일상을 견뎌 나가던 중 옥수암에서 '영란'을 만난다. '영란'은 '나'의 작은누님의 전실 딸로서 조카뻘이 되는데, 이러한 혈연적 장애 말고도 그들 사이에는 영란이 기혼자라는 제도적 장벽이 놓여 있다. '나'는 영란이 병든 아버지와 나이 어린 두 아우를 위해 몸을 팔다시피 하여 어느 부잣집 후취로 출가했으나 부모와 작은 아우의 사망, 의용군으로 끌려가 소식이 끊긴 큰아우로 인해 그녀의 희생은 완전히 '무의미한 것'이라고 서술한다. 게다가 협잡과 방탕으로 유명한 그

---

16) 슬라보예 지젝. 레나타 살레츨, 라깡정신분석연구회 옮김, 「당신을 포기하지 않고는 당신을 사랑할 수 없어요」, 『사랑의 대상으로서 시선과 목소리』(인간사랑, 2010), 294쪽.

녀의 늙은 남편은 현재 젊은 여대생에게 빠져 일본으로 뺑소니칠 계획을 하고 있는 형편이다. 옥수암에서 영란과 재회한 '나'는 그녀가 오래전부터 자신을 사랑했다는 것을 알고 그녀에게 '토요일 하오 두 시'에 만나 사랑의 도피 행각을 벌이자고 제안한다. 그러나 영란을 만나 사랑의 희열에 들떠 있는 '나'의 소망에도 불구하고 '나'는 "그녀는 절대로 나에게 오지 않을 것이라는 상념 ─ 그것은 거의 확신"을 감지한다. 왜냐하면 그들 사이에는 사회 제도와 금기라는 '돌'이 완강하게 버티고 있기 때문이다. '나'가 장자못 전설을 영란에게 들려주었을 때, 영란은 "그 전설은 교훈인가요?"라고 의문을 던지며 다음과 같이 대화를 이어 간다.

> "그 전설은 교훈(敎訓)인가요?"
> "교훈이라구? 그런 요소도 있겠지. 권선징악이랄까……."
> "권선징악일 것 같으면 며느리는 무의미한 존재가 되어 버리지 않아요?"
> "참 그렇군."
> "그 전설의 주인공은 돌인데 ─ 그렇지요?"
> 하고 영란은 이번에는 고개를 돌며, 내 얼굴을 정면으로 보는 것이었다.
> "물론이지요. 오자불구(傲者不久)라든가, 인과응보라는 관념으로 뭉친 그 전설 중에서 단 하나의 사람이니까."
> "단 하나의 어진 자구요."
> "단 하나의 어진 자라기보다 선(善)이란 관념 자체겠지."
> (중략)
> "그럼, 그럼, 선도 악과 같이 벌을 받는 거군요."[17]

위 인용문은 뒤돌아보는 순간 '돌'이 되어 버린 며느리를 '선 관념'으로 언급하면서 '선도 악과 같이 벌을 받는다.'라는 영란의 독특한 해석을 담

---

17) 한무숙, 「돌」, 『한무숙 문학 전집』 6권: 『감정이 있는 심연 외』(을유문화사, 1992), 124쪽.

고 있다. 이는 한무숙 작품에 일관되게 나타나는 숙명론적 세계관의 상징적 표출로, 불합리한 삶을 수용하고 견디는 주요한 원천이 된다. 장자못 전설에서 며느리는 뒤를 돌아보았기 때문에 '단 한 사람의 어진 자'일 수 있으나, 그 '선' 또한 벌 받을 수 있다는 영란의 해석은 그녀의 고통스러운 삶에 대한 해석이기도 한 것이다. 어떤 잘못이나 인과응보와 무관하게 선량한 자신도 '벌 받을 수 있다.'라는 것은 그녀의 무의미한 고통과 정절에 의미를 부여한다. 돌아보지 말라는 금기를 깨뜨렸기 때문에 벌받는 것이 아니라, 돌아보는 '선한 의지'로 인해 벌받는다는 이 역설은, 영란이 지키고 있는 전통적 인습과 유교 질서라는 텅 빈 상징계에 '의미'를 부여하고 다시 굳건하게 세우는 작업이다. 영란은 알 수 없는 '나'라는 남자(소타자)의 욕망의 대상이 되기보다는 '규범'이라는 대타자의 욕망이 되고자 하는 것이다. 그리하여 사랑의 응답을 요구하는 '나'의 요구나 영란의 욕망은 상징계적 '질서'를 교란시키는 끊임없는 침입이고, 그것은 언제나 실패할 수밖에 없는 상상계적, 실재계적 흔적일 뿐이다. 이런 의미에서 한무숙 소설에서 사랑은 거의 쇠약과 말소의 위기에 놓인 '상징계'에 대한 수혈을 의미할 수 있다. 사랑의 불가능성은 언제나 완전한 강자와 승자로서의 '질서'라는 대타자의 위용을 확인해 주기 위해 요청되는 것이다.

위 인용문에서 영란이 "그 전설의 주인공은 돌인데"라는 말은, 한무숙 소설의 진정한 주인공이 누구인지에 대한 하나의 암시가 된다.

> 모퉁이를 돌아 얼마를 가면 길은 다시 되돌아 산골짜기 너머로 '돌'과 마주 서게 된다. (중략) 나는 눈을 들어 건너편을 바라보았다. 무수한 가지로 노을이 타는 하늘을 조각 치고 있는 늙은 느티나무 밑에 어둠이 깃들기 시작하여 '돌'에 기대어 앉은 여인의 모습을 '돌' 속에 몰아넣기나 한 것처럼 이쪽에서 보는 눈에는 '돌'만이 호젓이 서 있는 것이었다.[18]

'돌'을 사이에 두고 어긋나는 두 남녀의 풍경이 이내 '돌'로 변해 버린 영란으로 바뀌는 마지막 풍경은 '제도와 규율'이 이제 외부적 명령이 아니라 인물들의 내면화된 초자아로 굳어졌음을 뜻한다. '이데올로기의 하인의 원형'으로서 굳어 버린 '영란들'은 한무숙 소설 곳곳에 등장하여 기존 체제 수호를 위해 모호하고 강력한 '사랑의 요구'들과 싸운다. 그리고 언제나 승리한다. 이 대타자에 따르면 사랑은 언제나 '죄'이기 때문이다.

"항상 가슴 한편에 나라는 존재가 서 있어 그 죄악감 때문에 그런 결혼 생활을 배겨 낸 것일지도 모른다."라는 영란의 말은 사랑을 죄와 동일시하는 한무숙 인물의 전형을 보여 주는 것으로, 역설적으로 그들에게 '죄의식'(외간 남자를 사랑했다는)은 무의미한 결혼과 불행을 감내해야 하는 이유로 작동한다.

이러한 '죄의식'은 한무숙 인물들에게 보다 근본적인데 「그대로의 잠을」이라는 작품에 잘 드러나 있다. 「그대로의 잠을」의 주인공은 의사다. 그는 어느 산모의 출산을 돕다가 태반이 박리되어 피칠갑을 하고 태어난 아이를 받게 된다. 피를 뒤집어쓰고 태어난 아이는 살인을 하게 될 운명이라고 터부시되는데, 그 터부를 빗겨 가기 위해 갓난아기는 백 일 동안 천형의 수의인 일곱 벌의 남저고리를 입는다. 그런 '영호'를 접하면서 '나'는 어떤 기시감을 느끼는데, 결국에는 자신의 출생이 영호와 같았음을 알게 된다. 그리하여 자신의 엄격하고 부자유한 삶이 숙명적인 죄인이기 때문임을 깨닫게 된다.

'나'가 느끼는 수인과 같은 삶이란 다음과 같다. '나'는 조실부모하였으나 헌신적인 누나 덕분에 훌륭한 의사로 성장한다. 말썽 없고 온순하고 늘 1등만 하는 '나'는 이제 최고의 신붓감과 더불어 미국 유학행을 앞두고 있다. 그러나 '나'는 약혼자의 손 한번 잡을 수 없는 자신의 부자유한 태도와 '동정'에 대해 초조와 불안, 염증을 느끼게 된다.

---

18) 위의 책, 127쪽.

말썽 없고 온순하고 공부는 1등만 하고 ─ 이것은 누이의 입버릇이 된 자랑이지만 따져 보면 얼간이라 할 수밖에 없다. 사실 너무 황송한 불만일지 모르나 일요일 오전 같은 때 아침 식사를 마치고 2층 방으로 올라가서, 어느새 자리가 걷어져 있고 말쑥하게 소제가 끝나 있는 것을 보면, 확연치는 않으나마 아무도 뒤를 거두어 주는 이가 없는 처지보다 오히려 부자유하다는 느낌이 들곤 하였다. (중략)

언제나 반장을 맡아야 했다. 초등학교 시절부터 줄곧 으레 반장이라는 굴레가 씌워졌었다. 한참 장난도 하고 싶은 나이에, 반장인 까닭에 의젓하게 일 처리를 해야만 했다. 그래서 친구들은 자기들 편에 넣어 주려 들지 않았다. 그러면서 단체적으로 잘못이 있을 때면 그들을 대신하여 반장이 질책을 받아야만 했다. 반장이 그런 짓을 ─ 이런 말 때문에 어렸을 때의 즐거움을 모조리 빼앗겼다. 도대체 누가, 또 무슨 까닭으로, 원치도 않은 반장을 만들었단 말이냐. 소리를 지르고 싶었다. (중략)

무엇에든 흥미와 탐구심을 가져 사물의 있는 모습을 알고 싶어 해도 안된다. 장난감이라든가 기계 같은 것의 구조가 알고 싶어 그것을 뜯기라도 해 보라. 어른들은 그런 행위에 흉행의 징조를 보고 기겁하여 말릴 것이다. 아이는 모르는 사이에 사물에 대한 관심을 잃고 밍숭하고 착한 아이가 되어 버리리라.

이리하여 그는 건강한 인생의 제수가 될 수는 없어진다. 이윽고 어느 날 자각이 와서 자기가 객체에 지나지 않는 것에 놀랄 것이다.[19]

위 인용문은 화자인 '나'가 생을 능동적 주체가 아닌 수동적 '객체'로서 '끌려왔다'라고 서술하는 사례들이다. 누이가 만들어 주는 완벽한 환경 속에서 '나'는 '누이'라는 대타자의 요구에 부응하는 모범생으로 성장하였으나, 그 안이하고 평탄한 삶이란 '스스로 책임져 행동한 일이 없었고',

---

19)   한무숙, 「그대로의 잠을」, 『한무숙 문학 전집 5권: 대열 속에서 외』, 296~314쪽.

"그저 간단힌 기입된 경력의 책장"에 불과했음을 고백한다. 그것은 일종의 역동적 힘과 과정이 생략된 채 지정된 자리에 놓인 정물과 같은 '사물화' 된 삶을 뜻하는데, 이러한 정물화적 인상은 한무숙 소설 전체를 지배하는 주조를 이룬다. 특히 서정적 색채와 농밀한 심리 묘사가 돋보이는 단편들 (「군복」, 「소년 상인」, 「모닥불」 등)은 문제적 인물들이 필연적 현실과 투쟁하여 나아가는 과정보다는 정적이고 시적인 장면으로 이루어져 있는 경우가 많다. 한무숙 작품은 주체와 객체의 상호 작용과 생동감이 없는 대신, 인상적 장면에 대한 감각적 묘사가 두드러진다. 장면의 경우도 위의 조남현이 지적했듯, '현대 소설이라기보다는 서사시'에 가까우며, 영웅들에 의해 '확정적 전제'들에 의해 진행되는 경향이 짙다.

「그대로의 잠을」의 화자 '나'는 완전무결한 풍경에 '완벽한 엘리트'로 정박되어 있는 자신의 삶에서 어떤 부자유와 초조, 불안을 느끼지만 딱히 어떤 것의 '결핍'을 느끼거나 욕망하지 않는다. 모든 것이 다 완벽하기 때문에 어떤 타자를 요구하지도, 어떠한 타자의 틈입도 용납하지 않는 이러한 인물을 라캉에 따라 '강박증자'로 볼 수 있을 것이다. 신경증자의 도식에서 강박증자는 타자를 존재를 부정하고 말소하려는 자다.[20] 완전함을 가장하는 이 강박증은 대상을 얻었다고 믿는 자[21]이며, 대타자의 자리에 스스로를 앉혀 결핍을 외면한다. 이 상징계적 위치에서 완벽함을 가장하고 있는 '강박적 사람은 그곳에서 자신의 욕망과 부딪칠 위험을 예방하는 방식으로 행동하고, 구체적인 타자인 이성뿐 아니라 상징적 타자인 대타자의 욕망에 관련된 위험을 벗어나고 불확실성을 피하기 위해 끊임없이 결정을 지연시킨다.'[22]

20) 브루스 핑크, 맹정현 옮김, 『라캉과 정신의학』(민음사, 2002), 209~212쪽.
21) "대상을 실재라고 믿고 다가서는 과정이 상상계요, 그 대상을 얻는 순간이 상징계요, 여전히 욕망이 남아 그다음 대상을 찾아 나서는 게 실재계이다."(권택영, 「라캉의 욕망이론」, 민승기·이미선·권택영 옮김, 『욕망 이론』(문예출판사, 1999), 19쪽)
22) 레나타 살레츨, 앞의 글, 297쪽.

그러나 「그대로의 잠」에서 볼 수 있듯, 억압된 에로스적 충동(대상애적 리비도)은 주변을 배회하면서 그를 불안하게 하고, 그 불안[23]은 죄의식과 결합된다. "불안의 감정은 자아가 자기 이상인 초자아의 요구에 부응하지 못했다는 인식에 대해 자아가 반응하는 것인데" 죄 이전에 죄의식[24]을 낳는다. 또한 '무의식적 죄의식'은 "오이디푸스 콤플렉스에서 비롯된 양가감정의 갈등, 즉 에로스와 죽음 본능(파괴 본능) 사이의 갈등의 표현"[25]으로서, 초자아의 사디즘의 강도만큼이나 처벌을 요구하는 도덕적 마조히즘을 낳는다.[26] 한무숙 소설의 강박적 인물들이 보여 주는 강한 도덕성, 그리고 죄의식에 따른 자기 처벌 욕구, 종교적 행위[27](「유수암」 같은 작품에서 기생 진경이의 불교적 수행은 물론 한무숙 소설에 나타나는 금욕주의적인 종교 사상 등)는 그들의 높은 문화적 수준을 보여 주는 것이지만, 한편 금욕적이고 수동적인 인물 유형, '개성과 자신'을 갈급하는 인물들을 탄생시킨 원천이기도 하다.[28]

---

23) 프로이트는 죄책감(Schulgefühl)을 "근본적으로 불안의 한 변종"으로, 초자아에 대한 불안으로 보고 있다. 불안은 문명의 발달에 따라 죄책감이 죄책감으로 인식되지 않고 불쾌감, 불만 같은 것으로 의식된다.(지그문트 프로이트, 김석희 옮김, 『문명과 속의 불만』, 프로이트 전집 12(열린책들, 2005), 317쪽)

24) 프로이트에 따르면 죄책감은 두 가지 원인을 가지고 있다. 첫 번째는 권위자에 대한 두려움에서 생기고, 두 번째는 초자아에 대한 두려움에서 생긴다. 첫 번째 죄책감은 본능 만족을 단념하도록 강요하고, 두 번째 죄책감은 본능 만족을 단념하는 것이 아니라 징벌까지도 요구한다. 금지된 원망이 지속되는 것을 초자아한테는 감출 수 없기 때문이다. (중략) 원래 본능 자체는 외부 권위자에 대한 두려움이 낳은 결과였다. 그러나 초자아의 경우, 본능을 만족시키고 싶은 원망을 숨길 수 없기 때문에 본능을 자제해도 죄책감은 생긴다. 위의 책, 307쪽.

25) 위의 책, 314쪽.

26) 지그문트 프로이트, 박찬부 옮김, 「마조히즘의 경제적 문제」, 『정신 분석학의 근본 개념』, 프로이트 전집 11(열린책들, 2005), 430쪽.

27) 프로이트는 종교를 보편적인 강박신경증으로 파악하며 그 유사성에 대해 분석한 바 있다. 이윤기 옮김, 「강박행동과 종교 행위」, 『종교의 기원』, 프로이트 전집 16(열린책들, 1998).

28) 금욕은 오히려 행실은 바르지만 의지가 약한 사람, 즉 강력한 개인의 지시에 마지못해 따르는 경향이 있는 군중 속에 파묻혀 자신의 존재를 잃어버리는 사람을 키우는 경우가 많

'너무나 많은 나가 있다.'라면서 끊임없이 '나'의 정체성에 대해 심문하고, 영란을 통해 '완전한 나'를 찾았다고 믿는 「돌」의 화자나, '자유와 주체성'을 소망하는 「그대로의 잠을」의 의사는 그 전형에 해당하는 것이지만, 그들은 여지없이 실패하고 만다. 「그대로의 잠을」의 '나'는 어느 날 농루안을 앓는 아이를 데려온 창녀를 만나게 되고, 아구창을 앓고 있는 그 아이를 치료하기 위해 사창가를 주기적으로 방문하게 된다. 이런 만남을 통해 '나'는 창녀와 눈먼 아이가 더럽고 추악한 존재가 아니라, 명랑성을 가지고 '살아가는' 능동적 존재로 인식하게 되고 "실로 존재한다는 것은 모든 윤리에 선행하는 것이 아니겠는가."라는 깨달음을 얻는다. 그러나 이러한 만남을 통한 의지와 명랑성의 전이는 중단된다. 미국 유학을 앞둔 '나'는 친구들을 초대해 송별회를 열지만, 예약한 자리를 다 채우지 못한 적은 인원과 "나두 나오구 싶어 나온 줄 알아. 자식 술을 들이부어두 쌍판 하나 달라지지 않구. 기름 조개 겉은 수재 낯짝 갈겨 주구 싶은 걸 참구 있는 거야."라는 친구의 말을 엿듣고 분노한다. 송별회가 끝난 후 '나'는 사창가의 천막촌을 찾지만, 그녀는 "선상님, 못쓰십니다. 댁에 가서서 주무시레요."라는 말을 듣고 격노하여 그녀를 심하게 구타한다.

"왜 못써, 왜 못써?"
씨근거리며 나오는 말이 자기 음성 같지 않았다.
"선상님 같은 분이, 선상님 같은 분이……."
창녀는 여전히 저항하며 할딱거렸다.
— 선상님 같은 분……? 너는 또 어떤 영어(囹圄) 속에 나를 가두려는 것이냐? 사나이이면 또 기백 환 돈이면 병신이라도 너를 가질 수 있다고 들었다. '같은 분'란 말은 무엇을 의미하는 것인지는 모르나, 이 말은 그 찰나 인생에의 참가(參加)를 거부하는 말로 들렸다.[29]

_____

다.(프로이트, 「'문명적' 성도덕과 현대인이 신경병」, 위의 책, 26쪽)
29) 「그대로의 잠을」, 『한무숙 문학 전집 5권』, 310쪽.

초자아의 명령을 거부하고 욕망에 부응하려는 순간, 그녀는 다시 '초자아'의 목소리를 들려준다. 그 목소리에 의해 '나'는 그녀를 '창녀'로 인식하게 되고("순간 왠지 몰라도 그 말투에 '창녀'를 느꼈다.") 억압된 공격 본능은 그녀를 향해 분출된다. 다음 날 그는 사창가에 화재가 나서 모자가 죽었다는 소식을 듣게 된다. 사람들은 아이와 떨어진 곳에서 발견된 어미의 위치를 놓고 비난하지만, 그는 자신의 폭행 때문에 의식을 잃은 그녀가 미처 탈출하지 못했음을 감지한다. 그리고 '나'는 사람들이 '자살 행위'라고 만류하는데도 자수하여 미결수로서 '푸른 수의'를 입게 된다. "죽는다는 것은 받는 것이지만 자살한다는 것은 행위이다. 자신으로서의 행위를 갖고 싶은 것이다."라며 그는 자신의 능동적인 행동을 내세우지만, 사실 이는 도덕적 마조히즘의 자기 징벌의 행위이다. 이는 "양심은 사람을 재워 주지 않아도, 벌을 받았다는 의식은 잠을 재울 수 있는 것이니까."라는 독백에서도 확인된다. "사제도 지쳤다. 악마의 말을 빌린 미사도 이제 끝난 것이다."라는 문장은 그가 살인자의 운명을 완성하는 것을 뜻하며, 동시에 자기 응징을 통해 끈질긴 죄의식으로부터의 해방되는 것을 의미한다.

이렇듯 타자를 요구하지 않는 완벽한 주체를 가장하고 죄의식에 시달리는 강박적 인물은 한무숙 작품 곳곳에서 등장한다. 가령 「파편」의 경우, 주인공 태현은 황해도 대지주의 외아들로 경성제대를 졸업한 수재이다. 전쟁으로 아내와 세 아이와 함께 부산을 피난했으나 창고에서 피난민들과 함께 비참한 생활을 하게 된다. 그는 서울에 남겨 둔 늙은 부모에 대한 죄악감과 식구를 제대로 건사하지 못하는 자신을 질책하며 괴로워 한다. "위선자, 냉혈한, 불효자, 무능자!"라며 자책하는 그는 생존을 위해 악착같이 살아가는 피난민들을 보며 왕성한 생명력을 부러워하지만, 그러한 생의 본능과 욕망은 강박증자에게는 허용될 수 있는 것이 아니다.

자기란 무엇이냐? 창고 속에 쓰레기가 굴러 있는 일개의 전재민 ── 물을 긷는 남자가 자기 하나라면 모르되, 모두 같이 물도 긷고 불도 피워 주고 하는데, 자기라고 그런 것이 기이하게 남에게도 보이고, 자신도 어색한 까닭이 어디 있단 말인가?[30]

위 인용문은 물을 긷는 태현을 보고 "아이구, 기진 아버지가 물을!"이라고 놀란 송 서방네에 대한 태현의 생각이다. 행세하던 송 서방네의 추락을 보면서 "불행히 그의 이성과 체모와 수치심을 빼앗고 대신 왕성한 생명력을 주었던 것이다."라는 서술에는 생의 본능과 요구를 수치로 여기는 강박증자의 심리가 들어 있다. 태현은 취직자리를 부탁하러 간 자리에서 아부하는 대학 동창과 자신의 처지에 대해 굴욕감을 느끼는데, 이 굴욕감은 한무숙 소설의 강박적 인물들에게서 흔히 찾아볼 수 있는 감정이다. 이 욕됨의 감정은 앞서 언급한 대로 대상을 소유했다고 가정하는 강박적 인물에게 '결핍'을 들이대는 실재계의 공격이기 때문이다. 「굴욕」에서도 남편의 거듭되는 실업과 가난을 힐책하지 않고 오직 인종으로 견뎌 내는 완전 무결한 아내, 그리고 그러한 태도에 진저리가 난 남편이 뺨을 때리는데도 그 굴욕을 견디는 인내심, 그리고 그 숭고한 희생의 아내로 인해 오히려 열등감과 굴욕감을 느끼는 남편의 심리가 묘사되어 있다. 장관의 아들 명서가 운전수 아들의 정의에 대해 느끼는 굴욕감(「대열 속에서」)과 병원에 무료 환자로 입원하게 된 전옥회 여사가 느끼는 굴욕감(「축제와 운명의 장소」) 등을 통해 작가 한무숙이 유난히 민감한 감정이 무엇인지를 확인하게 된다.

3 '나'는 미친 여자를 보았다 — 히스테리적 광기와 목격자

라캉의 신경증적 구조에서 강박증자가 타자를 말소하려고 한다면, 히스테리 환자는 주체를 말소하려 한다. 강박증은 타자가 필요없다고 주장하고, 히스테리는 타자의 욕망의 대상 그 자체가 되기 위해 욕망의 실현을

---

30) 「파편」, 위의 책, 52쪽.

지연시킨다.[31] 히스테리 환자는 대타자의 욕망을 가늠해서, 대타자가 결여하기 때문에 욕망하게 만드는 특별한 대상이 되고자 한다. 이때 히스테리 환자는 대타자(남성)의 대상 소타자가 된다.[32]

프로이트는 신경증을 자아와 이드 사이에서 생겨난 갈등의 결과[33]로 보고 있는데, 그렇다면 히스테리는 일종의 억압된 욕망의 현현으로서의 증상을 의미한다. 한무숙의 강박적 인물들은 부재와 결핍으로서의 타자를 인정하려 하지 않지만, 타자는 사라지지 않고 '히스테리'와 '광기'로 그들 앞에서 나타난다. 「감정이 있는 심연」에서 죄악 망상으로 광기를 일으킨 '전아'나 「명옥이」의 과대망상, 「축제와 운명의 장소」의 전옥희 여사의 죽은 애인에 대한 집착과 과대망상, 「램프」에서 사랑을 갈급하는 옥란 등, 억압된 욕망은 초자아의 감시에도 불구하고 끊임없이 나타나 결핍을 증언한다. 그러나 문제는 한무숙 소설의 진정한 주인공이라 할 수 있는 '제도와 규범'이라는 대타자가 이를 용인하지 않는다는 것이다. 엄격한 기율과 완전무결한 이데올로기의 수호자인 이들은 '품위 있는 귀족'이라는 자아 이상을 위해 자신의 욕망을 희생하면서 자신을 상징계 속에 위치시킨다.[34]

한무숙 소설에서 결핍과 욕망을 증언하는 히스테리와 광기는 역설적으로 강박증 인물이 동일시하는 대타자와 상징적 정체성에 의해 '히스테리

---

31) 브루스 핑크, 앞의 책; 문장수·심재호, 「강박증에 대한 프로이트의 정의와 원인에 대한 비판적 분석」, 《철학논총》 82(새한철학회, 2015), 208쪽.

32) 양석원, 「라캉과 히스테리: 욕망에서 쥬이쌍스로」, 《비평과 이론》 19권 1호(한국비평이론학회, 2014. 6), 106쪽.

33) 지그문트 프로이트, 황보석 옮김, 「신경증과 정신증」, 『억압, 증후 그리고 불안』(열린책들, 1998), 198쪽.

34) "자크 알랭 밀레는 귀족이란 존재를 자아 이상을 위해 자신의 욕망을 희생시킬 줄 아는 주인으로 정의한 바 있다. 자아 이상은 주체가 동일시하는 상징계 속에 위치하게 된다. 그 자리는 주체가 보이길 바라는 방식으로 그 자신을 관찰하게 되는 바로 그 자리이다. 스티븐스에게 이 지점은 집사의 서비스에 대한 원칙이나 규범의 자리이고, 더욱 정확히 말해서 품위의 자리이다. 주체가 이상적인 것을 위해 자신의 욕망을 희생할 때, 그러니까 그 자신을 상징적인 정체성에 완전히 복속시키고 어떤 상징적 가면을 쓰게 될 때 바로 이런 가면 속에서 그는 자신의 욕망을 인식할 수 있다." 레나타 살레츨, 앞의 글, 300쪽.

와 광기, 망상, 환상'으로 규정되고 배척된다. 그리고 이 규정과 배척은 남성이거나 지배 계급의 목격자, 객관적 서술자 등의 서술 시점에 의해 수행된다. 이는 현실 원칙을 어기고 쾌락 원칙을 추구했을 때 따르는 결과를 무대에 상연함으로써 소망을 폐지하려는 일종의 전략이기도 하다. 그 전략의 요지가 '나는 미친 여자를 보았다.'이다. 이는 앞서 분석한 '실패를 예정한 사랑'을 보충하는 제2의 '사랑의 불가능성'의 근거가 된다.

강박적인 목격자들은 사랑에 빠진 이들을 결코 부러워하거나 동경하지 않으며, 기어코 그들을 과대망상증 환자나 광인(「감정이 있는 심연」, 「명옥이」, 「회고전」) 혹은 착각이나 환상(「램프」, 「천사」)이나 환멸(「수국」)로 몰아간다. 또한 강박적인 목격자들은 히스테리적 인물들이 요구하는 '사랑'의 말들을 무시하고 기어이 '성욕'이라고 규정하면서 이들을 단죄한다.(「감정이 있는 심연」, 「월운」) 이를 좀 더 구체적으로 살펴보자.

「감정이 있는 심연」은 사랑하는 사람과 성관계를 가졌다는 것 때문에 죄악 망상에 사로잡혀 정신 병원에 입원한 여인 '전아'의 이야기를 다룬다. '전아'는 퇴락한 대지주 집안의 딸로 유복한 생활을 영위하지만, 그녀를 둘러싼 네 명의 과부는 '성'은 곧 죄악이라고 훈육하며 그녀의 자유를 강탈한다. 특히 집안을 이끌어 가는 큰고모는 '건장하고 거만'하며 '실력자'고, '남자같이 활동적인 동시에 결단성'을 가진 '가부장'의 대리자로서 가족에게 광신적인 기독교 교리와 엄격한 유교적 윤리 의식을 강요한다. 홀로된 조모와 큰고모, 그리고 부정한 죄를 짓고 감옥살이를 하고 나온 작은고모, 백치가 되어 버린 전아의 엄마로 이루어진 집안에서 '전아'는 순결 이데올로기와 엄격한 성 윤리를 내면화하면서 자라난다. 그러다가 마름과 유모 집안의 청년 '나'(당숙은 마름이고, 유모는 이모이다.)를 사랑하게 된다. '나'는 이러한 상대적인 하층 계급임에도 불구하고, 악착같이 공부해 미국 유학행을 예정하고 있는 인물이다. '나'는 열등감 때문에 '전아'에게 적극적으로 구애를 못하지만, 전아는 이런 '나'를 대신해 자신의 마음을 표현한다. 백제 관음상을 보며 "그걸 만든 사람은 하나의 의미를 그렇게 구상시킨 게 아니겠어요? (중략) 나두 어떤 의미가 되구 싶었는데 ― 선생님헌테 ― (중략) 글쎄 사랑일 것이라구 생각해 봤어요."라며 사랑의 말을 전해 온 전아와 '나'는 그날 "공포같이 강렬한 환희"를 느끼는 성관계를 갖는다.

그러나 전아는 하숙집에서 나오면서 '호송되는 여수(女囚)'를 목격하고는 그대로 기절해 버리고 만다. "숨겨 주세요, 놓쳐 주세요, 빨리빨리……." "못 찾구 가 버렸구먼요, 허지만 죄가 무서워."라며 발작을 일으킨 그녀는 병원에 가서도 "죄를 지었기 때문에 침대 같은 높은 데서 잘 자격이 없다고 찬 마룻바닥에서 웅크리고" 자면서 죄악 망상에 시달린다. 대상에 대한 리비도를 차단하여 마조히즘적으로 자기를 징벌하는 전아는 '주체'를 말소하고 타자의 욕망이 되고자 하는 히스테리적 자아라고 할 수 있을 것이다. 그러나 그녀의 대타자는 소타자로 나타난 '나'가 아니라 '큰고모'라는 완강한 이념이다. 이상적 자아이자 나르시시즘적 성애 대상인 '나'와의 사랑의 실현은 큰고모라는 '자아 이상'에 의해 금기시되고 처벌된다. 즉 이상적 자아와의 사랑을 통한 나르시시즘적이며 상상계적 충족은 자아 이상[35]이 속한 상징계의 공격에 의해 억압되고, 그 억압에 의한 리비도적 이상 증후가 죄악 망상으로 표출된 것이다.

여기에서 주목해야 할 것은 이를 지켜보는 목격자인 '나'라는 존재다. 히스테리적 자아인 전아의 발병과 광기를 서술하는 시점이 '나'라는 것은 의미심장하다. '전아'를 쾌락 원칙의 무한한 충족을 원하는 이드 편에, 이를 금기하는 큰고모는 일종의 초자아의 대리 표상으로 본다면, '나'는 이들을 중재하는 '자아'를 의미한다고 할 수 있다. 성숙한 자아는 이드의 본능 충족의 요구에 맞서 현실 원칙을 제시하고 욕망의 실현을 지연시키거나 억압한다. 그러나 한편 이 성숙한 자아는 '전아'라는 이드가 완전히 방출되었을 때, 어떤 일이 벌어지는지를 보고 듣는 자이기도 하다. '광기'와

---

35) 이상적 자아와 자아 이상에 대해서는 프로이트의 「나르시시즘 서론」, 『정신분석학의 근본 개념』 참조.

처벌, 그리고 사회로부터의 소외라는 엄청난 대가를 치러야 한다는 교훈을 회유적으로 보여 주는 이 '자아'는 한무숙 소설에서 줄곧 등장하는 일종의 강박적 자아의 변형, 혹은 중첩으로 볼 수 있을 것이다. 라캉에 따르면 "강박증 환자는 자신을(아버지, 주인 그리고 심지어 죽음 그 자체와의 동일시를 통하여) 그 장면을 구경하는 타자로서 위치시킨다. 자신의 자아가 게임, 즉 타자를 위해 상연된 볼거리에 참여하는 동안 그/그녀의 욕망, 즉 무의식적 욕망은 마치 존재하지 않는 것처럼 주변에 방치된다."[36]

자신의 욕망을 주변에 방치하고 독자, 혹은 자기 자신에게 히스테리적 광증이라는 볼거리를 제공하는 이러한 강박적 서술자는 사랑을 얘기하는 한무숙의 단편에 자주 등장한다. 이들은 사랑에 빠진 상태의 상상계적 차원의 그림을 상징화될 수 없는 욕구의 형태인 실재계 '무'로 돌려 버린다.[37] 「램프」에서 '램프'를 닦으며 사랑을 소망하는 못생긴 노처녀 옥란은 어느 날 연애편지를 받고 희열에 들뜬다. 그러나 3인칭의 서술 시점은 연애편지가 룸메이트인 최복남의 편지였다는 것을 밝혀 냄으로써 그녀의 환상적 소망 실현을 여전한 욕구의 차원인 실재계로 돌려 버린다. 「명옥이」에서는 사랑에 빠진 명옥을 과대망상으로 보여 줌으로써 사랑의 실현을 제지한다. 명옥은 스스로를 '베아트리체'라고 생각하고 끊임없이 남자의 욕망이 대상이 되고자 하는 히스테리적 인물이다. '과거 자신은 경도제대에 다니는 애인이 있었으나 자신을 짝사랑하는 또 다른 갑부의 아들이 나타나 사랑이 깨졌고, 후일 다시 만난 '애인'은 결혼을 했으나 고귀하고 아름다운 사랑을 나누고 있다.'라며 자신의 러브 스토리를 그려 내는 명옥의 그림을 망상과 도착으로 돌리는 것은 명옥의 동창이자 이 소설의 주요 인

---

36) 이어지는 대목은 다음과 같다. "라캉에 따르면 히스테리 환자는 자신을 볼거리 그 자체 또는 타자의 눈앞에서 펼쳐지는 게임과 동일시하는 반면 강박증 환자는 관객을 위해 볼거리를 제공하는데, 이때의 관객이란 자기 자신이며 또한 분석의 과정을 통해서 특정 역할을 맡게 된 분석가이다." 브루스 핑크, 김서영 옮김, 『에크리 읽기』(도서출판b, 2007), 64쪽.

37) 숀 호모, 김서영 옮김, 『라캉 읽기』(은행나무, 2005), 154~165쪽 참조.

물인 '경주'의 시점이다. '경주'는 과거 명옥이를 처음 알게 된 보통학교 시절에도 그러했지만, 17년이 지나 다시 만난 현재도 명옥에게 물질적 도움을 줄 수 있는 부유층 집안의 며느리로 그려진다. 명옥이 신문사를 통해 찾아올 수 있는 명사 편에 속하는 '경주'는 전통 인습을 위반하지 않은 잘 자란(혹은 잘 억압된) 전아쯤으로 볼 수 있는데 "사랑이라든가 생식이라든가 하는 것이 어쩐지 부끄럽고 죄스럽게 생각"(185쪽)하고 있다는 것, 그리고 층층시하의 시댁 식구의 시선을 의식한다는 점에서 그러하다.

남편이나 시집 식구들에게도 그녀의 고백에서 추린 몇 가지를 소개하고, 더구나 그녀가 D 씨의 구애를 상대편의 가정의 평화를 위해 극력 거절하고 있다는 점을 강조하였다. 그것은 경주가 오랫동안 섬기고 있는 시숙모의 마음에 특히 든 점이었다. 소시부터 시앗을 본 이 노부인은 명옥이가 상대편 처자 생각을 해 주는 것이 신통하다고 칭찬하고, 그녀가 버릇없는 상스럽지 않은 행동을 해도 탄하지를 않았다.[38]

남편이나 시집 식구를 '독자'로 상정하고 있는 일종의 내포 작가에는 전통적인 유교 질서에 강박된 인물이 겹쳐 있다. '경주'가 만든 무대에는 명옥이의 헛된 욕망의 드라마가 펼쳐지지만, 그것은 명옥의 것이기 때문에 '경주'는 아무런 지탄도 받아서는 안 된다. 그러나 심층적으로 보면 이 무대는 '경주'의 욕망이 만든 것이다. 명옥이 불려 나온 것은 베아트리체를 꿈꾸는 명옥이 경주의 욕망이기 때문이다. 중간에 달빛에 비친 명옥이 아름답다고 느끼고, 그녀의 연애에 실감을 얻는 경주의 시선은 동일시와 전이의 예증이라 할 수 있다. 멋진 옛 애인과의 조우, 남자의 영원한 사랑, 신약 발명, 사업 등등 명옥의 판타지는 결혼 제도와 가부장적 이데올로기에 속박된 경주의 꿈이다. 그러나 그 꿈은 실현될 수 없는 것으로 끝나야

---

38) 한무숙 문학 전집 6권, 186쪽.

한다. 경주에게 명옥이 "십팔 관의 베아트리치에의 왕성한 식욕"이라 일컬어지거나 '속아 주기'도 하는 존재로, 또 "가엾고 우습기도 하였다."와 같이 그려지거나 "여자도 그렇게 못생기면, 비관두 될 게야."(막내 시동생)라고 조롱당하고 "늙은 게 그렇게 남의 남자에게 꼬릴 치구"(친구 연숙)라고 비난하는 등의 주변의 담론은 꿈의 좌절을 선언하는 발화들이다.

애인의 사회적 지위나 초상에 한해서만큼은 명옥이의 말에 거짓은 없었다. 그러나 그들의 처지는 완전히 도착적(倒着的)인 것이고 명옥이의 고백은 다만 이마에 주름을 잡기 시작한 그 체중만큼은 불행을 지닌 못생긴 중년 여성의 꿈과 희망에 지나지 않았다는 것은 의심할 여지가 없었다. 이 사회적 명사인 단려한 외모를 가진 신사는 동물이 되는 순간에만 명옥이를 찾았으리 ─ 이런 생각이 스치자, 동물이 될 수밖에 없는 명옥이가 진실로 가여웠다.[39]

경주가 매듭짓는 러브 스토리의 전말을 통해, 작가는 명옥을 도착적이고 과대망상적인 히스테리, 동물적 성욕의 희생자로 실연시킴으로써 '결여'라는 실재계의 침입은 반격되고, 상징계의 공백들은 봉합된다. 더불어 오랜만에 다시 마주친 명옥의 모습을 "어린애를 업은 명옥이의 모습이 그날같이 비참하게, 그러기에 그날같이 훌륭하게 진실하게 보인 적은 없었다. 비참으로 말미암아 어린 것을 업은 그의 모습은 진실에 차 있는 것 같았다."(192쪽)와 같은 종결은, 기존 논자들이 지적했듯 모성 이데올로기에 대한 승인과 순응을 의미한다. 이것은 경주와 한무숙 단편의 강박적이고 체념적인 여성에게 대타자가 사랑의 실패담과 함께 들려주는 대상, 즉 여전한 결여를 가졌다고 상정하게 되는 혹은 붙들려 있다고 믿고 싶은 대상이다.

---

39) 위의 책, 189쪽.

강박적 자아는 전아나 명옥처럼 사랑을 갈구하는 인물들에 대해 그것은 '성'이라고 비난하고 금지한다. 위 인용문에서 경주가 명옥의 사랑을 전체적 차원이 아닌 부분적 욕동의 성적 차원으로 끌어내린 것처럼, '큰고모'와 같은 초자아는 '사랑'을 '성(性)'이라 명명한다. 이 초자아를 내면화한 여성들, 가령 '연애 감정을 죄악시'하는 옥란,(「굴욕」) 명옥이처럼 나르시시즘적 사랑에 사로잡히고 과대망상증을 지녔으나 "조심해, 여자란 한번밖에 승부를 할 수 없는 거야."라며 젊은 간호사의 순결을 염려하는 전옥희 여사,(「축제와 운명의 장소」) 가슴에 품은 사랑 때문에 죄악감을 갖는 영란,(「돌」) 여성의 성적 능동성을 '창녀'라고 느끼는 선희,(「그늘」) 뒷방 색시 부부에게서 '문란한 것', '암짐승', '금수 같은 것'을 느끼며 힐난하는 늙은 과부 홍 여사(「월운」) 등이 그 예라 할 수 있다. 이들이 사랑을 '성'이라 호명하며 금수와 묶어 감금시키고 그로부터 스스로를 보호하는 것은 이들의 사랑에 대한 욕망의 강도와 그에 대한 두려움이라는 양가감정을 드러낸다.

이러한 분석은 명옥이를 과대망상, 현실 왜곡으로 바라보는 객관적 서술자가 틀렸다는 것을 의미하지 않는다. 억압된 표상은 꿈과 백일몽에서 압축, 전치, 왜곡, 2차 가공되어 떠오른다고 지적했던 것처럼, 명옥이나 전아의 욕망은 한무숙의 강박적 자아에 의해 억압된 표상을 대리하여 나타나는 2차 가공물들이라고 볼 수 있다는 것이다.

4 자유와 해방의 불가능성 ── 사랑의 정치 경제학

사랑의 불가능성은 곧 자유의 불가능성을 의미하기도 한다. '완전한 충족'을 가장하는 한무숙의 강박적 자아들은 끊임없이 나타나는 실재계의 요구와 결핍을 외면하고 상징계적 질서의 수호자를 자처하며 '견딤'으로써 생을 살아 낸다. '결여'를 부인하는 이들은 차이들의 질서이자 교환과 계급의 장인 '상징계'를 숙명으로 받아들인다. 그것은 한무숙의 여성 인물만

이 아닌 가부장제와 유교 질서에 갇혀 살아야 했던 거의 모든 여성의 운명이자 시대적 제약에 따른 비극이라고 할 수 있다. 그러나 여성뿐 아니라 남성에게도 '사랑의 불가능성'은 사적 영역만의 속박이 아닌, 공적 영역에서의 많은 좌절들을 의미하는 것이다. 한국 근대 초기 '자유연애'가 그토록이나 중요한 의제로 설정되었던 것은, 사랑의 자유가 곧 정치의 자유, 변혁으로 나아가기 위한 초석인 '개인 의지'의 해방이기 때문이다.

따라서 한무숙 소설에서 사랑의 불가능성은 곧 자유와 해방의 불가능성으로 이어진다고 볼 수 있다. 사랑은 기존 가치를 수호하는 것이 아니라 "새로운 가치를 발견하는 자발적이며 창조적인 작용"[40]이며 자기 보존 본능을 넘어 타자에게 향하는 '에로스'이기 때문이다. 사랑은 단순히 성관계가 아닌 "타자에게 자기 자신을 개방하고, 타자의 인격적 존재를 손상시키지 않으면서 타자 속에 몰입하는 것"[41]으로 주체가 전체의 몸을 실어 기꺼이 넘어서고 위반하고 실패하고 또 다시 시도하는 '모험'이다.

사회 현실의 지평에서 한무숙의 소설 속 인물이 사랑에 실패하는 것은 전통적 인습과 이를 내면화한 강박적 자아의 포기라는 표층적 차원 이외에 계급 차이라는 더 강력한 장애를 감추고 있다. 예를 들어 「감정이 있는 심연」의 사랑의 불가능성은 성적 금기의 위반과 전아의 신경증 때문으로 제시되지만, 보다 근본적인 차원은 두 사람의 신분 차이에 있음을 작가는 곳곳에서 이야기하고 있다. 세상이 바뀌었다고는 하나, 대지주의 외동딸은 마름이나 유모 집안의 남자를 도저히 사랑할 수 없음을 엄격히 명하고 있는 사회 구조 속에서 '사랑에 빠진 전아'가 그 사랑을 피하는 방법이란 미치는 것이다. 한편 전아를 보고 있는 '나'의 편에서는 '나'는 전아에 대한 사랑을 이야기하기보다 그것의 불가능의 원인으로서의 자신의 열등함에 대한 기나긴 독백과 변명들을 늘어놓는다.

---

40) 막스 셸러, 이을상 옮김, 『공감의 본질과 형식』(지식을 만드는 지식, 2013), 15~17쪽; 권혜린, 앞의 글, 8쪽에서 재인용.

41) 이을상, 『가치와 인격』(서광사, 1996), 167쪽; 권혜린, 앞의 글, 8쪽에서 재인용.

1) 나는 집에 돌아와서까지 "마님"이니 "애기"니 하는 이모가 미웠다. 자유가 없으면서 자유라고 생각하는 것이야말로 짜장 노예 근성이 아니겠는가. 동급생보다 훨씬 연장이라는 것이 기묘하게 열등감을 가지게 하여 제나이대로 진학할 수 있는 환경이 시새워, 나는 마음이 거세져 있었다. 당숙이나 이모가 전아의 집에 대하여 은고(恩顧)를 느끼는 점이 나에게는 그대로 착취로만 생각되는 것이다. 그러므로 그녀의 집이 남의 손가락질을 받고 있는 사실이 나에게 등골에서부터 자작자작 새어 나오는 것 같은 쾌감을 주기도 하였다. 물론 그러한 반감과 증오감은 전아의 집이라는 특정한 대상에 대한 것이 아니고 전아의 집이 대표하는 어느 계급에 향했던 것이라고 하는 것이 타당할지 모른다.[42]

2) 미합중국의 입국 사증이다. 지극히 사무적인 문구가 간결하게 씌어지고 커다란 스탬프가 또렷이 찍힌 무표정한 서면이다. 허나 이것은 몇 달 동안 나의 영혼과 생활을 회오리치게도 하였던 것이다. 하기야 한때는 이것이 거의 내 인생의 목적이 되다시피 하고 있었다. 스물일곱 살의 야심이 끓었다. 어쨌든 미국에 가야만 했다. 무엇이 되어야 했다. 그것은 나에게 있어서는 원대한 꿈이라기보다는 차라리 잔인하고 집요한 복수 같은 것이었는지도 모른다. 캐어 보면 그렇게도 라이더 대위 — 아니 예일 대학 고고한 교수 라이너 박사의 마음을 끈 나의 악착같은 면학 태도도 순수한 학문의 탐구가 아니고 그러한 야심에의 한 수단이었던 것 같다. 하여튼 미국 유학을 앞두었기 때문에 나는 전아에 대하여 얼마만큼 떳떳했고, 모진 뿌리처럼 박혔던 굴욕감과 적개심 같은 것이 한결 가셔져 있었던 것이다.[43]

위의 두 개의 인용문에는 지배 계급을 향한 하층민의 선망과 열등감, 그리고 반동적 공격 본능 등의 복잡한 감정이 표출되어 있다. 또한 피지배

---

42) 「감정이 있는 심연」, 한무숙 문학 전집 6권, 87쪽.
43) 위의 책, 83쪽.

계급의 열등감의 보상 심리와 '전아'라는 대상을 통해 '여성'과 '신분 상승'을 얻기 위한 '나'의 집요한 노력은 '비자'를 얻기 위한 열정으로 드러난다. '나'와 전아의 관계에는 저렇듯 계급적 표식과 그 경계에서 발생하는 갈등과 충동이 새겨져 있다. 사랑은 지배층과 피지배층, 주인과 노예, 유산자와 무산자, 남자와 여자라는 동일성과 분리, 지식을 가로지는 '사건'이고, 이 차이의 관계성을 위반하고 상호 주체성을 창조하는 '진리의 생산'이다.[44]

이 소설의 끝에서 '나'는 그토록 힘들게 고투하여 얻은 비자를 전아는 너무도 쉽게 얻을 뿐 아니라, '나'에게 동행을 요구하지 않는 것을 보고 배신감을 느낀다. "그녀는 그저 무슨 일이 있더라도 자기 혼자는 떠나기 싫다고만 해 주었으면 좋았던 것이다. 그러면 나는 그런 희생과 순정을 끝내 사양하는 관용을 가질 수도 있었던 것이다."라는 문장은 전아의 단독 미국행과 이별 선고, 그리고 '나'의 실연을 함축한다. 그리하여 '나'가 그렇게 힘들게 쟁취했던 미국행 비자, 즉 전아로 가는 패스포트는 "화폐 개혁 후의 구화"처럼 의미 없는 휴지 조각이 되어 버린 것이다. 이 사랑의 차원에서의 실패는, 곧 신분 제도로부터의 자유와 해방의 실패, 구질서로의 회귀를 뜻한다. 어찌 보면 정치적 보수로 연결될 수 있는 사랑의 불가능성을 작가는 어떻게 돌파하고 있는가.

「대열 속에서」는 '창수를 내세워 계급 의식과 피지배층이 오랫동안 쌓아 왔던 수난의 한풀이와 접맥시키고', '1961년 10월 당시 4월 혁명의 올바른 해석이나 평가가 이뤄지지 않은 상태에서 그 역사적 의미를 선명하게 형상화시켜 준'[45] 작품이라는 평가를 받는 작품이다. 그러나 이 작품은 4·19 혁명의 의미와 그 필연성보다는 지배층인 '명서'의 죄책감과 그 속죄에 좀 더 초점을 맞추고 있는 작품이다. "이 큰 의지와 분노 속에 자기

---

44) "사랑은 관계라는 잘못된 가정 아래에서만 실패한다. 사랑은 관계가 아니다. 사랑은 진리의 생산이다. 무엇에 대한 진리일까? 상황 속에서 하나만이 아니라 둘이 작용한다는 것에 대한 진리가 그것이다." 알랭 바디우, 이종영 옮김, 『조건들』(새물결, 2006), 339쪽.

45) 임헌영, 앞의 글, 160쪽.

를 놓아 버린다는 것 — 그것은 일종의 자기 긍정이었다."라는 명서의 심리 묘사와 시위 참여는 4·19 혁명에 대한 적극적인 의미 부여로 볼 수 있지만, 한편 이는 기성 체제와 다름없는 또 다른 전체에 대한 순응을 의미하기도 한다. "자기가 대열에서 삐져나와 있는 것을 알았다. (중략) 대열은 밖에서도 안에서도 그를 거부하는 것 같았다."와 같은 서술은 소외되지 않으려는 심리를 보여 준다. 명서의 시위 참여는 이렇듯 혁명 세력의 분노에 대한 공감이나 정의감에서라기보다는 '죄의식'의 소산이라고 보는 것이 온당할 듯싶다. "의구와 소외감과 뉘우침과 호소할 수 없는 억울함과, 떳떳지 못한 반발과 그리고 그 밑에 바탕처럼 깔려 있는 유죄감에 시달리는 평상의 자기가. 그것은 무엇에 건드려질 적마다 아파 오는 묵은 상처"(37쪽)에서 표출되는 죄의식은 작품 곳곳에서 나타난다. 그 죄의식의 맥락은 이러하다. 명서는 장관의 귀한 아들이고, 창수는 운전수의 아들이다. 한국 전쟁 당시 명서네 운전수의 가족을 남겨 둔 채 가족은 운전사와 함께 피난길을 떠난다. 돌아와 보니 운전수의 아내는 폭격으로 죽고, 큰딸은 북으로 넘어가고 작은딸은 여맹에 나갔다가 수복 후 수감되어 버리고 만다. 명서의 죄의식은 그때 "아부지"라며 애원하던 창수의 가족을 외면하고 자신의 목숨만을 챙긴 것에 대한 회한이다. 그 뒤 명서는 창수와 함께 성장하지만 그를 적대시하게 된다.

명서와 창수는 대학생이 되어 다시 해후하게 되는데 "이 자식이 버릇없이"라는 운전수의 말이 상기시키듯 그들은 여전히 지배층과 피지배층으로 갈린다. 그러나 4·19 혁명 대열에서 다시 만난 이들의 주종 관계는 전복되어 있다. "국민에게 사죄해라!"라고 선창하는 창수는 변혁을 이끄는 주동 세력이고, 명서는 이 대열을 좇아가며 그들과 같이 '제수'가 되고자 하는 피주동 세력이다. 명서의 참여가 "아버지의 아들이기 때문에, 이 백성을 죽음의 길로 몰고 있다는 집권자의 핏줄기인 까닭에, 모여드는 눈길들이 지긋지긋하단 말이에요. 이 고독, 이 소외감, 이 죄악감이 무섭단 말이에요."라는 죄의식에서 비롯된 것이라면 그의 행위는 '국민에게 사죄해라'라는 새로운 대타자의 명령 앞에 아버지 대신 치르는 속죄 의식이라 볼 수 있다. 즉 명서가 총을 맞은 창수에게 달려가 함께 쓰러지는 숭고한 행위는 자유와 변혁을 향한 몸짓이라기보다는 "어쩌면 목적지란 자기의 형장일지도 모른다."라는 고백처럼 속죄로서의 자기 처벌인 것이다. 이러한 사태를 작가는 "불을 질러 놓고 그 불을 끄러 가는 사람 틈에 몰래 끼어 가는 죄의식"이라고 쓰고 있다.

이렇듯 사회 현실을 적극적으로 다룬 한무숙 작품에서도 그 특유의 죄의식이 변형되어 나타나 있으며, 더불어 강박적 인물의 번뇌와 신경증적 증후를 흥미롭게 표출하고 있다. 명서는 한무숙의 강박적 자아의 또 다른 변형이라고 할 수 있는데, 부와 명예를 갖춘 집안의 수재로 성장한 모범적 아들이라는 이상적 인물이기 때문이다. 그러나 명서는 창수의 일을 통해 도덕적 훼손을 갖게 되며, 이 결여는 지속적으로 그를 괴롭힌다. 강박적 인물에게는 정의와 올바름조차 타자의 편에 내어 줄 수 없는 것이다. 그러나 이 결여를 다시 확인하는 또 다른 사건을 겪게 된다. 명서는 송 박사 댁의 딸 애희와 임업 시험장 숲속 길에서 데이트를 하다가 우연히 창수를 만난다. 창수는 애희에게 꽃을 따 주기 위해 나무에 올라간 명서에게 내려오기를 명한다.

"내려오라구? 누구에게 명령허는 거야."

"국가 재산인 임업 시험장의 나무를 다치려는 자에게 국민의 한 사람이 명령하는 거다!"

"무슨 권리로 — ."

"국민된 권리로 — ."

"난 이 꽃을 꺾기 전엔 못 내려가겠다."

(중략)

명서는 이를 악물었다. 우악스러운 창수의 팔이 사정없이 밑에서 발을 잡아당긴다. 가지에 걸은 손에서 힘이 빠져나가고 있었다.

뜻밖에 창수의 손이 발에서 놓아졌다.

굵은 소리가 또 우웅 — 울렸다.

"가지가 부러지겠다. 그냥 내려와."

그 어조엔 거역하지 못할 위엄이 있었다.

(중략)

그는 손을 들어 창수의 두툼한 뺨을 후려쳤다. 손바닥이 확 달았다. 활활
달은 손으로 다시 한번 세게 다른 쪽 뺨을 쳤다.[46]

집에 돌아온 명서는 부패 정권의 조력자인 아버지에게 낮의 일을 언급
하면서 반항적으로 이렇게 외친다. "제가 두 대 호되게 안기구 왔지요."
"창수가 너무 옳았기 때문이에요!" 명서에게 절대적인 대타자인 아버지가
부정당하고 하층민인 '창수'가 옳다는 것은 참을 수 없는 일이다. 이 어긋
남을 명서는 시위 참여와 희생(명서는 총을 맞고 쓰러진 창수를 구하러 달려가
고 그 또한 총상을 입는다.)이라는 속죄 의식으로, 또 창수라는 새로운 정의
와 권력에 대한 인정과 승복으로 바로잡으려 한다. 또한 아버지에 대한 여
전한 사랑과 증오의 양가감정을 표면적으로 "이 검붉은 무기미한 끈적끈
적한 액체 속에 민족을 한데 묶는 비밀이 있고 미움이, 사랑이 있는 것일
것이다. (중략) 그리고 이 연관의 가장 가까운 고리가 이어진 곳에, 아버지
와 자기가 있었다."라는 육친애와 '피의 이념'으로 봉합하지만, '총상'으로
은유되는 정신적 상처는 지울 수 없는 외상으로 자리한다.

5 결론

본고는 한무숙의 단편 소설에 나타나는 '사랑의 불가능성'이 사적 영역
과 공적 영역에서 어떻게 작동하는지를 살펴보았다. 한무숙 단편 소설의

---

46) 한무숙, 「대열 속에서」, 김진희 편, 『한무숙 작품집』(지만지, 2010), 64~65쪽.

인물은 대체로 초자아의 기율에 강박된 인물로, 사랑을 성욕으로 죄악시하는 전통적 인습을 따르고 있다. 이들의 강고한 도덕의식은 사랑을 욕망하고 꿈꾸는 인물들을 히스테리적 광기와 환상에 사로잡힌 이들로 형상화함으로써 기존 제도와 상징계적 질서를 공고히하는데 이바지한다. 홍기삼은 한무숙 소설을 도덕과 정념의 갈등으로 보았는데,[47] 이때의 도덕이 누구의 도덕인지가 중요하다. 한무숙의 인물들의 도덕은 단순히 보수적 성윤리만이 아닌 지배 계급의 윤리로 이어진다. 즉 기존의 남성 중심의 가부장제 질서에 대한 순응이면서 동시에 더불어 기존 계급 체제에 대한 승인이다. 사랑의 불가능성은 곧 자유의 불가능성과 연관된다. 한무숙의 소설 속 인물들의 사랑의 실패는 한편 계급 차이에서 비롯되는 것이기도 하다. 대체로 지배 계급에 속하는 한무숙의 강박적 인물은 혁명 이념에 대한 동조나 해방 의지에 의해서가 아니라 피지배 계급에 대한 죄의식에 의해 변혁에 동참한다. 한무숙 단편 소설은 인물의 욕망과 갈등, 균열 등을 보여 주지만 결국 이를 전통적인 유교 질서나 기존 체제를 옹호하며 봉합하고 만다. 그러나 이는 한무숙 개인의 의식이나 한계라기보다는 당시 '여류 작가'라는 명명 속에 담긴 시대의 한계이다. 한무숙은 비록 실패했으나 끊임없이 기존 질서와 상징계에 도전하는 정념을 그려 보임으로써 역설적으로 여성과 피지배 계급을 소외시키는 지배 이념을 심문하고 있다.

---

47) 홍기삼, 「역사와 운명 사이의 여성」, 《문학사상》(문학사상사, 1993. 3).

참고 문헌

기본 자료

한무숙 문학 전집 5권 『대열 속에서 외』, 을유문화사, 1992

한무숙 문학 전집 6권 『감정이 있는 심연 외』, 을유문화사, 1992

김진희 편, 『한무숙 작품집』, 지만지, 2010

논문 및 단행본

권택영, 「라캉의 욕망 이론」, 민승기, 이미선, 권택영 옮김, 『욕망 이론』, 문예
　　출판사, 1999, 19쪽

권혜린, 「한무숙 소설의 윤리성 연구: 감정의 윤리를 중심으로」, 《겨레어문
　　학》 52, 겨레어문학회, 2014. 6

김윤경, 「1950년대 근대 가족 담론의 소설적 재현 양상」, 《비평문학》 62, 한국
　　비평문학회, 2016

김인환, 「한무숙론: 열어 놓고 지키기」, 『생인손』, 문학사상사, 1987

문장수, 심재호, 「강박증에 대한 프로이트의 정의와 원인에 대한 비판적 분
　　석」, 《철학논총》 82, 새한철학회, 2015, 208쪽

박정애, 「'규수 작가'의 타협과 배반: 한무숙과 강신재의 50~60년대 작품을
　　중심으로」, 《어문학》 93호, 한국어문학회, 2006. 9

송인화, 「한무숙론: 성적 욕망의 풀어냄과 감추어짐」, 《현대문학의 연구》 8,
　　한국문학연구학회, 1997

양석원, 「라캉과 히스테리: 욕망에서 쥬이쌍스로」, 《비평과 이론》, 19권 1호,
　　한국비평이론학회, 2014. 6, 106쪽

오소영, 「한무숙 소설의 페미니즘적 요소 연구」, 이화여대 석사 학위 논문, 1995

이문구, 「민족사의 숨결로 승화된 언어」, 『한무숙 문학 연구』, 을유문화사, 1996

이인복, 「한국 여성의 생사관과 순결 의식: 한무숙의 단편 소설을 중심으로」, 『문학과 구원의 문제』, 숙명여대 출판부, 1983

이호규, 「한무숙 소설의 멜로드라마적 성격 연구: 「석류나무집 이야기」의 사랑의 형태와 의미를 중심으로」, 《한국 문학논총》 44집, 한국문학회, 2006. 12

이호규 외, 『한무숙 문학 세계』, 새미, 2000

임선숙, 「한무숙 소설의 서술 기법 연구」, 이화여대 석사 학위 논문, 2000

임은희, 「한무숙 소설에 나타난 병리적 징후와 여성 주체: 1950~1960년대 단편 소설을 중심으로」, 《한국 문학이론과 비평》 43, 한국문학이론과 비평학회, 2009

임헌영, 「한무숙 소설에서의 사회의식」, 『대열 속에서』, 『한무숙 문학 전집 5』, 을유문화사, 1992

장영우, 「한무숙 소설의 현실 인식」, 《한국어문학연구》 40, 동양어문학회, 2003

정영자, 「한무숙론: 절대 순수의 추구와 한의 세계」, 권영민 엮음, 『한국현대 작가연구』, 문학사상사, 1991

정재원, 「한무숙 단편 소설 연구」, 연세대 석사 학위 논문, 1994

조남현, 「한무숙 소설의 갈래와 항심」, 《한국현대문학연구》, 한국현대문학회, 2002. 12

조혜윤, 「한무숙 소설 연구: 전통과 근대에 대한 비판적 인식을 중심으로」, 이화여대 석사 학위 논문, 2005

한무숙 재단 편, 『한무숙 문학 연구』, 을유문화사, 1996

홍기삼, 「균형과 조화의 원리: 한무숙 문학의 문학사적 의미」, 한무숙 재단 편, 『한무숙 문학 연구』, 을유문화사, 1996

_____, 「역사와 운명 사이의 여성」, 《문학사상》, 문학사상사, 1993. 3

홍준기, 「도시와 성, 그리고 '법의 너머'로서의 사랑」, 《비평과 이론》 17권 1호,

한국비평이론학회, 2012. 6, 163~164쪽

알랭 바디우, 이종영 옮김, 『조건들』, 새물결, 2006, 339쪽

브루스 핑크, 맹정현 옮김, 『라캉과 정신의학』, 민음사, 2002, 209~212쪽

브루스 핑크, 김서영 옮김, 『에크리 읽기』, 도서출판 b, 2007, 64쪽

프로이트, 박찬부 옮김, 「마조히즘의 경제적 문제」, 『정신 분석학의 근본 개념』, 『프로이트 전집 11』, 열린책들, 2005, 430쪽

프로이트, 김석희 옮김, 『문명과 그 불만』, 『프로이트 전집 12』, 열린책들, 2005, 317쪽

프로이트, 이윤기 옮김, 「강박 행동과 종교 행위」, 『종교의 기원』, 『프로이트 전집 16』, 열린책들, 1998

슬라보예 지젝·레나타 살레츨, 라깡정신분석연구회 옮김, 「당신을 포기하지 않고는 당신을 사랑할 수 없어요」, 『사랑의 대상으로서 시선과 목소리』, 인간사랑, 2010, 294쪽

숀 호모, 김서영 옮김, 『라캉 읽기』, 은행나무, 2005, 154~165쪽

제6주제에 관한 토론문

박진 | 국민대 교수

정은경 선생님의 논문을 흥미롭게 읽었습니다. 정신 분석 이론에 대한 탄탄한 이해를 토대로 한무숙 소설의 인물들이 보여 주는 심리적 특성을 세밀하게 분석하고, 이를 타자와의 관계나 사회적 층위와 연결하여 조명하고자 하신 점이 인상 깊었습니다. 이는 기존의 한무숙 소설 연구가 보여 줬던 익숙한 관점들(이를테면 봉건적, 유교적 인습과 근대적 가치관 사이의 긴장관계, 가부장제와 남성 중심주의 사회에서 억압받는 여성의 문제 등에 주목했던)과 차별화되는 새로운 접근 방법으로서의 의미를 지닌다고 하겠습니다. 저는 정은경 선생님께 보충 설명을 듣고 싶은 부분과 개인적으로 다소 의문이 생기는 점들을 중심으로 질문을 드리려고 합니다.

첫째, 먼저 논문의 2장에서 다루고 있는 소설 「돌」과 그 해석에서부터 질문을 시작하도록 하겠습니다. 선생님께서는 이 소설에서 장자못 전설을 두고 영란이 한 말("그럼, 선도 악과 같이 벌을 받는 거군요.")에 대하여 "그녀의 무의미한 고통과 정절에 의미를 부여"하는 행위라고 해석하셨습니다. "돌아보지 말라는 금기를 깨뜨렸기 때문에 벌받는 것이 아니라, 돌아보는

'선한 의지'로 인해 벌받는다는 이 역설은, 영란이 지키고 있는 전통적 인습과 유교 질서라는 텅 빈 상징계에 '의미'를 부여하고 다시 굳건하게 세우는 작업"이라고 보신 것입니다. 하지만 이 역설은 오히려 상징계적 법과 질서의 철저한 무의미성과 불합리성을 드러내 주는 것이 아닐는지요? 정당성도 필연성도 없는 상징계의 자의성을 드러내는 일은 그 체계의 굳건함에 의문을 품게 하고, 그럼으로써 실제로 상징 질서를 잠정적이고 불안정한 체계로 볼 수 있게 해 주지 않을까요?

버틀러 식으로 말하면, 상징 질서와 규범 체계를 요지부동의 실체가 아니라 근원적인 불안정성을 감추고 배제함으로써만 유지되는 자의적이고 잠정적인 체계로 바라보는 시각은 상징 질서를 조정과 대체와 재구성이 가능한 영역으로 파악하게 하는 변혁의 가능성을 열어 줍니다. 선생님께서도 "사랑의 응답을 요구하는 '나'의 요구나 영란의 욕망은 상징계적 '질서'를 교란시키는 끊임없는 침입"이라 말씀하셨지만, 이어서 "그것은 언제나 실패할 수밖에 없는 상상계적, 실재계적 흔적일 뿐"이며, 그런 식으로 "사랑의 불가능성은 언제나 완전한 강자와 승자로서의 '질서'라는 대타자의 위용을 확인해 주기 위해 요청"된다고 쓰셨습니다. 이는 상징 질서의 완강함을 강조하고 그것을 교란하는 실재계적 침입의 역동적 힘을 과소평가하는 관점이 투영된 해석은 아닌지 의문이 생깁니다.(이런 관점은 3장에서「감정이 있는 심연」,「명옥이」,「램프」등을 분석할 때에도 "사랑에 빠진 상태의 상상계적 차원의 그림을 상징화될 수 없는 욕구의 형태인 실재계의 '무'로 돌려 버린다."라는 식의 표현에서도 엿보입니다.) 인물의 차원이나 스토리의 차원에서는 일면 그렇게 볼 수도 있겠지만(그들이 언제나 사랑에 실패하므로) 텍스트의 차원에서 한무숙 소설은 사랑의 불가능성과 바로 그 실패의 모순되고 불합리한 양상들(상징계 자체의 불합리성과 그것이 내면화된 인물의 자기모순적 심리를 포함하여)을 통해 상징계의 자의성과 불안정성을 누설하고 있다고 볼 수도 있지 않을까요? 더불어서 선생님께서는 상징계와 실재계(의 침입)의 관계를 어떻게 이해하고 계신지에 대해서도 좀 더 자세히 듣고 싶습니다.

둘째, 다음으로는 이 분석의 궁극적인 의미 또는 한무숙 소설에 대한 평가와 관련된 질문입니다. 이는 서론에서 언급하신 내용 중 충분히 설명되지 않았다고 판단되는 부분과도 관련이 있습니다. 우선 선생님께서는 서론에서 한무숙 소설의 인물 심리 고찰을 통해 여성의 소외 문제를 좀 더 심도 있게 살펴보겠다고 하셨는데요, 본론에서 분석하신 강박증, 죄의식, 히스테리적 광기 등의 인물 심리가 여성의 소외와 어떻게 연결되는지에 대한 보충 설명이 필요할 것 같습니다. 그리고 이 분석이 어떻게 현실 비판 대 비현실적 작가라는 도식을 깨고 "'여류 작가'라는 명명에서 파생된 또 다른 파생품"인 "여성주의 시각"을 넘어설 수 있는지에 대해서도 좀 더 구체적으로 설명해 주셨으면 합니다.

특히 한무숙 소설에 일관되게 나타나는 "고집스러운 자아"(3장의 표현으로는 "한무숙의 강박적 자아")를 추적하는 작업이 궁극적으로 어떤 의미를 지니는지에 대해 더 자세한 말씀을 듣고 싶습니다. 인물의 심리가 곧바로 작가의 심리나 내포 작가의 세계관으로 이어지는 것이 아니라면(잘 알고 있듯이 그 사이에는 얼마든지 아이러니한 거리가 개입될 수 있습니다.) 더욱이 텍스트의 무의식은 훨씬 더 복잡한 맥락으로 얽혀 있는 것이라면, 궁극적으로 인물들의 강박증적, 히스테리적 심리를 통해 한무숙의 소설은 우리에게 무엇을 말해 주고 있을까요? 또는 그런 심리의 인물들을 반복적으로 그려 보이는 이 글쓰기가 작가 한무숙에게 어떤 의미를 지니는 것일까요? 이에 대한 논의가 더 진전되어야만 한무숙 소설이 지닌 의외 또는 한계가 분명해지지 않을까 생각합니다.

한무숙 생애 연보

1918년	10월 25일, 부친 한석명(韓錫命), 모친 장숙명(張淑命)의 차녀로 외가인 종로구 통의동에서 출생.
1919년(1세)	1월, 부친의 직업 관계로 경상도로 이사. 부친은 도경찰, 하동군수 등 역임.
1926년(10세)	국민학교 2학년 때 베를린 세계만국아동그림전시회에 입상.
1931년(15세)	이해부터 일본인 화가 아라이(荒井畿久代) 씨에게 사사, 그림 공부 시작.
1936년(19세)	부산고등여학교 졸업, 폐결핵으로 요양 생활.
1937년(20세)	《동아일보》에 연재된 김말봉(金末峰)의 장편소설 「밀림(密林)」의 삽화를 맡아 그림.
1940년(23세)	병세가 약간 호전되자 부친의 친구인 김덕경(金德卿) 씨의 차남 진흥(振興)과 결혼. 결혼 후 엄한 집안의 며느리로서 그림 그리는 일이 불가능해지자 작가로 전신.
1941년(24세)	장녀 영기(榮起) 출생.
1942년(25세)	장남 호기(虎起) 출생. 《신시대》 잡지의 장편 소설 공모에 「燈を持つ女(등불드는 여인)」으로 당선 되어 문단에 등단.
1943년(26세)	조선연극협회 희곡 모집에 단막극 「마음」으로 당선.
1944년(27세)	조선연극협회 희곡 모집에 사막극 「서리꽃」으로 당선. 차남 용기(龍起) 출생.
1946년(29세)	차녀 현기(賢起) 출생.

1948년(31세)	국제신보사 장편 소설 모집에 응모, 「역사는 흐른다」 당선. 삼남 봉기(鳳起) 출생.
1949년(32세)	《국제신보》 폐간으로 인하여 「역사는 흐른다」를 《태양신문》에 연재.
1951년(34세)	1월, 부산으로 피난.
1953년(36세)	8월, 서울 수복에 따라 귀경.
1958년(41세)	3월, 단편 「감정이 있는 심연」으로 '57년도 자유 문학상 수상.
1961년(44세)	신문윤리위원 역임.
1962년(45세)	1985년까지 국제펜클럽 한국 본부 이사. 서울시 도시 미화 자문 위원.
	일본 《조일신문(朝日新聞)》 일본 PEN 초청으로 도일, 각 대학에서 강연.(연제: 한일 문화의 상봉)
1963년(46세)	10월, 일본 문예지 《문학산보(文學散步)》 초청 문학 강연.(연제: 한일 두 자연주의 작가, 염상섭(廉想涉)과 島崎藤村의 유사점과 상이점)
1965년(48세)	유고슬라비아 블레드에서 개최된 국제 펜클럽 회의에서 주제 발표.
1969년(49세)	프랑스 맘통에서 개최된 국제펜클럽 회의에 한국 대표로 참석.
1970년(50세)	2월, 차남 용기가 미국에서 교통사고로 사망.
1971년(51세)	5월, 일본 여성지 《주부지우(主婦之友)》 초청으로 강연.("お茶の水會館"에서)(연제: 일본에 끼친 백제 문화의 영향)
	11월, 일본 교토에서 개최된 "일본 문화 세계 회의"에 한국 대표로 참석.
1973년(53세)	5월 17일, 제5회 신사임당상 수상.
1974년(54세)	1월, 이스라엘 예루살렘 국제펜클럽 대회에 한국 대표로 참석.
1976년(56세)	6월, 부부 서화전 개최.

1978년(58세)	스톡홀름 국제펜대회에 한국 대표로 참석.
	한국여류문학인회 부회장.
1979년(62세)	한국소설가협회 대표 위원(부회장).
1980년(60세)	한국여류문학인회 회장, 한국문인협회 이사.
1984년(65세)	한국가톨릭문우회 대표 간사(회장).
1985년(66세)	6월, 제2회 부부 서화전 개최.
1986년(67세)	7월, 미국 조지워싱턴 대학교에서 문학 강연.
	7월 26일, 대한민국 예술원 회원, 대한민국 문화 훈장, 대한 민국 문학상 대상 수상.
1987년(68세)	5월 12일, 미국 하버드 대학교에서 문학 강연.
1989년(70세)	3월 1일, 제30회 3·1 문화상(예술 대상) 수상.
1990년(71세)	2월 10일, 일본문화연구회 회장.
	7월 26일, 제3회 부부 서화전.
	12월 28일, 한국소설가협회 상임 대표 위원(회장).
1991년(72세)	10월 18일, 대한민국 예술원상 수상.
1993년(74세)	향년 74세를 일기로 별세.

한무숙 작품 연보*

발표일	분류	제목	발표지
1943	장편	「燈を持つ女(등불 드는 여인)」	신시대(응모 당선) 육필 원고 영인본을 일본 櫂歌書房 (2000)에서 간행
1943	극본	「마음」	
1944	극본	「서리꽃」	
1948	장편	역사는 흐른다	국제신문 (응모 당선)
1948	장편	역사는 흐른다	태양신문 연재 (국제신보 폐간에 따른)
1948. 4	단편	정의사(鄭醫師)	문예
1948. 8	단편	램프	
1948. 10	단편	부적(符籍)	문예
1949. 9	단편	내일 없는 사람들	문예
1949. 11	단편		삼층장
1949. 12	단편	수국(水菊)	희망

* 한무숙 생애 연보 및 작품 연보는 『한무숙 문학 전집』(을유문화사, 1992)과 한무숙 문학관 홈페이지(http://www.hahnmooosook.com)의 내용을 참고했음.

발표일	분류	제목	발표지
1950. 3. 10	장편	역사는 흐른다	자양당
1951. 4. 5	단편	김일등병	
1951. 5	단편	파편	
1951. 9	단편	대구로 가는 길	
1951. 10	단편	아버지	문예
1951. 11. 4	단편	소년 상인	백민
1952	단편	심노인(沈老人)	
1952. 3	단편	떠나는 날	
1952. 6. 29	단편	귀향	문예
1953. 1.	단편	환희	
1953. 5. 5	단편	허물어진 환상	문예
1953. 5	단편	모닥불	여원
1953. 5	단편	명옥이	
1953. 6	단편	군복	
1953. 7. 23	단편	굴욕	서울신문
1954. 3. 10	단편	집념	문예
1954. 11	단편	얼굴	새벗
1955. 6. 6	단편	월운	
1955. 9	단편	돌	문학예술
1956. 5. 2	단편	천사	현대문학
1956. 8. 10	창작집	월운(내일 없는 사람들/ 김일등병/돌/월운/파편/ 모닥불/허물어진 환상/귀향/ 굴욕/정의사/심노인/명옥이/ 램프/소년 상인)	정음사

발표일	분류	제목	발표지
1957. 1. 10	단편	감정이 있는 심연	문학예술
1957. 12. 10	창작집	감정이 있는 심연(천사/집념/ 부적/대구로 가는 길/얼굴/ 떠나는 날/환희/아버지/군복/ 수복/감정이 있는 심연)	현대문학사
1958. 1 1	단편	그대로의 잠을	사상계
1960	장편	빛의 계단	한국일보(연재)
1960. 12. 20	장편	빛의 계단	현대문학사
1961. 10	단편	대열 속에서	사상계
1962. 10	중편	축제와 운명의 장소	현대문학
1962. 10	단편	배역	사상계
1962	단편	그늘	예술원 회보
1963. 10	수필집	열길 물속은 알아도	신태양사
1963. 10. 30	창작집	축제와 운명의 장소 (축제와 운명의 장소/ 대열 속에서/그대로의 잠을/ 배역/그늘/유수암)	휘문출판사
1963. 10	중편	유수암	현대문학
1963. 11	평론	한일 두 자연주의 작가, 염상섭과 다니자키 도손	文藝(일본)
1964	장편	석류나무집 이야기	여상(연재)
1965	창작집	In the Depth (Shadow/Put me to sleep/ A Halo around the Moon/ Dr. Chung/n the Depth/	휘문출판사 (영문판)

발표일	분류	제목	발표지
		By the Fire/Splinters)	
1966	창작집	The Running Water Hermitage(A Letter/ The Angel/The Rock/ The Running Water Hermitage)	문왕출판사 (영문판)
1971. 9	단편	우리 사이 모든 것이	현대문학
1978	단편집	우리 사이 모든 것이 (우리 사이 모든 것이/ 양심/이사종의 아내/회고전)	문학사상사
1978. 6	중편	어둠에 갇힌 불꽃들	문학사상
1978. 8	단편	양심	현대문학
1978. 9	단편	이사종의 아내	문학사상
1978. 11	단편	회고전	한국문학
1981	단편	생인손	소설문학
1981. 1. 10	수상집	이 외로운 만남의 축복	한국문학사
1982	단편	송곳	소설문학
1983	단편	숟가락	문학사상
1983	창작집	The Hermitage of Flowing Water and Nine others (The Hermitage of Flowing Water/The Washed-out Image/ The Amulet/Shadow/ The Halo around the Moon/Abyss) (With Rim Sooil and Koo Inhwan)	Gateway Press, Inc. Baltimore, MD, USA(영문판)
1984	장편	만남	한국문학(연재)

발표일	분류	제목	발표지
1986. 6. 10	장편	만남(상, 하)	정음사
1987. 2. 25	창작선	생인손(생인손, 송곳/숟가락/ 우리 사이 모든 것이/ 이사종의 아내/어둠에 갇힌 불꽃들)	
1989	논문	Chong Tasan(1762~1836)	Royal Asiatic Society 한국지부
1990. 6. 15	수필집	내 마음에 뜬 달	스포츠서울
1992~1993	전집	한무숙 문학 전집 1~10권 (1권『역사는 흐른다』/2권『빛의 계단』/3권『만남』/ 4권『중장편: 석류나무집 이야기 외』/ 5권『단편집: 대열 속에서 외』/ 6권『단편집: 감정이 있는 심연 외』/ 7권『수필집: 열 개의 물속은 알아도』/ 8권『수필집: 내 마음에 뜬 달』/ 9권『여행기: 예술의 향기를 찾아서』/ 10권『강연·대담집: 세계 속의 한국 문학』)	을유문화사
1992	장편	燈を持つ女(등불 드는 여인)	도가서방(일본어 육필 원고 영인본)
1992	장편	Encounter(『만남』 영역본)	University of California Press, Berkeley
2003	강연집	문학이 발견해야 할 삶의 은총	한국소설가협회 출판부

작성자 한무숙 중앙대 교수

'새'의 형이하와 형이상, '밤'의 배후

박남수의 시, 한국적 이미지즘의 미학성

오형엽 | 고려대 교수

1 박남수 시의 전개 과정과 미학성

박남수(朴南秀, 1918~1994) 시인은 1939년 김종한의 권유와 정지용의 추천으로 《문장》을 통해 등단한 이후 『초롱불』(동경: 삼문사, 1940), 『갈매기 소묘』(춘조사, 1958), 『신(神)의 쓰레기』(모음사, 1964), 『새의 암장(暗葬)』(문원사, 1970), 『사슴의 관(冠)』(문학세계사, 1981), 『서쪽, 그 실은 동쪽』(인문당, 1992), 『그리고 그 이후(以後)』(문학수첩, 1993), 『소로(小路)』(시와시학사, 1994) 등 총 8권의 시집을 상재했고, 『박남수 · 김종한』(지식산업사, 1982), 『어딘지 모르는 숲의 기억(記憶)』(미래사, 1991) 등 2권의 시선집을 출간했다. 이후 시 324편과 1편의 서사시 및 산문들을 모아 전2권의 『박남수 전집』(한양대 출판부, 1998)이 간행됨으로써 박남수의 문학을 본격적으로 연구할 수 있는 토대가 마련되었다.

그동안 박남수의 시 세계에 대한 연구는 꾸준히 진행되어 상당한 성과

들을 축적했다.[1] 선행 연구들의 공통된 해석이나 평가를 정리한다면, 가장 먼저 '새'의 모티프로 표상되는 '순수'의 의미를 관념적 절대 세계에 대한 형이상학적 추구, 현상 속에 내재하는 사물의 본질에 대한 인식론적 탐구, 초월적이고 궁극적인 이상에 대한 동경 등으로 귀결시켜 해석해 온 부분을 들 수 있고, 이를 토대로 박남수 시인을 모더니스트, 구체적으로는 주지적 이미지스트로 평가하는 부분을 들 수 있다. 이 글은 이러한 두 가지 부분에 대한 기존의 관점을 수용하면서도 새로운 관점의 해석을 보충하여 박남수 시 세계의 전체성에 근접하고자 한다. 구체적으로 이 글은 박남수 시 세계의 중핵을 차지하는 '새'의 '순수'에 대해 새로운 해석을 보충하는 동시에, 지금까지 논의되지 않았던 미학적 배후로서 '밤'의 아우라를 조명함으로써, 박남수 시의 미학성을 서구적 모더니즘이나 주지적 이미지즘과는 변별되는 동양적 모더니즘 혹은 한국적 이미지즘의 특성으로 해명하고자 한다.

이를 위해 이 글은 박남수 시의 전개 과정을 통시적으로 고찰하는 방식과 각 시기별 시적 특성 및 미학성을 구조적으로 고찰하는 방식을 함께 시도하는데, 이때 각 시기별 시적 특성 및 미학성을 상호 조명하여 변별성뿐만 아니라 내적 연관성을 함께 고찰하는 방식을 취한다. 통시적 고찰

1) 박남수 시에 대한 선행 연구들 중 중요한 성과에 해당하는 것은 다음과 같다.
   범대순, 「박남수의 새: 절대적 이미지」, 《현대시학》 63호(현대시학사, 1974. 6); 김춘수, 「박남수론: 시집 『신의 쓰레기』를 중심으로」, 《심상》(월간지사, 1975. 6); 김진국, 「새의 비상: 그 존재론적 환열(歡悅): 박남수 시의 현상학적 해석」, 《문학사상》(문학사상사, 1980. 2); 박철석, 「박남수론」, 《현대시학》(현대시학사, 1981. 1); 김열규, 「역설적 절연(絶緣)과 통합: 『사슴의 관』에 붙인 박남수론」, 《현대문학》(현대문학사, 1983. 6); 이승훈, 「박남수와 새의 이미지」, 『한국 현대시사연구』(일지사, 1983); 김명인, 「박남수론 II: 새와 길」, 《경기대 어문집》(1995. 6); 박남희, 「박남수 시의 구조 연구: 주제 표출 유형을 중심으로」, 《숭실어문》(1992. 5); 이혜원, 「초월을 꿈꾸는 자의 언어: 박남수의 시 세계」, 《현대시학》(현대시학사, 1993. 4); 류근조, 「박남수 시의 은유 발생 과정 연구: 언어와 세계의 화해 구도로서」, 《중앙대 인문학 연구》(1994. 12); 이건청, 「박남수 시 연구: 도미 이후에 간행된 시집들을 중심으로」, 『박남수 전집 2: 산문』(한양대 출판부, 1998).

방식에 의해 박남수 시의 전개 과정을 시기별로 구분하면, 제1시집 『초롱불』(1940)에서 제2시집 『갈매기 소묘』(1958)까지를 초기 시, 제3시집 『신의 쓰레기』(1964)에서 제4시집 『새의 암장』(1970)까지를 중기 시, 제5시집 『사슴의 관』(1981)에서 제8시집 『소로』(1994)까지를 후기 시로 구분할 수 있다. 그리고 구조적 고찰의 방식에 따르면 각 시기별 시적 특성을 우선 언어 표현 방식과 모티프의 측면에서 초기 시의 '시적 다중 묘사와 모티프의 파생', 중기 시의 '시적 집중 묘사와 모티프의 응축', 후기 시의 '시적 진술과 모티프의 확산' 등으로 구분할 수 있다.[2] 더 나아가 이 글은 각 시기별 시적 특성 및 미학성을 구체적으로 해명하기 위해 초기 시를 다시 제1시집 『초롱불』과 제2시집 『갈매기 소묘』로 세분하고, 중기 시를 다시 제3시집 『신의 쓰레기』과 제4시집 『새의 암장』으로 세분하여, 상호 조명을 통해 변별성 및 내적 연관성을 고찰하고자 한다. 구체적인 고찰의 방법으로는 각 시기별로 언어 표현 방식을 이미지, 정동(情動), 운동성 등의 구성 요소들과 관련하여 해명하고, 미학성의 귀결로서 시적 주체를 바람, 갈매기, 꽃, 새 등의 핵심 모티프와 관련하여 해명하며, 미학성의 거점으로서 시적 배후를 밤이나 어둠의 아우라와 관련하여 해명하고자 한다.

2 초기 시: 시적 다중 묘사와 모티프의 파생, 정(靜)과 동(動)의 결합

이미지의 대비와 조화, 주체의 정동과 운동성, 미학적 배후

박남수의 초기 시를 지배하는 언어 표현 방식은 '시적 묘사'인데, 제1시집 『초롱불』에서 시적 묘사의 방식은 '주체'와 '배후'라는 두 측면의 감각적 형상화에 기초하여 형성된다. 다시 말해 제1시집은 시각과 청각적 이미지, 주체의 정동과 운동성 등의 구성 요소들을 다중적으로 배치하는

---

2) 이 글의 연구 범위는 박남수의 초기 시와 중기 시로 한정한다. 후기 시에 대한 연구는 차후를 기약하고자 한다.

시적 묘사를 보여 주면서 미학적 배후로서 '밤'의 아우라를 제시한다.

별 하나 보이지 않는 밤하늘 밑에
행길도 집도 아주 감초였다.

풀 짚는 소리따라 초롱불은 어디로 가는가.

山턱 원두막일상한 곳을 지나

묽어진 옛 城터일쯤한 곳을 돌아

흔들리든 초롱불은 꺼진듯 보이지 않는다.

조용히 조용히 흔들리든 초롱불……

──「초롱불」[3]

제1시집의 표제시인 이 작품의 기본 구도를 이루는 것은 "밤하늘 밑"의 어둠과 "초롱불"이라는 시각적 이미지의 '대비'인데, 여기에 "풀 짚는 소리"라는 청각적 이미지가 개입하면서 '조화'의 구도가 형성된다. 1연은 시적 아우라를 이루는 '어둠'을 묘사하고, 2연은 이에 대비되는 "초롱불"을 제시하는 동시에 "풀 짚는 소리"를 결부시키면서 시적 주체의 움직임을 묘사한다. 움직임의 주체는 베일에 감추어져 있고 "풀 짚는 소리"와 "초롱불"이라는 이미지만이 그것을 간접적으로 묘사하는 것이다. 은폐된 주체와 그것을 대신하는 시각 및 청각적 이미지의 형상화는 일면 T. E. 흄의 반인간주의와 T. S. 엘리엇의 몰개성론 및 객관적 상관물 이론으로 대표

---

3) 박남수, 『박남수 전집 1·시』(한양대 출판원, 1998), 30쪽. 이하 박남수 시의 인용은 이 책에 의거한다.

되는 영미 모더니즘, 특히 주지적 이미지즘의 미학적 원리와 연관성을 가지는 듯하다. 그런데 이 시가 보여 주는 서구적 미학과의 변별성은 3~5연에 제시되는 소멸의 아우라 및 비애의 정동에서 비롯된다.

시적 주체의 움직임은 3연의 "산턱 원두막일상한 곳", 4연의 "묽어진 옛 성터일쯤한 곳" 등을 거쳐 5연에 이르러 명멸하며 소멸하는 듯하다. 과거의 원형이 덧없이 소실되고 퇴색한 장소를 경유하면서 "초롱불"로 암시되는 주체의 움직임은 멈추고 소멸하는 것이다. 이 소멸의 아우라 속에 비애의 정동이 스며드는데, 이러한 미학적 특성을 일단 '동양적 모더니즘' 혹은 '한국적 이미지즘'이라고 명명해 볼 수 있을 것이다. 구체적으로 이러한 미학성은 시적 배후로서 "밤하늘 밑"의 '어둠'이 부여하는 적막감과 주체로서 "풀 짚는 소리따라" "어디로" 가는 "초롱불"의 운동성이 대비적 구도를 형성하면서 마침내 소멸의 아우라와 비애의 정동으로 귀결되는 구조로 설명할 수 있다. 동양화 혹은 문인화의 기법을 연상시키는 박남수 초기시의 '다중 묘사'의 기법은 이러한 '동양적 모더니즘' 혹은 '한국적 이미지즘'의 미학성을 구현하고 있다.

이 미학성의 핵심은 마지막 연의 "조용히 조용히 흔들리든 초롱불……"에서 함축적으로 제시된다. "초롱불"이 시적 주체를 암시하는 이미지라면 "조용히"와 "흔들리든"은 그 내면적 정동 및 양상을 양극의 결합으로 제시한다. "흔들리든"이 "어디로" 가는 주체의 지향성 혹은 운동성을 포함하여 내적 갈등과 고통의 파동을 암시한다면 "조용히"는 기본적으로 주체의 정태적 양상을 암시하지만, 깊이 음미하면 "흔들"림을 제어하는 시적 배후로서 '어둠'의 압도적인 힘에 의해 영향을 받아 생겨나는 소멸의 아우라와 연관되는 양상이라고 볼 수 있다. 이처럼 '주체'와 그를 둘러싸고 있는 '배후'가 형성하는 복잡하고 미묘한 역학 관계가 박남수 시의 '동양적 모더니즘' 혹은 '한국적 이미지즘'의 미학에서 중요한 부분을 차지한다.

　　보름달이 구름을 뚫코 솟으면……

감으스레한 어둠에 잠겼던 마을이 몸을 뒤차기며 흘러 흘른다.

하아얀 박꽃이 덮인 草家집 굴뚝에 연기 밤하늘을 보오얀히 올르고,

뜰 안에 얼른얼른 사람이 홍성거린다.

어린애 첫 울음이 고즈녁한 마을을 깨울 때
바로 뒷방성 개 짖는 소리 요란요란하다.

새악시를 못 가진 나는 휘파람 불며 논두렁을 넘어 버렸단다.

— 「심야(深夜)」

　　제1시집의 첫머리에 놓인 이 시는 시각과 청각적 이미지의 배치를 근간
으로 시적 화자 혹은 주체의 고독의 정동 및 운동성을 제시한다. 2연의 "감
으스레한 어둠"이 기본적 배후를 이루는데, 여기에 1연의 "보름달"과 3연의
"하아얀 박꽃", "보오얀히 올르"는 "연기" 등이 시각적 대비를 형성한다.
이때 주목할 부분은 두 가지인데, 첫째는 이러한 시각적 이미지가 5연의
"어린애 첫 울음", "개 짖는 소리" 등의 청각적 이미지와 만나 '대비와 조화
의 이중적 구도'를 형성한다는 점과, 둘째는 "보름달"의 "솟"음과 "연기"의
'오름'이라는 운동성이 2연에서 "마을"의 "뒤차"김과 4연에서 "뜰 안", "사
람"의 "홍성거림"이라는 움직임을 견인한다는 점이다. 이 두 부분을 상호
결부시켜 묘사함으로써 "어둠에 잠겼던", "고즈녁한 마을"의 적막감을 "흘
러 흘"르고 "홍성거"리게 하며 "요란요란"하게 "깨"운다. 이러한 '시적 다중
묘사'를 토대로 마지막 연은 "새악시를 못 가진" 채 "휘파람"을 부는 화자
의 '고독'의 정동을 노출하면서 "논두렁을 넘어 버"리는 움직임을 제시하면
서 마무리한다.

개고리 울음만 들리든 마을에
굵은 비방울 성큼성큼 내리는 밤……

머얼리 山턱에 등불 두 셋 외롭고나.

이윽고 홀딱 지나간 번갯불에

능수버들이 선 개천가를 달리는 사나히가 어렸다.

논뚝이라도 끊어서 달려가는길이나 아닐까.

번갯불이 슬어지자,
마을은 비나리는속에 개고리 우름만 들었다.

—「밤길」

 이 시도 시각과 청각적 이미지의 배치를 근간으로 시적 주체의 고독의
정동 및 운동 이미지를 제시한다. 1연은 "개고리 울음"과 "굵은 비방울"의
청각적 이미지를 제시하는데, 2연의 "등불 두 셋"의 시각적 이미지가 '대
비와 조화의 이중적 구도'를 형성하는 동시에 "외롭고나"라는 고독의 정동
을 부여한다. 이어서 3~5연에서는 "홀딱 지나간 번갯불"의 시각적 이미지
와 "개천가를 달리는 사나히"의 모습이 유비(類比)로 제시된다. 여기서 주
목할 부분은 두 가지인데, 첫째는 "번갯불"과 "사나히"가 "홀딱 지나"가거
나 "달리는" 모습을 통해 공통적으로 운동성을 드러낸다는 점과 둘째는
이 운동성이 2연의 "등불 두 셋"이 형성하는 "외"로움의 정동을 극복하기
위한 움직임이라는 점이다.[4] 따라서 이 시 전체를 지배하는 것은 1~2연

---

4)　이 움직임은 「심야」에서 "새악시를 못 가진" "나"가 "휘파람 불며 논두렁을 넘어 버렸"던
　　움직임과 상동성을 가진다.

에서 시각과 청각적 이미지의 배치가 형성하는 '고독'의 정동과 이것을 극복하기 위해 3~5연에서 역동적으로 움직이는 "번갯불"과 "사나히"의 '운동성'이라는 양극적 구도라고 볼 수 있다.

이때 4연의 "사나히가 어렸다"라는 표현에서 하나의 푼크툼을 발견할 수 있다. 화면 속에서 "사나히"는 일차적으로 시적 대상으로 등장하지만 시적 주체의 분신이라고 볼 수 있고, 현재적 인물이라기보다 과거적 인물의 현재적 투영이라고 볼 수 있다.[5] 1~2연의 고독의 정동이 3~5연의 역동적 운동성보다 큰 비중으로 압도하는 것은 시적 주체의 분신인 "사나히"가 과거적 인물의 회상이기 때문이기도 하다. 즉 화자는 고독의 정동을 극복하기 위해 역동적으로 달리는 시적 주체의 모습을 추억의 방식으로 묘사하는 것이다.[6] 따라서 마지막 연은 "번갯불이 슬어"진 이후에 "비나리는속에 개고리 우름"만 들리는 적막감의 아우라를 다시 드리우게 된다. 이처럼 추억의 방식으로 등장하는 시적 주체의 모습으로 인해 고독과 비애의 정동은 더 강화된다. 이와 관련하여 작품의 구조를 음미하면, 시각과 청각적 이미지의 배치가 만드는 고독의 정동과, 이것을 극복하기 위한 "번갯불"과 "사나히"의 운동성이라는 양극적 구도가 형성하는 표면 구조의 내부에는 내면 구조로서 이러한 현상들을 배태하고 발생시키는 미학적 배후로서 "밤"이 자리 잡고 있다. "밤"은 단순히 시간적 배경만을 의미하지 않고, 시간성과 공간성을 포괄하는 어떤 배후의 미학적 거점으로서 시각과 청각적 이미지, 주체의 고독과 운동성, 적막감과 비애의 아우라 등을 배태하고 발생시키는 근원적 영역이라고 볼 수 있다.[7] 박남수 초기 시의 미학적 배후로서 "밤"은 그의 시가 서구 모더니즘이나 이미지즘과 구

---

5) 이런 관점에서 "사나히"는 「심야」에서 "새악시를 못 가진" 채 "휘파람"을 불면서 "논두렁을 넘어 버렸"던 "나"와 상동성을 가진다.

6) 「초롱불」의 "조용히 조용히 흔들리든 초롱불……"과 「심야」의 "나는 휘파람 불며 논두렁을 넘어 버렸단다"에서 과거 시제 서술어를 구사하는 이유도 이러한 추억의 방식에서 연유한다고 볼 수 있다.

7) 「초롱불」과 「심야」에서도 "밤"의 배후가 이와 유사한 미학적 기능을 수행하고 있다.

별되는 '동양적 모더니즘' 혹은 '한국적 이미지즘'의 변별성을 확보하는 중요한 토대가 된다.

이미지들의 수렴과 모티프의 파생——바람, 갈매기, 꽃

제2시집 『갈매기 소묘』에서 시적 묘사의 방식은 시각과 청각적 이미지의 배치, 시적 주체의 고독의 정동, 이를 극복하기 위한 운동성 등의 다양한 구성 요소들을 하나의 이미지로 수렴하면서 '바람', '갈매기', '꽃' 등의 모티프를 파생시키는 흐름을 보여 준다. 가장 먼저 등장하는 모티프는 '바람'이다.

> 바람은 울고 있었다.
> 이룰 수 없는 形象을 끌고
> 나무 그늘에서
> 나무 가지에서
> 흐렁 흐렁 흐느끼고 있었다.
> 　　　　*
> 꽃밭에 뛰어들면
> 꽃이 되고
> 날리어 흐르는 바람의 수염.
> 푸른 하늘에
> 걸리어선
> 나부끼는 깃폭이 되다가,
> 　　　　*
> 어쩔 수 없으면
> 서러워 부럼치다가,
> 怒여워
> 흩날려 불리는

꽃잎에도
부러져 꺽이는
가지에도
몸을 부벼 울다가……

(중략)

결국은 이루지
못하는 形象이 되어
쓸리듯
날리면서
피리의 흐느낌.

—「바람」부분

　　"바람"은 1연에서 "울"고 "흐렁 흐렁 흐느끼"면서 청각적 이미지와 결부
되고, 2연에서는 "꽃밭에 뛰어들면/ 꽃이 되고" "푸른 하늘에/ 걸리어선/
나부끼는 깃폭이 되"는 시적 변용을 통해 시각적 이미지 및 역동적 운동
성과 결부된다. 그리고 3연에서는 "서러워 부림치다가,/ 노여워"하는 시적
주체의 설움 및 분노의 정동과도 결부된다. "결국은 이루지/ 못하는 형상
이 되어/ 쓸리듯/ 날리면서/ 피리의 흐느낌"이라는 표현은 "바람"이 비규
정성의 시각적 이미지, 청각적 이미지, 설움의 정동, 운동성 등의 시적 구
성 요소들을 수렴하고 결집하는 중심적 모티프임을 확인시켜 준다. 이러
한 사실은 제2시집이 제1시집의 미학적 특성이었던 시각과 청각적 이미지
의 대비 및 조화, 시적 주체의 고독의 정동, 이를 극복하기 위한 운동성 등
의 요소들을 하나의 이미지로 수렴하면서 모티프화하는 경향을 가짐을
보여 준다. 이 "바람"의 모티프로부터 시적 주체의 영역이 분리되면서 파
생되어 나오는 모티프가 '갈매기'라고 볼 수 있다.

2
바람이 일고
물이
결을 흔드는
그 설레임에
떠 있던
갈매기는 그저
뒤차기는
한가운데서
中心을 잡고
있었다.

3
내려 꼰지는
바람의 方向에
꼰지고,
튀치는 바람결에
물 面을 차고,
치솟아
어지러운 바람 속에
갈매기는 가다듬으며
눈을
감았다.

(중략)

7

없는 오늘에

갈매기는

떠

있었다.

없는 바람 속에

내려 꼰지는

方向으로 꼰지고,

튀치면 튀솟는

제 그림자.

어쩌면

갈매기는

六面 거울 속에

춤추고

있는

것인지도

모른다.

—「갈매기 소묘(素描)」부분

　제2시집의 표제시인 이 작품에서 "바람"과 "갈매기"의 내밀한 관계를
조명할 필요가 있다. 2장에서 "바람"과 "물"은 상호 길항하면서 긴장 관계
를 형성하는데, 여기에 "떠 있던/ 갈매기"가 "중심을 잡고/ 있"는 모습은
"바람"의 역동적인 움직임을 넘어서 정중동(靜中動)을 추구하는 시적 주체
의 지향성을 암시한다. "바람"과 "갈매기"의 이러한 관계는 3장에서 더 강
화되면서 전개된다. "갈매기"는 "내려 꼰지는/ 바람의 방향에/ 꼰지"지만
"튀치는 바람결"에 맞서서 "물 면을 차고,/ 치솟아" 몸을 "가다듬으며/ 눈
을/ 감"는다. 시적 주체가 고독의 정동을 극복하기 위해 운동성을 보여 주
었던 이전의 모습과는 달리, 몸을 "가다듬으며/ 눈을/ 감"는 정중동의 경

지는 이 작품에서부터 생겨나는 시적 변모의 특성을 보여 준다.

한편 제1시집의 특성인 시각과 청각적 이미지의 대비 및 조화, 시적 주체의 고독의 정동, 이를 극복하려는 운동성 등의 요소들을 수렴하고 결집하는 "바람"의 모티프로부터 시적 주체를 상징하는 "갈매기"의 모티프가 분리되면서 파생되어 나온다는 사실도 주목을 요한다. 이 작품과 「바람」을 비교하면 "바람"이라는 일원적 종합의 모티프로부터 외부 현실의 파동으로서 "바람"의 모티프와 시적 주체의 분신으로서 "갈매기"의 모티프가 분리되고 파생되면서 개별적 고유성을 획득하는 것이다. 또 한 가지 주목할 부분은 7장의 "없는 오늘에/ 갈매기는/ 떠/ 있었다."라는 문장에서 주체의 분신인 "갈매기"는 현존 상태가 아니라 과거의 존재를 투영한다는 것이다. "없는 바람 속에", "꼰지고", "튀솟는", "제 그림자"와 "육면 거울 속에/ 춤추"는 "갈매기"는 현존하는 실재가 아니라 기억이나 무의식의 투사를 통해 관념으로 존재하는 이미지의 위상을 가진다고 볼 수 있다.[8] "바람"에서부터 분리되고 파생되어 나온 "갈매기"는 다시 주체를 포함하는 생명적 존재의 상징인 '꽃'의 모티프를 파생시킨다.

> 無垢한 빛,
> 피를 흘리는 젊음의 뒤안길에서
> 꽃이 피고
> 흐르는 꽃잎·꽃잎·꽃잎.
>
> 꽃이 피고
> 피가 흐르는 아픔을
> 흐르는 피로 맺는
> 生成의 꽃, 꽃밭에서.

---

8) 이러한 "갈매기"의 정체와 위상은 그 연장선에서 시적 주체의 분신으로 등장하는 '새'의 정체와 위상을 이해하는 데에도 하나의 참조 사항이 될 수 있다.

불로 타는

붉은 빛갈로 부르는

無垢한 빛.

아픔이 없이는

이루지 못하는 뒤안길에서

피로 꽃이 피고 꽃이 지고……

　　　　　　　　　　　——「생성(生成)의 꽃」부분

　이 시의 중심 모티프로 등장하는 "꽃"은 "무구한 빛", "피가 흐르는 아
픔", "불로 타는/ 붉은 빛갈" 등의 이미지들을 수렴하면서 "생성"이라는
의미로 응축된다. 여기에서 "꽃"의 모티프는 "무구한"이라는 순수한 양태
를 나타내는 형용사와 "흘리는", "피고", "맺는", "타는", "부르는", "지는"
등의 역동적 움직임을 나타내는 동사의 모순적 결합으로 구조화된다. 다
시 말해 "꽃"이 가지는 "생성"의 의미는 생명이 내포하는 순수성과 역동적
에너지라는 양극이 충돌하면서 결합되는 과정을 통해 생겨난다. "꽃"이
가지는 이러한 "생성"의 의미와 위상은 「초롱불」에서 "조용히 흔들리든 초
롱불"의 이미지, 「갈매기 소묘」에서 "튀치는 바람결"에 맞서서 몸을 "가다
듬으며/ 눈을/ 감"는 정중동의 경지 등과 일맥상통하는 측면을 가진다.
　이 글은 박남수 시의 미학성을 규명하는 데 이처럼 양극이 모순적으로
결합하는 양상이 중요한 실마리를 제공해 준다고 생각한다. 박남수의 초
기 시에서 제1시집이 제2시집으로 변모되는 양상에도 불구하고 두 시집
의 공통분모를 이루는 미학성은 시적 주체를 상징하는 핵심적 이미지로
서 "초롱불"의 "조용히"와 "흔들리든" 모습, "바람결"의 "튀치는" 모습과
"갈매기"의 "가다듬으며/ 눈을/ 감"는 모습, "꽃"의 "무구"함의 순수성과
"피고" "흐르"고 "타는" 역동성 등의 양극을 모순적으로 충돌시키면서 결
합하는 부분에서 찾을 수 있다. 초기 시의 이러한 미학성을 '정(靜)과 동

(動)의 모순적 결합'이라고 명명하고자 한다.

3 중기 시: 시적 집중 묘사와 모티프의 응축, 물상과 관념의 결합 및 순환

'새'의 두 차원 ── '순수'의 형이하와 형이상

제3시집 『신의 쓰레기』에서 중심을 이루는 작품은 「새」 연작시고, 이 중 「새 1」은 박남수의 대표작으로 널리 알려져 집중적인 해석의 대상이 되어 왔다. 이 글은 기존의 해석을 수용하면서 새로운 해석을 보충하여 박남수 시의 비밀을 밝히는 데 일조하고자 한다.

1
하늘에 깔아 논
바람의 여울터에서나
속삭이듯 서걱이는
나무의 그늘에서나, 새는
노래한다. 그것이 노래인 줄도 모르면서
새는 그것이 사랑인 줄도 모르면서
두 놈이 부리를
서로의 죽지에 파묻고
따스한 體溫을 나누어 가진다.

2
새는 울어
뜻을 만들지 않고,
지어서 교태로
사랑을 假飾하지 않는다.

3
—— 포수는 한 덩이 납으로
그 純粹를 겨냥하지만,
매양 쏘는 것은
피에 젖은 한 마리 傷한 새에 지나지 않는다.

—「새 1」

　제3시집의 첫머리에 놓인 이 시의 3장에서 화자는 "새"를 "순수"라고
지칭함으로써 은유를 형성한다. 지금까지 대부분의 선행 연구들이 "새"가
지니는 "순수"의 의미를 관념의 절대 세계로 귀결시켜 해석해 온 것은 3장
을 중심으로 작품을 이해했기 때문일 것이다. "포수"가 "한 덩이 납"이라
는 인식의 수단 혹은 매개인 언어로 "쏘"아서 떨어뜨린 "피에 젖은 한 마
리 상한 새"를 본질 획득에 실패한 모습으로 이해할 수 있으므로 "순수"
를 관념의 본질적 세계 혹은 이데아로 해석하고, 이 시를 순수 관념에 대
한 형이상학적 인식의 시라고 평가할 수 있다. 이 글은 이러한 기존의 해
석을 수용하지만, "새"가 이와 대립되는 의미로도 해석될 수 있다고 생각
한다. 즉 "포수"가 "한 덩이 납"이라는 물질적이고 문명적인 도구로 "쏘"아
서 떨어뜨린 "피에 젖은 한 마리 상한 새"를 자연 자체의 생명성 획득에
실패한 모습으로 이해할 수 있으므로 "순수"를 자연의 생명적 실재로 해
석하고, 이 시를 순수 자연의 실재를 추구하는 시라고 평가할 수 있다.[9]
그렇다면 이 시에서 "새"가 지니는 "순수"의 의미는 순수 관념의 절대와
순수 자연의 실재, 즉 형이상의 세계와 형이하의 세계라는 상호 대립적인

---

9)　일반적으로 언어는 물질적 매개, 정신적 개념, 지시되는 사물 등의 세 가지 요소로 구성
　　되고, 이 세 가지 요소가 일치할 때 언어적 차원의 진리에 도달한다. 시의 차원에서 이 세
　　가지 요소는 차례로 시어(매개), 관념(의미), 대상(세계) 등으로 부를 수 있다. 박남수의
　　「새 1」에서 "새"의 "순수"를 순수 관념의 절대로 해석하는 것은 '시어(매개)'를 '관념(의
　　미)'과 연결시켜 이해하는 것이고, 순수 자연의 실재로 해석하는 것은 '시어(매개)'를 '대
　　상(세계)'과 연결시켜 이해하는 것에 해당한다.

해석이 동시에 가능해진다. 이 시의 구조와 의미가 복잡하고 미묘한 이유는 이 모순적 양극이 공존하면서 비약적으로 결합되어 있기 때문이다.

한편 1장과 2장에서 "새"가 지니는 "순수"의 의미는 순수 관념의 절대라기보다는 순수 자연의 실재에 해당한다고 볼 수 있다. 1장에서 "새"는 "그것이 노래인 줄도 모르면서" "노래"하고, "그것이 사랑인 줄도 모르면서" "부리를/ 서로의 죽지에 파묻"는다. 여기에서 "모르고"라는 시어에 주목하면, "새"의 행위는 의식과 자각을 벗어나 자연 자체의 무구성을 체현한다고 볼 수 있다. 즉 인위성을 벗어난 순수 생명체의 무위(無爲)를 보여 주는 것이다. "새"가 지니는 이러한 "순수"의 의미는 2장에서 더 분명히 제시된다. "새"의 "울"음이 "뜻을 만들지 않"는다는 말은 그것이 의미의 차원, 즉 인간적 의미 부여 이전에 존재하는 순수한 자연적 생명의 영역임을 보여 준다. "지어서 교태로/ 사랑을 가식하지 않는다."라는 문장도 의도성과 장식성을 벗어나는 순수 자연의 실재 세계를 강조하고 있다.

따라서 이 시의 전체적 구조와 의미에 대해 가능한 첫 번째 해석은 1~2장의 전반부와 3장의 후반부로 구분할 때, 전반부에 나타나는 "새"가 지니는 "순수"의 의미인 순수 자연의 실재를 후반부에도 적용하여 작품 전체를 일관된 의미로 이해하는 것이다.[10] 두 번째 가능한 해석은 시인이 이 작품을 창작할 때 "새"가 지니는 "순수"의 두 가지 차원, 즉 순수 자연의 실재와 순수 관념의 절대라는 상호 대립적 차원을 혼용했기 때문에 작품 전체에 두 가지 의미가 혼재하면서 결합되어 있다는 것이다.[11] 세 번째 가

---

10) 이 관점은 3장에서 "피에 젖은 한 마리 상한 새"와 대비되는 "순수"를 죽음의 사물성과 대비되는 생명의 자연성으로 이해하면서 순수 자연의 실재로 해석하는 것이다. 그런데 박남수 시의 전체적 전개 과정에서 이 시의 위상을 고려할 때, 이러한 해석은 일면적 해석의 단순성에 빠질 우려가 있다.

11) 이 관점은 "새"의 "순수"가 전반부에서 순수 자연의 실재라는 의미가 큰 비중을 가지지만 순수 관념의 절대라는 의미도 혼재되어 있고, 후반부에서 순수 관념의 절대라는 의미가 큰 비중을 가지지만 순수 자연의 실재라는 의미도 혼재되어 있다고 보는 것이다. 그런데 박남수의 시작(詩作)은 전반적으로 의식적이고 자각적인 현대성의 방법론에 근거하므로, 이 관점도 부적절한 해석이 될 가능성이 높다.

능한 해석은 "새"의 "순수"를 전반부에서 순수 자연의 실재로 간주하는
반면 후반부에서 순수 관념의 절대로 간주하고, 작품 전체의 시상 전개가
전반부의 즉물적 형이하의 차원을 토대로 후반부에서 관념적 형이상의
차원으로 비약적으로 상승하면서 모순적 결합을 시도한다고 이해하는 것
이다.[12] 이 글은 이들 중에서 셋째 해석에 무게 중심을 두면서 논의를 진
행하고자 한다.

나의 內部에도
몇 마리의 새가 산다.
隱喩의 새가 아니라,
기왓골을
쫑,
쫑,
쫑,
옮아 앉는
實在의 새가 살고 있다.

새가 뜰로 나리어
모이를 좇든가,
나뭇가지에 앉든가,
하늘로
날

---

12) 이 관점은 전반부의 "새"가 즉물적 자연으로서 형이하의 세계인 반면, 후반부에서는 "그
순수"를 "납"으로 쏘아 얻어지는 "피에 젖은 한 마리 상한 새"가 즉물적 자연물 자체이므
로 "새"는 관념적 형이상의 세계로 전이되며, 따라서 전반부의 수평적 구도가 후반부의
수직적 구도로 비약하면서 작품의 구조상 균열을 안은 채 모순적으로 결합되어 있다고
보는 것이다. 이와 관련하여 3장의 1행에 붙어 있는 '줄표(—)'를 이러한 균열을 가진 단
절, 혹은 비연속적 도약을 의미하는 시인의 무의식적 기호 표현이라고 해석할 수 있다.

든가,

새의 意思를
죽이지 않으면 새는
나의 內部에서도
족히 산다.

—「새 3」

이 시는 "나의 내부에도/ 몇 마리의 새가 산다."라는 문장에 대한 부연 설명과 재확인으로 전개된다. 시적 화자는 이 "새"가 "은유의 새"가 아니라 "실재의 새"라고 규정하는데, 따라서 "새"는 순수 자연의 실재에 속하는 시적 대상이다. "은유[13]의 새"가 관념적이고 추상적인 대상이라면, "실재의 새"는 "기왓골을/ 쫑,/ 쫑,/ 쫑,/ 옮아 앉"는다는 묘사가 드러내듯, 순수 자연의 생명체로서 구체적인 대상이기 때문이다. 2연은 "뜰로 나리어/ 모이를 좇"거나 "나뭇가지에 앉"거나 "하늘로" 나는 "새"의 자연스러운 행위를 묘사함으로써, 순수 실재의 모습을 드러낸다.

한편 3연의 "새의 의사를/ 죽이지 않으면"이라는 구절에서 "새의 의사"가 존재의 전제 조건이 되는 점에 주목할 필요가 있다. "의사"가 '무엇을 하고자 하는 생각'이나 '의지'를 의미한다면, 이 전제는 새의 자연적 생명성이 가지는 자유 의지가 보장되는 경우라고 간주할 수도 있다. 그런데 엄밀히 말하면, 순수 자연의 실재는 이러한 "의사" 혹은 '자유 의지' 이전의 세계라고 보는 것이 타당하므로, 3연은 1~2연에서 유지되어 온 "새"의 순수 자연적 실재성에 관념적 요소가 개입된다고 볼 수 있다. 즉 3연에 이르러 "나의 내부에서도 족히" 사는 "새"는 1~2연에서 제시된 순수 자연의 실재를 토대로 순수 관념의 절대로 도약하고 비상하는 시상 전개를 보

---

13) 『박남수 전집 1·시』에는 "음유(陰喩)"로 표기되어 있는데, 오기로 판단하여 "은유(隱 喩)"로 고쳐서 표기한다.

여 주는 것이다. 결국 이 시는 「새 1」이 1~2장과 3장에서 제시하는 시상 전개의 구도를 1~2연과 3연에서 상동성을 가지고 제시한다. 「새 1」과 「새 3」이 공통적으로 보여 주는 시상 전개는 "새"의 "순수"를 중심으로 전반부의 즉물적 형이하가 가지는 '수평적 구도'를 후반부에서 관념적 형이상으로 도약시켜 '수직적 구도'를 형성하면서 균열을 안은 채 모순적으로 결합되는 양상이라고 요약할 수 있을 것이다. 이러한 양상의 연장선에서 다음과 같은 작품이 생성된다.

> 天上의 갈매에서
> 부어 내리시는
> 부신 볕은
> 다시 하늘로 回收하지 않는
> 神의 쓰레기.
>   *
> 아침이면
> 비둘기가 하늘에
> 구
> 구
> 구
> 굴리면서
> 記憶의 모이를
> 좇고 있다.
> 다스한 神의 몸김을
> 몸에 녹이면서.
>   *
> 神의 몸김을
> 몸에 녹이면서

하루만큼씩 밀려서 버려지는
무엇인가 所重한 것을
詩人들은 종이 위에 버리면서
오늘도 다시
하늘로 歸巢하는 비둘기.

　　　　　　　　　　　—「신(神)의 쓰레기」

　이 시는 "천상"과 '지상'의 이원성에 기초하여 '수직성의 구도'를 제시한
다는 점에서 박남수 시의 전개 과정에서 중요한 위상을 차지한다. 1연에
서 "천상"의 "신"이 "부신 볕"을 지상에 "부어 내리시"고 "다시 하늘로 회
수하지 않는" 것은 신의 증여, 즉 은총을 표현하고 있다. 그런데 은총의
의미를 가지고 '하강'의 이미지를 형성하는 "볕"을 "쓰레기"라고 표현하
는 이유는 무엇일까? "천상"의 "신"이 지상에 "부어 내리시"는 "부신 볕"
은 순수 관념의 절대를 의미한다고 해석하기 쉽지만, 화자는 그것을 "쓰
레기"라고 표현함으로써 즉물성, 즉 사물의 실재성을 부각시킨다. "부신
볕"을 즉물성이나 사물성의 차원으로 이해하는 것은 그것이 다시 "하늘로
회수"되지 않는다는 점과 밀접히 연관된다.
　한편 2연에서 "비둘기"는 "기억"을 "좇"는 장소가 "하늘"이고 "신의 몸
김"을 받아들이므로, '하강'의 이미지인 "부신 볕"의 즉물성이나 사물성과
는 달리 '상승'의 이미지로서 순수 관념의 절대에 접근하는 듯하다. 3연의
마지막 문장인 "하늘로 귀소하는 비둘기"에서도 하늘을 향한 귀소성 혹
은 향일성을 확인할 수 있다. 따라서 인용한 시는 수직적 구도하에 "부신
볕"과 "비둘기"의 관계를 즉물성과 관념성, 하강과 상승 등의 대립 개념으
로 설정하고 양극의 길항과 긴장을 형상화한다. 「새 1」과 「새 3」이 "새"를
통해 순수 자연의 실재를 토대로 순수 관념의 절대로 도약하고 비상하는
시상 전개를 보여 준다면, 「신의 쓰레기」는 순수 자연의 실재와 순수 관념
의 절대를 지상과 천상의 이원적 구도로 설정하고, 즉물성과 관념성, 하강

과 상승 등의 양극을 긴장 관계로 제시하는 것이다.[14]

그런데 이 양극의 대립 속에는 상호 연쇄적 관계가 잠재되어 있다고 볼 수 있다. "신의 몸김을/ 몸에 녹이면서"라는 구절이 2연의 말미와 3연의 초두에 반복하면서 연쇄의 고리로 작용하므로, 2연의 "비둘기"와 3연의 "시인들"은 일맥상통하면서 동궤에 놓인다. 한편으로 "무엇인가 소중한 것을" "종이 위에 버리"는 "시인들"은 1연의 "부신 볕"이 가지는 즉물성 및 하강의 속성을 동반한다. 그렇다면 1연에서 "신의 쓰레기"로 묘사된 "부신 볕"의 즉물성 및 하강의 속성은 2연에서 "기억"을 "쫓"는 "비둘기"와 3연에서 "하늘로 귀소하는 비둘기"의 관념성 및 상승의 속성으로 변용한다고 볼 수 있다. 그리고 3연의 "시인들"은 이러한 연쇄 구조 속에서 "신의 쓰레기"의 속성뿐만 아니라 "하늘로 귀소하는" 속성을 동시에 가짐으로써 즉물성과 관념성, 하강과 상승 등의 양극을 동시에 한 몸에 껴안는 것이다. 이러한 관점에서 인용한 시는 '천상'과 '지상'의 이원성에 기초하여 '수직적 구도'를 제시하지만, '순환적 구도'의 가능성을 잠재적으로 배태하고 있다. 박남수의 시에서 '수직적 구도'가 '순환적 구도'로 이동하면서 본격적으로 현실화되는 것은 제4시집에 이르러서이다.

'밤'의 양가성──물상의 모태와 심연, 이승과 저승

제4시집 『새의 암장』은 제3시집의 연장선에서 "밤"이나 "어둠"의 모티프를 통해 물상의 모태와 심연, 이승과 저승 등의 차원으로 전개된다. 이러한 시적 전개에 중요한 동인(動因)이 되는 것은 '대상(세계)'이나 '관념(의

---

14) 박남수 시의 지향성을 중심으로 시적 전개 과정을 조망하면, 시적 주체를 상징하는 핵심적 이미지인 "조용히"와 "흔들리든"이라는 이원성을 '정과 동의 결합'이라는 미학성으로 구현하는 초기 시가 '수평적 구도'를 유지한다면, "새"의 두 차원인 순수 자연의 실재와 순수 관념의 절대라는 이원성을 '형이하와 형이상의 결합'이라는 미학성으로 구현하는 중기 시는 '수직적 구도'로 이동한다고 볼 수 있다. 「새 1」, 「새 3」 등은 초기 시의 '수평적 구도'가 중기 시의 '수직적 구도'로 이동하는 경계에 놓여 두 구도를 공존시키면서 전자를 토대로 후자로 도약하는 특성을 보여 준다.

미)'과 관계를 맺는 '언어(매개)'에 대한 인식이다.

> 虛無의 벌레를 쪼으는
> 딱따구리의 부리를 박고
> 내가 물어오는
> 한 낱씩의 言語, 그것이
> 다만 物象의 옷이라면
> 얼비치어 저쪽이 넘보이는, 그것은
> 存在의 이쪽에서 느끼는
> 노스탈쟈의 집. 그것이
> 다만 物象의 집이라면
> 大門 안 쪽으로 사라진, 그것은
> 골목 밖에서 느끼는
> 짝사랑의 悲嘆.

—「언어(言語)」

제4시집의 첫머리에 놓인 이 시는 제3시집의 「새 1」 3장을 변주하면서 "언어"를 중심으로 재구성한다. 「새 1」에서 "포수"는 "납"으로 "순수"를 겨냥하지만 "피에 젖은 한 마리 상한 새"를 얻는 것처럼, 이 시에서 "딱따구리"와 '나'는 "부리"로 "허무의 벌레"를 "물어오"려 하지만 "한 낱씩의 언어"만을 얻을 뿐이다. 그래서 "언어"는 "존재"에 대해 "노스탈쟈"를 느끼고 "짝사랑의 비탄"에 빠질 수밖에 없다. 차이점은 「새 1」에서 "납"이 인식의 수단 혹은 매개로서 '언어'를 상징한다면, 이 시에서는 인식의 결과물로서 "언어"를 형상화한다는 것이다. 한편 이 시의 "물상"은 대상(세계)의 사물성을 의미하고, "허무"는 관념(의미)의 본질이 획득하기 어려운 공백임을 의미하며, "존재"는 대상(세계)과 관념(의미)이 일치하여 결합된 상태를 의미한다고 볼 수 있다.

이 시의 시상 전개는 1~4행의 초반부, 5~8행의 중반부, 9~12행의 후반부 등으로 구성된다. 초반부는 "딱따구리"와 시적 화자의 유추를 통해 "딱따구리의 부리"로 "쪼으는" 대상인 "벌레"를 "내가 물어오는" 시적 결과물인 "한 낱씩의 언어"로 귀결시킨다. 중반부와 후반부는 각각 화자가 "언어"를 "물상의 옷"과 "물상의 집"으로 전제하는 경우의 시적 인식을 표현한다. 중반부에서 화자는 "언어"가 "물상의 옷"인 경우에 그것은 "존재의 이쪽에서 느끼는/ 노스탈쟈의 집"이라고 정의한다. 이때 화자는 "벌레"를 "물상" 즉 자연계 사물의 형태로 보고, "언어"는 그것의 외피이기 때문에 "존재" 자체에 대한 "노스탈쟈"를 가진다고 간주한다. 한편 후반부에서 화자는 "언어"가 "물상의 집"인 경우에 그것은 "골목 밖에서 느끼는/ 짝사랑의 비탄"이라고 정의한다. 이때 화자는 "벌레"를 "물상" 즉 자연계 사물의 형태로 보고, "언어"는 그것의 외곽에 있기 때문에 "대문 안쪽"의 존재에 대해 "골목 밖에서" "짝사랑"할 수밖에 없다고 간주한다.

결국 인용한 시는 제3시집의 핵심적 모티프인 '새'의 자리에 "벌레"를 놓고 그것을 포착하려고 시도한 결과물인 "언어"에 대한 현상학적 인식을 형상화한다. 중반부가 "언어"가 "벌레"라는 "물상의 옷"인 경우를 표현하고, 후반부는 "언어"가 "벌레"라는 "물상의 집"인 경우를 표현하지만, 둘의 공통점은 "언어"가 "물상"이나 "존재"에 대한 동경과 염원을 가지면서 베일의 이쪽이나 대문의 바깥에서 그것에 근접하고자 노력할 뿐이라는 것이다. 이처럼 제4시집에 빈번히 등장하는 '물상(物象)'은 자연계 사물의 형태를 의미하므로 순수 자연의 실재를 대변하는데, 박남수는 이것과 관념(의미)이 결합된 "존재"의 차원에 도달하려는 시도를 보여 준다. 제4시집은 그 연장선에서 '밤'이나 '어둠'의 모티프를 통해 물상의 모태이자 심연의 세계로 시적 상상력을 확장시킨다.

(1)
어둠은 새를 낳고, 돌을

낳고, 꽃을 낳는다.
아침이면,
어둠은 온갖 物象을 돌려주지만
스스로는 땅 위에 굴복한다.
무거운 어깨를 털고
物象들은 몸을 움직이어
勞動의 時間을 즐기고 있다.
즐거운 地上의 잔치에
金으로 타는 太陽의 즐거운 울림.
아침이면,
세상은 開闢을 한다.

　　　　　　　　　　　　　　　　　── 「아침 이미지 1」

(2)
밤은 새들을 죽이고
등불들을 죽이고
온갖 物象들을 죽인다.
새들은 어두운 숲, 나뭇가지에
그 外殼을 걸어 두고
어딘가 멀리로 날아간다.
등불은 어둠을 밝히고, 어둠이 內藏한 것들을 밝히지만
스스로를 밝히지 못하여 絶望한다.

　　　　　　　　　　　　　　　　　　　　　── 「밤 1」

　(1)과 (2)는 공통적으로 "물상"을 중심 소재로 제시하는데, 그것은 (1)에서 "새", "돌", "꽃" 등으로 나타나고, (2)에서 "새들", "등불들"로 나타난다. 여기에서 "물상"은 순수 자연의 실재를 상징하는데, 이것을 토대로 관

넘(의미)이 결합된 '존재'의 차원에 도달하려는 시도를 주목할 필요가 있다. 또한 중요한 것은 "밤"이나 "어둠"이 가지는 양가성인데, (1)과 (2)의 차이점이 양가성을 규명하는 실마리가 된다. (1)에서 "어둠"은 "새를 낳고, 돌을/ 낳고, 꽃을 낳는" 반면, (2)에서 "밤"은 "새들을 죽이고/ 등불들을 죽이고/ 온갖 물상들을 죽"이는 양상으로 나타나기 때문이다.

(1)에서 "어둠"은 물상들을 낳고 "아침"이 되면 그것들을 "땅 위"에 돌려주므로 물상의 '에로스적 모태'라고 볼 수 있다. 물상의 '모태'로서 "어둠"은 "아침" — "태양"과 "땅 위" — "지상"의 수직적 대립 구도 속에서 어느 쪽에도 속하지 않으면서 물상들을 낳고 "아침"이 되면 "땅 위"에 돌려주면서 굴복한다. 그래서 "물상들"은 "지상"에서 "노동의 시간을 즐기고" "즐거운" "잔치"를 벌인다. 반면 (2)에서 "밤"은 "온갖 물상들을 죽"이므로 물상의 '타나토스적 심연'이라고 볼 수 있다. 물상의 '심연'으로서 "밤"은 "등불"과 "어둠"의 수평적 대립 구도 속에서 "어둠" 쪽에 속하면서 물상들을 죽인다. "어두운 숲"에서 "나뭇가지에/ 그 외각을 걸어 두고/ 어딘가 멀리로 날아"가는 "새들"의 모습을 통해, "밤"이나 "어둠"이 물상들의 겉껍데기만을 포획하고 내면의 실재나 본질을 방기하는 속성을 가짐을 알 수 있다.

결국 (1)과 (2)에 나타나는 "밤"이나 "어둠"은 '천상' — '지상'의 수직적 구도나 '등불' — '어둠'의 수평적 구도 속에서 물상의 '에로스적 모태'인 동시에 '타나토스적 심연'이라는 양가적 위상을 가진다. 이것은 물상의 탄생 및 죽음, 혹은 생성 및 소멸과 연관되는 어떤 근원적 힘의 영역이라고 볼 수 있다. 박남수의 중기 시는 '새'의 '순수'가 가지는 형이하의 세계가 형이상의 세계로 도약한 이후에 그 배후에서 작용하는 물상의 '모태'이자 '심연'의 차원을 '밤'이나 '어둠'의 모티프로 형상화함으로써 시적 상상력을 거시적인 영역으로 확장한다. 여기에 덧붙여 이 글이 규명하고자 하는 것은 '밤'이나 '어둠'의 내력이다. '새'가 지니는 '순수'의 두 세계의 배후에서 작용하는 물상의 '모태'이자 '심연'의 차원인 '밤'이나 '어둠'은 제1시집을 분석하면서 언급한, '동양적 모더니즘' 혹은 '한국적 이미지즘'의 중요한 변별성을 확보하는 박남수 초기 시의 미학적 배후인 "밤"이 시적 전개 과정을 경유하면서 변용된 것이라고 볼 수 있다. 제1시집에서 "밤"은 시간성과 공간성을 포괄하는 미학적 배후로서 시각과 청각적 이미지의 대비 및 조화, 주체의 고독과 운동성, 적막감과 비애의 아우라 등을 배태하고 발생시키는 근원적 영역으로 작용했는데, 제4시집에 이르러 물상의 '에로스적 모태'이자 '타나토스적 심연'이라는 양가성의 양상으로 회귀하면서 재구성되는 것이다. 박남수의 중기 시는 '밤'이나 '어둠'이 가지는 물상의 '모태'이자 '심연'의 연장선에서 '이승'과 '저승'의 경계를 가로지르면서 시적 상상력의 영역을 더욱 확장시킨다.

(1)
삶보다 透明한 軌跡을 그으며
한 마리의 새는
저승으로 넘어가고 있다.
죽음과 生殖의 알이 쏟아지는
보이는 싸움과 보이지 않는
싸움 속에서 暗葬되고 있다.
스스로가 노래인 하늘의 住民들은
붕붕 날리는 危脅으로
온몸에 소름을 쓰고 떨고 있다.

　　　　　　　　　　　　──「새의 암장(暗葬) 1」

(2)
땅속을 자맥질하던
한 쭉지의 날개는
三千年의 季節을 넘어서, 지금
이승 쪽으로 떠오르고 있다.

高句麗의 하늘이었을까, 아니면
濊貊의 하늘이었을까
부릉 날아오른 활촉에
꿰뚫린 것은 새가 아니라, 그것은
죽음에 앞지른 絶叫,
一瞬 後에
새는 피를 쓰고 곱게 落下하였다.

*

땅에 떨어져 내린
한 쭉지의 날개는 地下로 降下하여
어느 地層을 날아가고 있었다.

피를 앞지른 絶叫.
사람의 귀에 세운 不立文字.
化石은 어느 標本室
유리창 속에서 證言하고 있다.

—「새의 암장(暗葬) 3」 부분

(1)과 (2)는 공통적으로 "이승"과 "저승"의 경계를 가로지르는 "새"의 모습을 형상화한다. 한편 (1)이 "삶" 즉 이승에서 "저승"으로 "넘어가는" "새"를 형상화하는 반면, (2)는 "지하"의 "지층"에서 "이승"으로 "떠오르"는 '새'를 형상화한다. (1)에서 경계를 "넘어가는" "새"의 행위는 "죽음과 생식의 알이 쏟아지는/ 보이는 싸움과 보이지 않는/ 싸움"으로 묘사된다. 이 구절은 다양한 해석의 가능성을 가지지만, 이 글은 "죽음"과 "생식의 알"을 대립 개념으로 보고 "보이는 싸움"은 "삶", 즉 이승에서 대립적 양극이 투쟁하는 양상이며 "보이지 않는/ 싸움"은 "저승"에서 대립적 양극이 투쟁하는 양상으로 해석하고자 한다. 따라서 "암장되고 있"는 "새"는 물

상의 '에로스적 모태'와 '타나토스적 심연'이 상호 투쟁하면서 이승에서 저 승으로 이동하는 모습을 보여 주는 것이다.

한편 (2)는 '저승'과 "이승"의 수직적 구도를 근간으로 "지하"와 '지상', '하강'과 '상승' 등의 대립 개념들을 동반하면서 '과거'와 '현재'의 시간적 대립까지 개입시킨다. "고구려"나 "예맥"의 "하늘"에서 "죽음에 앞지른 절 규"를 뱉고 "낙하"했던 "새"는 "삼천 년의 계절을 넘어서" "이승 쪽으로 떠오르"는 것이다. 따라서 이 시에서 "지하"의 "지층"은 '시간의 지층'으로 서 "저승"의 공간성과 '과거'의 시간성을 결합하면서 누층적 구조를 형성 한다. (1)과 (2)를 종합하면, 박남수의 제4시집은 '밤'이나 '어둠'이 가지는 물상의 '에로스적 모태'이자 '타나토스적 심연'이라는 양가성의 연장선에 서 양자의 투쟁을 동반하면서 '이승'과 "저승"의 경계를 가로질러 순환하 는 '새'의 모습을 형상화한다고 볼 수 있다. 제3시집의 「신의 쓰레기」에서 배태된 '순환적 구도'는 제4시집의 「새의 암장 3」에 이르러 본격적으로 현 실화되는 것이다. 결국 박남수의 시적 전개는 초기 시의 '수평적 구도'가 중기 시의 '수직적 구도'로 이동한 이후 제4시집에 이르러 '밤'이나 '어둠'의 모티프를 통해 시적 상상력을 물상의 모태와 심연, 이승과 저승의 영역으 로 넓히면서 '순환적 구도'로 이동한다고 요약할 수 있다.

4 한국적 이미지즘의 미학성

이 글은 박남수 시 세계의 중핵을 차지하는 '새'의 '순수'에 대해 새로운 해석을 보충하는 동시에, 지금까지 논의되지 않았던 미학적 배후로서 '밤' 의 아우라를 조명함으로써, 박남수 시의 미학성을 서구적 모더니즘이나 주지적 이미지즘과는 변별되는 동양적 모더니즘 혹은 한국적 이미지즘의 특성으로 해명하고자 했다.

박남수의 초기 시 중에서 제1시집 『초롱불』의 언어 표현의 방식은 시 각과 청각적 이미지의 대비 및 조화, 주체의 정동과 운동성 등의 구성 요소들을 다중적으로 배치하는 시적 묘사를 보여 주면서 미학적 배후로서 '밤'의 아우라를 제시한다. 제2시집 『갈매기 소묘』는 이러한 다양한 구성 요소들을 하나의 이미지로 수렴하면서 '바람', '갈매기', 꽃' 등의 모티프를 파생시킨다. 제1시집은 시각과 청각적 이미지의 배치가 만드는 고독의 정동과 이것을 극복하기 위한 주체의 운동성이라는 양극적 구도가 표면 구조를 형성하는데, 내면 구조에는 이러한 현상들을 배태하고 발생시키는 미학적 배후로서 '밤'이 자리 잡고 있다. '밤'은 단순히 시간적 배경만을 의미하지 않고, 시간성과 공간성을 포괄하는 어떤 배후의 미학적 거점으로서 시각과 청각적 이미지, 주체의 고독과 운동성, 적막감과 비애의 아우라 등을 배태하고 발생시키는 근원적 영역이라고 볼 수 있다. 미학적 배후로서 '밤'은 서구 모더니즘이나 이미지즘과 구별되는 '동양적 모더니즘' 혹은 '한국적 이미지즘'의 변별성을 확보하는 중요한 토대가 된다.

제2시집은 제1시집의 미학적 특성이었던 시각과 청각적 이미지의 대비 및 조화, 시적 주체의 고독의 정동, 이를 극복하기 위한 운동성 등의 요소들을 하나의 이미지로 수렴하면서 모티프화하는 경향을 보여 준다. 이전의 시적 구성 요소들을 수렴하고 결집하는 모티프인 '바람'에서부터 시적 주체의 영역이 분리되면서 파생되어 나온 '갈매기'의 모티프는, 다시 주체를 포함하는 생명적 존재의 상징으로서 '꽃'의 모티프를 파생시킨다. 이러한 변모에도 불구하고 제1시집과 제2시집의 공통분모를 이루는 미학은 시적 주체를 상징하는 핵심적 이미지로서 "초롱불"의 "조용히"와 "흔들리던" 모습, "바람결"의 "튀치는" 모습과 "갈매기"의 "가다듬으며/ 눈을/ 감"는 모습, "꽃"의 "무구"함의 순수성과 "피고" "흐르"고 "타는" 역동성 등의 양극을 모순적으로 충돌시키면서 결합하는 부분에서 찾을 수 있다. 초기 시의 이러한 미학성을 '정과 동의 모순적 결합'이라고 명명할 수 있다.

박남수의 중기 시의 핵심적 모티프는 '새'인데, 초기 시의 제2시집에서 이미지, 정동, 운동성 등의 요소들을 수렴하면서 파생시킨 '바람', '갈매기', 꽃' 등의 모티프들의 연장선에서 제3시집 『신의 쓰레기』의 '새'의 모티프가 생성된다. 「새 1」에서 '새'가 지니는 '순수'의 의미는 전반부에서 순수 자연의 실재인 반면 후반부에서 순수 관념의 절대이며, 작품 전체의 시상 전개가 전반부의 즉물적 형이하의 차원을 토대로 후반부에서 관념적 형이상의 차원으로 비약적으로 상승하면서 균열을 안은 채 모순적 결합을 시도한다. 「새 1」과 「새 3」이 '새'를 통해 순수 자연의 실재를 토대로 순수 관념의 절대로 도약하고 비상하는 시상 전개를 보여 준다면, 「신의 쓰레기」는 순수 자연의 실재와 순수 관념의 절대를 지상과 천상의 이원적 구도로 설정하고, 즉물성과 관념성, 하강과 상승 등의 양극을 긴장 관계로 제시한다. 박남수 시의 지향성을 중심으로 시적 전개 과정을 조망하면 '정과 동의 결합'이라고 명명할 수 있는 초기 시의 미학성이 '수평적 구도'를 유지하는 반면 '형이하와 형이상의 결합'이라고 명명할 수 있는 중기 시의 미학성은 '수직적 구도'로 이동한다. 「새 1」, 「새 3」 등은 초기 시의 '수평적 구도'가 중기 시의 '수직적 구도'로 이동하는 경계에 놓여 두 구도를 공존시키면서 전자를 토대로 후자로 도약하는 특성을 보여 준다. 한편 「신의 쓰레기」는 즉물성과 관념성, 하강과 상승 등의 양극의 대립 관계 속에 상호 연쇄적 관계를 잠재적으로 내포하므로 '순환적 구도'의 가능성을 배태하고 있다.

제4시집 『새의 암장』은 순수 자연의 실재를 토대로 순수 관념의 절대로 도약하는 제3시집의 연장선에서 '밤'이나 '어둠'의 모티프를 통해 물상의 '모태'와 '심연'의 세계로 시적 상상력을 확장시키고, 다시 '이승'과 '저승'의 경계를 가로지르면서 시적 상상력의 영역을 더욱 확장시킨다. 이러한 시적 전개에 중요한 동인이 되는 것은 '대상(세계)'이나 '관념(의미)'과 관계를 맺는 '언어(매개)'에 대한 인식이다. 「아침 이미지 1」과 「밤 1」에 나타나는 '밤'이나 '어둠'은 '천상' — '지상'의 수직적 구도나 '등불' — '어둠'의 수평적 구도 속에서 물상의 '에로스적 모태'인 동시에 '타나토스적 심연'이라는 양가적 위상을 가진다. 이것은 물상의 탄생 및 죽음, 혹은 생성 및 소멸과 연관되는 어떤 근원적 힘의 영역이라고 볼 수 있다. '새'가 지니는 '순수'의 두 세계의 배후에서 작용하는 물상의 '모태'이자 '심연'의 차원인 '밤'이나 '어둠'은 제1시집을 분석하면서 언급한, '동양적 모더니즘' 혹은 '한국적 이미지즘'의 중요한 변별성을 확보하는 박남수 초기 시의 미학적 배후인 '밤'이 시적 전개 과정을 경유하면서 변용된 것이라고 볼 수 있다. 제3시집의 「신의 쓰레기」에서 배태된 '순환적 구도'는 제4시집의 「새의 암장 3」에 이르러 본격적으로 현실화된다. 결국 박남수의 시적 전개는 초기 시의 '수평적 구도'가 중기 시의 '수직적 구도'로 이동한 이후 제4시집에 이르러 '밤'이나 '어둠'의 모티프를 통해 시적 상상력을 물상의 모태와 심연, 이승과 저승의 영역으로 넓히면서 '순환적 구도'로 이동한다.

제7주제에 관한 토론문

김응교 | 숙명여대 교수

　오형엽 선생의 이 글은 박남수 시인의 이미지, 그중 '새'와 '밤' 이미지를 집중해서 분석하고 있습니다. 연구사 검토 이후 '새'와 '밤' 이미지를 분석하여 "박남수 시의 미학성을 서구적 모더니즘이나 주지적 이미지즘과는 변별되는 동양적 모더니즘 혹은 한국적 이미지즘의 특성으로 해명하고자" 하는 논문입니다. 몇 가지 질의를 통하여 배움을 얻고자 합니다. 제가 질문하는 내용은 틀렸다는 지적이 아니라, 대부분 보충 설명을 바라는 내용이니 이후에 참고해 주셨으면 합니다.

　"초기 시의 '시적 다중 묘사와 모티프의 파생', 중기 시의 '시적 집중 묘사와 모티프의 응축', 후기 시의 '시적 진술과 모티프의 확산' 등으로 구분할 수 있다."라고 쓰셨는데 초기 시, 중기 시, 후기 시를 구분하면서 쓰신 각 시기의 특징이 설명이 부족해서 그런지 충분히 공감하기 어려웠습니다. 가령 초기 시에서 나온다는 '시적 다중 묘사'는 박남수 시의 모든 시에서 나오는 특징이 아닌지요. '시적 집중 묘사'라는 제목도 무슨 말인지 난감했습니다. 모든 시는 집중해서 묘사한다는 말인지요.

　이 글에서 중요한 키워드는 '동양적 모더니즘'과 '한국적 이미지즘'입니다. '한국적 이미지즘'이란 말은 이해가 되는데 '동양적 모더니즘'이란 무엇인지요.

> 이 소멸의 아우라 속에 비애의 정동이 스며드는데, 이러한 미학적 특성을 일단 '동양적 모더니즘' 혹은 '한국적 이미지즘'이라고 명명해 볼 수 있을 것이다.(2)
> 미학적 배후로서 '밤'은 서구 모더니즘이나 이미지즘과 구별되는 '동양적 모더니즘' 혹은 '한국적 이미지즘'의 변별성을 확보하는 중요한 토대가 된다.(결론)

위와 같이 정리하셨는데, 소멸의 아우라나 비애의 정동도 본래 동양 문학에서도 볼 수 있는바, 두 가지가 동양적 모더니즘이라는 말은 무슨 말인지요. 서구 모더니즘은 '밤'을 어떻게 표현했고, 동양적 모더니즘은 '밤'을 어떻게 표현해서 구별할 수 있는지? 어려웠습니다. 서구와 동양의 이항 대립으로 구분하기보다는 서구와 동양 '사이'로 봐야 하지 않을지요.

미술이나 인테리어에서는 '동양적 모더니즘'이라는 용어를 쓰곤 하지만, 문학 작품에서 어떤 의미로 쓰는지 이해하기 어려웠습니다. 이해 이전에 그것이 가능한지요. 본문이나 각주에서 상세히 그 미학을 논하고 진행하면 어떨지요.

'정동(情動)'이란 단어가 많이 나오는데 '주체의 정동과 운동성', '비애의 정동', '내면적 정동'('외면적 정동'은 따로 있는지) 등의 표현은 이해하기가 어려웠습니다. 특히 15번이나 나오는 '고독의 정동'이란 표현은 처음 대하여 낯설었습니다. '주체의 정동과 운동성'이란 표현 역시 이해하기 어려웠습니다. '정동'이라는 용어 안에 이미 운동성이나 역동성이 있는 것 아닌지요. 브라이언 마스미가 쓴 『가상계』가 2011년 번역된 뒤, 『정동 이론(*The Affect Theory Reader*)』(갈무리, 2015)도 번역되었습니다. 저도 「수치의 글쓰기」나 「잔혹한 낙관주의」(『정동 이론』) 등을 글에 인용하곤 하지만, 아시다시피 '정동'이라는 용어는 어떤 말로 규정하기 어려운 용어입니다. 이 책에서 나온 정동과 다르다면 선생님께서 생각하시는 정동이란 무엇인지, 본문이나 각주에서 조금 설명해 주시면 어떨지요.

동시대 다른 시인과 비교하면서 서술하는 방식은 어떨지 생각해 봤습니다. 박남수 시인은 식민지 시인이나, 1960년대 시인이나, 1970년대 시인이라는 식으로 한 시대로 한정할 수 없는 넓은 활동 영역을 보여 주는 시인입니다. 특정 시대로 그를 한정할 수는 없지만, 그와 동시대를 살았던 시인들과의 비교가 있다면 좋지 않았을까요. 맺음말뿐 아니라 글 내용에서 신석정, 정지용, 윤동주, 박두진, 김수영 등 다른 시인들과 박남수 시의 '차이'를 밝히면, 박남수 시의 특성이 더욱 돋보이지 않을까 싶습니다. 이에 관해서 오형엽 선생님께서 충분히 답변 혹은 보강해 주시리라 생각합니다.

공부가 부족하여 대강 네 가지 질의를 드리고 작은 문제는 토론장에서 발표 듣고 올리겠습니다. RISS(학술연구정보서비스)를 검색해 보면 2018년 4월 26일 현재 박남수 시 연구는 학위 논문 44건, 국내 학술지 논문이 53건으로 나옵니다. 이 정도면 많이 주목받은 시인에 속하지만, 오형엽 선생의 이 논문으로 박남수 시인의 시가 더 널리 많이 알려지기를 바랍니다. 귀한 논문 읽을 기회 주셔서 감사합니다.

1918년	5월 3일, 평안남도 평양시 진향리에서 태어남.
1935년(17세)	《조선문단》의 현상 문예에 「기생촌(妓生村)」이 입선되었지만 게재료 요구로 발표되지는 못함.
1939년(21세)	김종한의 권유와 정지용의 추천으로 《문장》을 통해 중앙문단에 등단함. 추천작은 「심야(深夜)」・「마을」(1939. 10), 「주막(酒幕)」・「초롱불」(1939. 11), 「밤길」・「거리(距離)」 (1940. 1) 등이었음.
1940년(22세)	첫 시집 『초롱불』(동경: 삼문사) 간행.
1941년(23세)	평양 숭실상업을 거쳐 일본 중앙대학 법학부 졸업.
1945년(27세)	조선 식산(殖産) 은행 진남포 지점에 입사. 평양 지점장 역임.
1951년(33세)	1・4 후퇴 때 월남.
1952년(34세)	현수(玄秀)라는 이름으로 『적치 6년의 북한 문단』(국민사상지도원, 비매품) 간행.
1954년(36세)	《문학예술》 주재(主宰).
1957년(39세)	유치환, 조지훈, 박목월 등과 한국시인협회 창립. 「갈매기 소묘(素描)」, 「5편의 소네트」 등으로 제5회 아시아 자유 문학상 수상.
1958년(40세)	제2시집 『갈매기 소묘(素描)』(춘조사) 간행.
1959년(41세)	《사상계》 상임 편집위원에 취임.
1964년(46세)	제3시집 『신(神)의 쓰레기』(모음사) 간행.
1965년(47세)	한양대학교 문리대 국문과 강사에 임용, 1973년까지 근무.

1970년(52세)	제4시집 『새의 암장(暗葬)』(문원사) 간행.
1975년(57세)	한국문화예술위원회에서 편찬한 『민족 문학 대계 6』(동화출판공사)에 장편 서사시 「단 한 번 세웠던 무지개 — 살수대첩」을 발표함. 미국 플로리다로 이주.
1981년(63세)	제5시집 『사슴의 관(冠)』(문학세계사) 간행.
1982년(64세)	시선집 『한국 현대 시문학 대계 21』(문학세계사) 간행.
1991년(73세)	한국 대표 시인 100인 선집 『어딘지 모르는 숲의 기억(記憶)』(미래사) 간행.
1992년(74세)	제6시집 『서쪽, 그 실은 동쪽』(인문당) 간행. 재미(在美) 3인 시집 『새소리』(삼성출판사) 간행. 아내 강창희와 사별.
1993년(75세)	아내의 영전에 바치는 제7시집 『그리고 그 이후(以後)』(문학수첩) 간행.
1994년(76세)	제8시집 『소로(小路)』(시와 시학사) 간행. 6월에 '공초(空超) 문학상' 수상.
1994년(76세)	9월 17일, 미국 뉴저지주 에디슨 자택에서 숙환으로 별세.

박남수 작품 연보

발표일	분류	제목	발표지
1932	시	삶의 오료(悟了)	조선중앙일보
1935	시	여수	시건설
1936	시	제비	조선 문학
1938. 1	시	행복	맥
1938. 3	시	삼림	맥
1939. 10	시	심야/마을	문장
1939. 11	시	주막/초롱불	문장
1940. 1	시	밤길/거리	문장
1940. 2	평론	조선 시의 출발점	문장
1941. 1	평론	현대시의 성격	문장
1952. 1	평론	문학인의 반성과 각오	신사조
1952. 5~6	시	원죄의 거리	문예
1953.	시	산야(産夜)	문예
1953. 8	시	신(神)	문학세계
1953. 11	시	꽃씨를 받으신다	문예
1954. 5	시	어둠 속에서	신천지
1954. 8	시	골목에는 바람이	현대공론
1955. 1	시	입상(立像)	현대문학
1955. 7	시	무엇이 생겨나려는	현대문학

발표일	분류	제목	발표지
1956. 5	시	소네트	현대문학
1956. 9	시	거울과 칼	사상계
1957. 3	시	갈매기 소묘	사상계
1957. 7	시	음악	신태양
1957. 10	시	다섯 편의 소네트	사상계
1957. 10	시	생성의 꽃	현대문학
1958. 6	시	생명	사상계
1958. 7	시	한모금의 물	사조
1959. 3	시	새	신태양
1960. 5	시	신의 쓰레기	현대문학
1960. 5	시	공석	사상계
1961. 1	시	동물시초	사상계
1961. 10	시	가장(家長)	사상계
1961. 12	시	밝은 정오	사상계
1961. 12	시	겨울밤 이야기	여원
1962. 2	시	소품삼제	현대문학
1962. 7	시	땡볕의 그늘	사상계
1962. 11	시	잔등의 시	신사조
1963. 11	산문	나의 문단 교우록	신사조
1963. 12	시	교외	사상계
1964. 8	시	선인장	사상계
1964. 8	시	일요일	여상
1965. 2	시	언어 Ⅰ	신동아
1965. 4. 11	시	흔적	경향신문
1965. 8	시	여름밤의 추억	주부생활

발표일	분류	제목	발표지
1965. 8. 15	시	다시 8월 15일의 기도	경향신문
1966. 1	시	무제	사상계
1966. 5	시	병동의 긴 복도	문학
1966. 6	평론	직감의 향수	문학
1966. 7. 30	시	8월 쾌청	서울신문
1967. 4. 2	시	4월의 편지	한국일보
1967. 6. 3	시	어느 6월에 아침에	서울신문
1968. 3	시	아침 이미지	사상계
1968. 3	시	2월의 뜰	신동아
1968. 12	시	소등	월간문학
1969. 4	시	바다	월간중앙
1969. 7~8	시	새의 암장	아세아
1969. 12	시	비비추가 된 새	신동아
1970. 3	시	겨울	월간중앙
1970. 7	시	호르라기의 장난	월간중앙
1971. 1	시	고독	월간중앙
1971. 12	시	기도가	창조
1973. 11. 21	시	첫눈	중앙일보
1975	서사시	단 한번 세웠던 무지개 ─ 살수대첩	민족 문학 대계 6

해방 전후 시의 사적 윤리와 공적 윤리

오장환을 중심으로

김춘식 | 동국대 교수

서론

해방 직후 '새롭게 건설될 문학의 성격'과 '과거 청산'의 문제는 식민지 시기와 '해방 이후'라는 역사적 분기점에 과거와 미래라는 두 개의 대척점을 마주 세우면서 새롭게 역사를 만들어 가려는 기획의 형식을 지닐 수밖에 없었다. 그리고 이러한 역사적 전환과 새로운 기획이 중첩되는 지점에서, 역사 발전 법칙이나 전망에 대한 사유는 하나의 과학적 체계를 지닌 역사관, 미래주의를 가정하게 된다. 해방 직후, '건설'의 문제에서 '민주주의', '인민'과 '파시즘', '국수주의'가 서로 대칭을 이루는 개념이 되는 과정은 이 시기 정치성의 문제가 국가 건설을 둘러싼 윤리적 정당성, 역사적 당위성의 문제에 얼마나 밀착되어 있었는지를 말해 준다. 문학의 문제이면서 동시에 역사, 정치의 문제였던 과거와 미래의 정의와 방향 설정의 과제는 결국 미래 기획의 '주체' 문제로 직결될 수밖에 없는 것이다. 누가 새롭게 건설될 국가, 문학의 주체가 될 것인가의 문제에서 딜레마적인 것으로 나타난 것이 '구세대', 즉 친일의 경력을 지닌 기성 문인과 신세대, 즉 새로운 역사의 주체가 될 신진에 대한 정의였다. 과거 청산과 미래주의는 좌우를 구분하지 않는 시대적 요청이었지만, 과거 청산의 문제와 미래 기획의 문제에서 주체의 윤리성을 전면에 내세운 것은 좌파의 중요한 이념이었다. 윤리적인 정당성의 확보를 통해 계몽적 엘리트로서의 정당성을 회복하는 것은 대중성, 지도성이라는 양자를 위해서 모두 필요한 사안이었다. 인민성의 개념은 이 점에서 사적인 개인의 윤리적 자기 점검과 공적인 주권 회복의 양면에서 모두 중요한 척도가 된다. 해방기에 제시된 좌파의 문학적 이념이나 창작방법론이 '진보적 민주주의', '진보적 민족문학', '진보적 리얼리즘', '혁명적 로맨티시즘' 등의 용어를 통해 나타나는 과정은 해방기에 직면한 특수성, 즉 '과거 청산', '미래 기획'이라는 양자를 잇는 주체의 성격을 규명하는 작업에서 먼저 시작된다.

해방기 진보적 리얼리즘과 혁명적 로맨티시즘을 바탕으로 한 민족문학의 개념은 인민성과 동떨어진 공식주의에 대한 비판을 전제로 한 것이다. 즉, 당대의 현실 정세에 대한 정확한 인식과 자기비판이라는 과제가 진보적 리얼리즘, 혁명적 로맨티시즘이라는 창작방법론과 직결되는 것이었고 이 양자는 민족문학론이라는 기본적인 이념을 뒷받침하게 된다. 이 시기 민족문학론이 인민민주주의 혹은 시민민주주의를 채택하는 것은 민족이라는 개념의 바탕에 인민이라는 척도를 설정하고 있기 때문이다. 결국 인민의 실체에 대한 접근, 현실 정세의 파악이 과학주의, 진보적 리얼리즘의 정신이라면, 미래 기획, 건설 등의 당위성과 필요성은 혁명적 로맨티시즘이라는 신념을 지닌 윤리적 태도나 인간형의 출현을 만들어 낸다. 해방기의 사적 윤리가 자기 고백, 반성, 비판 등을 기본으로 해서 점차 소시민적인 자아에 대한 극복으로 나아가는 방향을 설정하고 있다면, 이러한 사적인 윤리의 점검과 정립은 공적인 자아로서의 정치적 주권 회복을 최종적인 목적지로 설정하게 된다. 정치적 주권 회복의 의미는 구세대에게는 인민성을 내재화하고 획득하는 것이 되고, 신세대에게는 새로운 인간형의 실천에 대한 요구로 나타난다.

이처럼 해방기 문인 단체와 문인들의 일견 복잡하고 혼란한 움직임은 이런 기본적인 궤적 아래에서 재해석되고 설명될 수 있다는 것이 본고의 기본 전제이다. 그리고 이 과정에서 김기림, 임화 등과 달리 중간자적인 위치에서 스스로를 재정립하고 동시에 신세대의 새로운 인간형을 이끌어 나가는 위치에 있던 것이 오장환, 이용악 등이었다. 김기림, 임화가 신세대에게 무언가를 요구하고 이념적인 방향을 제시하는 위치에 있었다면, 오장환, 이용악은 스스로 창작 방법론의 실체를 만들고, 자기반성을 통한 주권 회복의 과정을 구체적으로 보여 주는 역할을 담당하고 있었다. 해방기 시단에서 이 두 시인의 위치나 역할이 각별히 주목되는 이유도 이 점에 있다.

본고에서 주목하는 오장환은, 이 점에서 사적 윤리의 점검이 공적인 윤리의 차원을 향해 나아가는 출발점이 될 수밖에 없는 특수한 조건에서 '소시민성', '식민지 잔재 청산', '봉건적 잔재 탈피' 등의 역사적인 문제를 개인, 내면의 문제로 환원한 대표적 시인이라고 할 수 있다. 탈소시민성이나 반제 반봉건 등의 이념형은 본래 개인의 사적 윤리로 소환하거나 반성하는 과정보다는 이론적인 접근이 선행되기 쉬운 것들이다. 그러나 해방기의 특수성은 이러한 정치적, 역사적, 사회적 과제를 개인의 윤리적 점검이라는 차원에서 시작하는 특이한 현상을 가능하게 한 것이다. 여기에는 일제 강점기 말 지식인, 문인의 친일 문제에 대한 자기비판과 어느 정도의 정당화 과정이 필요할 수밖에 없는 정황이 존재한다. 해방기의 정세는 이 점에서 개인적 양심의 문제를 역사적 폭력의 문제와 연결해 다시 돌아보고 설명할 수밖에 없는 예외적 지점을 안고 있었다. 해방기 이후 '공식주의'에 대한 비판은 현실 정세와 동떨어진 지식 엘리트의 허위성을 가리키는 대표적인 단어로 정립되는데, 공식주의에 대한 비판은 객관적 정세와 이념적 지향을 하나로 결합하기 위한 전형적인 방법이다. 개인적 양심의 문제가 선행되지 않고서는 객관적 정세, 역사적 진보, 이념적 지향이 모두 어렵다는 문제의식은 역사적 폭력과 주체의 문제에 대한 사유를 촉발하고 있다는 점에서 문제적이다. 즉, 폭력에 대한 대응 과정에서 주체의 철저한 신념과 의지를 요구할 수 있는데도 결국 그렇게 하지 않고 과거나 기억의 문제를 새로운 인간형 창출의 문제로 끌고 가는 것은, 공식주의의 허점이 이념의 강조에만 있지 현실 정세의 어려움에 대한 주체의 대응을 간과한다는 방법론, 실천의 부족에 대한 자각이 뒷받침되었기 때문이다. 다시 말해서, 사적인 윤리의 차원에서 공적인 윤리, 정치적 주권의 문제로 확장해 나가는 사유나 실천에는 공식주의에 대한 비판과 탈피가 전제되어 있는 것이다.

본고에서 주목하는 사적 윤리와 공적 윤리는 이 점에서 개념적 범주로 구분 가능한 것들은 아니다. 사적인 차원의 윤리의식에 대한 요구가 공적인 윤리나 책임, 정치적 주권과 맞닿아 버리는 특수성을 가리키기 위한 분류로서 사적 윤리가 자기비판이나 양심, 진정성의 문제라면 이 자기비판은 현실의 객관적 정세에 대한 인식, 윤리적 정당성과 신념 회복 등을 전제로 하는 것이다. 결국, 공적인 주권과 미래적 가치에 대한 신념 체계에 대한 복무는 개인적 각성과 실천을 전제로 하게 된다. 새로운 인간형의 창출은 그만큼 주체를 중심으로 한 '미래 기획'의 핵심적인 과제가 될 수밖에 없다. 해방기 새로운 인간형 창출의 중요성은 그만큼 역사의 구조적 정합성보다는 주체, 인간의 실천을 이 시기에 더 중요하게 보고 있다는 뜻이기도 하다.

오장환의 시가 개인의 목소리와 집단의 목소리의 균열 지점에서 이념으로 서둘러 봉합되는 한계를 지니고 있다는 평가[1]나 이념과 경험 간의 비판적 거리를 상실했다는 지적,[2] 남로당의 노선에 일체화되어 현실에 대

---

1) 남기혁, 「해방기 시에 나타난 윤리의식과 국가의 문제」, 《어문논총》 56(한국언어문학회, 2012).
2) 이현승, 「오장환과 김수영 시 비교 연구」, 《우리문학연구》 35(우리문학회, 2012).

한 주체적 모색을 상실했다는 선행 연구의 평가[3]는 이 점에서 하나의 견해일 수는 있지만 완전히 정당한 평가라고 보기는 어려운 점이 있다. 남로당 노선에 부합했다면 이 자체도 공식주의의 혐의를 지니게 되는 것이기 때문에 해방기 공식주의 비판의 문제와 관련해서 좀 더 보충 설명할 필요가 생기고, 개인의 목소리가 집단의 목소리와 균열되었다는 평가도 이 시기 사적인 윤리와 공적인 윤리의 연속성이나 일원성에 대한 이해를 적게 포함하는 것이라고 보인다. 해방기의 역사적 경험 공간은 지극히 복잡하고 무질서해 보이지만 그 공간을 점유한 인간의 주체적 행동이 모두 산발적이고 무질서했던 것은 아니라고 판단된다. 혼란을 만드는 것은 무질서한 인간의 행동이 아니라 어쩌면 집단이나 정치 세력, 국제 정세 등 한 시대 정황이 지닌 복잡한 구조에 더 큰 원인이 주어진다. 오장환의 시적 변모나 지향은 이 점에서 개인성과 집단성의 구분을 상실했다기보다는 사적인 차원을 공적인 차원, 공동체적인 윤리와 의식에 합치시켜야만 하는 문학적 과제와 필요성을 적극적으로 실천한 결과라고 평가하는 것이 더 정당해 보인다. 이 시기 좌파 문인들의 주장과 당면 과제는 미학적 안정성과 완성의 성취가 아니라 '과거 청산과 미래 기획'이라는 큰 그림 안에 있었고 그 과정에서 새로운 인간형, 새로운 국가를 만드는 데 집중되어 있었던 만큼, 개인의 목소리는 이념의 목소리라기보다는 자기비판과 신념을 회복하기 위한 절박한 목소리였다고 평가함이 온당할 것이다.

2 식민지 잔재 청산과 윤리적인 자기비판의 문제

1946년 2월 8일 조선문학가동맹 제1회 전국문학자대회 보고 연설문 「조선 민족문학 건설의 기본 과제에 관한 일반 보고」[4]에서 임화는 건설기

3)   박민규, 「오장환 후기 시와 고향의 동력」, 《한국시학연구》 46(한국시학회, 2016).
4)   조선문학가동맹 중앙집행위원회서기국 편집, 『건설기의 조선 문학 — 제1회 전국문학자 대회 자료집』(1946. 2. 8~9).

의 문학적 과제로 반제 반봉건의 잔재 척결, 조선 사회의 근대적 개혁 운동과 조선의 민주주의적 국가 건설 사업의 일익을 담당하기 위한 민족문학의 정립을 주장하면서, 과거 일제 강점기 말 조선 문학의 특징으로 "첫째, 조선어 수호, 둘째 예술성 옹호, 셋째 합리 정신을 주축으로 한 점" 등을 제시한다. 이런 건설기 문학에 대한 제언은 일부 견해 차이가 없지 않았지만 대체로 김기림, 안회남, 한효, 이태준 등 일제 강점기에 문학 활동을 했던 문인들 일반의 생각을 대변하는 것이기도 했다. 그러나 이런 주장에는 일제 강점기 친일 등의 전력을 지니고 있는 문단 기성세대의 자기비판의 문제가 은연중에 개입되어 있었다.[5]

'예술성 옹호와 조선어 수호' 등 일제 강점기 소극적인 저항의 의미를 말하면서 동시에 새롭게 건설될 문학이 개인적 진실성에 기초한 자기비판이나 고백에서부터 시작되어야 한다는 말은 해방 전과 후를 각각 소시민적 한계의 극복이라는 관점에서 바라보고 있는 것이다.

1946년도 조선문학가동맹 문학상 심사위원회 시분과에는 오장환과 이용악이 추천되는데, 문학상 심사 경과 및 결정 이유를 보면, "오장환의 시집 『병든 서울』 가운데는 작자의 예술의 이전부터의 주제인 퇴폐적 기분과 영탄적 경향이 새로운 현실에 대한 작자의 강한 유혹과 깊이 혼합되어 새로운 시로의 발전을 위한 내부적 투쟁의 진실한 표현을 발견할 수 있었다."[6]라고 되어 있다. 오장환과 이용악이 주목받는 이러한 과정은 해방 전

---

5) 해방기 문인들의 자기비판의 문제에 대해서는 신범순의 연구(「해방 공간의 진보적 시운동에 대하여 ─ 시의 리얼리즘을 중심으로」, 『해방 공간의 문학 연구(I): 문학운동론 및 이념 논쟁』(태학사, 1990), 185~195쪽)에서 선구적으로 다루고 있으며, 최근에는 한아진의 「해방기 이용악의 자기비판과 시적 변모」(《한국현대문학회》, 2015. 8)가 이용악을 중심으로 하여 이 시기 자기비판의 윤리적, 정치적 함의에 대한 것을 실증적인 조사를 바탕으로 심도 있게 접근한 바 있다. 이용악을 중심으로 다루고 있음에도 이 논문은 해방기 문인의 자기비판 문제, 학병 세대와 전위시인들과의 관계, 해방 공간의 다양한 정치적 상황을 폭넓게 다루고 있어, 일제 강점기 과거 청산의 문제에 대한 다양한 관점을 시사해 주는 논문이다. 친일 경력을 지닌 기성세대의 자기비판 문제와 식민지 잔재 청산이라는 윤리적, 정치적 문제의 교차 지점에 대한 관점은 이 논문에서 시사 받은 바가 크다.

후 소시민적 의식의 한계 극복과 자기비판의 문제를 이 두 시인이 대표하고 있다고 보기 때문이다. 그러나 이런 소시민성에 대한 극복의 문제는 1차적으로 식민지 잔재의 척결과 관계있다는 점에서 이후 진보적 리얼리즘과 혁명적 로맨티시즘이 구체적인 창작방법론으로 제시된 이후에는 '새로운 시 건설'의 중심 역할이 일제 강점기 소시민적 이력으로부터 비교적 자유로운 신세대 시인에게로 이동하는 결과를 낳는다.[7] 실제로 이러한 문단의 세대교체를 강력히 주장하고 앞장선 것도 오장환이었다. 오장환의 "새 사람이여 나오라. 모든 선배들이 일제의 폭압 밑에서도 굳세게 싸웠다는 것은 새빨간 거짓말이다. 그리고 진정 가슴에서 우러나오고 진정 노래하

6)　1946년도 조선문학가동맹 문학상 심사위원회, 「1946년도 문학상 심사 경과 및 결정 이유」,《문학》3호, 1947. 4.

7)　오장환과 이용악의 시에 대한 평가는 당시 조선문학가동맹의 새롭게 건설될 '시'에 대한 하나의 방향성을 결정짓는 분기점의 의미를 지닌다. 실제로 오장환에 대한 상대적인 고평은 이용악 시의 낡은 형식을 소시민 의식에 기초한 것으로 판단한 결과에서 온 것이다. 이 문학상의 심사평은 이 점에서 이후 신세대 시인과 문학 대중화의 구체적인 전개로 확산되는 출발점으로 볼 수 있다. 이 점에 대해서는 한아진의 앞의 논문과 「해방기 이용악의 남로당 활동과 의미」(《코기토》78, 부산대 인문학연구소, 2015) 등 두 논문이 식민지 잔재 청산을 위한 자기비판과 정치성의 상관관계를 상세하게 접근하고 있다. 다만, 이 논문은 이용악의 '낡은 형식'을 "시대의 현실을 담아내기 어려운 절제된 비유와 상징을 의미" 하는 것으로 보고 있는데, 낡은 형식이란 소시민적인 센티멘털리즘을 담아내는 형식을 의미하는 것이지 그 자체로 종래의 수사적 형식과 규범을 가리키는 말은 아니라고 할 수 있다. 오장환의 시가 "낡은 자기 자신에 대한 직접의 투쟁이 형식과 내용을 형성"하고 있다는 평가를 받은 것도 이 점과 연관된다. 오장환이 일제 강점기 시절의 자신에 대한 자기비판이라는 윤리적, 정치적 과제를 직접적으로 수행해 가는 면모를 보여 준다는 사실 자체가 시의 '새로운 형식'으로 평가 받고 있는 것이다. 한아진은 후속 연구 「해방기 조선문학가동맹 시에 나타난 공동체적 감각과 '죽음'의 의미」(『동국대 대학원 국어국문학과 BK21』 국제신진학자 학술대회 발제집: 동아시아와 식민/탈식민』, 2016. 10. 7)에서 이용악의 시에 대한 '낡은 형식'이라는 지적이 "현실에 대한 파악이 결여된, 감상주의의 위험을 내장한 낭만주의의 형식을 의미"한다고 다시 수정하고 있다. 즉, 새로운 낭만주의가 현실에 대한 진보적 세계관을 통해 확보된 "혁명적 로맨티시즘"으로 연결된다는 사실을 찾은 점은 이 시기 이용악, 오장환, 그리고 조선문학가동맹 시부의 공통된 시적 이념이 무엇이었는지를 확인하는 중요한 성과이다.

제8주제—오장환론　321

지 않으면 못 견딜 그런 때에 써진 것이 아니라면 이왕에 붓을 들었던 사람들은 이 중대한 현실에서 아까운 지면을 새 사람들에게 양보하라."[8]라는 일제 강점기 친일문학 경력을 지닌 세대에 대한 비판은 해방 직후 문단의 과제로 정립된 제국주의와 식민지 잔재 척결, 민주주의적 국가건설 사업의 일익을 담당할 민족문학의 주체로서 윤리적인 자기비판의 문제를 제기하고 있는 것이다.

오장환의 활동 시기는 1933~1951년으로 일제 강점기 말과 해방 직후가 시적 활동에 대한 평가에서 가장 문제적인 시점이 될 수밖에 없는 시인이다. 오장환 시의 문제적인 지점은, 해방 직후 좌파를 중심으로 그의 시가 해방 전의 식민지 잔재, 소시민적 한계로부터 벗어나려는 개인적 진실성과 새로운 세계관의 추구를 보여 주는 전형으로 인식되었다는 점에 있다. 이런 생각에는 처음부터 개인의 사적 윤리의 영역과 공적 윤리의 영역을 분리시키지 않은 채 하나의 통일적인 관계로 파악하는 일원론적 관점이 존재한다. 자기비판의 문제에서 양심과 자기 정당성의 회복이라는 양면적 과제가 동시에 문제시되는 것도 이런 점 때문이다.[9] 양심의 문제가 자기반성을 전제로 하는 사적 윤리의 양태를 지니고 있다면, 자기 정당성의 회복은 타자와의 관계 또는 사회적인 주체의 회복이라는 공적 윤리의 성격을 지닌다. 개인적 진실성의 문제와 새로운 세계관의 추구는 결국 사적 개인과 공적 개인의 윤리적 합치를 의미하는 것으로서 해방기 주체 회복의 논리가 사적인 것과 공적인 것의 구분을 나누지 않거나 최소한 통일시키려는 데에서 출발했음을 알 수 있다.

"퇴폐적 기분과 영탄적 경향"이라는 소시민적 취향이 파시즘에 대한 소극적 저항의 의미를 지니고 있었다는 판단과 이제 새로운 건설기에 이

---

8) 「시단의 회고와 전망」, 《중앙신문》, 1945. 12. 28.

9) "자기비판은 문맹의 상부 단체였던 조선 공산당의 공식 입장이기도 했다."(한아진, 「해방기 이용악의 자기비판과 시적 변모」, 앞의 책, 198쪽)는 지적도 이런 사실과 밀접한 관련을 지닌다.

런 소시민적 개인주의에 대한 자기반성과 새로운 전망을 모색하는 진정성이 중요하다는 생각이 임화를 중심으로 한 오장환에 대한 해방 직후 평가 방식의 핵심이다. 그리고 이러한 오장환에 대한 좌파의 평가에는 과거 식민지 시기 과오에 대한 자기비판을 둘러싼 윤리적인 인식이나 판단의 문제가 개입되어 있었다.

식민지 시기 행적에 대한 자기반성의 문제는 좌파의 경우 파시즘에 대한 투항 혹은 일종의 전향에 대한 양심적 반성과 자기비판을 의미하는 것으로 제국주의, 파시즘적 잔재 그리고 소시민적 주체로부터의 탈피를 목적으로 행해질 수밖에 없는 것이다. 또한, 해방 직후 남로당의 노선을 따르는 조선문학가 동맹의 주된 방향이 대중화에 맞추어져 있다는 점에서 창작 주체의 확대 역시 우선적인 과제였다는 점도 기성 문인의 자기비판의 문제가 세대교체로 이어지는 주된 이유라고 하겠다. 해방 직후 문학자의 자기비판이 처음 제기된 것은 1945년 8월 17일 30여 명의 문인들이 이원조 사회로 원남동에서 행해지면서부터라고 한다.[10] 두 번째는 일명 봉황각 좌담회로 1945년 12월 "문학자의 자기비판"이라는 이름으로 행해졌다.[11] 첫 번째 모임에서 이태준에 의해 "일본놈 때도 출세를 하고 해방되어서도 또 선두에 서려고 하다니…… 이럴 수가 있느냐"라는 식의 모욕 주기가 친일 문인 Y와 L에게 행해졌다는 기록을 보면, 조선문학건설본부를 결성하기 위해 모인 사전 모임의 자리에서 대표적 친일 문인인 이광수, 최남선, 최재서 등이 일단 배제되었음을 알 수 있다.[12] 김윤식은 이런 모욕 주기의 형태를 "정치적 감각"이라고 규정했다. 적과 동지를 가르기 위한 한 방편으로 모욕 주기가 동원된 것이라는 주장이다. 이런 모욕 주기는 타인에 대한 공개적 비판이라는 점에서 자기비판이나 양심선언, 고백의 문

10) 김윤식, 「해방 후 남북한의 문화 운동」, 김윤식 외, 『해방 공간의 문학 운동과 문학의 현실인식』(한울, 1989), 11쪽.
11) 「문학자의 자기비판」, 《중성》, 1946. 2.
12) 백철, 『문학 자서전』 하(박영사, 1975), 300쪽; 김윤식, 앞의 글, 재인용.

제와는 차원이 다른 공적인 속성을 지닌다. 이 점에서 모욕 주기를 정치적인 감각의 문제로 판단한 김윤식의 생각은 상당히 적절하다. 이처럼 정치적 감각, 즉 정치의 공론적 성격이 식민지 시기의 행적에 대한 일차적 판별 기준으로 작동하고 있는 것이다.

그러나 두 번째 모임의 성격은 이런 공적인 정치적 선언이나 윤리적 선명성의 차원과는 다른 문제를 다루고 있다. 자기 고백, 양심선언, 자기비판은 일차적으로는 사적인 것, 개인의 윤리의식에 기초하는 것이다. 하지만, 해방 직후의 상황에서는 이런 사적 주체의 윤리성 문제가 식민지 시기의 행적과 식민지 잔재 척결로 직결될 수밖에 없다는 점에서 이런 사적인 윤리적 점검 또한 정치적인 행위가 될 수밖에 없는 구조를 지니게 된다. 즉, 문인들의 식민지 시기 일본에 대한 협력적 태도에 대한 반성의 문제는 공개적 비판과 자기반성이라는 형식을 빌려 각각 정치적 차원으로 확대되고 있는 것이다. 해방 이후 국가 건설, 그리고 민주주의적인 민족문학의 실질적인 주체를 규정하는 문제에서 자기비판의 문제는 일제 강점기를 거친 기성 문인들에게는 피할 수 없는 것이었고 새로운 문학적 주체가 되기 위한 변신의 일차적인 전제가 될 수밖에 없는 것이다. 특히, 새롭게 써야 할 문학의 성격을 규정짓기 위해서도 문인들의 윤리적 자기 증명은 필수 과정이었다. 사적 윤리에 속하는 양심, 내적인 자기비판이 공적으로, 그리고 정치적으로 확대되는 과정에서 고백적 글쓰기, 공개적 자기비판의 형식을 거치는 것은 일종의 정치적 주권 회복 혹은 사면을 위한 통과 의례 같은 것이다.

해방 직후의 현실에서 벌어진 사적 윤리와 공적 윤리, 그리고 정치의 관계는 이 점에서 쉽게 분할선을 긋기 어려운 특징을 지닌다. 이런 불분명한 경계는 해방 직후 윤리의 문제를 중요한 쟁점으로 부각시키면서 동시에 신윤리가 정치적 명제와 등가 관계를 형성하게 되는 원인이다.

3 자기비판의 정치적 측면과 오장환의 『병든 서울』

해방 직후 새롭게 건설될 민족문학의 성격 규정을 놓고 벌어진 일련의 논의 과정은 윤리성의 문제를 더욱 확대하는 한 원인으로 작용한다. 조선문학가건설본부와 프롤레타리아문학가동맹 사이의 이견은 민족문학의 주체 문제와 관련된 것이다. 윤리적인 정당성이나 우월성, 정치적 당위성 등의 차원에서 보면 프롤레타리아가 중심이 되는 민족문학이 보다 정치적인 측면에서 윤리적일 수 있을 것이다. 그러나 임화를 중심으로 한 조선문학건설본부의 지향은 소시민과 지식인, 농민을 광범위하게 포함하는 민주주의적인 민족문학, 즉 시민문학의 건설에 있었다. 결국, 인민 대중의 광범위한 지지 기반을 바탕으로 진보적 민족문학을 건설함을 현 단계의 과제로 제시한 조선문학가동맹의 결정은 자기비판을 통한 정치적 주권 회복의 과정을 이 시기 문학자 그리고 부르주아적인 소시민 일반의 정치적 테제로 삼게 되는 것이다. 박헌영의 8월 테제가 부르주아민주주의 혁명의 제 과업 수행에 있었다는 점에서 8월 테제의 핵심 역시 식민지 잔재 척결, 반파시즘, 종래의 소시민적 주체의 탈피 등에 초점이 맞추어지게 된다.

식민지 시기 일본에 대한 '협력' 등의 이력을 포함한 윤리적인 자기비판의 정치적 측면은 이 과정을 통한 정치적 주권 회복의 과정이 소시민성의 극복으로 연결되는 점에서 찾아진다.

자기비판이란 것은 우리가 생각했던 것보다 더 깊고 근본적인 문제일 것 같습니다. (중략) 그런데 자기비판의 근거를 어디 두어야 하겠느냐 할 때 나는 이렇게 생각합니다. 물론 그럴 리도 없고 사실 그렇지도 않았지만 이것은 단순한 예를 들어 하는 것인데, 가령 이번 태평양전쟁에 만일 일본이 지지 않고 승리를 한다, 이렇게 생각해 보는 순간에 우리는 무엇을 생각했고 어떻게 살아가려 생각했느냐고. 나는 이것이 자기비판의 근원이 되어야 한다고 생각합니다. (중략) '내' 스스로도 느끼기 두려운 것이기 때문에 물론 입밖에 내어 말로나 글로나 행동으로 표시되었을 리 만무할 것이고 남이 알 도리도 없는 것이나 그러나 '나'만은 이것을 덮어 두고 넘어갈 수 없는 이것이 자기 비판의 양심이 아닌가 하고 생각합니다. 이럼에도 불구하고 이 결정적인 한 점을 덮어 둔 자기비판이란 하나의 허위나 가식이라고 생각합니다.[13]

자기비판의 "근본적인 문제"란 무엇인가. 자기비판, 양심 등 개인적 윤리성의 점검이 정치적 주권의 회복 차원과 연결되며 더 나아가 소시민적 한계의 극복과 연결된다는 생각을 임화는 나타내고 있는 것이다. 이런 생각은 "그때의 나의 절망은 지나쳐 모든 것은 그냥 피곤하기만 하였다. 나는 에세-닌의 시를 사랑한 것이 하나의 정신의 도약을 위함이 아니었고 다만 나의 병든 마음을 합리화시키려 함이었다. (중략) 시를 따로 떼어 고정한 세계에 두려 한 것은 나의 생활이 없기 때문이었다. 거의 인간 최하층의 생활 소비를 하면서도 내가 생활이 없었다는 것은, 내가 나에게 책임이란 것을 느낀 일이 없었기 때문이다. 그리고 피곤하기 때문이었다."[14] 라는 오장환의 고백과도 일맥상통하는 것이다. 역사적인 책임 의식의 부재가 소시민적인 피곤함과 비애의 원인이었다는 사실에 대한 고백은, '병든 마음'이라는 개인적인 방탕과 시대성을 연결 지음으로써 사적인 윤리의 영역과 공적 윤리 혹은 공동체적인 윤리를 하나로 일치시키려는 태도를 낳는다.

새롭게 건설될 국가의 건설에서 윤리적 주체의 정립은 이렇듯 '정치적 주권 회복'을 동시에 의미하는 것이다. 소시민성에 대한 비판이 자주 거론되는 것도 이런 차원에서 이해할 수 있다. "안일을 바라는 그들이 스스로의 묘혈(墓穴)을 파는 것, 그것도 살아가는 동안은 하나의 노력이었다는 것은 이 얼마나 방황하는 소시민들을 위하여 슬픈 일이냐. (중략) 이 몸부림만으로는 안 되는 것이다. 이처럼 어려운 세상에서 스스로의 목숨을 이웃기 위하여는 아타까운 몸부림이 아니라 눈에 보이지 않는 참으로 피 흐

---

13) 임화, 「우리문학」, 《중성》, 1946. 2, 44쪽.
14) 오장환, 「에세-닌에 관하여」, 김학동 편, 『오장환 전집』(국학자료원, 2003). 556쪽.

르는 싸움이 있어야 하는 것이다."[15]라는 그의 표현처럼 소시민의 한계를 비애, 개인주의의 비극으로 파악하는 것은 해방 이후 오장환의 기본적인 관점이다.

八月 十五日 밤에 나는 病院에서 울었다.
너희들은, 다 같은 기쁨에
내가 운 줄 알지만, 그것은 새빨간 거짓말이다.
일본 天皇의 放送도,
기쁨에 넘치는 소문도,
내게는 고지가 들리지 않았다.
나는 그저 病든 蕩兒로
홀어머니 앞에서 죽는 것이 부끄럽고 원통하였다.

(중략)

그렇다, 病든 서울아,
지난날에 네가, 이 잡놈 저 잡놈
모도다 술 취한 놈들과 밤늦도록 어깨동무를 하다싶이
아 다정한 서울아
나도 미천을 털고 보면 그런 놈 중의 하나이다.
나라 없는 원통함에
에이, 나라 없는 우리들 靑春의 反抗은 이러한 것이었다.
反抗이어! 反抗이어! 이 얼마나 눈물나게 신명나는 일이냐

아름다운 서울, 사랑하는 그리고 정들은 나의 서울아

---

15) 위의 글, 557~558쪽.

나는 조급히 病院門에서 뛰어나온다
포장 친 음식점, 다 썩은 구르마에 차려 놓은 술장수
사뭇 돼지구융같이 늘어슨
끝끝내 더러운 거릴지라도
아, 나의 뼈와 살은 이곳에서 굵어졌다.

病든 서울, 아름다운, 그리고 미칠 것 같은 나의 서울아
네 품에 아모리 춤추는 바보와 술취한 망종이 다시 끓어도
나는 또 보았다.
우리들 人民의 이름으로 씩씩한 새 나라를 세우랴 힘쓰는 이들을……
그리고 나는 웨친다.
우리 모든 人民의 이름으로
우리네 人民의 共通된 幸福을 위하야
우리들은 얼마나 이것을 바라는 것이냐
아, 인민의 힘으로 되는 새 나라

八月 十五日, 九月 十五日,
아니, 삼백예순 날
나는 죽기가 싫다고 몸부림치면서 울겠다.
너희들은 모도다 내가
시골구석에서 자식 땜에 아주 상해 버린 홀어머니만을 위하야 우는 줄
아느냐.
아니다, 아니다, 나는 보고 싶으다.
큰물이 지나간 서울의 하늘에
젊은이의 그리는 씩씩한 꿈들이 흰 구름처럼 떠도는 것을……

아름다운 서울, 사모치는, 그리고 자랑스런 나의 서울아,

나라없이 자라난 서른 해,

나는 고향까지가 없었다.

그리고, 내가 길거리에서 자빠져 죽는 날,

"그곳은 넓은 하늘과 푸른 솔밭이나 잔듸 한 뼘도 없는"

너의 가장 번화한 거리

종로의 뒷골목 썩은 냄새나는 선술집 문턱으로 알았다.

그런 나는 이처럼 살았다.

그리고 나의 反抗은 잠시 끝났다.

아 그동안 슬픔에 울기만 하여 이냥 질척어리는 내 눈

아 그동안 독한 술과 끝없는 비굴과 절망에 문드러진 내 쓸개

내 눈깔을 뽑아 버리랴, 내 쓸개를 잡아떼어 길거리에 팽개치랴.

— 1945. 9. 27(《상아탑》, 1945. 12)[16]

　　오장환의 「병든 서울」은 임화가 말한 의미에서의 자기 고백, 양심선언에 해당되는 작품이다. 오장환의 시집 『병든 서울』(1946)은 1947년 출간된 『나 사는 곳』에 게재된 시들보다 더 나중에 쓴 것들이다. 일제 강점기 말에 쓴 시들이 다수인 『나 사는 곳』을 더 나중에 출간한 것은 그만큼 주체 회복, 자기비판의 문제가 오장환에게 절박한 자의식으로 다가왔음을 의미한다. 해방 직후 오장환의 시에 대한 조선문학가동맹의 평가는 이점에서 8월 테제의 정치성, 그리고 기성 문인들의 내적 딜레마의 극복을 하나의 형상으로 보여 준 모범적인 사례라는 것으로 모아진다.

　　이 점에 대해 신범순은 "공식주의에 대한 비판을 박헌영의 '민족적 자기비판'이라는 과제와 연결시키면서 문학자의 자기비판이라는 것을 전면에 부각시킴은 봉황각의 좌담회와 관련시켜 볼 때 의미심장하다. (중략)

---

16)　오장환, 「병든 서울」, 앞의 책, 131~135쪽.

시의 공식주의에 대해 철저히 비판하면서 자기비판의 문제를 들고 나옴으로써 프로문학 동맹 측 시인들을 공격했던 것은 시의 현실성 회복이라는 과제를 이론적인 측면에서 해결하려는 노력의 일환이었다."[17]라고 지적한다. 1946년 1월《예술》지에 실린 「조선 문학의 지향」이라는 좌담회에서 임화는 이원조, 김남천과 함께 한설야, 박세영, 권환 등의 공식주의를 비판하면서 시의 현실성을 위해서는 새 시대를 맞이할 정신적 준비가 필요하다고 주장하면서 자기비판의 문제를 내세운다. 그런데 한설야, 권환 등이 임화의 이러한 태도를 소시민적인 것으로 비판하는 장면은 상당히 의미심장하다. 자기비판의 문제가 소시민적인 것이냐, 소시민적 한계를 넘어서 현실을 과학적으로 바라보기 위한 출발점이냐의 문제를 둘러싼 논란은 '세계관과 사상성'을 전면에 내세우는 태도와 '진정성을 통한 윤리적 자기 점검'을 중요시하는 태도의 대립을 보여 준다. 전자가 공적인 것의 사적인 것에 대한 우위를 바탕으로 한 계몽, 공식주의라면, 후자는 개인의 윤리를 공적인 윤리의 탐색으로 확대시켜 나가는 방법이다.

오장환의 시에서 '병든 서울'은 곧 그의 주체, 육체의 알레고리다. 소시민적 공간이면서 식민지 시기 방황과 방탕의 장소였던 서울은 곧 시인 자신의 육체와 정신을 상징하는 공간이기도 하다. 결국, 해방 이전의 소시민적인 고뇌와 방황, 그리고 소극적 반항에 대해 시인은 자기비판과 함께 그 윤리적 가능성을 동시에 부여하고 있는 것이다. 병적인 반항의 의미와 한계를 동시에 바라보면서 현실을 재인식하는 과정을 그대로 보여 준다는 점에서 오장환의 시는 임화를 중심으로한 조선문학가동맹의 시적 전망을 대표하는 것으로 평가될 수 있는 것이다.

해방이 오장환에게 준 깨달음은 그의 눈물의 양면성이다. 병든 아들이 어머니를 생각하는 설움과 그리고 해방의 감격이 주는 가능성의 희열은 소시민적 반항과 새로운 실천의 대비를 나타낸다. "그런 나는 이처럼 살았

---

17) 신범순,「해방 공간의 진보적 시운동에 대하여」, 김윤식 외, 앞의 책, 267쪽.

다./ 그리고 나의 반항은 잠시 끝났다"의 선언은 '병든 서울'의 회복, '병든 육체'의 회복에 대한 강한 의지를 표현하고 있다. "병든 몸이어!/ 병든 마음이어!/ 이런 것이 무어냐/ 어둔 밤의 횃불과 같이, 나의 싸우려는/ 싸워서 익이려는 마음만이/ 지금도 나의 삶을 지킨다."(1945. 11. 16,《인민평론(人民評論)》, 1946. 3)[18]처럼 싸움의 의지는 병든 과거에 대한 적극적인 비판과 반성의 결과를 나타내는 것이다.

오장환의 시가 고상한 리얼리즘이나 진보적 리얼리즘의 양상에 부합될 수 있는 것은 당시의 현실 정세와 과제를 해방에 대한 감격과 감상적 격정이 아니라, 과거에 대한 회상, 자기비판, 그리고 센티멘털리즘을 넘어서, 미래적 신념의 구체적 상을 창출하는 데서 찾고 있기 때문이다. 임화의 '낭만성'이 혁명에 대한 신념이나 의지를 포함하는 것처럼, 오장환의 눈물은 소시민적인 감상과 그에 대한 자기비판의 과정을 함축하고 있는 것이다.

4 진보적 리얼리즘과 개인의 윤리

현실에 대한 관념적인 인식과 형상화가 아니라 자기비판의 진실성을 현실에 대한 대중적 투쟁성, 실천성으로 이끌어 나가고자 하는 기획은, 해방 이후 임화 등이 생각한 '윤리적 주체'에 가장 핵심적인 중요성을 부여한다. 소시민적인 개인성을 극복해 가는 과정을 구체적이고 사실적으로 형상화하는 것은 해방 이후의 단계에서 민족문학의 일차적인 과제였던 것은 분명해 보인다.

참다운 시라는 것은 시구의 조각보를 꾸미는 것도 아니요 또 공식화한 현상의 포착도 아니다. 실로 참다운 시라는 것은 이처럼 일상화된 현상과 생활과 일상적인 감정을 가지고도 어떻게 고상한 감정 즉 높은 정신의 세계

---

18) 오장환, 「入院室에서」, 위의 책, 140쪽.

에까지 끌어올리는가에 있다.[19]

'시구의 조각보', '공식화한 현상'의 지양은 각각 우파 진영의 순수문학, 그리고 프롤레타리아 문학가동맹 측의 공식주의에 대한 비판에 해당된다. "일상화된 생활과 감정"을 "고상한 감정, 높은 정신세계"로 끌어올린다는 말은 그대로 "사회주의 리얼리즘"의 한 표현인 '고상한 리얼리즘', '진보적 리얼리즘'의 특징을 가리키는 말이다. 혁명적 로맨티시즘과 진보적 리얼리즘은 이 점에서 '일상화된 생활의 사상적 승화'를 목표로 삼는 것이다.

임화의 생각은 결국 오장환의 시에 그대로 반영되어 나타난다. 해방 직후의 현실에서 일상화된 생활과 감정은 진정한 자기비판의 윤리와 통하는 것으로 사적 윤리의 영역을 변혁함으로써 공적인 윤리와 정치를 향해 나아가는 현실 변혁의 구도를 그리고 있는 것이다.

시의 미학에서 소시민성에 대한 극복의 문제가 자주 거론되는 것도 이런 맥락에서 파악될 수 있다.

깽이 있다
깽은 高度한 資本主義國家의 尖端을 가는 직업이다
성미 급한 이 땅의 젊은이는 그리하야 이런 것을 받어드렸다
알콜에 물탄 洋酒와
딴쓰로 정신이 없는
장안의 구석구석에
그들은 그들에게까지 이러한 사실을 알려주었다

아 여기와는 상관도 없이
또 장안의 한복판에서

---

19) 오장환, 「농민과 시 — 농민시의 성립을 중심으로」, 《청년생활》, 1949. 5; 『오장환 전집』, 588쪽.

이 땅이 解放에서 얻은 北쪽 三十八度의 어려운 住所와
숫한 "야미"꾼으로 完全히 막혀진 서울길을
비비어 뚫고 그들의 幸福까지를 爲하야
全國의 人民代表들이 모였다는 사실을……

그러나
깽은 끝까지 職業이다
全國의 生産이 完全히 쉬어진 오늘에
이것은 確實히 新奇한 職業이다
그리하야 점잖은 衣裳을 갖추운 資本家들은
새로히 이것을 企業한다
그리하야 그들은 그들의 번창해질 장사를 위하야
"韓國"이니 "建設"이니 "靑年"이니
"民主"니 하는 간판을 더욱 크게 내건다

                             —《인민보》, 1945. 11. 21[20]

   해방기 오장환의 현실 인식은 일차적으로는 자기 윤리의 차원(소시민적 의식 비판)에서 시작되어 현실의 직시, 형상화, 그리고 고상한 전망의 발견으로 나아가는 것이다.

   위에서 인용한 「깽」은 자기비판을 넘어서 자본주의와 정치 폭력 등의 비판으로 나아간 작품으로 풍자와 알레고리를 적절히 구사하면서 해방 직후의 현실을 예리하게 그려 낸 작품이다. "깽은 고도한 자본주의의 첨단을 가는 직업이다"라는 시구에서 보듯이 화자의 태도는 격앙되거나 일차적인 감정에 휩쓸려 현실의 본질적인 국면을 보지 못하는 모습을 취하고 있지 않다. 오히려 냉정하며 지극히 객관적인 거리 두기를 통해 상황

---

20) 오장환,「깽」, 위의 책, 141~142쪽.

을 파악하려는 모습을 보인다는 점에서 리얼리즘적인 인식이 전면화된 작품이라고 할 수 있다. 자기비판에서 '풍자'로의 이동은 시의 미학적인 측면에서 말하자면 자기풍자 다음에 오는 부정적인 대상에 대한 미학적 폭력, 즉 공격성을 함축한 것이다. 시의 서정과 미학, 사상성을 미래적인 과제로 내세운 조지훈, 서정주, 박두진, 김동리, 조연현 등 조선청년문학가협회 측의 입장에서 정치 풍자, 현실 풍자는 아직 그 미학적 가능성이 인식되고 있지 않은 상태라는 점에서 이러한 유형의 시에 나타난 분노, 외침 등의 공격적인 감정을 순수시론의 입장에서 수용하기란 좀처럼 쉽지 않은 것이다.

순수시론이 내세운 미래주의(박두진, 서정주, 김동리, 조연현 등)가 미학적이거나 탈근대적인 전통주의, 문화적 민족주의의 지향을 내세우고 있는 점에서 알 수 있듯이, 새로운 건설이라는 합의점 이외에 건설의 내용과 주체를 둘러싼 논의에서 이 두 입장은 접점을 만들기 어려운 상황이었다고 여겨진다. 정치성의 문제를 사적, 공적 윤리의 문제로 받아들이는 좌파의 입장과 정치성의 문제는 이미 사상성 속에 내재된 것이라고 주장하는 조지훈 등 청문협의 논리는 주체적 실천의 문제와 이상적 휴머니즘의 추구라는 정신의 문제를 미학적인 과제로 제시하는 순수시론 사이의 넘을 수 없는 격차를 생산한다. 물론 이러한 격차는 오늘날과 같은 다양성의 차원에서 보면, 별문제가 되지 않지만 해방기의 상황 속에서 미학적인 지향은 동시에 정치적이거나 이념적인 것이 될 수밖에 없는 것이다.[21]

(전략)
동무, 이제 벗을 찾기에 앞서
소식을 傳하는 뜻
"부끄러워라. 쫓겨갔든 몸 돌아옵니다.

---

21) 김춘식, 「해방기 청년문학가협회의 시론과 박두진 — 해방기 시단의 미래주의와 시적 기획」, 《동악어문학》 68, 2016.

내 나라에 끝까지 머물을 동무들의 싸홈,
얼마나 괴로웠는가."
얼골조차 없어라.
우리는 이제 무어라 대답하랴.

불타는 가슴,
피끓는 誠實은 무엇이 다르랴.
그러나 동무,
沈이어!
아니 내가 모르는 또 다른 동무와 동무들이어!
우리들 배자운 싸홈 가운데
뜨거히 닫는 힘찬 손이어!
동무, 동무들의 가슴, 동무들의 입, 동무들의 주먹,
아 모든 것은 우리의 것이다.
—四五. 十二. 十三 金史良 동무의 편으로 沈의 安否를 받으며

—1945. 12. 13[22)

　오장환의 『병든 서울』에 실린 작품들이 각별히 주목되는 이유는 자기
비판의식, 소시민성에 대한 비판, 그리고 해방 직후의 다양한 현실에 대
한 묘사와 문제의식 등이 잘 나타나고 있기 때문이다. 인용한 작품처럼,
연안 등에서 독립운동을 하고 돌아온 동무 앞에서 화자는 얼굴을 들 수
가 없다. 해외에서 독립 투쟁을 한 투사가 "부끄러워라. 쫓겨갔든 몸 돌아
옵니다/ 내 나라에 끝까지 머물을 동무들의 싸홈,/ 얼마나 괴로웠는가."라
고 거꾸로 위로할 때, 자기 검증의 윤리는 그 수위를 더욱 높이게 되는 것
이다. 자기비판을 통해 진정성으로 다져진 윤리적 공동체에 합류한다는

---

22)　오장환, 「延安서 오는 동무 沈에게」, 위의 책, 151~152쪽.

연대 의식과 그것을 통한 공동체적 윤리의 고양(高揚)이 이 시에는 동시에 나타난다.

'공동체'의 의미는 단순히 국가나 민족이라는 외적인 형태를 지닌 실체와 달리 주체의 실천과 합의, 연대에 의해 만들어지는 대상이라는 점에서 공동체에 대한 신념은 기본적으로 윤리적인 측면을 함축하기 마련이다. 김기림이 해방기 시의 중요한 특징으로 '공동체의 발견'을 꼽을 때, 이 공동체가 민족, 국가로 바로 동일시되는 것이 아니라는 한아진의 지적[23]은 이 점에서 매우 중요한 것이다. 민족의식이라는 말을 의도적으로 공동체 의식이라는 말로 바꿈으로써 새롭게 건설될 '민족과 민족문학의 개념'을 구상하고 기획하는 것이 가능해지기 때문이다. 오장환 시에 나타난 윤리적 공동체의 이상과 그 실천자로서의 이상적 인물의 형상화는 이 점에서 구체적인 창작방법론으로 확대될 수 있는 것이다. 즉, 인물 형상화는 창작방법론의 측면에서 공동체, 즉 새로운 민족의 개념을 실천적으로 드러내는 주체를 발견하는 과정으로 연결된다. 해방기 시단에서 양심, 자기비판의 문제가 사적 윤리에서 공적인 윤리로 이어지는 지점은 바로 윤리적 공동체, 공동체적 연대의 지향 그리고 그 실천적 주체인 인물 형상화의 과정에서 완벽하게 하나의 창작방법론으로 구체화되는 것이다.

> 너는 보았느냐
> 馬車에 채어 죽은 마차꾼을,
> 그리고
> 장안 한복판에

---

23) 한아진, 「해방기 시의 공동체성과 미적 형식」, 『지역, 세계화, 탈식민주의 ── 한국과 인도의 문학·문화 연구의 쟁점들: 2016 한글날 국제학술대회 자료집』, 동국대 대학원 국어국문학과 BK21+ 사업팀, 2016. 25~26쪽. 한아진이 지적한 해방기 김기림의 '공동체 의식'과 '민족' 개념의 차이는 이 시기 창작방법론의 기초가 '공동체적 윤리'와 그 실천자로서의 '인물 형상화'에 있다는 사실을 확인할 수 있는 중요한 지점이다.

馬肉을 실고가는 馬車말 같이
人肉을 실고가는 暴力團을······

한 나라의 集結된 意思,
人民의 입,
新聞이 있다.
그리고
아 끝까지 깨지 못한 人肉의 馬夫는
성낸 말들을 이곳으로 몰아넣는다.

너는 보았느냐,
惰性의 뒷발질밖에
아모런 재조도 없는
이 馬車말조차 제어하지 못하는 늙은 馬夫를······

— 1946. 1. 10[24]

이 시에 대해 오장환은 시집의 서문에서 "「지도자」와 「너는 보았느냐」
의 두 작품을 비굴한 신문기자 때문에 발표치 못할 뻔하였다."라고 밝힌
다. 이 두 작품은 모두 현실에 대한 예리한 풍자를 바탕으로 쓴 작품이다.
이처럼 오장환의 『병든 서울』은 소시민적인 자의식에 대한 비판과 고백,
그리고 그것을 넘어서 "자신을 이겨 내는 형상화"의 과정을 모두 보여 주
고 있다는 점에서 이 시기 임화를 비롯한 조선문학가동맹의 지향점을 잘
보주는 시집이다. "오장환의 시가 왕왕 자기 자신을 이겨 넘기고 새로운
시의 형식의 통일된 가능성을 표시"[25]한다는 평가는 자기비판의 윤리적
차원을 현실에 대한 구체적 형상화와 이념적 단련으로 이끌어 냈다는 표

---

24) 오장환, 「너는 보았느냐」, 위의 책, 158~159쪽.
25) 1946년도 조선문학가동맹 심사위원회, 앞의 글.

현에 다름이 아니다. 백색테러에 대한 증언, 그리고 국가의 폭력적인 억압에 대한 비판을 오장환은 개인의 차원을 넘어 공동체적 전망 속에서 바라보기 시작한다.

오장환의 공동체적인 시선은 이 점에서 개인적 윤리와 집단적 의식 사이의 균열을 넘지 못했다는 평가에 적합하다고 보기는 어렵다. 오히려, 현실 정세의 파악을 통해 주체의 실천적 자세를 정비하는 수행성(performative)을 지니고 있다고 보는 것이 옳을 것이다.[26]

김기림의 전국문학자대회 시 부문 보고 연설 「우리 시의 방향」은 앞의 논의를 아주 잘 보여 주는 구성과 내용을 지니고 있다. 우선 글의 소제목을 나열해 보면 1 전언, 2 침략의 소묘, 3 8·15와 건설의 신기운, 4 정치와 시, 5 전진하는 시정신, 6 민족적 자기반성, 7 새로운 인간 타입, 8 시의 새 지반, 9 초근대인, 10 시의 시련 등이다. "침략으로 정의한 식민지 시대, 그리고 해방과 건설"은 과거 청산, 새로운 건설의 방향을 규정하는 구성을 보여 준다. 이후 '정치, 전진, 자기반성, 새로운 인간 타입'으로 나아가는 구성은 앞에서 논의한 공동체적 윤리의 정립을 위한 자기비판과 새로운 인간형 창조의 과정이 이 식에 필요한 정치의 실체임을 말하고 있는 부분이다. 그리고 '시의 새 지반'에서는 인민성과 대중성을, '초근대인과 시의 시련'에서는 "오늘의 시인은 오늘의 문제를 스스로 해결해야 하며 다시 내일의 문제를 찾아 나가야 할 것이다. (중략) 그것은 시인의 내부에서 시작하여 민족에로 다시 민족을 넘어 세계에로 확대한다. 그뿐만 아니라 공간을 넘어서 역사의 세계에까지 전개한다."라고 하여 새롭게 구성되는 공동체의 이상이 개인의 양심에서 비롯되어 세계의 이상에 닿기를 희망한다. 결국 전진하는 시정신이 '진보적 민주주의와 미래주의'를 이념적 방향으로 설정하고 황야의 새로운 재건자인 인물형의 탐색, 공동체의 지반인 대

---

26) 이 시기 좌파의 민족문학론의 전개 과정을 수행성의 개념으로 파악한 시각은 한아진(앞의 논문)을 꼽을 수 있다. 공동체 의식의 윤리적 수행성에 주목하는 시각은 오장환의 시뿐 아니라 이 시기 좌파 시인 일반의 창작방법론을 설명하는 데 아주 유용한 관점이다.

중성과 인민성의 확보를 위한 창작 방법론을 모색한 뒤, 최종적으로는 "개인/민족/세계"를 관통하는 시의 정신의 자유라는 이상적 지향을 향해 나아가야 한다는 구상이 담긴 것이다.

김기림의 이러한 보고 연설은 아주 구체적인 것으로 해방기 민족문학론의 핵심적인 내용을 담고 있다. 이 점은 지금까지 이용악, 오장환에 대한 조선문학가동맹의 평가 기준, 신세대 시인에 대한 새로움이나 낭만성 등의 평가를 공식주의적인 입장에 의해 도식적으로 이루어진 것으로 보는 견해 등에 대해 재고의 필요성을 제기한다. 좌파의 당파적 입장을 고수한 것은 분명하지만, 이 당시 시론과 창작방법론은 정치성을 앞세운 공식주의와 남로당의 정책 노선을 무조건 따른 것이 아니라 개인과 공동체라는 두 차원에 대한 윤리적 문제, 과거 청산과 새로운 건설의 과제에 대해 문학과 시, 예술이라는 영역에서의 독자적 실천 등을 고민하며 만들어진 것이다.

>강도만이 복 받는
>이처럼 아름다운 세월 속에서
>파출소를 지날 때마다
>섬뜩한 가슴
>나는 오며가며 그냥 지냈다
>
>너는 보았느냐
>우리의 생명과 재산을 지키랴는 이들이
>아 살기 띄운 얼굴에
>장총을 들고 선 것을……
>
>그들은 장총을 들었다
>그리고
>그 총속엔 탄환이 들었다

파출소 앞에는
스물네 시간
그저 쉬지 않고
파출소만 지키는
군정청의 경찰관!

어듸다 쏘느냐
오 어디다 쏘느냐!
이것만이 애타는 우리의 가슴일 때
총소리는 대답하였다
─ 여기는 삼청동이다
죄없는 학병의 가슴속이다

그리하여 죽어 가는 학병들도 대답하였다
─ 우리 학병 우리 동무 만세!
조선인민공화국 만세!

내 나라 오 사랑하는 내 나라야,
강도만이 복받는
이러한 화려한 세월 속에서
아 우리는 어찌하야
우리는 어찌하야
우리의 원수를 우리의 형제와 우리의 동무 속에 찾어야 하느냐

─ 1946. 1. 19[27]

---

27) 오장환, 「내 나라 오 사랑하는 내 나라 ─ 씩씩한 사나이 朴晋東의 靈 앞에」, 위의 책,
161~163쪽.

건설할 국가의 새로운 주체, 세대로 호명된 청년, 즉 학병 세대의 죽음에 대해 노래하는 시인의 목소리는 한 개인의 시선과 윤리적 판단의 영역에 멈추어 있지 않다. 우리, 동무라는 연대 의식은 개인적인 윤리의 성찰을 넘어, 하나의 윤리적 공동체를 상정하는 작업으로 확대된다. 우리, 동무는 이 점에서 역사적인 정당성, 정치적 주권을 획득하고 있는 사람들이며, 하나같이 인간적인 따뜻함, 격정, 아름다움을 지닌 사람들이다. 오장환의 해방기에 대한 통찰과 인식은 이 점에서 상당히 객관적이고 날카로운 점을 많이 지니고 있다. 특히 우리라는 연대 의식은 문학 대중화, 인민 대중의 개념을 함축하고 있는 것으로 새로운 역사적 단계에 눈을 뜨고 있는 인민의 존재를 암시한다. 학병의 죽음은 따라서 한 개인의 죽음이 아니라 윤리적 정당성을 얻은 존재의 역사적 희생, 순교와 같은 것으로 영웅적인 것이다. 고상한 리얼리즘의 창작 방법 중 하나가 '영웅 형상화'인데, 이때 영웅이란 평범한 인물이지만 공동체적인 영웅을 의미한다. 즉, 총에 맞아 죽은 학병의 표상은 공동체적인 영웅의 존재로 거듭나게 된다.[28]

학병의 죽음에 대한 표상이 이 시기 많은 글에 나타나는 것은 윤리적 주권 회복이 공동체적 영웅의 형상화로 나아가는 한 단초였음을 알게 한다. 예를 들면, 한효는 전국문학자대회 희곡 분과 보고 연설의 마지막을 학병의 이야기로 마무리한다. "일전 우리의 위대한 건국의 초석이 되어 넘어진 학병 한 사람이 그 목숨이 끊어지는 최후의 순간에 있어서 '인민의

---

28) 학병의 죽음에 대한 표상은 이 시기 영웅 형상화, 전형 창조와 밀접한 연관성이 있다. 이 점에 대해서는 한아진, 「해방기 조선문학가 동맹 시에 나타난 공동체적 감각과 '죽음'의 의미」를 참조할 만하다. 이 논문에서 한아진은 학병의 죽음의 문제를 "죽음의 공동체"라는 말과 레비나스의 "타자의 윤리학" 개념으로 설명하고 있다. 죽음에 대한 기억을 공유함으로서 이념적 형상을 창조해 내고, 그 형상에 윤리적 가치를 부여하는 방식은 전형적으로 미학적이다. 또한 랑시에르 식의 감각의 재분배를 통한 공동체의 재구성이 이 과정에서 나타남으로써 감각, 미학의 정치적 측면이 전면화되는 것이다. 다른 방식으로 설명하면 이것은 '사적인 것들'의 '공적인 전유'라고 할 수도 있다. 특히, 학병이 국가 재건의 주체로 호명되는 과정에 주목하여 전위시인과 학병 세대의 상관성을 밝힌 것은 이 논문의 중요한 성과이다.

나라 만세!'를 부르며 고요히 죽어 갔다는 말을 들었다. 얼마나 엄숙한 죽음인가. 나는 이 나라의 청년인 그의 죽음보다도 최후의 생명까지를 이 나라의 인민을 위하여 바치려고 한 그 거룩하고도 고요한 마음이 무척 아깝게 생각된다."[29] 학병의 죽음은 공동체적인 희생이라는 점에서 상징적이며 동시에 제의적인 성격을 갖는다. 영웅 형상화가 개인의 실천 윤리와 공동체의 연대성, 윤리성을 목적으로 한다는 점에서 학병의 죽음과 학병 세대의 진보성은 새로운 인민성의 건설을 위한 중요한 가치를 지니게 되는 것이다.

　　아, 이 세월도 헛되이 물러서는가.

　　三十八道라는 술집이 있다.
　　樂園이라는 카페가 있다.
　　춤추는 연놈이나 술 마시는 것들은
　　모두 다 피흐르는 비수를 손아귀에 쥐고 뛰는 것이다.
　　젊은 사내가 있다.
　　새로 나선 장사치가 있다.
　　예전부터 싸홈으로 먹고사는 무지한 놈들이 있다.
　　내 나라의 심장 속
　　내 나라의 수채물 구녕
　　이 서울 한복판에
　　밤을 도와 기승히 날뛰는 무리가 있다.
　　다만 남에게 지나는 몸채를 가지고
　　이 지금 내 나라의 커다란 不正을 못견뒤게 느끼나
　　이것을 똑바른 이성으로 캐내지 못하야

29) 한효, 「조선 희곡의 현상과 금후 방향」, 조선문학가 동맹 편, 최원식 해제, 『건설기의 조선 문학』(온누리, 1988), 70쪽.

씨근거리는 젊은 사내의 가슴과
내둥 양심껏 살 량으로 참고 참다가
이제는 할 수 없이 사느냐 죽느냐의 막다른 곳에서
다시 장사길로 나간 소시민의
반항하는 춤맵시와
그리고
값싼 허영심에 뻗어 갔거나
여러 식구를 먹이겠다는 生活苦에서 뛰쳐 났거나
진하게 개어 붙인 분가루와 루-쥬에
모든 표정을 숨기고
다만 相對方의 表情을 쫓는 뱀의 눈같이 싸늘한 女給의 눈초리
담뇨때기로 외투를 해입은 자가 있다.
담뇨때기로 만또를 해두른 놈이 있다.
또 어떤 놈은
권총을 히뜩히뜩 비쵀는 者도 있다.
이런 곳에서 목을 매는 中學生이 있다.
아 그러나
이제부터 얼마가 지나지 않은
해방의 날!
그 즉시는 이들도,
설흔여섯 해 만에 스물여섯 해 만에
아니 몇 살만이라도 좋다.
이 세상에 나 처음으로 쥐어 보는 내 나라의 기빨에
어쩔 줄 모르고 울면서 춤추든
그리고 밝고 굳세인 새날을 맹서하든 사람들이 아니냐.
아 이 서울
내 나라의 心臟部, 내 나라의 똥수깐,

南녘에서 오는 벗이어!

北쪽에서 오는 벗이어!

제 고향에 살지 못하고 쫓겨오는 벗이어!

또는

이곳이 궁금하야 견디지 못하고 허턱 찾아오는 동무여!

우리 온몸에 굵게 흐르는 靜脈의

느리고 더러운 찌꺽이들이어!

너는 내 나라의 心臟部, 우리의 모든 티검불을 걸으는 염통 속에도

눈에 보이지 않는 수많은 우리의 白血球를 만나지 아니했느냐.

아, 그리고 이 세월도 속절없이 물러 서느냐.

—1945. 12. 24[30]

오장환의 시 중에서 개인적인 고백, 자기 고백이나 양심선언 등 소시민적 의식에 대한 성찰의 작품이 대부분 개인적인 회고와 감정적 고양을 특징으로 지닌다면, 사회 현실, 민족 문제, 정치 문제를 다루고 있는 작품들은 한층 간접적이고 냉철하며 비유적이다. 실제로 인용된 작품은 해방의 감격이 지나고 난 뒤에 나타난 혼란과 변절, 이기주의 등에 대해서 묘사한 작품이다. 분단과 정치적 대립, 그리고 자본주의, 이기주의, 속물주의, 권력에 아부하는 폭력꾼 등 현실의 부정적인 모습에 대해 안타까워하는 이 작품은 표층적인 어조에 비해 그 시선과 묘사는 상당히 객관적이다.

에세닌의 시적 기법처럼 풍자를 통해 현실을 묘사하는 방법은 자기 고백이나 자기풍자와는 다른 특징을 보여 주는데, 후자가 진정성의 측면이 중요시된다면 전자의 중요성은 현상에 대한 객관적 인식, 그리고 미래적인 전망에 대한 확신과 진보적 세계관 등에 주어진다. 진보적 리얼리즘의

---

30) 오장환, 「이 歲月도 헛되이」, 위의 책, 153~155쪽.

핵심이 현상에 대한 객관적 통찰, 그리고 낙관주의라는 점에서 알레고리적 풍자를 중심으로 한 오장환의 시는 해방 직후 좌파 시의 한 표본이라고 할 수 있다.

오장환의 시에 대한 당대의 평가나 인식은 이 점에서 이후 진보적 리얼리즘의 창작방법론과 이론화에도 중대한 영향을 주었다. 영웅 형상화, 전형 창조, 소시민적 한계를 넘어선 자기 성찰과 미래주의 등은 공식주의를 극복한 고상한 리얼리즘의 한 특징으로 정리된다.

5 결론

오장환의 시가 해방 직후 자기비판의 사적 윤리와 공적 윤리의 양면을 모두 아울러 포함할 수 있었던 점은 식민지 시기의 과거 행적에 대한 기성 문인 일반의 윤리적, 정치적 복권 시도와 관련된다. 본고에서는 오장환 시의 해방기 평가와 실제 시의 특징을 서로 비교함으로써 이 시기 새롭게 건설할 문학의 가장 시급한 문제가 양심, 자기비판, 소시민성의 극복, 새로운 시민 의식, 민주주의 등으로 제시되면서 사적인 영역과 공적인 영역을 하나로 아울러 새로운 공동체 혹은 국가라는 이름 밑으로 재배치하는 과정 속에 있었음을 살펴보았다.

오장환 시의 문제적 지점은 해방 이전의 자신에 대한 비판과 새롭게 건설될 문학의 주체로서의 시인을 하나로 연결하는 작업을 보여 주었고, 이러한 특징은 해방기 남로당과 문학가동맹의 정치성을 그대로 구현해 내고 있었기 때문에 더 의미가 크다. 또한 사적 개인의 윤리가 정치적인 것으로 연장되는 과정에서 시의 진정성에 대한 평가의 새로운 국면을 이끌어 내고 있는 점 또한 중요한 지점이다.

해방기 시의 진정성은 소시민적 자아에 대한 자기비판이라는 사적 윤리를 공적인 차원으로 승화할 수 있는가에 달린 문제였다. 정치적 복권과 실천의 윤리적 정당성이 자기 고백이나 반성의 과정과 진정성에 의해서 얻어지는 특수성이 존재했고, 그러한 윤리적, 정치적 정당성을 통해 미래주의를 지향하는 점은 이 시기 시적 미학의 한 특징이다. 과거가 소시민으로 등가화된다면, 미래는 진보적 리얼리즘, 민주주의와 인민으로 이념화된다.

더불어 사적인 윤리의 차원이 정치적인 차원, 공적인 정치 주권의 문제와 연결되고 있다는 점에서 오장환의 시는 소시민적 윤리의 딜레마와는 다른 접근법을 요구한다. 식민지 시기 오장환의 시가 소시민성과 개인주의가 선택할 수 있는 윤리의 문제에 연결된다면, 해방기 오장환의 시는 '양심'의 문제에서 기본적으로 개인주의를 배제하고 공동체주의를 지향한다. 이 점은 시인의 의식적인 지향점으로 보인다. 양심, 자기비판과 고백의 문제는 이 점에서 개인적인 윤리에만 한정된 것은 아니다. 그것은 공동체적 연대로 나아가기 위한 진정성의 증명 과정이라는 점에서 사적이지만 동시에 공동체적인 정치 주권의 문제에 닿아 있기 때문이다.

참고 문헌

기본 자료

조선문학가동맹 중앙집행위원회 서기국 편, 『건설기의 조선 문학』, 백양당, 1946. 6

조선문학가동맹 중앙집행위원회 서기국, 《문학》 1~8 (1946~1948)

조선문학가 동맹 편, 최원식 해제, 『건설기의 조선 문학』, 온누리, 1988

논문 및 단행본

곽명숙, 「해방기 한국 시의 미학과 윤리」, 《한국시학연구》 33, 한국시학회, 2012

김용직, 『해방기 한국시문학사』, 민음사, 1989

김용희, 「해방이라는 숭고한 대상과 언어적 공황: 오장환을 중심으로」, 《국어국문학》 139, 2005

김윤식 외, 『해방 공간의 문학 운동과 문학의 현실 인식』, 한울, 1989

김학동 편, 『오장환 전집』, 국학자료원, 2003

남기혁, 「해방기 시에 나타난 윤리의식과 국가의 문제」, 《어문논총》 56, 한국문학언어학회, 2012

박민규, 「오장환 후기 시와 고향의 동력」, 《한국시학연구》 46, 한국시학회, 2016

신형기, 『해방 직후의 민족운동론』, 제3문학사, 1988

이우용 편, 『해방 공간의 문학 연구 1: 문학운동론 및 이념 논쟁』, 태학사, 1990

이현승, 「오장환과 김수영 시 비교 연구」, 《우리문학연구》 35, 우리문학회, 2012

한아진, 「해방기 이용악의 남로당 활동과 의미」, 《코기토》 78, 부산대 인문학연구소, 2015. 하반기

한아진, 「해방기 이용악의 자기비판과 시적 변모」, 《한국현대문학연구》 46, 한국현대문학회, 2015. 8

한아진, 「해방기 시의 공동체성과 미적 형식」, 『지역화, 세계화, 탈식민주의 — 한국과 인도의 문학·문화 연구의 쟁점들: 2016 한글날 국제 학술대회자료집』, 동국대 대학원 국어국문학과 BK21+ 사업팀, 2016. 10. 12

한아진, 「해방기 조선문학가동맹 시에 나타난 공동체 감각과 '죽음'의 의미」, 『동아시아와 식민/탈식민: 동국대 대학원 국어국문학과 BK21+국제 신진 학자 학술대회 자료집』, 동국대 대학원 국어국문학과 BK21+사업팀, 2016. 10. 7

한세정, 「해방기 오장환 시에 나타난 예세닌 시의 용 양상 연구」, 《한국시학연구》 44, 2015

홍성희, 「'이념'과 '시'의 이율배반과 월북 시인 오장환」, 《한국학연구》 45, 인하대 국학연구소, 2017

제8주제에 관한 토론문

김종훈 | 고려대 교수

　오장환은 열여섯 살부터 시를 문예지에 발표했으며 한국 근대 시사에서 가장 어린 나이에 단독 시집(『성벽』, 1937)을 출간했습니다. 문학사에서 일찍 퇴장했지만 시인으로서의 활동이 그렇게 짧지는 않았던 것입니다. 엉뚱한 생각일지는 모르겠으나, 길지는 않지만 짧다고도 하기 어려운 그의 시적 이력 중에서 발표문이 오장환의 해방기 발간 시집 『병든 서울』에 특별히 주목하는 까닭이 최근의 정세와 겹칩니다. 남과 북은 오랜 반목의 시기를 거쳐 이제 막 대화 모드에 접어들었습니다. 서로 다른 이데올로기를 기반으로 둔 양측이 화해하는 시기에 균열이 발생했던 시기를 주목하는 것은, 균열의 시기에 기원을 찾아가는 일과 같이 자연스러우며 필연적으로까지 여겨집니다.

　한편 『병든 서울』의 시들은 당황스러운 면모를 가지고 있어서 어째서 이와 같은 시를 썼는지 이해하고 싶은 마음을 불러일으키기도 합니다. '광복'이라는 시대적 사건 앞에서 적극적으로 친일을 하지도 않았으면서 기쁨을 표출하기보다는 먼저 반성하는 모습을 보이는 지점을 어떻게 이해해야 하는가. 그리고 곧 기성세대를 비판하는 세대론을 앞세워 새로운 문학을 자기 같은 젊은 세대가 맡아야 한다고 할 때 생겨나는 야릇함, 뉘우치면서 비판하는 일견 모순되는 지점을 어떻게 이해해야 하는가. 이러한 비약하는 지점에 개연성을 부여하려는 시도로도 발표문이 읽힙니다.

발표문은 오장환의 해방기 시의 성격을 우파 진영의 순수문학과 프롤레타리아 문학가동맹 측의 공식주의 사이에 놓습니다. 오장환 시가 순수문학과 다른 지점은 윤리성을 가지고 있다는 것이며, 공식주의와 다른 것은 일상화된 생활을 바탕으로 하고 있다는 것입니다. 달리 말하면 순수문학은 일상생활을 바탕으로 하되 사상적 승화가 미진한 반면, 공식주의는 투철한 사상을 담보하고 있으나 문학의 구체성을 도외시했다고 할 수 있습니다. 윤리가 부재하는 것이 순수 문학이고 사적 윤리가 부재하는 것이 공식주의라 할 수 있을까요.

해방기 윤리의 문제는 발표문에서 적시했듯이, 사적 윤리에서 공적 윤리로의 진입 과정을 필수적으로 요구합니다. 적어도 소시민에게는 그러합니다. 전대에 대한 자기비판 과정을 수행해야 새로운 문학의 모델에 대해 비로소 말할 수 있는 것입니다. 이는 죄를 사할 수 없는 적극적 친일과 '사면' 받을 수 있는 소극적 친일을, 또한 감상과 허무에 빠졌던 개인주의를 가르는 일이기도 합니다. 발표문에 따르면 오장환은 『병든 서울』에서 사적 체험과 공적 비전의 제시, 주관적 감정과 객관적 묘사 등을 통해 이와 같은 과제를 성공적으로 수행하여 "해방 직후 좌파 시의 한 표본"을 제시합니다. 제가 드릴 질문은 다음과 같습니다.

첫째, 오장환이 산문에서 '참다운 시'를 언급하며 '일상생활과 감정을 가지고 고상한 감정, 높은 정신의 세계'에 도달한다고 했을 때, 자기비판과 반성의 의미는 필수적인 요소가 아닐 수도 있을 것 같습니다. 『병든 서울』에서도 현실 비판적인 시에서는 자기비판의 색채가 흐릿해 보입니다.

둘째, 자기비판에서 윤리적 공동체를 이루는 시, 공동체적 윤리의 고양을 드러내는 시들은 실제 『병든 서울』의 개성처럼 여겨집니다. 그런데 도달해야 할 모습이 상당히 추상적이고 도식적인 것처럼 보이기도 합니다.

"아, 인민의 힘으로 되는 새 나라"(「병든 서울」), "아 모든 것은 우리의 것이다"(「연안(延安)서 오는 동무 심(沈)에게」) 등이 그러한 예인데, 막연하다는 점에서, 도식적이라는 점에서 이를 무책임하다고도 할 수 있지 않을까요. 이상입니다. 발표문 잘 읽었습니다.

오장환 생애 연보*

1918년(1세)   5월 15일, 충북 보은 회인면 중앙리(현재 회북면 중앙리) 140번
                 지에서 아버지 오학근(吳學根)과 어머니 한학수(韓學洙, 초명
                 은 韓英洙, 1916년 8월 10일 개명) 사이에서 4남 4녀 중 3남으
                 로 태어남. 본관은 해주(海州). 어머니 한학수는 처음엔 오학
                 근의 첩실로 있다가 본처 이민석(李敏奭)의 사망으로 적실로
                 재혼 신고됨. 오장환도 처음엔 서(庶) 2남으로 기재되어 있다
                 가 후에 적출이 되면서 4남 4녀 중 3남으로 기록됨.(아버지 오
                 학근과 어머니 한학수 사이에서 출생한 형제는 3남 1녀)
1924년(7세)   4월 1일, 회인공립보통학교 1학년 입학. 입학 전에는 서당에
                 서 한문을 배움. 보통학교 3학년 때까지의 성적은 8/10점.
1927년(10세)   4월 30일, 전학을 가기 위해 회인 공립보통학교 자퇴. 5월 2일,
                 안성공립보통학교 4학년 전입. 이때 거주지는 경기도 안성군
                 읍내면 서리 314번지.
1929년(12세)   1월 2일, 아버지 오학근의 본처 이민석이 서리(西里) 314번지
                 자택에서 사망.
1930년(13세)   3월 24일, 안성공립보통학교 졸업(6년). 재학 중 성적은 8/10
                 (4학년), 7/10(5, 6학년), 조행(操行)은 을, 병, 병(乙. 丙. 丙)으
                 로 기록되어 있음. 중등학교 입학시험에 낙방하여 고향에 머
                 물다 상경, 중동학교 속성과에 입학. 4월 15일 자로 회인의 호

*   위 생애 연보는 김학동 편, 『오장환 전집』에 실린 생애 연보를 정리한 것으로, 누락된
       1946년 '해방기념조선문학상' 수상 사실을 보충함.

적을 정리하고 안성으로 옮김.

1931년(14세) 3월, 중동학교 속성과를 수료. 4월 1일, 휘문고등보통학교에
입학. 5월 5일, 아버지 오학근이 본처 사망 2년이 지나 생모
한학수와 재혼 신고로 오장환의 형제들이 모두 적출로 호적
에 기록됨.

1933년(15세) 2월 13일~3월 말까지 수업료 미납으로 정학 처분을 받음.
11월, 《조선문학》에 시 작품 「목욕간」 발표.

1934년(16세) 9월, 《조선일보》에 연작시 「카메라·룸」 발표.

1935년(18세) 1월 26일(3학년 3학기), '동경 유학'을 사유로 자퇴. 학적부를
보면 학년이 오를 때마다 성적과 출석률이 계속 떨어지던 중
3학년 1, 2학기 성적이 낙제 점수를 받아 3학기를 다 마치지
못하고 자퇴함. 4월, 일본에 건너가 동경 지산중학교(智山中
學校)에 전입.

1936년(19세) 3월, 지산중학교 수료. 8월 29일, 서울 종로구 운니정 24번지
로 호적을 옮김. '시인부락', '낭만' 동인으로 참여하면서 시작
활동이 본격화됨.

1937년(20세) 4월, 메이지 대학(明治大學) 전문부 문과 문예과 별과에 입
학. '자오선' 동인으로 참여. 8월, 첫 시집 『성벽(城壁)』을 풍
림사에서 간행. 발행인이 '홍구(洪九)'로 되어 있으나, 100부
한정본으로 자비 출판했다고 함. 전북 출신 황 씨와 결혼 후 1년
여를 살다가 헤어졌다고 하는데, 호적에는 혼인 신고가 되어
있지 않음.

1938년(21세) 3월, 메이지 대학 전문부 중퇴 후 귀국. 7월 22일, 아버지 오
학근이 종로구 운니정 24번지 자택에서 사망. 서울 종로구 관
훈정에서 남만서방(南蠻書房)을 경영.

1939년(22세) 7월, 두 번째 시집 『헌사(獻詞)』가 남만서방에서 자신을 발행
인으로 하여 출판됨.

1940년(23세)	일본에서 사자업(寫字業)을 하다 중국 등지를 방랑한 것으로 되어 있으나 확실치 않음. 정릉 입구 돈암정 105번지로 이사.
1941년(24세)	「연화시편」, 「귀촉도」, 「귀향의 노래」 등을 《삼천리》, 《문장》, 《춘추》 등에 발표.
1942년(25세)	「병상일기」 등을 《춘추》에 발표.
1943년(26세)	「여중(旅中)의 노래」, 「정상의 노래」 등을 《춘추》, 《조광》 등에 발표.
1945년(28세)	신장병으로 입원 중 8·15 광복을 맞이함. 시집 『병든 서울』의 시편들을 8·15 광복을 기점으로 쓰기 시작함.
1946년(29세)	2월에 결성된 조선문학가 동맹에 참여하여 활동. 5월, 역시집 『에세-닌 시집』을 동향사에서 간행. 7월, 세 번째 시집 『병든 서울』을 정음사에서 간행. 이 시집이 조선문학가 동맹 '1946년도 문학상 심사위원회' 시분과 심사 대상에 이용악의 시 「오월의 노래」와 함께 추천되어 결국 같은 해 '해방기념조선문학상'을 수상함.
1947년(30세)	1월, 『성벽』 재판을 아문각에서 간행, 「성벽」, 「온천지」, 「경(鯨)」, 「어육(魚肉)」, 「어포(漁浦)」, 「역(易)」 등 6편의 시 작품을 증보함. 2월, 강화도 강화면 신문리 출신 장정인(본관은 덕영(德永))과 결혼. 1947년 4월 조선문학가동맹 기관지 《문학》에 '해방기념조선문학상'에 대한 심사 경위 및 결정 이유가 게재됨. 6월, 네 번째 시집 『나 사는 곳』을 헌문사에서 간행. 출판 순서로는 네 번째이지만 이 시집에 실린 작품은 「승리의 노래」 등 8편을 제외하면 세 번째 시집 『병든 서울』의 시편들보다 이전에 쓴 작품으로 모두 식민지 시기 작품임. 12월경 월북.
1948년(31세)	북조선 문학예술 총동맹 기관지 《문학예술》에 「2월의 노래」 발표. 그러나 이에 앞서 『현대 조선 문학 전집』에 실린 「북조

선이여!」란 작품을 먼저 썼다고 함.

1950년(33세)   5월, 소련 기행 시편을 묶은 제5 시집『붉은 기』출간. 김광균의 회고에 따르면 6·25 전쟁 당시 서울에 왔을 때 북에서 출간한『붉은 기』를 보여 주었다고 함.

1951년(34세)   지병인 신장병으로 사망.

오장환 작품 연보*

발표일	분류	제목	발표지
1933. 11	시	목욕간	조선문학
1933. 11	장시	전쟁	미발표 유고 (《한길문학》 1990년 7월호)
1934. 9. 5	시	카메라·룸	조선일보
1936. 10. 10	시	성씨보(姓氏譜)	조선일보
1936. 10. 10	시	역(易)	조선일보
1936. 10. 13	시	단장수제(斷章數題) —「향수」,「면사무소」	조선일보
1936. 10. 13	시	가을	조선일보
1936. 11	시	수부(首府)	낭만
1936. 11	시	성벽(城壁)/온천지/우기/ 모촌(暮村)/경(鯨)/어육(魚肉)/ 정문(旌門)	시인부락
1936. 12	시	해항도(海港圖)/어포(漁浦)/ 매음부/야가(夜街)	시인부락

* 김학동 편, 『오장환 전집』(국학자료원, 2003)의 작품 연보를 중심으로 하였으나, 권영민 편, 『한국 근대 문인 대사전』(아세아문화사, 1990)과 비교하여 일부 오류를 수정했음.

발표일	분류	제목	발표지
1937. 1	시	여수	조광
1937. 1. 28~29	평론	문단의 파괴와 참다운 신문학	조선일보
1937. 2	시	종가(宗家)	풍림
1937. 4	평론	백석론	풍림
1937. 5	시	체온표	풍림
1937. 6. 13	시	선부(船夫)의 노래·1	조선일보
1937. 6. 16	시	싸느란 화단	조선일보
1937. 7	시집	성벽(월향구천곡/황혼/전설/고전/ 독초/화원/병실해수(海獸))	풍림사
1937. 11	시	황무지/선부의 노래·2	자오선
1938. 1	시	적야	
1938. 1	시	상렬(喪列)	시인춘추
1938. 4	시	The Last Train	비판
1938. 9	시	영회(咏懷)	사회공론
1938. 10	시	소야(小夜)의 노래	사회공론
1938. 11	시	헌사 Artemis	청색지
1939. 1	시	나폴리의 부랑자	비판
1939. 2	시	무인도	청색지
1939. 2	시	적야	『현대 조선 시인 선집』
1939. 3	시	나의 노래	시학
1939. 3	수필	애서취미(愛書趣味)	문장
1939. 6	시	석조(夕照)	비판
1939. 7	수필	독서여담	문장
1939. 7	시	심동(深冬)/북방의 길/	시집『헌사』

발표일	분류	제목	발표지
		영원한 귀향/불길한 노래	
1939. 8	시	할렐루야	조광
1939. 10	시	푸른 열매	인문평론
1939. 10. 24	시	성탄제	조선일보
1939. 11. 2~3	수필	제칠(第七)의 고독	조선일보
1940. 1	시	신생의 노래 (시집『나 사는 곳』에서는 「산협의 노래」로 바뀜)	인문평론
1940. 2. 8~9	시	마리아	조선일보
1940. 2	평론	방황하는 시 정신	인문평론
1940. 2	시	소야(小夜)의 노래/상렬(喪列)/ 영회(咏懷)/할렐루야	『신선(新選) 시인집』
1940. 3	시	구름과 눈물의 노래	문장
1940. 4	시	향토망경시(鄕土望景詩)	인문평론
1940. 4	수필	여정	문장
1940. 7. 20~25	수필	팔등잡문	조선일보
1940. 7	시	강을 건너	문장
1940. 8	시	강물을 따러	인문평론
1940. 8. 5	시	Finale	조선일보
1940. 12	시	첫서리/고향이 있어서	조광
1941. 4	시	연화시편	삼천리
1941. 4	시	여정	문장
1941. 4	시	귀촉도	춘추
1941. 10	시	영창(咏唱)/모화(牟花)/귀향의 노래	춘추
1942. 7	시	비둘기 내 어깨에 앉으라/병상일기	춘추

발표일	분류	제목	발표지
1943. 3	시	여중(旅中)의 노래	춘추
1943. 6	시	정상의 노래	춘추
1943. 11	시	양	조광
1945. 11	시	깽	인민보
1945. 12	시	연합군 입성 환영의 노래	『해방기념시집』
1945. 12	시	지도자	문화전선
1945. 12	시	병든 서울/종소리	상아탑
1945. 12	시	일홈도 모르는 누이에게/ 원씨(媛氏)에게	신문예
1945. 12	시	노래	예술
1945. 12	시	붉은산	건설
1945. 12. 28	평론	시단의 회고와 전망	중앙신문
1946. 2	시	다시금 여가를…	예술
1946. 2	시	내 나라 오 사랑하는 내 나라야	학병
1946. 2	시	산 골	우리공론
1946. 2	시	너는 보았느냐	적성
1946. 2	시	3·1 기념의 날을 맞으며 (1946년 3월 1일 발간 『3·1 기념 시집』에는 「나의 길 —3·1 기념의 날을 맞으며」로 수록됨)	민성
1946. 2	시	입원실에서	인민평론
1946. 4	시	강도에게 주는 시	민성
1946. 4. 8	평문	전쟁 도발자를 적발	현대일보
1946. 5	역시	나는 농촌 최후의 시인/ 평화와 은혜에 가득한 이 땅에/	역시집 『에세-닌 시집』

발표일	분류	제목	발표지
		모밀꽃 피는 내 고향/적은 숲/	
		봄/어머니께 사뢰는 편지/	
		어릴 적부터/나의 길/	
		싸베-트·러시아/나는 내 재능에/	
		하늘빛 녀인의 자켙/눈보라/	
		망난이의 뉘우침/가 버리는 러시아	
1946. 5	평론	에세-닌에 관하여	『에세-닌 시집』
1946. 5. 21	평론	조형미전 소감	중외신보
1946. 6	시	어머니 서울에 오시다	신문학
1946. 6. 9	시	석두(石頭)여!	현대일보
1946. 7	시	гимн(『조선시집』에서는 제목을 「찬가」라고 함)	문학
1946. 7	시	다시 미당리(美堂里)	대조
1946. 7	시	팔월십오일의 노래/ 어둔 밤의 노래/가거라 벗이여/ 연안서 오는 동무 심에게/ 이 세월도 헛되이/ 공청(共靑)으로 갈 때	『병든 서울』
1946. 7	서문	머리에	『병든 서울』
1946. 8	시	큰 물이 갈 때	신천지
1946. 8	시	어린 누이야	협동
1946. 10. 22	시	밤의 노래	동아일보
1946. 11	시	어머니 품에서	신천지
1946. 11	평문	삼단논법	시문학
1946. 11. 4	시	소	조선주보

발표일	분류	제목	발표지
1946. 11. 9	시	성묘하러 가는 길	동아일보
1946. 12	후기	발	『전위시집』
1946. 12	시	낙화송	신천지
1947. 1	시	첫겨울	협동
1947. 1	평론	조선 시에 있어서의 상징	신천지
1947. 1. 1	시	손주의 밤	자유신문
1947. 1. 8	평론	지용師의 백록담	예술통신
1947. 2	평론	어린 동생에게/벽보/새 인간의 탄생	백제
1947. 3	시	한 술의 밥을 위하여	우리 문학
1947. 3	평론	농민과 시	협동
1947. 4	평론	시인의 박해	문학평론
1947. 6	시	승리의 날/초봄의 노래/ 나 사는 곳/은시계(銀時計)/봄노래	『나 사는 곳』
1947. 6	후기	'나 사는 곳'의 시절	『나 사는 곳』
1947. 6. 14	산문	시적 영감의 원천인 박헌영 선생	문화일보
1947. 7. 10	산문	굶주린 인민들과 대면	문화일보
1947. 8	시	봄에서	신천지
1947. 12	평론	소월 시(素月詩)의 특성(特性)	조선춘추
1948. 1	평론	자아(自我)의 형벌(刑罰)	신천지
1948	시	북조선이여	『현대 조선 문학 전집』
1948. 4	시	2월의 노래	문학예술
1948. 4	시	남포객사(南浦客舍)	『조국의 깃발』
1948. 7	평론	남조선의 문학예술	조선인민출판사
1948. 9	시	조선인민군에 드리는 시	『창작집』

발표일	분류	제목	발표지
1949. 1	시	탑	문학예술
1949. 2	시	남포병원	영원한 친선
1949. 5	평론	토지개혁과 시	청년생활
1949. 6	시	비행기 위에서	문학예술
1949. 10	시	김일성 장군 모스크바에 오시다	조선여성
1949. 10	시	김유천 거리	노동자
1950. 3	시	씨비리 달밤	조선여성
1950. 3	시	크라스노야르스크	문학예술
1950. 4	시	설중도시	문학예술
1950. 4	시	씨비리 태양/연가(連歌)	문학예술
1950. 5	시	모스크바의 5·1절	문학예술
1950. 5	시	씨비리 차창/변강당의 하룻밤/	시집『붉은 기』
		스탈린께 드리는 노래/	
		레닌 묘에서/붉은 표지의 시집/	
		올리가 크니페르/살류트/	
		고리키 문화공원에서/프라우다/	
		우리 대사관 지붕 위에는	
1950. 8	시	모두 바치자	조선여성
1950. 8	시	우리는 싸워서 이겼습니다	『영광을 조선인 민군에게』

분단과 충돌, 새로운 윤리와 언어

탄생 100주년 문학인 기념문학제 논문집 2018

1판 1쇄 찍음 2018년 12월 20일
1판 1쇄 펴냄 2018년 12월 31일

지은이 박수연·유성호 외
펴낸이 박근섭, 박상준
펴낸곳 (주)민음사

출판등록 1966. 5. 19.(제16-490호)
주소 서울특별시 강남구 도산대로 1길 62(신사동)
        강남출판문화센터 5층(우편번호 06027)
대표전화 515-2000, 팩시밀리 515-2007

www.minumsa.com
www.daesan.org

이 논문집은 대산문화재단과 한국작가회의가 기획, 개최한
'탄생 100주년 문학인 기념문학제'의 일환으로 제작되었습니다.

ISBN 978-89-374-3966-7 03800